Emily Giffin wuchs an der Ostküste der USA und in der Nähe von Chicago auf. Nach dem Studium arbeitete sie als Anwältin in New York, bevor sie mit ihrem Ehemann nach London zog. Der Durchbruch als Schriftstellerin gelang ihr gleich mit ihrem Debüt «Fremd fischen» (rororo 23635), dem die Romane «Shoppen und fischen» (rororo 24103) sowie «Und trotzdem ist es Liebe» (rororo 24433) folgten. In den USA stehen die Bücher von Emily Giffin regelmäßig weit oben auf der Bestsellerliste.

Emily Giffin

Männer fürs Leben

Deutsch von Rainer Schmidt

Roman

Rowohlt Taschenbuch Verlag

Die Originalausgabe erschien 2008
unter dem Titel «Love The One You're With»
bei St. Martin's Press, New York.

Deutsche Erstausgabe
Veröffentlicht im Rowohlt Taschenbuch Verlag,
Reinbek bei Hamburg, August 2009
Copyright © 2009 by Rowohlt Verlag GmbH,
Reinbek bei Hamburg
«Love the One You're With»
Copyright © 2008 by Emily Giffin
Redaktion Elisabeth Raether
Umschlaggestaltung any.way,
Barbara Hanke / Cordula Schmidt
(Foto: neuebildanstalt/Kriwy; plainpicture)
Satz aus der Seria (InDesign)
bei Pinkuin Satz und Datentechnik, Berlin
Druck und Bindung CPI – Clausen & Bosse, Leck
Printed in Germany
ISBN 978 3 499 24981 5

Eins

Es passierte genau hundert Tage, nachdem ich Andy geheiratet hatte, fast auf die Minute zum Zeitpunkt unserer Trauung um fünfzehn Uhr dreißig. Das weiß ich weniger deshalb, weil ich eine übereifrige Jungvermählte war, die jeden trivialen Meilenstein ihrer Beziehung im Gedächtnis behielt, sondern eher, weil ich wegen einer leichten Zwangsstörung gern den Überblick über solche Dinge behalte. Ich zähle ständig belangloses Zeug, zum Beispiel, wie viele Schritte ich von meinem Apartment zur nächsten U-Bahn brauche (341 in bequemen Schuhen, ein Dutzend mehr auf hohen Absätzen), wie oft in jeder beliebigen Folge von The Bachelor gesagt wird: «zwischen uns gibt es eine unglaubliche Verbindung» (immer zweistellig), oder die Zahl der Männer, die ich in den dreiunddreißig Jahren meines Lebens geküsst habe (neun). Oder eben, wie an diesem regnerischen, kalten Nachmittag im Januar, seit wie vielen Tagen ich verheiratet war, als ich ihn genau in der Mitte des Zebrastreifens an der Ecke 11th und Broadway sah.

Von außen betrachtet – sagen wir, für einen Taxifahrer, der zusah, wie hektische Fußgänger in den letzten Sekunden, ehe die Ampel umsprang, über die Straße hasteten – war es ein alltägliches Geschehen: zwei Leute, die außer ihren zerzausten Regenschirmen wenig gemeinsam haben, begegnen sich an einer Kreuzung, schauen einander flüchtig in die Augen, wechseln ein steifes, aber nicht unfreundliches Hallo und gehen dann weiter.

Aber innerlich war es eine ganz andere Sache. Innerlich herrschte Taumeln und Brausen, als ich mich atemlos auf den Bordstein und in ein buchstäblich leeres Schnellrestaurant am Union Square rettete. *Als hätte sie ein Gespenst gesehen*, dachte ich – auch so ein Ausdruck, den ich schon tausendmal gehört hatte, ohne je darüber nachzudenken. Ich klappte den Schirm zu und zog den Reißverschluss an meiner Jacke auf und hatte immer noch Herzklopfen. Ich sah zu, wie eine Kellnerin energisch einen Tisch abwischte, und fragte mich, warum ich über die Begegnung so erschrocken war, wenn dieser Augenblick doch immer absolut unausweichlich gewesen war. Vielleicht nicht in irgendeinem großen, schicksalhaften Sinn, aber mit stiller Hartnäckigkeit zwingen unerledigte Angelegenheiten dem Widerwilligen ihren Willen auf.

Es schien eine Ewigkeit gedauert zu haben, bis die Kellnerin mich hinter dem «Bitte warten Sie hier»-Schild entdeckte. «Oh», sagte sie, «ich habe Sie nicht gesehen. Hätte das Schild nach dem Lunchbetrieb wegnehmen sollen. Setzen Sie sich ruhig, wohin Sie wollen.»

Ihr Gesichtsausdruck kam mir so merkwürdig mitfühlend vor, dass ich mich fragte, ob sie nebenher als Hellseherin arbeitete, und ich überlegte mir wirklich, sie ins Vertrauen zu ziehen. Aber stattdessen rutschte ich auf eine mit rotem Vinyl bezogene Bank an einem Tisch in der hinteren Ecke und schwor mir, niemals darüber zu reden. Einer Freundin meine Gefühle zu offenbaren, wäre ein Akt der Illoyalität gegen meinen Mann. Meiner älteren, äußerst zynischen Schwester Suzanne davon zu berichten, würde womöglich einen Sturm von ätzenden Bemerkungen über Ehe und Monogamie entfesseln. Irgendetwas über die Sache in mein Tagebuch zu schreiben, würde sie in ihrer Bedeutung überhöhen, und das würde ich auf gar keinen Fall tun. Und es Andy zu erzählen, wäre dumm, selbstzerstörerisch und verletzend zugleich. Die Unterlassungslüge bedrückte mich; unserer jungen Ehe würde ein erster kleiner Makel anhängen, aber ich fand, es war am besten so.

«Was kann ich Ihnen bringen?», fragte die Kellnerin, auf deren Namensschild Annie stand. Sie hatte lockige rote Haare und ein paar Sommersprossen, und ich dachte: *Morgen scheint die Sonne.*

Ich wollte nur einen Kaffee, aber als frühere Kellnerin wusste ich noch, wie deprimierend es war, wenn Leute – auch wenn eigentlich nicht Essenszeit war – nur ein Getränk bestellten. Also sagte ich, ich hätte gern einen Kaffee und einen Mohnbagel mit Creamcheese.

«Aber gern.» Sie nickte freundlich.

Ich bedankte mich lächelnd. Sie ging in Richtung Küche, und ich atmete aus und schloss die Augen und konzentrierte mich auf einen Gedanken: wie sehr ich Andy liebte. Ich liebte alles an ihm, auch das, was den meisten Frauen auf die Nerven gegangen wäre. Ich fand es liebenswert, dass er sich keinen Namen merken konnte (er nannte meinen früheren Boss routinemäßig Fred statt Frank) und nicht mal bei den größten Pop-Klassikern den Text behielt («Billy Jean is not my mother»). Und ich schüttelte nur lächelnd den Kopf, als er demselben Obdachlosen im Bryant Park fast ein Jahr lang täglich einen Dollar gab – einem Obdachlosen, der wahrscheinlich eher ein Gauner war und zu Hause einen Range Rover stehen hatte. Ich liebte Andys Zuversicht, sein Mitgefühl. Ich liebte seine sonnige Natur, die zu seinem guten Aussehen, dem blonden Haar und den klaren blauen Augen passte. Ich hatte Glück, einen Mann zu haben, der sich im Restaurant immer noch halb erhob, wenn ich von der Toilette zurückkam, und schiefe, krumme Herzen auf unseren beschlagenen Badezimmerspiegel malte. Und Andy liebte mich. Ich schäme mich nicht, wenn ich sage, dass das für mich der Hauptgrund war, weshalb wir zusammen waren und weshalb ich ihn auch liebte.

«Wollten Sie den Bagel getoastet?», rief Annie hinter der Theke.

«Ja», sagte ich, obwohl es mir eigentlich egal war.

Meine Gedanken wanderten zu dem Abend in Vail, als Andy mir den Heiratsantrag gemacht hatte – er hatte so getan, als lasse er aus Versehen seine Brieftasche fallen, nur um sie – das hatte er ganz offensichtlich geübt – aufzuheben und vor mir niederzuknien. Ich weiß noch, wie wir Champagner tranken und wie mein Ring im Feuerschein funkelte, als ich dachte: *Das ist es. Das ist der Augenblick, von dem jede Frau träumt. Das ist der Augenblick, von dem ich geträumt habe, den ich geplant, auf den ich gehofft habe.*

Annie brachte mir meinen Kaffee, und ich legte die Hände um den heißen, schweren Becher. Ich hob ihn an die Lippen, trank einen großen Schluck und dachte an unsere einjährige Verlobungszeit, ein Jahr voller Partys und Brautempfänge und stürmischer Hochzeitspläne. Diskussionen über Tüll und Tafelsilber, über Walzer und weiße Schokoladentorte. Das alles für den einen magischen Abend. Das Gelöbnis mit traumverschleiertem Blick. Unser erster Tanz zu «What A Wonderful World». Die warmherzigen, witzigen Trinksprüche, Reden voller Klischees, die in unserem Fall tatsächlich zutrafen: *wie geschaffen füreinander … wahre Liebe … vom Schicksal bestimmt.*

Ich dachte an unseren Flug nach Hawaii am nächsten Morgen. Andy und ich hatten händchenhaltend in der ersten Klasse gesessen und über all die kleinen Missgeschicke an unserem Hochzeitstag gelacht. Welchen Teil der Anweisung «Halten Sie sich im Hintergrund» hatte der Videokameramann nicht verstanden? Hätte es auf dem Weg zum Empfang noch heftiger regnen können? Hatten wir seinen Bruder James jemals so betrunken gesehen? Ich dachte an unsere Sonnenuntergangsspaziergänge in den Flitterwochen, und besonders lebhaft erinnerte ich mich an einen Vormittag, den Andy und ich an unserem abgelegenen, halbmondförmigen Strand namens Lumahai verbracht hatten, an der Nordküste von Kauai. Weicher weißer Sand und Lavafelsen, die dramatisch aus dem türkisblauen Wasser ragten – es war ein so atemberaubendes Fleckchen Erde, wie ich es noch nie gesehen hatte. Irgendwann, während ich den Ausblick bewunderte, legte Andy sein Buch beiseite, kam auf unserem riesigen Strandlaken näher, nahm meine Hände und küsste mich. Ich küsste ihn auch und prägte mir den Augenblick ein. Das Rauschen der Brandung, der sanfte Wind in meinem Gesicht, die Luft roch ein bisschen nach Zitrone und unserem Kokos-Sonnenöl. Ich sagte Andy, ich sei noch nie so glücklich gewesen. Und das war die Wahrheit.

Aber das Beste kam nach der Hochzeit, nach den Flitterwochen und nachdem wir in unserem winzigen Apartment in Murray Hill die ganzen praktischen Geschenke ausgepackt hatten – und auch die unpraktischen, ausgefallenen, die wir in unseren Lagercontainer in Downtown Manhattan verbannten. Das Beste kam, als unser Alltagstrott als Ehemann und Ehefrau anfing. Beiläufig, entspannt, real. Das Beste an unserer Ehe war, dass wir jeden

Morgen zusammen unseren Kaffee tranken und uns unterhielten, bevor wir zur Arbeit gingen. Dass sein Name alle paar Stunden in meinem E-Mail-Eingang auftauchte. Dass wir abends in den Speisekarten der diversen Lieferservices blätterten, uns überlegten, was wir am Abend essen sollten, und uns vornahmen, eines Tages in nächster Zukunft tatsächlich unseren eigenen Herd zu benutzen. Das Beste war jede Fußmassage, jeder Kuss und unsere Begegnungen im dunklen Schlafzimmer.

Ich konzentrierte mich auf diese Gedanken. Auf die Details, die unsere ersten gemeinsamen hundert Tage ausmachten.

Aber als Annie mir den Bagel brachte, war ich in Gedanken wieder auf dieser Kreuzung, und ich hatte wieder Herzklopfen. Ich wusste plötzlich, ich konnte noch so glücklich über mein Leben mit Andy sein, ich würde diesen Augenblick trotzdem nicht so bald vergessen, das Gefühl, dass es mir die Kehle zuschnürte, als ich sein Gesicht wiedersah. Obwohl ich mir so verzweifelt wünschte, es zu vergessen. Gerade weil ich es vergessen wollte.

Betreten schaute ich in den Spiegel an der Wand neben meinem Tisch. Ich hatte keinen Grund, mir über mein Aussehen Sorgen zu machen, allerdings hatte ich noch weniger Grund, triumphierend festzustellen, dass ich heute, an einem regnerischen, anstrengenden Nachmittag, überraschenderweise besonders gutes Haar hatte. Ich hatte auch einen rosigen Glanz im Gesicht, aber das, sagte ich mir, waren nur rote Wangen von der Kälte. Nichts weiter.

Und dann klingelte mein Handy, und ich hörte seine Stimme. Eine Stimme, die ich seit acht Jahren und sechzehn Tagen nicht gehört hatte.

«Warst du das wirklich?», fragte er. Seine Stimme war

noch dunkler als in meiner Erinnerung, aber davon abgesehen erkannte ich ihn sofort wieder. Es war wie die Fortsetzung eines Gesprächs, das erst vor einer Stunde unterbrochen worden war.

«Ja», sagte ich.

«Hm», sagte er. «Du hast immer noch dieselbe Handynummer.»

Nach einem längeren Schweigen, das ich mich auszufüllen stur weigerte, fügte er hinzu: «Manches ändert sich vermutlich nie.»

«Ja», sagte ich noch einmal.

Denn so ungern ich es zugab: In diesem Punkt hatte er recht.

Zwei

Für mich ist der schönste Film aller Zeiten wahrscheinlich *Harry und Sally*. Ich liebe ihn aus vielen Gründen: wegen des guten Achtziger-Jahre-Gefühls, wegen der schrägen Chemie zwischen Billy Crystal und Meg Ryan, wegen der Orgasmusszene in Katz's Deli. Aber am besten finde ich wahrscheinlich die kleinen alten Ehepaare mit den funkelnden Augen, die da auf dem Sofa sitzen und erzählen, wie sie sich kennengelernt haben.

Als ich den Film das erste Mal sah, war ich vierzehn Jahre alt und noch nie geküsst worden, und ich hatte es nicht eilig damit, mir wegen eines Jungen einen Knoten ins Höschen zu machen, um einen Lieblingsausdruck meiner Schwester Suzanne zu benutzen. Ich hatte erlebt, wie Suzanne sich mehrmals hintereinander heftig verknallte, nur um dann auf die Schnauze zu fallen – öfter, als ich meine Zahnspange nachstellen lassen musste, und diese Bauchlandungen schienen mir nicht besonders verlockend.

Aber ich erinnere mich, wie ich in diesem überklimatisierten Kino saß und mich fragte, wo mein zukünftiger Ehemann in diesem Augenblick wohl sein mochte, wie er aussah und wie er sich anhörte. War er gerade bei einem ersten Date, händchenhaltend, mit Fruchtgummis und einer großen Sprite, die sie sich teilten? Oder war er viel älter, schon auf dem College und erfahren im Umgang mit Frauen und der Welt? War er Football-Star oder Trommler in der Marschkapelle seiner Schule? Würde ich ihn auf einem Flug nach Paris kennenlernen? In einem hochkarätigen Vorstandszimmer? Oder an der Gemüsetheke im Supermarkt meiner Heimatstadt? Ich malte mir aus, wie wir unsere Geschichte erzählten, immer wieder, uns an den Händen haltend wie diese bezaubernden Ehepaare auf der Leinwand.

Aber ich sollte noch lernen, dass die Dinge selten so hübsch ordentlich verlaufen wie in einer Anekdote, die man mit glänzenden Augen auf einem Sofa zum Besten gibt. Ich fand mit der Zeit heraus, dass fast immer, wenn man diese Geschichten von Ehepaaren hört, ein bisschen dichterische Freiheit und ein Schuss Romantik im Spiel sind und dass sie im Laufe der Zeit auf Hochglanz poliert werden. Und wenn man nicht gerade seinen Highschool-Liebsten heiratet (aber manchmal sogar dann), gibt es meistens eine weniger glanzvolle Vorgeschichte. Es gibt Leute und Orte und Ereignisse, die die Geschichte schöner machen, und es gibt Leute und Orte und Ereignisse, die man lieber vergisst oder an die man sich zumindest nicht mehr genau erinnert. Am Ende kann man dann ein hübsches Etikett auf die Sache kleben: «Glück» oder «Schicksal». Oder man kann glauben, dass das Leben sich eben einfach so unberechenbar entwickelt.

Aber wie man es auch nennen will, anscheinend hat jedes Paar zwei Geschichten: die überarbeitete Fassung, die man auf dem Sofa erzählen kann, und die ungekürzte, die man besser auf sich beruhen lässt. Bei Andy und mir war es nicht anders. Auch von unserer Geschichte gibt es zwei Versionen.

Aber beide haben den gleichen Anfang. Beide fingen mit einem Brief an, den ich an einem stickig heißen Sommernachmittag nach meinem Highschool-Examen bekam – nur wenige, kurze Wochen, bevor ich meine Heimatstadt Pittsburgh verließ und an der Wake Forest University mein Studium begann, an diesem schönen Backstein-College in North Carolina, das ich in einem College-Katalog entdeckt hatte und das mir ein großzügiges Stipendium gewährte. Der Brief enthielt alle möglichen wichtigen Unterlagen zu Curriculum, Unterbringung und Orientierung. Und mir wurde endlich mitgeteilt, mit wem ich das Zimmer im Wohnheim teilen würde. Ihr Name stand säuberlich getippt da: Margaret «Margot» Elizabeth Hollinger Graham. Ich studierte den Namen, die Adresse und die Telefonnummer in Atlanta, Georgia, und war eingeschüchtert und beeindruckt. Alle Schüler in meiner öffentlichen Highschool hatten alltägliche Namen wie Kim und Jen und Amy. Ich kannte niemanden mit Namen Margot (besonders dieses stumme t am Ende haute mich um), und ich kannte erst recht niemanden mit drei Vornamen. Ganz sicher wäre Margot aus Atlanta eins der wunderschönen Mädchen in den Hochglanzbroschüren von Wake Forest, die, wenn

sie den Footballspielen zusahen, Perlenohrringe und ge-
blümte Laura-Ashley-Sommerkleider trugen. (Ich trug zu
solchen Gelegenheiten immer nur Jeans und Kapuzen-
Sweatshirts.) Ich war sicher, dass sie einen festen Freund
hatte, und stellte mir vor, dass sie ihn zum Semesterende
eiskalt abservieren und sich einen dieser langgliedrigen,
barfüßigen Jungen aus denselben Broschüren nehmen
würde, die griechische Buchstaben auf dem Shirt trugen
und auf dem Campus Frisbee spielten.

Ich weiß noch, wie ich mit diesem Brief ins Haus rannte,
um Suzanne die Neuigkeit zu erzählen. Suzanne studierte
an der Penn State University und war wohlbewandert, was
Mitbewohnerinnen anging. Sie war in ihrem Zimmer und
gerade dabei, eine dicke Schicht blaumetallicfarbenen Eyeliner aufzutragen. «Wanted Dead or Alive» von Bon Jovi
lief in ihrem Ghettoblaster.

Ich las Margots vollen Namen laut vor. Ich versuchte, dabei den Akzent aus *Magnolien aus Stahl* nachzuahmen, dem
Film, der mir eine Vorstellung davon gegeben hatte, wie es
in den Südstaaten zugeht. Ich sagte dann noch irgendwas
von weißen Säulen, Scarlett O'Hara und Dienstboten. Ich
wollte witzig sein, aber ich hatte doch auch die jähe Be-
fürchtung, ich könnte mir das falsche College ausgesucht
haben. Ich hätte mich wie alle meine Freundinnen mit Pitt
oder Penn State begnügen sollen. Jetzt würde ich ein Fisch
auf dem Trockenen sein, ein Yankee in der Fremde.

Ich sah zu, wie Suzanne von ihrem Spiegel zurücktrat,
der leicht schräg an der Wand lehnte, um den Freshman-
Speck, den sie noch nicht wieder losgeworden war, weniger
augenfällig erscheinen zu lassen. «Dein Akzent ist beschissen, Ellen. Du klingst wie jemand aus England, nicht aus
Atlanta ... Und, mein Gott, wie wär's denn, wenn du dem

Mädel eine Chance gibst? Was ist denn, wenn sie annimmt, du bist ein Steel Town Girl ohne jedes Modebewusstsein?»

Sie lachte. «Ach so, ja, dann hätte sie natürlich recht!»

«Sehr komisch», sagte ich, aber ich musste wider Willen lächeln. Seltsamerweise fand ich meine launische Schwester am liebenswertesten, wenn sie über mich herzog.

Suzanne lachte immer noch, während sie ihre Kassette zurückspulte und grölte: «I walked these streets, a loaded six-string on my back!» Mitten in der Strophe brach sie ab und sagte: «Aber im Ernst – dieses Mädel könnte zum Beispiel eine Farmerstochter sein. Was weißt denn du? Und so oder so, vielleicht wirst du sie wirklich gernhaben.»

«Haben Farmerstöchter üblicherweise *vier* Namen?», höhnte ich.

«Kann man nie wissen», sagte Suzanne im Ton der weisen großen Schwester. «Kann man einfach *nie* wissen.»

Aber mein Misstrauen schien sich zu bestätigen, als ich ein paar Tage später einen Brief von Margot bekam, in einer perfekten, erwachsenen Handschrift auf pinkfarbenem Briefpapier. Ihr geprägtes, silbernes Monogramm war kunstvoll kursiv gestaltet, das G des Nachnamens ein bisschen größer und flankiert von M und H. Ich fragte mich, welche reiche Tante wohl gekränkt war, weil sie das E weggelassen hatte. Der Tonfall war überschwänglich (insgesamt acht Ausrufungszeichen), aber zugleich auch seltsam geschäftsmäßig. Sie könne es nicht erwarten, mich kennenzulernen, schrieb sie. Sie habe ein paarmal versucht, mich anzurufen, aber sie habe mich nicht erreichen können (bei unserem Telefon gab es kein Anklopfsignal, und wir hatten keinen Anrufbeantworter, was mir sehr peinlich war). Sie werde einen kleinen Kühlschrank und eine Stereoanlage mitbringen (auf der man CDs spielen könne; ich war immer noch bei Kassetten). Sie hoffe, wir könnten zusammenpassende Bettdecken kaufen; sie habe sehr hübsche in Pink und Salbeigrün von Ralph Lauren gefunden, und die könne sie für uns beide kaufen, wenn es mir gefiele. Aber wenn ich kein Pink-Typ sei, könnten wir jederzeit Gelb und Lavendel nehmen, «eine hübsche Kombination», oder Türkis und Korallenrot, «ebenso nett». Sie sei bei der Inneneinrichtung nur nicht versessen auf Grundfarben, aber sonst offen für meine Vorschläge. Sie hoffe «aufrichtig», teilte sie mir mit, dass ich den Sommer genießen werde, und unterschrieb den Brief mit «herzlich, Margot», ein Gruß, der seltsamerweise eher cool und sophisticated als herzlich wirkte. Ich hatte meine Briefe bisher immer nur mit «lieben» Grüßen beendet, aber ich nahm mir vor, es demnächst mal mit «herzlich» zu probieren. Diese Grußformel war nicht das Letzte, was ich von Margot kopieren sollte.

Am nächsten Nachmittag nahm ich meinen ganzen Mut zusammen und rief sie an. Ich hielt Block und Bleistift bereit, damit ich auch ja nichts vergessen würde – zum Beispiel, dass unsere Badezimmertextilien aufeinander abgestimmt sein sollten und alles im Pastellbereich blieb.

Das Telefon klingelte zweimal, und dann meldete sich eine männliche Stimme. Ich nahm an, es sei Margots Vater, oder vielleicht war auch der Gärtner für ein hohes Glas eisgekühlter Limonade ins Haus gekommen. In meiner erwachsensten Telefonstimme bat ich darum, mit Margot zu sprechen.

«Sie ist drüben im Club und spielt Tennis», antwortete er.

Club, dachte ich. Bingo. Wir waren auch in einem Club, formal gesehen, aber eigentlich war das nur das Schwimmbad in der Nachbarschaft: ein kleiner, rechteckiger Pool mit einer Snackbar am einen Ende, wo man Fritos bekam, und einem Sprungbrett am anderen, das Ganze umgeben von einem Maschendrahtzaun. Ich war ziemlich sicher, dass Margot in einer ganz anderen Sorte Club war. Ich stellte mir die Sandplätze vor, die exquisiten Sandwiches, die auf Porzellantellern gereicht wurden, und die wellige Hügellandschaft des Golfplatzes mit den Trauerweiden, oder was für Bäume sonst in Georgia wachsen mochten.

«Kann ich etwas ausrichten?», fragte er. Sein Südstaatenakzent war kaum zu hören.

Ich zögerte, stotterte ein bisschen und stellte mich dann schüchtern als Margots künftige Mitbewohnerin vor.

«Oh, hallo! Ich bin Andy. Margots Bruder.»

Und das war der Augenblick.

Andy. Der Name meines zukünftigen Ehemannes – die Abkürzung, wie ich später erfahren sollte, für Andrew Wallace Graham III.

Andy erzählte, er studiere in Vanderbilt, aber sein bester Freund von zu Hause sei jetzt im Senior-Jahr auf Wake Forest, und er und seine Kumpel würden uns sicher zeigen, wo es langging, uns an ihren Erkenntnissen über Professoren und Studentenverbindungen teilhaben lassen, aufpassen, dass wir keinen Ärger bekamen, und «lauter so Sachen».

Ich dankte ihm und entspannte mich ein wenig.

«Keine Ursache», sagte er. «Margot wird sich freuen, von dir zu hören. Ich weiß, sie wollte über Bettdecken oder Vorhänge oder so was reden ... Ich hoffe, du magst Pink.»

«Oh. Ja», antwortete ich ernsthaft. «Ich *liebe* Pink.»

Von dieser kleinen Notlüge sollte noch jahrelang die Rede sein, sogar als Andy bei unserem Hochzeits-Probedinner seinen Toast sprach – zum großen Entzücken Margots und unserer besten Freunde, die alle wussten, dass ich zwar eine feminine Seite hatte, aber alles andere als mädchenhaft war.

«Hm. Na schön», sagte Andy. «Das wären dann zwei im pinkfarbenen Himmel.»

Ich lächelte und dachte, was immer sich sonst mit Margot ergeben mochte, sie hatte einen sehr netten Bruder.

Wie sich zeigte, hatte ich recht, sowohl was Andy als auch was Margot betraf. Er war wirklich nett, und sie war ungefähr alles, was ich nicht war. Zunächst einmal waren wir körperliche Gegensätze. Sie war zierlich und doch wohlgerundet, hellhäutig, blauäugig und blond. Ich hatte dunkles Haar und nussbraune Augen, meine Haut sah sogar im Winter sonnengebräunt aus, und ich war groß und athletisch gebaut. Margot strahlte etwas Sanftes, Humorvolles aus, während mein Gesicht eher einfach «hübsch» war.

Auch unsere Herkunft hätte unterschiedlicher nicht sein können. Margot wohnte in einem großen, wunderschönen Haus auf einem mehrere Hektar großen prachtvollen, von Bäumen umsäumten Anwesen im reichsten Teil von Atlanta. Ich war in einem kleinen, L-förmigen Bungalow mit orangegelber Kücheneinrichtung in einer Arbeitergegend von Pittsburgh aufgewachsen. Margots Vater war ein prominenter Anwalt und saß im Vorstand mehrerer Unternehmen. Mein Dad war Vertreter für so glamouröse Waren wie die Projektoren, mit denen faule Lehrer uns in der Grundschule geisttötende Filme vorführten. Margots Mutter war eine ehemalige Schönheitskönigin aus Charleston, stilsicher, feingliedrig und elegant. Meine Mutter war eine nüchterne Rechenlehrerin an der

Junior Highschool gewesen, bevor sie einen Tag vor meinem dreizehnten Geburtstag an Lungenkrebs gestorben war, obwohl sie nie geraucht hatte.

Margot hatte zwei ältere Brüder, die sie anbeteten. Ihre Familie, weiße, angelsächsische Protestanten, waren das Südstaaten-Äquivalent der Kennedys; sie spielten Touch Football am Strand von Sea Island, fuhren jeden Winter in den Skiurlaub und verbrachten hin und wieder das Weihnachtsfest in Europa. Meine Schwester und ich fuhren in den Ferien mit unseren Großeltern ans Meer nach New Jersey. Wir hatten keine Reisepässe, brauchten wir auch nicht, da wir das Land nie verließen. Wir waren nur ein einziges Mal in unserem Leben mit dem Flugzeug geflogen.

Margot war Cheerleader und hatte am Debütantinnenball teilgenommen, und sie hatte ebenjenes Selbstbewusstsein, das nur reiche, weitgereiste Sprösslinge aus gutem Hause haben. Ich dagegen war zurückhaltend, ein bisschen neurotisch, und so gern ich überall dazugehören wollte, ich fühlte mich doch am Spielfeldrand meistens wohler.

Aber trotz all dieser Unterschiede wurden wir die allerbesten Freundinnen. Und dann, Jahre später, so will es die perfekte Sofa-Geschichte, verliebte ich mich in ihren Bruder. Ich *wusste* einfach, dass er genauso süß wie nett sein würde.

Aber bevor ich Andy heiratete und nachdem der Brief von Margot mit der Post gekommen war, musste noch eine Menge passieren. Eine ganze Menge. Unter anderem Leo. Der, den ich lieben würde, bevor ich Andy liebte. Der, den ich dann hassen und trotzdem noch lieben würde, lange nachdem wir uns getrennt hatten. Der, über den ich irgendwann *endlich* hinwegkommen würde. Und den ich dann, Jahre später, an einer Straßenkreuzung in New York City wiedersehen sollte.

* Drei

«Wo bist du jetzt?», fragt Leo.

Ich halte den Atem an und überlege, was ich antworten soll. Einen Herzschlag lang nehme ich an, er meint die Frage philosophisch – *Wo bist du in deinem Leben?* –, und beinahe erzähle ich ihm von Andy. Von meinen Freunden und meiner Familie. Von meiner Karriere als Fotografin. Davon, wie gut es mir geht und wie zufrieden ich bin. Antworten, die ich mir bis vor kurzem unter der Dusche und in der U-Bahn zurechtgelegt habe, immer in der Hoffnung auf genau diese Gelegenheit. Auf die Chance, ihm zu sagen, dass ich überlebt und ein sehr viel größeres Glück gefunden habe.

Aber als ich gerade anfange zu reden, begreife ich, was Leo mich in Wirklichkeit gefragt hat. Er will wissen, wo ich gerade sitze oder stehe oder gehe, in welchem kleinen Winkel von New York ich gerade verarbeite und überdenke, was sich soeben ereignet hat.

Die Frage überrumpelt mich, als hätte er wissen wollen, wie viel ich wiege oder verdiene, oder sonst eine persönliche, dreiste Frage gestellt. Aber ich habe bei solchen Fragen immer Angst, schuldbewusst oder unhöflich zu erscheinen, wenn ich mich glattweg weigere, zu antworten. Hinterher fallen einem natürlich sofort die perfekten, höflich ausweichenden Antworten ein. Nur *meine Waage kennt* die Wahrheit ... Es ist leider nie genug Geld. Oder, in diesem Fall: Wo ich bin? Mal hier, mal da.

Aber in der Situation selbst platze ich jedes Mal wie ein Trottel mit der wahren Antwort heraus und gebe brav mein Gewicht an. Mein Gehalt, auf den Dollar genau. Oder, in diesem Fall, den Namen des Restaurants, in dem ich an diesem kalten Regentag einen Kaffee trinke.

Ach, na ja, denke ich, als ich es ausgesprochen habe. Wahrscheinlich ist es am besten, einfach offen zu sein. Ausflüchte könnten als Flirt oder Koketterie gedeutet werden. *Rate mal, wo ich bin. Komm mich doch suchen.*

Aber Leo antwortet schnell. «Aha», sagt er, als wäre dieses Restaurant unser spezielles Stammlokal gewesen. Oder, schlimmer noch, als wäre ich einfach so berechenbar. Dann fragt er, ob ich allein bin.

Geht dich nichts an, will ich sagen, aber stattdessen geht mein Mund auf, und ich serviere ihm ein schlichtes, einfaches, einladendes «Ja». Wie einen einzelnen weißen Dame-Stein, der sich an einen schwarzen Doppeldecker heranschiebt und nur darauf wartet, übersprungen zu werden.

Und richtig, Leo sagt: «Gut. Ich komme. Rühr dich nicht von der Stelle.» Dann ist er weg, bevor ich antworten kann. Ich klappe mein Telefon zu und gerate in Panik. Mein erster Gedanke ist, einfach aufzustehen und zu gehen. Aber ich verbiete mir, feige zu sein. Ich kann es aushalten, ihn wiederzusehen. Ich bin eine erwachsene, stabile, glücklich verheiratete Frau. Wieso ist es ein Problem, mich mit einem Ex-Freund zu treffen und eine kurze, höfliche Unterhaltung zu führen? Außerdem, wenn ich wegliefe, würde ich dann nicht ein Spielchen spielen, das ich nicht zu spielen habe? Eins, das ich schon vor langer Zeit verloren habe?

Also fange ich an, meinen Bagel zu essen. Er schmeckt nach nichts – höchstens nach Watte –, aber ich kaue und schlucke und denke daran, zwischendurch immer ein Schlückchen Kaffee zu trinken. Ich gestatte mir nicht noch einen Blick in den Spiegel. Ich werde mir nicht die Lippen nachziehen, ich werde nicht mal nachsehen, ob ich Essensreste an den Zähnen habe. Soll doch ein Mohnkörnchen zwischen meinen Schneidezähnen klemmen. Ich brauche ihm nichts zu beweisen. Und mir selbst auch nicht.

Das ist mein letzter Gedanke, bevor ich sein Gesicht hinter der regennassen Scheibe in der Tür des Restaurants sehe. Mein Herz fängt wieder an zu klopfen, und mein Bein wippt auf und ab. Es wäre jetzt nett, einen von Andys Betablockern zu haben – harmlose Pillen, die er nimmt, ehe er vor Gericht auftritt, damit er keinen trockenen Mund bekommt und damit seine Stimme nicht zittert. Er behauptet hartnäckig, er sei eigentlich nicht nervös, aber irgendwie lassen seine körperlichen Symptome einen etwas anderen Schluss zu. Ich sage mir jetzt auch, dass ich überhaupt nicht nervös bin. Mein Körper lässt einfach meinen Kopf und mein Herz im Stich. Das kommt vor.

Ich sehe, wie Leo kurz seinen Schirm ausschüttelt und sich dabei im Lokal umsieht. Er schaut an Annie vorbei, die den Boden unter einem Tisch wischt. Er sieht mich nicht sofort, und aus irgendeinem Grund gibt mir das ein unbestimmtes Gefühl der Macht.

Aber damit ist es sofort vorbei, als er mich ansieht. Ein kleines, kurzes Lächeln, und dann senkt er den Kopf und kommt zielstrebig auf mich zu. Sekunden später steht er an meinem Tisch und zieht den schwarzen Ledermantel aus, an den ich mich so gut erinnere. Mein Magen hebt sich, stürzt ab und kommt wieder herauf. Ich habe Angst, er könnte sich herunterbeugen und mir einen Kuss auf die Wange geben. Aber nein, das ist nicht sein Stil. Andy küsst mich auf die Wange. Leo hat es nie getan. Wie es seine Art ist, lässt er alle Formalitäten beiseite, schiebt sich mir gegenüber auf die Bank und schüttelt einmal, zweimal den Kopf. Er sieht genauso aus wie in meiner Erinnerung, nur ein bisschen älter und irgendwie kühner, impulsiver; sein Haar wirkt dunkler, seine Schultern kräftiger, sein Kiefer kantiger. Ein krasser Kontrast zu Andys feingeschnittenen Gesichtszügen, seinen langen Gliedmaßen, seinem hellen Teint. Andy ist behaglicher anzusehen, glaube ich. Andy ist behaglicher, Punkt. So, wie ein Strandspaziergang behaglich ist. Ein Schläfchen am Sonntagnachmittag. Ein runder Zapfen in einem runden Loch.

«Ellen Dempsey», sagt er schließlich und schaut mir in die Augen.

Einen besseren Eröffnungssatz hätte er mir nicht bieten können. Ich stürze mich darauf und starre in seine braunen Augen hinter dem schwarzen Brillengestell. «Ellen Graham», verkünde ich stolz.

Leo runzelt die Stirn, als bemühe er sich, meinen Nachnamen irgendwo unterzubringen, obwohl er ihn auf der Stelle mit Margot verbinden müsste, die meine Zimmergefährtin war, als wir zusammen waren. Aber anscheinend fällt ihm der Zusammenhang nicht ein. Das sollte mich nicht überraschen. Leo hat nie etwas daran gelegen, viel über meine Freunde zu erfahren – und für Margot hatte er überhaupt nichts übrig. Das beruhte übrigens auf Gegenseitigkeit. Nach meinem ersten großen Streit mit Leo, der mich in ein Rotz und Wasser heulendes Wrack verwandelte, nahm Margot die einzigen Bilder, die ich damals von ihm und mir hatte, einen Streifen schwarzweißer

Passfotos aus einem Automaten, und riss sie säuberlich der Länge nach durch, mitten durch die Viererreihe seiner Stirn, Nase und Lippen, und ließ mein eigenes grinsendes Gesicht intakt.

«Siehst du, wie viel besser du jetzt aussiehst?», fragte sie. «Ohne dieses Arschloch?»

Das ist eine Freundin, dachte ich damals, noch während ich eine Rolle Klebstreifen aufstöberte und Leo sorgfältig wieder zusammenklebte. Und ich dachte das Gleiche über Margot, als Leo und ich uns endgültig trennten und sie mir eine Glückwunschkarte und eine Flasche Dom Pérignon schenkte. Ich bewahrte den Korken auf, wickelte den Fotostreifen mit einem Gummiband darum und legte ihn in meinen Schmuckkasten – wo Margot ihn Jahre später entdeckte, als sie ein Paar goldene Ohrringe zurückbrachte, die sie von mir geborgt hatte.

«Was ist das denn?», fragte sie und rollte den Korken zwischen den Fingern.

«Ähm … du hast mir doch diesen Champagner geschenkt», sagte ich belämmert. «Nach Leo. Weißt du noch?»

«Du hast den Korken aufbewahrt? Und diese Fotos?»

Der Korken, stammelte ich, sei für mich ein Zeichen unserer Freundschaft, nichts sonst – aber in Wahrheit ertrug ich es nicht, mich von irgendetwas zu trennen, das mit Leo zu tun hatte.

Margot zog die Brauen hoch, aber sie ließ von dem Thema ab, wie sie es bei kontroversen Fragen meistens tat. Anscheinend hielt man es in den Südstaaten so. Zumindest hielt Margot es so.

Jedenfalls habe ich Leo soeben meinen Ehenamen genannt. Kein ganz kleiner Triumph.

Leo hebt das Kinn, schiebt die Unterlippe vor und sagt: «Ach? Gratuliere.»

«Danke.» Ich bin innerlich beglückt und beschwingt – und dann schäme ich mich ein bisschen, weil ich mich so siegreich fühle. Das *Gegenteil von Liebe ist Gleichgültigkeit*, halte ich mir im Stillen vor.

«Und, wer ist der Glückliche?», fragt er.

«Du erinnerst dich an Margot?»

«Natürlich.»

«Ich habe ihren Bruder geheiratet. Ich glaube, du hast ihn mal kennengelernt?», sage ich unbestimmt, aber ich weiß hundertprozentig genau, dass Leo und Andy sich einmal gesehen haben, in einer Bar im East Village. Damals war es nur eine kurze, bedeutungslose Begegnung zwischen meinem Freund und dem Bruder meiner besten Freundin. Ein kurzer Wortwechsel – *Wie geht's?* … *Freut mich.* Vielleicht auch ein Händedruck. Das Übliche zwischen Männern. Aber Jahre später, nachdem Leo und ich längst auseinander waren und Andy und ich unsere ersten Dates hatten, würde ich diesen Augenblick erschöpfend und bis ins Detail dekonstruieren, wie es jede Frau tun würde.

Leo sieht aus, als erinnerte er sich. «Den Typen? Wirklich? Den Jurastudenten?»

Als er «den Typen» mit einem leicht spöttischen Unterton sagt, stellen sich mir die Nackenhaare auf, und ich frage mich, was er jetzt denkt. Hat er aus dieser kurzen Begegnung etwa Schlüsse gezogen? Will er nur seine Verachtung für Rechtsanwälte zum Ausdruck bringen? Habe ich irgendwann etwas über Andy gesagt, woraus er mir jetzt einen Strick drehen könnte? Nein. Ausgeschlossen. Es gab – und gibt – nichts Negatives oder Kritisches über Andy zu sagen. Andy hat keine Feinde. Alle Welt liebt ihn.

Ich schaue Leo wieder in die Augen und ermahne mich, nicht in die Defensive zu gehen, sondern einfach überhaupt nicht zu reagieren. Leos Meinung ist nicht mehr wichtig. Also nicke ich einfach friedlich und zuversichtlich. «Ja. Margots Bruder.»

«Na, das ist ja dann alles bestens gelaufen.» Ich bin ziemlich sicher, dass er das sarkastisch meint.

«Ja.» Ich lächele selbstgefällig. «Das kann man wohl sagen.»

«Eine große, glückliche Familie», sagt er.

Jetzt weiß ich *ganz* sicher, wie es gemeint ist, und ich spüre die Anspannung, die vertraute Wut, die in mir aufsteigt. Eine Wut, die nur Leo in mir wecken konnte. Ich schaue auf meine Brieftasche und bin fest entschlossen, ein paar Scheine auf den Tisch zu werfen, aufzustehen und hinauszumarschieren. Aber dann höre ich, wie er meinen Namen sagt, wie eine federleichte Frage, und seine Hand legt sich auf meine und umschließt sie ganz. Ich hatte vergessen, wie groß seine Hände waren. Und wie warm sie immer waren, selbst mitten im tiefsten Winter. Ich will meine Hand wegziehen, aber ich kann es nicht. *Zumindest hat er meine Rechte*, denke ich. Meine Linke ist unter dem Tisch, zur Faust geballt und in Sicherheit. Mit dem Daumen reibe ich über meinen Trauring und halte den Atem an.

«Du fehlst mir», sagt Leo.

Ich starre ihn an – schockiert, sprachlos. Ich *fehle* ihm? Das kann nicht die Wahrheit sein. Aber andererseits – Leo lügt nicht. Leo sagt immer die kalte, harte Wahrheit. Friss oder stirb.

«Es tut mir leid, Ellen», sagt er.

«Was tut dir leid?», frage ich und denke, es gibt zwei

Arten von Leidtun. Entweder man bereut wirklich und ist voller Bedauern. Oder man will sich einfach entschuldigen und sonst nichts.

«Alles», sagt Leo. «Alles.»

Eine umfassende Antwort, denke ich. Ich strecke die Finger der linken Hand und schaue hinunter auf meinen Ring. Ich habe einen dicken Kloß im Hals und kann nur flüstern. «Das ist Schnee von gestern», sage ich, und ich meine es so. Es ist Schnee von gestern.

«Ich weiß», sagt Leo. «Aber es tut mir trotzdem leid.»

Ich blinzele und schaue weg, aber ich kann meine Hand immer noch nicht wegziehen. «Das muss es nicht», sage ich. «Es ist alles okay.»

Leos dichte Augenbrauen, die so sauber geformt sind, dass ich ihn einmal scherzhaft bezichtigt habe, sie zu zupfen, heben sich gleichzeitig. «Okay?»

Ich weiß, was er andeuten will, und deshalb sage ich hastig: «Mehr als okay. Alles ist *wunderbar*. Genau so, wie es sein sollte.»

Er macht ein spitzbübisches Gesicht, wie er es immer tat, wenn ich ihn am meisten liebte und fest daran glaubte, dass zwischen uns alles gut werden würde. Mein Herz krampft sich zusammen.

«Na, Ellen Graham, angesichts dessen, wie *okay* jetzt alles ist – wollen wir nicht ausprobieren, wie es wäre, Freunde zu sein? Meinst du, das könnten wir?»

Ich wäge all die Gründe ab, weshalb wir es lieber nicht ausprobieren sollten, was dabei zu Schaden kommen könnte. Aber ich merke, dass ich einfach kühl die Achseln zucke, und höre mich leise sagen: «Warum nicht?»

Dann ziehe ich meine Hand unter seiner weg, einen Augenblick zu spät.

*Vier

Wie betäubt verlasse ich das Restaurant; meine Gefühle sind eine Mischung aus Melancholie, Groll und Vorfreude. Es ist eine seltsam beunruhigende Mixtur, und der eisige Regen, der jetzt in schrägen Schleiern vom Himmel weht, macht alles noch schlimmer. Kurz überlege ich, ob ich den weiten Weg nach Hause zu Fuß gehen soll; fast *möchte* ich mich kalt und nass und elend fühlen. Aber dann lasse ich es doch bleiben. Es hat keinen Sinn, mich zu suhlen; ich habe keinen Grund, aufgeregt oder auch nur nachdenklich zu sein.

Also gehe ich zur U-Bahn und marschiere zielstrebig über die glänzenden Gehwege. Gute, schlechte und sogar ein paar profane Erinnerungen an Leo schwirren mir im Kopf herum, aber ich bin nicht bereit, mich mit einer davon zu beschäftigen. *Schnee von gestern*, murmle ich, als ich die Treppe zur Union Station hinuntergehe. Unten auf dem Bahnsteig versuche ich, nicht in die Pfützen zu treten und mich sonst wie abzulenken. An einem Zeitungsstand kaufe ich mir eine Rolle Karamelldrops, ich überfliege die Schlagzeilen der Boulevardzeitungen, belausche neben mir eine hitzige Diskussion über Politik und beobachte eine Ratte, die unten am Gleis entlanghuscht. Alles – nur nicht das Gespräch mit Leo im Kopf zurückspulen und wieder abspielen. Wenn diese Schleuse einmal offen ist, werde ich zwanghaft alles analysieren, was gesagt wurde, jedes Wort und auch den störenden Subtext, der immer schon da war, wenn wir beide miteinander gesprochen haben. *Was hat er damit gemeint? Warum hat er dies oder jenes nicht gesagt? Empfindet er immer noch etwas für mich? Ist er* jetzt auch verheiratet? Und wenn ja, warum hat er es nicht erzählt?

Ich sage mir, dass das alles nicht mehr wichtig ist. Es ist schon seit langem nicht mehr wichtig.

Endlich fährt der Zug ein. Es ist Rushhour, die Wagen sind voll, und es gibt nur Stehplätze. Ich zwänge mich in einen hinein und gerate neben eine Mutter und ihre Tochter, die im Grundschulalter ist. Zumindest glaube ich, dass es sich um Mutter und Tochter handelt; sie haben die gleiche spitze Nase und ein ähnliches Kinn. Das kleine Mädchen trägt einen zweireihigen Matrosenmantel mit Ankern auf den goldenen Knöpfen. Sie reden darüber, was es zum Abendessen geben soll.

«Makkaroni mit Käse und Knoblauch-Toast?», schlägt die Tochter vor und macht ein hoffnungsvolles Gesicht.

Ich warte auf den mütterlichen Widerspruch – Das hatten wir erst gestern Abend –, aber die Mutter lächelt nur und sagt: «Ja, das ist eine fabelhafte Idee für einen so verregneten Tag.» Ihre Stimme ist so warm und wohltuend wie die gesättigten Fettsäuren, die sie zusammen genießen werden.

Ich denke an meine eigene Mutter, wie ich es jeden Tag tue, oft auch ohne einen so naheliegenden Anlass wie jetzt. Ein Gedanke, der immer wiederkehrt, geht mir durch den Kopf: Wie wäre unsere Beziehung heute, wenn sie noch lebte? Würde ich ihrer Meinung in Herzensdingen misstrauen und absichtlich rebellieren gegen das, was sie für mich wollte? Oder würden wir einander so nahestehen wie Margot und ihre Mutter, die täglich miteinander sprechen? Ich stelle mir gern vor, wir wären Vertraute geworden. Nicht solche, die Kleider und Schuhe tauschen und miteinander kichern (dazu war meine Mutter zu nüchtern), aber doch emotional so eng verbunden, dass ich ihr von Leo und dem Schnellrestaurant erzählt hätte. Von seiner Hand auf meiner. Und davon, wie es mir jetzt geht.

Ich stückele mir zusammen, was sie vielleicht sagen würde – beruhigende kleine Sätze wie: *Ich bin so froh, dass du Andy gefunden hast. Er ist wie ein Sohn, den ich nie hatte. Der andere Junge hat mir nie besonders gut gefallen.*

Alles zu vorhersehbar, denke ich und grabe tiefer. Ich schließe die Augen und stelle sie mir vor, bevor sie krank wurde. Das habe ich länger nicht getan. Ich sehe ihre mandelförmigen, nussbraunen Augen, ganz ähnlich wie meine eigenen, aber die Augenwinkel leicht herabgezogen. Schlafzimmerblick, sagte mein Vater immer. Ich stelle mir ihre breite, glatte Stirn vor. Ihr dichtes, glänzendes Haar, das sie immer in der gleichen, schlichten Bob-Frisur trug, über jeden Trend und jede Ära hinweg, gerade lang genug, um es zu einem kurzen, dicken Pferdeschwanz zusammenzubinden, wenn sie im Haus oder im Garten arbeitete. Die kleine Lücke zwischen ihren Schneidezähnen, die sie unbewusst mit der Hand verdeckte, wenn sie wirklich laut lachen musste.

Ihr strenger, aber gerechter Blick fällt mir wieder ein – der Blick einer Mathelehrerin an einer ruppigen Gemeindeschule –, und ich höre sie mit ihrem Pittsburgher Dialekt sagen: *Hör mal zu, Ellie. Fang nicht an, dieser Begegnung irgendeine verrückte Bedeutung beizumessen, wie du es schon bei der ersten Begegnung mit ihm gemacht hast. Dieses Treffen gerade bedeutet nichts. Nicht das Geringste. Es gibt manchmal Dinge im Leben, die einfach nichts bedeuten.*

Jetzt möchte ich auf meine Mutter hören. Ich möchte glauben, dass sie mir aus weiter Ferne ihren Rat gibt, aber trotzdem merke ich, wie ich einknicke und an jene erste

Zufallsbegegnung zurückdenke, damals im New York State Supreme Court in der Centre Street, wohin Leo und ich am selben Dienstag im Oktober als Geschworene bestellt worden waren. Häftlinge, zusammen eingesperrt in einem fensterlosen Raum mit schlechter Akustik, Stahlrohrklappstühlen und mindestens einem Mitbürger, der sein Deodorant vergessen hatte. Es war alles so zufällig und, wie ich lange Zeit törichterweise glaubte, romantisch, gerade weil es so zufällig war.

Ich war erst dreiundzwanzig Jahre alt, aber ich fühlte mich viel älter; wegen dieser unbestimmten Angst und der Desillusionierung, die einsetzt, wenn man das Sicherheitsnetz des College verlässt und sich unvermittelt in der wirklichen Welt wiederfindet – vor allem dann, wenn man weder Ziele noch einen Plan, weder Geld noch eine Mutter hat. Margot und ich waren gerade im Sommer zuvor nach New York gezogen, gleich nach dem Examen, und sie hatte eine erstklassige Stellung in der Marketing-Abteilung bei J. Crew ergattert. Mir war eine Einstiegsposition bei der Mellon Bank in Pittsburgh angeboten worden, und deshalb hatte ich vorgehabt, wieder nach Hause zu gehen und bei meinem Vater und seiner neuen Frau Sharon zu wohnen, einer lieben, aber etwas billig aussehenden Frau mit großem Busen und zu viel Haarspray. Aber Margot überredete mich, stattdessen mit ihr nach New York zu kommen, und sie hielt mir aufrüttelnde Vorträge über den Big Apple: Wenn ich es dort schaffte, würde ich es überall schaffen. Widerstrebend sagte ich zu, denn den Gedanken, mich von Margot zu trennen, ertrug ich ebenso wenig wie die Vorstellung, zu sehen, wie eine andere Frau mein Zuhause übernahm – das Zuhause meiner Mutter.

Also beauftragte Margots Vater eine Umzugsfirma, unsere Sachen aus dem Wohnheim hinaufzubringen, spendierte uns beiden einen One-Way-Flug nach New York, und mit seiner Hilfe bezogen wir ein entzückendes Drei-Zimmer-Apartment an der Ecke Columbus Avenue und 79th – sie mit einer nagelneuen Business-Garderobe und einem Kroko-Aktenkoffer, ich mit einem nutzlosen Philosophie-Examen, einem Stapel T-Shirts und abgeschnittenen Jeans. Ich besaß 433 Dollar und hatte die Gewohnheit, immer nur fünf Dollar aus dem Geldautomaten zu ziehen, einen Betrag, für den ich zu meinem Schrecken in der City nicht mal ein Pastrami-Sandwich bekam. Aber Margots Treuhandfonds, den ihre Großeltern mütterlicherseits für sie eingesetzt hatten, war eben frei geworden, und sie versicherte mir, was ihr gehöre, gehöre auch mir – denn waren wir schließlich nicht eher Schwestern als Freundinnen?

«Bitte zwing mich nicht, in einer Bruchbude zu wohnen, nur damit du dir die halbe Miete leisten kannst», sagte sie nur halb im Scherz. Margot *brauchte* über Geld nicht nachzudenken, sie *wollte* es auch nicht. Also lernte ich, meinen Stolz herunterzuschlucken und meinen brennend roten Hals zu ignorieren, wenn ich mir Geld von ihr lieh. Ich sagte mir, ein schlechtes Gewissen sei reine Gefühlsverschwendung, und ich würde es eines Tages wiedergutmachen – wenn nicht finanziell, dann auf irgendeine andere Weise.

In diesem ersten, aufregenden Sommer in der Stadt motzte ich fast einen Monat lang meinen Lebenslauf mit Übertreibungen und schicken Schriften auf und bewarb mich um jeden Bürojob, den ich finden konnte. Je langweiliger die Stellenbeschreibung, desto seriöser erschien mir die damit verbundene Karriere, denn damals setzte ich Erwachsensein mit Langeweile und Strumpfhosen gleich.

Ich bekam jede Menge Rückrufe, aber im Vorstellungsgespräch muss ich grottenschlecht gewesen sein, denn ich handelte mir nur Absagen ein. Also gab ich mich schließlich mit einem Job als Kellnerin im L'Express zufrieden, einem Café in der Park Avenue South, das sich selbst als Lyonnaiser *bouchon* beschrieb. Ich musste lange arbeiten – oft hatte ich die Spätabendschicht –, und mir taten dauernd die Füße weh, aber es war nicht übel; ich verdiente überraschend gutes Geld (die Gäste geben spätabends mehr Trinkgeld), lernte ein paar coole Leute kennen und erfuhr alles, was ich jemals über *charcuterie* und Käseplatten, Portwein und Schweinsfüße wissen wollte.

Unterdessen fing ich mit dem Fotografieren an. Es begann als Hobby, um mich zu beschäftigen und um die Stadt kennenzulernen. Ich spazierte durch die verschiedenen Viertel – East Village, Alphabet City, SoHo, Chinatown, Tribeca – und machte Fotos mit einer 35-mm-Kamera, die mein Vater und Sharon mir zum Examen geschenkt hatten. Aber schon sehr bald bedeutete das Fotografieren mir mehr. Bald tat ich es nicht nur einfach gern – ich *musste* es tun, ganz so, wie ein Schriftsteller den Drang hat, Worte zu Papier zu bringen, oder wie begeisterte Jogger morgens früh einfach laufen *müssen*. Das Fotografieren begeisterte mich, und mit einem Mal hatte ich ein Ziel, selbst dann, wenn ich buchstäblich völlig ziellos war. Meine Mutter fehlte mir wie sonst nie, und zum ersten Mal in meinem Leben sehnte ich mich wirklich nach einer liebevollen Beziehung. In der zehnten Klasse war ich wahnsinnig verknallt in Matt Iannotti gewesen – eine Borderline-Macke, die mich fast zum Stalker hatte werden lassen –, aber davon abgesehen hatte ich mich nicht besonders für Jungs interessiert. Ich hatte hier und da ein paar Dates und auf dem

College zwei Freunde gehabt, mit denen ich Sex hatte, mit dem einen richtig, mit dem anderen weniger. Aber ich war noch nie wenigstens annähernd verliebt gewesen. Noch hatte ich die entsprechenden Worte jemals ausgesprochen oder geschrieben, außer gegenüber meiner Familie und bei Margot, wenn wir beide zu viel getrunken hatten. Und das alles war mir ganz recht – bis zu diesem ersten Jahr in New York. Ich wusste nicht genau, was sich da in meinem Kopf verändert hatte, aber vielleicht lag es daran, dass ich wirklich erwachsen war – und umgeben von Millionen Menschen, Margot eingeschlossen, die allesamt klar umrissene Träume hatten und jemanden liebten.

Also richtete ich meine ganze Energie auf das Fotografieren. Jeden Cent, den ich übrig hatte, gab ich für Fotomaterial aus, und jeden freien Augenblick verbrachte ich mit Fotografieren oder über Büchern in der Bibliothek und in Buchhandlungen. Mein Lieblingsbuch bekam ich von Margot zum dreiundzwanzigsten Geburtstag: The Americans von Robert Frank, eine Serie von Fotos, die er in den fünfziger Jahren auf seinen Reisen durch das ganze Land machte. Ich war wie hypnotisiert von seinen Schwarzweißbildern. Jedes einzelne war wie eine Geschichte für sich. Ich hatte das Gefühl, sie zu kennen: den stämmigen Mann, der sich über eine Musicbox beugte, die elegante Frau im Aufzug, die einen Blick über die Schulter warf, das dunkelhäutige Kindermädchen mit dem milchweißen Baby in den Armen. Ich kam zu dem Schluss, dass man ein Objekt wirklich kennen musste, um gute Fotos zu machen. *Wenn ich solche Bilder machen könnte, dachte ich, dann hätte ich meine Erfüllung, auch ohne Freund.*

In der Rückschau ist es völlig klar, was ich als Nächstes zu tun hatte, aber es war Margot, die mich auf das Offenkundige hinweisen musste – einer der vielen Gründe, weshalb man Freundinnen hat. Sie war eben von einer Geschäftsreise aus Los Angeles zurückgekommen, und sie rollte ihren Koffer herein, blieb am Küchentisch stehen und nahm eins meiner eben entwickelten Fotos in die Hand. Es zeigte einen aufgelösten Teenager; das Mädchen saß auf dem Randstein in der Bedford Avenue in Brooklyn, und der Inhalt ihrer Handtasche lag um sie herum auf der Straße. Sie hatte langes, lockiges rotes Haar und war schön auf eine jugendliche, ungeschminkte Weise, die ich zu der Zeit noch nicht vollständig erkannte, weil ich selbst so jung war. Sie streckte eine Hand aus, um einen zerbrochenen Spiegel aufzuheben, und mit der anderen berührte sie ganz leicht ihre Stirn.

«Wow», sagte Margot und hielt sich das Foto dicht vor die Augen. «Das ist ein *unglaubliches* Foto.»

«Danke», sagte ich bescheiden, aber doch stolz. Es war wirklich ein unglaubliches Foto.

«Warum ist sie so traurig?», fragte Margot.

Ich zuckte die Schultern; ich sprach selten mit den Leuten, die ich fotografierte – nur, wenn sie mich dabei erwischten und mich ansprachen.

«Vielleicht hat sie ihr Portemonnaie verloren», sagte Margot.

«Vielleicht hat sie auch gerade mit ihrem Freund Schluss gemacht», sagte ich.

Oder vielleicht ist ihre Mutter eben gestorben.

Margot studierte das Bild weiter und stellte fest, dass die leuchtend roten Kniestrümpfe dem Mädchen eine altmodische Anmutung gaben. «Obwohl», fügte sie mit ihrer typischen Modebesessenheit hinzu, «Kniestrümpfe kommen gerade wieder. Ob es dir gefällt oder nicht.»

«Gefällt mir nicht», sagte ich. «Aber ich nehm's zur Kenntnis.»

Und dann sagte sie: «Deine Fotos sind einfach genial, Ellen.» Sie nickte ernsthaft, während sie ihr weiches, honigblondes Haar zu einem Knoten schlang und mit einem Drehbleistift feststeckte. Es war eine Technik von beiläufiger Coolness, die ich schon hundertmal nachzumachen versucht hatte, aber ich bekam es nie richtig hin. Wenn es um Haare oder Mode oder Make-up ging, blieben alle meine Versuche, Margot zu kopieren, irgendwie auf halber Strecke stehen. Jetzt nickte sie noch einmal und sagte: «Du solltest aus dem Fotografieren einen Beruf machen.»

«Findest du?», sagte ich beiläufig.

Seltsam, aber daran hatte ich noch nie gedacht. Ich weiß nicht, wieso ich nicht selbst auf die Idee gekommen war. Vielleicht weil ich befürchtete, mein Enthusiasmus könnte meine Fähigkeiten übersteigen. Der Gedanke, mit einer Sache zu scheitern, die mir so viel bedeutete, war unerträglich. Aber Margots Meinung war mir wichtig, und so unaufrichtig sie mit ihren Südstaaten-Nettigkeiten und Komplimenten anderen gegenüber manchmal war, mir gegenüber war sie es nie. Mir gegenüber nahm sie nie ein Blatt vor den Mund – auch ein Zeichen echter Freundschaft.

«Ich weiß es», sagte sie. «Du solltest es versuchen. Mach diese Sache richtig.»

Also befolgte ich Margots Rat und sah mich nach einem Job in der Fotobranche um. Ich bewarb mich auf jede Assistentenstelle, die ich finden konnte – sogar bei ein paar billigen Hochzeitsfotografen auf Long Island. Aber ohne formelle Ausbildung wurde ich wiederum überall abgelehnt, und schließlich nahm ich eine minimal bezahlte

Stelle als Laborantin in einer kleinen Foto-Boutique mit antiken Geräten an. Irgendwo musste ich ja anfangen, sagte ich mir, als ich an meinem ersten Tag mit dem Bus zum öden unteren Ende der Second Avenue fuhr und in einem zugigen Hinterzimmer, in dem es nach Zigaretten und Putzmittel roch, mein Erdnussbutter-Marmeladen-Sandwich auspackte.

Aber wie sich herausstellte, war es der ideale erste Job, und zwar dank Quynh, der jungen Vietnamesin, die mit dem Sohn des Eigentümers verheiratet war. Quynh sprach nur wenig Englisch, aber sie war ein Genie im Umgang mit Farbe, und sie brachte mir mehr über individuelles Entwickeln bei, als ich in jedem Kurs hätte lernen können (und mehr, als ich schließlich lernte, als ich tatsächlich Fotokurse besuchte). Jeden Tag sah ich zu, wie Quynh mit ihren schmalen, geschickten Fingern die Filme einfädelte und an den Knöpfen der Apparate drehte, hier ein bisschen Gelb hinzufügte und da ein bisschen Blau wegnahm, um perfekte Abzüge zu produzieren, und ich verliebte mich immer mehr in meinen auserwählten Beruf.

Da war ich also, als ich die schamlose Aufforderung erhielt, mich als Geschworene zur Verfügung zu stellen. Ich war zwar immer noch ziemlich arm, aber glücklich und zuversichtlich, und ich war nicht gerade versessen darauf, meine Arbeit ruhenzulassen (und somit weniger zu verdienen), um am Gericht Dienst zu tun. Margot schlug vor, ich solle Andy fragen, der eben im dritten Jahr seines Jurastudiums an der Columbia University war; vielleicht könnte er mir sagen, wie ich mich da herausreden könnte. Also rief ich ihn an, und er versicherte mir, das sei ein Kinderspiel.

«Du darfst beim Voir Dire nicht lügen», sagte er, und

ich hörte zu, beeindruckt von dieser fremdartigen Ausdrucksweise. «Aber du kannst deine Voreingenommenheit übertreiben. Lass einfach durchblicken, dass du Rechtsanwälte hasst, dass du keinem Polizisten traust oder dass du eine Abneigung gegen reiche Leute hast. Was immer sie da gerade suchen.»

«Na ja», sagte ich, «eine Abneigung gegen reiche Leute habe ich ja.»

Andy lachte. Er wusste, dass ich einen Witz machte, aber von Margot musste er auch wissen, wie pleite ich ständig war. Er räusperte sich und redete ernsthaft weiter. «Unbeherrschte Körpersprache ist auch ein guter Trick. Du musst genervt aussehen. Als hättest du Wichtigeres zu tun. Halte die Arme verschränkt. Keine der beiden Seiten vor Gericht will eine ungeduldige Geschworene haben.»

Ich würde seinen Rat auf jeden Fall befolgen, sagte ich. Ich würde alles tun, um mein regelmäßiges Leben weiterzuführen – und mein dringend benötigtes Gehalt zu kassieren.

Aber all das änderte sich blitzartig, als ich Leo zum ersten Mal sah. Der Augenblick ist für alle Zeit in mein Gedächtnis eingebrannt.

Es war noch früh am Morgen, aber ich hatte den Stapel Zeitschriften in meiner Schultertasche schon durchgelesen, hundertmal auf die Uhr gesehen und Quynh von einem Münztelefon aus angerufen, um ihr einen Statusbericht zu geben. Ich lehnte mich auf meinem Stuhl zurück, ließ den Blick durch den Raum wandern und entdeckte ihn. Er saß mir schräg gegenüber, ein paar Reihen weiter, las die letzte Seite der New York Post und nickte im Takt der Musik aus seinem Discman, und plötzlich hatte ich das verrückte Verlangen, zu wissen, was er da hörte. Aus irgendeinem Grund stellte ich mir vor, es sei die Steve Miller Band oder Crosby, Stills and Nash. Irgendetwas Männliches, passend zu seiner ausgewaschenen Jeans, dem marineblauen Fleece-Pullover und den schwarzen, locker geschnürten Adidas-Sneakers. Als er den Kopf hob und zur Wanduhr schaute, bewunderte ich sein Profil. Eine markante Nase (Margot würde sie später als «trotzig» bezeichnen), hohe Wangenknochen und dunkles Haar, das lockig über die glatte, olivfarbene Haut an seinem Hals fiel. Er war nicht besonders groß oder stämmig, aber er hatte einen breiten Rücken, und seine Schultern sahen kräftig aus. Ich stellte ihn mir beim Seilspringen in einem nüchternen, zweckmäßigen Fitness-Studio vor, oder wie er die Treppe zum Gericht hinauflief und dabei ein bisschen wie Rocky aussah, und ich kam zu dem Schluss, dass er eher sexy als hübsch war. Sexy im Sinne von «Ich wette, er ist gut im Bett». Der Gedanke überraschte mich, denn normalerweise beurteilte ich Männer nicht nach diesen Kriterien. Wie den meisten Frauen war es mir wichtig, jemanden vorher kennenzulernen: Anziehungskraft, fand ich, beruhte auf Persönlichkeit. Außerdem stand ich gar nicht so sehr auf Sex. Noch nicht.

Als hätte er meine Gedanken gelesen, drehte Leo sich um und warf mir einen verschmitzten, intelligenten Blick zu, der sagte: «Hab dich erwischt» oder vielleicht auch nur «Geschworenen-Dienst ist Mist, was?». Er hatte tiefliegende Augen (sodass ich die Farbe nicht erkennen konnte), und irgendwie schaffte er es, selbst im Licht der grellen Leuchtstofflampen geheimnisvoll auszusehen. Ich schaute ihn einen gefährlichen Augenblick lang an, bevor ich so tat, als konzentrierte ich mich auf den Bürokraten am Eingang, der gerade mindestens zum fünften Mal erklärte, was ein gültiger medizinischer Hinderungsgrund war.

Später würde Leo mir erzählen, ich hätte verwirrt ausgesehen, was ich vehement abstritt; ich behauptete entschieden, ich hätte ihn kaum bemerkt. So oder so, wir waren uns einig, dass wir beide von diesem Augenblick an fanden, Geschworenen-Dienst sei doch kein ganz so großer Mist.

Während der nächsten Stunde nahm ich auch die kleinste seiner Bewegungen wahr. Ich sah zu, wie er sich streckte und gähnte. Ich sah zu, wie er seine Zeitung zusammenfaltete und unter dem Stuhl verstaute. Ich sah zu, wie er hinausschlenderte und mit einer Packung Erdnussbutter-Cracker zurückkam, die er ganz unverhohlen aß, obwohl überall im Raum Schilder hingen, die das Essen und Trinken verboten. Er erwiderte meine Blicke nicht ein einziges Mal, aber ich hatte das Gefühl, er merkte, dass ich ihn beobachtete, und das verursachte in mir ein seltsames Kribbeln. Ich dachte keinen Augenblick lang an etwas so Verrücktes wie «Liebe auf den ersten Blick» – daran glaubte ich nicht –, aber ich wusste, dass ich auf eine unerklärliche und nie dagewesene Weise fasziniert war.

Und dann gewährte mir die gute Gerichts-Fee meinen Wunsch. Unsere Namen wurden mit einer Reihe anderer Namen zusammen aufgerufen, und wir saßen plötzlich Seite an Seite auf einer Geschworenenbank, nur eine Handbreit voneinander entfernt. Der kleine Gerichtssaal hatte nichts Prachtvolles oder Goldgerändertes an sich, nichts, was an eine Filmkulisse erinnert hätte, aber ich hatte doch das Gefühl, dass sich hier etwas Ernstes und Bedeutendes entwickeln würde. Aus dem Augenwinkel sah ich die blauen Adern auf seinem kräftigen Unterarm, und verblüfft empfand ich ein flatterndes Verlangen, das mich an meine Highschool-Schwärmerei für Matt erinnerte, an meine Euphorie, als er eines Morgens in unserer miefigen Aula neben mir gesessen hatte, in einem öden Vortrag über all die vielfältigen Möglichkeiten, wie Drogen unser Leben zerstören können. Ich erinnerte mich, wie mir Matts literweise aufgesprühtes Aramis-Eau-de-Cologne in die Nase stieg (das ich noch heute im Gedränge herausriechen kann) und wie ich über seine witzigen Bemerkungen lachte, als er aufzählte, auf wie viele verschiedene Arten Marihuana unser Leben in Wirklichkeit verbessern könne. Wenn ich es mir recht überlegte, erschien Leo mir überhaupt wie eine ältere Version von Matt, was mich zu der Frage brachte, ob ich nicht doch einen bestimmten Typ bevorzugte, auch wenn ich Margot gegenüber immer das Gegenteil beteuerte. Wenn ja, dann entsprach er diesem Typ genau. Und während ich diese Feststellung traf, richtete der Staatsanwalt seine Aufmerksamkeit auf Leo und begann mit falscher Fröhlichkeit: «Geschworener Nummer neun. Guten Morgen.»

Leo nickte reserviert, aber respektvoll.

«Wo wohnen Sie, Sir?», fragte der Staatsanwalt.

Ich richtete mich kerzengerade auf und hoffte, seine Stimme möge seinem Aussehen gerecht werden. Es gibt bei einem Mann nichts Schlimmeres als eine hohe, dünne Stimme – dicht gefolgt von zierlichen Handgelenken, hängenden Schultern und einem schlaffen Händedruck.

Natürlich enttäuschte Leo mich nicht. Er räusperte sich, und dann hörte ich seine dunkle, selbstsichere Stimme mit dem New Yorker Akzent. «Morningside Heights», antwortete er.

«Sind Sie dort aufgewachsen?»

«Nein, ich bin aus Astoria», sagte Leo. «Da geboren und aufgewachsen.»

Ja! Queens!, dachte ich, als hätte ich mich bereits in die äußeren Stadtteile verliebt. Vielleicht, weil sie mich an zu Hause erinnerten: Arbeitergegenden. Vielleicht, weil meine Fotos, die ich abseits des New Yorker Reichtums machte, immer die überzeugenderen waren.

Der Staatsanwalt fuhr fort und fragte Leo, womit er seinen Lebensunterhalt verdiente, während ich dachte, Voir Dire sei besser als ein erstes Date. Jemand anderes stellte die Fragen, und ich durfte zuhören. Und er musste die Wahrheit sagen. Super.

«Ich bin Autor ... Reporter», sagte Leo. «Ich schreibe hier und da für eine kleine Zeitung.»

Super, dachte ich noch einmal. Ich stellte mir vor, wie er mit seinem Spiralblock durch die Straßen streifte und am helllichten Nachmittag in dunklen Bars alte Männer ansprach und dann einen Artikel darüber schrieb, wie die Stadt ihren toughen Charakter verloren hatte.

So ging es die nächsten Minuten weiter: Ich war hingerissen von Leos Antworten – nicht nur wegen des Inhalts, sondern mir gefiel auch die Art, wie er sprach, so cool und trotzdem lebhaft. Ich erfuhr, dass er drei Jahre auf dem College gewesen war und dann abgebrochen hatte, als ihm «das Geld ausging». Dass er keinen Rechtsanwalt kannte – bis auf einen Typen namens Vern von der Grundschule, der «heute nach Unfallopfern giert, aber sonst ein ganz anständiger Kerl ist, trotz seines Jobs – nichts für ungut». Dass seine Brüder und sein Vater bei der Feuerwehr waren, während er diesen Familienberuf «nie besonders verlockend» gefunden habe. Dass er nicht verheiratet war und keine Kinder hatte, «soweit ich weiß». Dass er nie Opfer einer Gewalttat geworden war, «die eine oder andere verlorene Prügelei nicht mitgerechnet».

Und bei Leos letzter Antwort war mein Wunsch, als Geschworene abgelehnt zu werden, komplett verschwunden. Stattdessen akzeptierte ich meine Bürgerpflicht mit ganz neuer Inbrunst. Als ich an der Reihe war, Fragen zu beantworten, tat ich alles, was ich Andys Ratschlägen zufolge nicht tun sollte. Ich war freundlich und entgegenkommend. Ich strahlte die beiden Juristen mit meinem besten Schülerlotsenlächeln an und zeigte ihnen, was für eine ideale, unvoreingenommene Geschworene ich abgeben würde. Flüchtig dachte ich an meinen Job und daran, wie sehr Quynh mich brauchte, aber dann kam ich zu dem edelmütigen Schluss, dass unser Strafrechtssystem und die Verfassung, auf der es beruhte, ein Opfer wert seien.

Als Leo und ich mehrere Fragerunden später als Geschworene neun und zehn auserkoren wurden, war ich deshalb im siebten Himmel, ein Zustand, der sich bei den Zeugenvernehmungen in den nächsten sechs Tagen immer wieder einstellte, allen drastischen Details eines brutalen Teppichmessermordes in Spanish Harlem zum Trotz. Ein zwanzigjähriger Junge war tot, ein anderer stand wegen Mordes vor Gericht, und ich saß da und hoffte, dass die Beweisaufnahme noch sehr lange dauern würde. Ich konnte nicht anders. Ich wollte mehr Zeit an Leos Seite verbringen und Gelegenheit haben, mit ihm zu reden und ihn ein bisschen kennenzulernen. Ich musste herausfinden, ob meine Schwärmerei – ein unzureichender Ausdruck für das, was ich tatsächlich empfand – begründet war. Die ganze Zeit war Leo freundlich, aber unzugänglich. Soweit es möglich war, behielt er seine Kopfhörer auf und beteiligte sich nicht am Small Talk auf dem Flur vor dem Gerichtssaal, wenn die übrigen Geschworenen über alles Mögliche, nur nicht über den Fall sprachen, und zum

Lunch ging er immer allein, nicht mit uns in den Deli gegenüber. Wegen seiner Verschlossenheit gefiel er mir nur noch besser.

Und dann eines Morgens, als wir uns zu den Schlussplädoyers auf die Geschworenenbank setzten, drehte er sich zu mir um und sagte: «Jetzt ist es so weit.» Er lächelte, ein offenes, verhaltenes Lächeln – fast, als teilten wir ein Geheimnis. Ich bekam Herzflattern. Und wir hatten tatsächlich auch ein Geheimnis miteinander.

Es begann während der Beratung, als klarwurde, dass Leo und ich die gleiche Meinung vertraten. Kurz gesagt, wir waren beide für einen Freispruch. Der Tötungsakt an sich stand nicht in Frage; der Angeklagte hatte gestanden, und das Geständnis war nicht angefochten worden. Es ging allein um die Frage, ob es sich um Notwehr gehandelt habe. Leo und ich waren dieser Ansicht. Genauer gesagt, wir fanden, es gebe jede Menge angemessener Zweifel daran, dass es *keine* Notwehr gewesen sei – ein feiner Unterschied, den mindestens ein halbes Dutzend unserer Kollegen in der Jury erschreckenderweise nicht zu begreifen schien. Wir wiesen immer wieder darauf hin, dass der Angeklagte kein Vorstrafenregister hatte (fast ein Wunder in dieser üblen Gegend) und dass er Todesangst vor dem Opfer gehabt habe (einem der brutalsten Bandenführer in Harlem, der den Angeklagten monatelang bedroht hatte – sodass dieser sich schutzsuchend an die Polizei gewandt hatte). Und schließlich hatte der Angeklagte das Teppichmesser wohl deshalb bei sich getragen, weil er bei einer Umzugsfirma arbeitete. Alles das führte uns zu der Überzeugung, dass der Angeklagte in Panik geraten ist, als das Opfer und *drei* seiner gewalttätigen Freunde ihn in die Enge getrieben hatten, und dass er deshalb blindlings zugestochen habe.

Das Szenario erschien uns plausibel – auf jeden Fall plausibel genug für einen begründeten Zweifel.

Nachdem wir drei Tage lang zunehmend entnervt im Kreis geredet hatten, ohne mit den anderen in der Jury auch nur ein kleines Stück weiterzukommen, zogen wir uns alle für die Nacht auf unsere Zimmer in einem trostlosen Ramada Inn am Flughafen JFK zurück. Fernsehen war erlaubt – anscheinend war der Prozess zu unbedeutend für die Nachrichtensendungen –, aber wir durften nicht telefonieren und außerhalb der offiziellen Beratungen im Juryzimmer nicht miteinander über den Fall sprechen.

Deshalb war ich verblüfft, als mein Telefon klingelte. Ich fragte mich, wer das sein konnte, und hoffte insgeheim, es wäre Leo. Vielleicht hatte er sich meine Zimmernummer gemerkt, als wir von unserem vom Gerichtsdiener beaufsichtigten Abendessen zurückgekommen waren. Nervös nahm ich den Hörer ab und flüsterte: «Hallo.»

Leo sprach leise. Als könnte es da eine Verwechslung geben, sagte er: «Hier ist der Geschworene Nummer neun. Leo.»

«Ich weiß», sagte ich und spürte, wie das Blut mir aus dem Kopf in die Füße rauschte.

«Schauen Sie», sagte er (nach der dreitägigen Beratung wusste ich, dass er seine Sätze immer mir «Schauen Sie» anfing, eine Schrulle, die ich entzückend fand), «ich weiß, ich darf Sie nicht anrufen ... Aber ich werde hier verrückt ...»

Ich wusste nicht, was er damit sagen wollte – wurde er verrückt wegen der Isolation, oder wurde er verrückt, weil er in mich verknallt war? Vermutlich war Ersteres der Fall. Das Zweite wäre so unglaublich schön, dass es unmöglich war.

«Ja. Ich weiß, was Sie meinen.» Ich bemühte mich, gelassen zu klingen. «Die Aussagen gehen mir einfach nicht aus dem Kopf. Es ist so frustrierend.»

Leo atmete hörbar aus und sagte nach längerem Schweigen: «Ich meine, wie beschissen ist es, wenn ein Dutzend Schwachköpfe über dein Schicksal entscheidet?»

«Ein Dutzend Schwachköpfe?» Ich wollte amüsant und cool sein. «Sprechen Sie für sich selbst, Kollege.»

Leo lachte, und ich lag in meinem Bett und vibrierte vor Aufregung.

Dann sagte er: «Okay, zehn Schwachköpfe. Acht auf jeden Fall, das steht fest.»

«Ja», sagte ich. «Ich weiß.»

«Ich meine, mal ernsthaft», fuhr er fort. «Ist das denn zu fassen mit diesen Leuten? Die Hälfte von denen ist für gar nichts offen, und die andere Hälfte besteht aus Halbidioten, die so wischiwaschi sind, dass sie jederzeit nachplappern, was ihre Kollegen beim Lunch gerade erzählen.»

«Ich weiß.» Mir war schwindelig. Ich konnte nicht fassen, dass wir endlich wirklich miteinander redeten. Und noch dazu, während ich im Dunkeln unter meiner Bettdecke lag. Ich schloss die Augen und sah ihn vor mir, in seinem eigenen Bett. Unglaublich, wie sehr ich einen buchstäblich Fremden begehren konnte.

«Ich habe noch nie darüber nachgedacht», sagte Leo. «Aber wenn ich vor Gericht stände, hätte ich es lieber mit einem Richter als mit einer Jury zu tun.»

Da wäre ich möglicherweise seiner Meinung, sagte ich.

«Verdammt. Lieber hätte ich einen korrupten Richter, der sich von meinen Gegnern schmieren lässt, als diese Loser-Truppe.»

Ich lachte, als er anfing, sich über ein paar der besonders abseitigen Anekdoten lustig zu machen, die ein paar der Geschworenen zum Besten gegeben hatten. Er hatte recht. Immer wieder kamen wir in der bedrückenden Enge des Juryzimmers vom Thema ab – ein chaotischer Austausch von Lebenserfahrungen ohne jede Relevanz für die Beratung.

«Manche Leute hören sich einfach gern reden», sagte ich. Und dann fügte ich hinzu: «Aber zu denen gehören Sie anscheinend nicht, Mr. Ungesellig.»

«Ich bin nicht ungesellig», widersprach Leo wenig überzeugend.

«Doch, das sind Sie», sagte ich. «Mr. Kopfhörer. Die tragen Sie dauernd, damit Sie mit niemandem sprechen müssen.»

«Ich spreche doch jetzt mit Ihnen», sagte Leo.

«Das wurde auch Zeit.» Es war leicht, so mutig zu sein, dachte ich – im Dunkeln am Telefon.

Das lange Schweigen, das jetzt folgte, fühlte sich warm und verboten an. Dann sprach ich eine Binsenweisheit aus: Wir würden gewaltigen Ärger bekommen, wenn Chester, der Justizwachtmeister, der uns den Babysitter machte, uns dabei erwischte, dass wir miteinander telefonierten. Und dabei auch noch über den Fall redeten.

«Ja, das stimmt», sagte Leo. Und dann fuhr er langsam und bedächtig fort: «Und vermutlich bekämen wir noch größere Schwierigkeiten, wenn ich Sie jetzt besuchte, oder?»

«Wie bitte?» Ich hatte ihn genau verstanden, laut und deutlich.

«Kann ich zu Ihnen kommen?» Das klang vielsagend.

Ich richtete mich abrupt auf und strich die Decke um

mich herum glatt. «Was ist denn mit Chester?», fragte ich und bekam einen Schwächeanfall von der guten Sorte.

«Der ist im Bett. Auf dem Flur ist niemand. Ich hab schon nachgesehen.»

«Wirklich?» Etwas anderes fiel mir nicht ein.

«Ja. Wirklich. Also ...?»

«Also?», wiederholte ich.

«Kann ich also rüberkommen? Ich will nur ... reden. Allein.»

Ich glaubte ihm nicht, dass das alles war, was er wollte – und hoffte es auch. Ich dachte an die Scherereien, die wir bekommen würden, wenn man uns dabei erwischte, dass wir uns während des Geschworenen-Dienstes nächtliche Besuche abstatteten. Ich wusste, wir waren es dem Angeklagten schuldig, uns an die Vorschriften zu halten, und unser leichtsinniges Verhalten konnte dazu führen, dass der Prozess scheiterte. Ich dachte daran, wie unsexy mein «Steelers»-T-Shirt und meine Baumwollunterhose waren und dass ich nichts Hübscheres in meiner hastig gepackten Reisetasche hatte. Ich dachte an die Weisheit, die jedes Mädchen kennt: Wenn ich jetzt ja sagte – und wenn dann doch etwas passierte –, würde Leo den Respekt vor mir verlieren, und es wäre vorbei, bevor es angefangen hätte.

Also öffnete ich den Mund, um ihm eine ausweichende Antwort zu geben. Aber stattdessen hauchte ich ein hilfloses «Ja» ins Telefon. Zum ersten Mal war passiert, was noch oft passieren sollte: Ich konnte bei Leo nicht nein sagen.

*Fünf

Es ist völlig dunkel geworden, als ich in unsere stille, baumgesäumte Straße in Murray Hill einbiege. Andy wird noch lange nicht nach Hause kommen, aber ausnahmsweise macht es mir nichts aus, dass er in seiner noblen Anwaltsfirma so viele Überstunden machen muss. So habe ich Zeit, zu duschen, ein paar Kerzen anzuzünden, eine Flasche Wein aufzumachen und genau die richtige Musik zu finden, die die Erinnerungen aus meinem Kopf vertreiben wird – etwas Fröhliches, das absolut nichts mit Leo zu tun hat. «Dancing Queen» wäre das Passende, denke ich und muss lächeln. Bei Abba erinnert mich wirklich kein bisschen an Leo. Jedenfalls will ich, dass es heute Abend um Andy und mich geht. Um uns.

Als ich aus dem kalten Regen in unser Brownstone-Haus trete, atme ich erleichtert auf. Das Haus hat nichts Luxuriöses, aber gerade deshalb gefällt es mir so gut. Mir gefällt der schäbige Eingangsflur mit dem knarrenden Parkettboden und dem Messingleuchter, der dringend poliert werden müsste. Mir gefällt der juwelfarbene Orientteppich, der schwach nach Mottenkugeln duftet. Mir gefällt sogar der rumpelnde, beklemmend enge Aufzug, der immer kurz davor ist, kaputtzugehen. Aber vor allem gefällt mir, dass es unser erstes gemeinsames Zuhause ist.

Heute Abend ziehe ich die Treppe vor; ich nehme immer zwei Stufen auf einmal und stelle mir vor, wie Andy und ich eines Tages in ferner Zukunft mit unseren jetzt noch nicht geborenen Kindern hierher zurückkommen und mit ihnen einen großen Rundgang veranstalten, um

ihnen zu zeigen, «wo Mommy und Daddy am Anfang gewohnt haben». Wie ich ihnen erzähle: «Ja, mit dem Geld
von Daddys Familie hätten wir uns eine Wohnung in
einem vornehmen Gebäude mit Portier an der Upper East
Side leisten können, aber er hat das hier ausgesucht, in
dieser ruhigen Gegend, weil es mehr Charakter hatte ...
genau wie er mich genommen hat, statt eine von diesen
blauäugigen Südstaaten-Schönheiten zu nehmen.»

Als ich im dritten Stock angekommen bin, suche ich
meinen Schlüssel heraus, und als ich ihn im Schloss umdrehe, stelle ich fest, dass Andy schon zu Hause ist. Das ist
tatsächlich das erste Mal. Mit einer Mischung aus Schuldbewusstsein und Scham öffne ich die Tür und werfe einen
Blick durch die offene Einbauküche ins Wohnzimmer.
Mein Mann liegt ausgestreckt auf dem Sofa und hat das
orangegelbe Chenille-Kissen unter dem Kopf. Jackett und
Krawatte hat er schon auf den Boden verbannt, und sein
Hemdkragen ist aufgeknöpft. Zuerst denke ich, er schläft,
aber dann sehe ich, dass der eine seiner bloßen Füße im
Takt zu Ani DeFrancos As Is wippt. Das ist meine CD –
und so weit entfernt von Andys üblichen, fröhlichen Top-
Forty-Stücken (und seiner rührseligen Country Music),
dass ich annehme, unsere Stereo-Anlage ist auf Random
Play eingestellt. Andy geniert sich nicht für seinen Musik-
geschmack, und wenn ich meine Lieblingsplatten höre –
zum Beispiel von Elliott Smith und Marianne Faithfull –,
verdreht er die Augen bei den turbulenteren Texten und
macht Bemerkungen wie «Entschuldige, wenn ich mich
kurz unter die Spüle lege und den Abflussreiniger aus-
trinke». Aber trotz unseres unterschiedlichen Geschmacks
will er nie, dass ich meine Musik ausschalte oder leiser
stelle. Andy ist das Gegenteil von einem Kontrollfreak: ein

Manhattaner Anwalt mit der unbekümmerten Leben-und-Leben-lassen-Mentalität eines Surfer Boys.

Eine ganze Weile schaue ich Andy an, wie er da im weichen, bernsteinfarbenen Lampenlicht liegt, und was mich dabei erfüllt, kann ich nur als Erleichterung bezeichnen. Erleichterung, weil ich wieder hier bin, weil dies mein Leben ist. Ich gehe ein paar Schritte auf die Couch zu, und Andy macht die Augen auf. Er streckt sich, lächelt und sagt: «Hey, Honey.»

«Hi», sage ich und strahle ihn an, und dabei lasse ich meine Tasche auf unseren runden Esstisch fallen, ein Retro-Möbel, das wir auf einem Flohmarkt in Chelsea gefunden haben. Margot und ihre Mutter hassen ihn fast so sehr wie den kitschigen Nippes, der auf jeder freien Fläche des Apartments versammelt ist: Ein Kokosnuss-Affe mit einer Drahtbrille hockt auf unserem Fenstersims. Eine Perlenkette vom Mardi Gras ist über unseren Computermonitor drapiert. Eine Parade von Salz-und-Pfeffer-Figürchen marschiert über die Theke in unserer Küche. Ich bin sehr viel ordentlicher und besser organisiert als Andy, aber im Grunde unseres Herzens sind wir beide sammelwütig wie die Eichhörnchen – und das, behauptet Margot scherzhaft, ist das einzig Gefährliche an unserem Zusammenleben.

Andy richtet sich seufzend auf und schwingt die langen Beine vom Sofa. Dann sieht er auf die Uhr und sagt: «Du rufst nicht an. Du schreibst nicht. Wo warst du den ganzen Tag? Ich hab's ein paarmal auf deinem Handy versucht ...»

Sein Ton ist entspannt – und überhaupt nicht vorwurfsvoll –, und trotzdem bekomme ich Gewissensbisse, als ich sage: «Hier und da. Bin im Regen herumgelaufen. Mein Telefon war abgeschaltet.»

Lauter wahre Aussagen, denke ich. Trotzdem weiß ich, dass ich meinem Mann etwas verschweige, und flüchtig denke ich daran, mein Schweigegelübde zu revidieren und ihm zu erzählen, was heute *wirklich* passiert ist. Er würde sich ganz sicher darüber ärgern – und wahrscheinlich auch ein bisschen gekränkt sein, weil ich zugelassen habe, dass Leo zu mir ins Restaurant kam. Ich würde das Gleiche empfinden, wenn Andy mit einer Ex-Freundin Kaffee getrunken hätte, obwohl er ihr hätte sagen können, dass er sie nicht sehen will. Die Wahrheit könnte sogar einen kleinen Ehestreit auslösen – unseren *ersten* Ehestreit.

Andererseits ist es ja nicht so, dass Andy sich durch Leo bedroht fühlte oder feindselig gegen ihn wäre. Er verachtet ihn nur – auf die typische, beiläufige Art, wie fast jeder den bedeutendsten Ex seines Partners verachtet: mit einer harmlosen Mischung aus Eifersucht und Rivalität, die im Laufe der Zeit verschwindet. Tatsächlich ist Andy so entspannt, dass er wahrscheinlich weder das eine noch das andere empfinden würde, wenn ich nicht den Fehler begangen hätte, ihm zu Beginn unserer Beziehung während unserer spätabendlichen Gespräche ein bisschen zu viel über Leo zu offenbaren. Konkreter gesagt, ich habe das Wort «intensiv» benutzt, um zu beschreiben, was Leo und ich miteinander erlebt hatten. Das war sicher nichts Neues für Andy, schließlich hatte Margot ihm das eine oder andere über Leo und mich erzählt, aber ich wusste sofort, dass Andy nicht gerade erfreut war, denn er hatte sich im Bett zu mir umgedreht, und seine blauen Augen blitzten auf eine Weise, wie ich es noch nie gesehen hatte.

«Intensiv?», wiederholte er gekränkt. «Was genau meinst du mit ‹intensiv›?»

«Ach, ich weiß nicht …», sagte ich.

«Sexuell intensiv?»

«Nein», sagte ich hastig. «So war das nicht gemeint.»

«Oder dass ihr eure *ganze* Zeit miteinander verbracht habt? Jede Nacht und jeden wachen Augenblick?»

«Nein», sagte ich noch einmal. Mein Gesicht glühte vor Scham, als ich mich daran erinnerte, wie Margot mir vorgeworfen hatte, ich vernachlässigte sie wegen Leo. Ich sei eins von *den* Mädels, *die* einem Mann den Vorrang vor ihren Freundschaften geben. Noch dazu *einem unzuverlässigen Mann, den man noch nicht einmal heiraten kann,* fügte sie verächtlich hinzu. Schon da wusste ich tief in meinem Innern, dass sie recht hatte, aber trotz meines Schuldbewusstseins und wider besseres Wissen konnte ich einfach nicht anders. Wenn Leo mich sehen wollte, ließ ich alles – und jeden – stehen und liegen.

«Was dann?» Andy ließ nicht locker. «Du hast ihn geliebt bis zum Gehtnichtmehr?»

«Das meine ich auch nicht mit ‹intensiv›.» Ich bemühte mich, dem Wort «intensiv» eine nüchterne, leidenschaftslose Bedeutung zu geben. Was natürlich nicht geht. Genauso gut könnte man versuchen, dem Wort «Trauer» einen freudigen Unterton zu geben oder das Wort «Verdammnis» hoffnungsvoll auszusprechen.

Ich zerbrach mir noch ein paar Sekunden den Kopf und sagte schließlich lahm: «Ich meinte nicht ‹intensiv› … Ich nehm's zurück … Es war keine gute Wortwahl.»

Das war es wirklich nicht. Es war eine *schlechte* Wortwahl. Aber nur, weil es stimmte: Was Leo und ich zusammen erlebt hatten, war tatsächlich intensiv gewesen. Fast jeder gemeinsame Augenblick war es gewesen, angefangen mit jener ersten Nacht in meinem dunklen Hotelzimmer, als wir im Schneidersitz auf meinem Bett gesessen hatten, unsere Knie sich berührten und er meine Hände hielt, während wir miteinander sprachen, bis die Sonne aufging.

«Zu spät», sagte Andy und schüttelte augenzwinkernd den Kopf. «Zurücknehmen gilt nicht. Gesagt ist gesagt, Dempsey.»

Und es war wirklich zu spät.

Zum Glück war Andy nicht der Mann, der auf ein totes Pferd einprügelte, und deshalb wurde Leos Name nur noch selten erwähnt. Aber lange Zeit warf Andy mir, sobald jemand das Wort «intensiv» benutzte, einen wissenden Blick zu oder machte eine sarkastische Bemerkung über meinen «ach so leidenschaftlichen» Ex-Freund.

Jetzt fühle ich mich einem solchen Verhör nicht gewachsen, weder im Scherz noch anders. Außerdem, sage ich mir, während ich meine Jacke ausziehe und an den wackligen Garderobenständer hänge, würde ich im umgekehrten Fall auch lieber gar nichts über eine Zufallsbegegnung mit Lucy wissen wollen – mit seiner liebsten Ex-Freundin, mit der er ewig zusammen war und die jetzt an einer versnobten Privatschule in Atlanta die dritte Klasse unterrichtet. Margot hat gesagt, Lucy sei so klug und bodenständig, wie man es sich nur denken kann, und sah trotzdem aus wie ein Body Double für Selma Hayek. Das ist ein wörtliches Zitat, auf das ich gut verzichten könnte.

Angesichts dieser Logik beschließe ich ein für alle Mal, dass es im besten Interesse aller Beteiligten ist, wenn ich dies mein unbedeutendes kleines Geheimnis sein lasse. Ich setze mich neben Andy auf die Couch und lege eine Hand auf sein Bein. «Wieso bist du eigentlich so früh zu Hause?», frage ich.

«Weil du mir gefehlt hast.» Er lächelt.

«Ach, komm.» Ich bin hin und her gerissen. Seine Antwort gefällt mir, aber ich hoffe beinahe, dass diesmal doch mehr dahintersteckt. «Du bist noch nie so früh nach Hause gekommen.»

«Du hast mir wirklich gefehlt», sagt er und lacht. «Aber mein Fall ist auch abgeschlossen.»

«Wahnsinn», sage ich. Ich weiß, wie sehr ihm vor den noch längeren Überstunden gegraut hat, die mit einem ausgewachsenen Prozess verbunden sind. Davor hat mir ja auch gegraut.

«Ja. Eine ziemliche Erleichterung. In Zukunft werde ich schlafen dürfen ... Na, jedenfalls – ich dachte, wir könnten uns umziehen und essen gehen. Irgendwo, wo es nett ist. Hast du Lust?»

Ich werfe einen Blick zum Fenster. «Vielleicht ein bisschen später ... Im Augenblick gießt es draußen ... Ich glaube, ich würde lieber noch ein Weilchen zu Hause bleiben.» Mit einem verführerischen Lächeln streife ich die Stiefel ab, schiebe mich auf seinen Schoß und schaue ihn an. Dann beuge ich mich vor und drücke einen Kuss auf sein Kinn und noch einen auf seinen Hals.

Andy schließt lächelnd die Augen und flüstert verwundert: «Was um Himmels willen ...?»

Von seinen liebenswerten Wendungen ist das eine meiner liebsten, aber in diesem Augenblick lässt sie eine sorgenvolle Saite in meinem Herzen klingen. Rechtfertigt die Tatsache, dass ich hier ein Vorspiel einleite, wirklich die Frage «Was um Himmels willen ...?»? Sind wir nicht gelegentlich spontan, wenn es um Sex geht? Meine Gedanken überschlagen sich, um ein paar kürzlich erlebte, saftige Beispiele zutage zu fördern, aber zu meiner Enttäuschung fällt mir nicht ein, wann wir das letzte Mal woanders als vor dem Einschlafen im Bett Sex miteinander hatten. Ich sage mir beruhigend, das sei völlig normal für ein Ehepaar – selbst für ein glückliches Ehepaar. Andy und ich schwingen uns vielleicht nicht von Kronleuchter zu Kronleuchter und toben hemmungslos durch jedes einzelne Zimmer, aber man muss es doch auch nicht mir nichts, dir nichts auf jedem Küchentisch und jedem Parkettfußboden treiben, um eine solide körperliche Beziehung zu haben. Sex auf harten Flächen und an raue Wände gelehnt sieht vielleicht im Kino heiß aus, aber im wirklichen Leben ist er unbequem und umständlich und ohnehin überschätzt.

Es gab allerdings das eine Mal in Leos Büro ...

Verzweifelt bemühe ich mich, die Erinnerung zu verdrängen, indem ich Andy noch einmal küsse, diesmal auf den Mund. Aber wie es so geht: Wenn man versucht, an etwas nicht zu denken, wird das Bild nur noch lebhafter. Und so kommt es, dass ich plötzlich das Undenkbare tue: Ich küsse meinen Mann und denke an einen anderen. Ich denke an Leo. Ich küsse Andy heftiger und will Leos Gesicht und seine Lippen mit aller Kraft vergessen. Ich arbeite an den Knöpfen von Andys Hemd und streiche über seinen Bauch und seine Brust. Ich ziehe meinen Pullover aus, und wir umarmen einander, Haut an Haut. Laut sage ich Andys Namen. Leo ist immer noch da. Sein Körper an meinem.

«Mmhm, Ellen», seufzt Andy, und seine Finger streicheln meinen Rücken.

Leos heiße Hände fassen meinen Rücken, wie von Sinnen, drängend.

Ich öffne die Augen und sage Andy, er soll mich ansehen. Er tut es.

Ich schaue ihn an und sage: «Ich liebe dich.»

«Ich liebe dich auch», sagt er. So zärtlich. Sein Gesichtsausdruck ist offen, aufrichtig, ernst. Sein Gesicht ist das Gesicht, das ich liebe.

Ich mache die Augen zu und konzentriere mich auf Andy, der an meinem Oberschenkel hart wird. Wir haben die Hosen noch an, aber ich schiebe mich rittlings auf ihn, drücke mich an ihn und sage noch einmal seinen Namen. Den Namen meines Mannes. Andy. Es gibt keine Verwirrung, ich weiß, mit wem ich hier zusammen bin. Wen ich liebe. Es funktioniert eine Weile. Und es funktioniert weiter, als Andy mich in unser Schlafzimmer führt, wo die Alles-oder-nichts-Heizung, die sich entweder gar nicht regt oder Dampf durch die Gegend pustet, für tropische Verhältnisse sorgt. Wir schieben die Daunendecke zur Seite und sinken auf das weiche Laken. Wir sind jetzt völlig nackt. Dieses Bett ist heilig. Leo ist weg. Er ist nirgends.

Und doch bin ich Augenblicke später, als Andy sich in mir bewegt, wieder in Leos Apartment, an dem Abend, als der Freispruch endlich kam. Er ist unrasiert, und seine Augen sind ein bisschen glasig von den Drinks, die wir uns zur Feier des Tages genehmigt haben. Er umarmt mich wild und flüstert mir ins Ohr: «Ich weiß nicht genau, was das ist mit dir, Ellen Dempsey, aber ich muss dich haben.»

In dieser Nacht gab ich mich ihm völlig hin, und ich wusste, dass ich ihm gehören würde, so lange er mich behalten wollte.

Und, wie sich herausstellt, noch länger.

*Sechs

Margot ruft am nächsten Morgen an, lange vor Sonnenaufgang – oder, wie Andy sagen würde, bevor irgendein vernünftiger Mensch auf den Beinen ist. Andy regt sich selten auf, aber drei Dinge bringen ihn auf die Palme: Leute, die sich in einer Warteschlange vorpfuschen, Gemecker über Politik in geselligen Situationen und Anrufe seiner Schwester am frühen Morgen.

«Was zum Teufel …?», knurrt er nach dem zweiten Klingeln. Seine Stimme ist rau, wie immer am Morgen nach ein paar Gläsern Bier, die wir am Abend zuvor in einem Bistro in der Third Avenue noch gekippt haben, zu Burger und den besten Fritten in der Nachbarschaft. Wir haben uns gut amüsiert und sogar noch mehr gelacht als sonst, aber das Essen hat die Gedanken an Leo ebenso wenig vertreiben können wie der Sex. Er blieb den ganzen Abend hartnäckig bei mir und lästerte über den Miesepeter am Nachbartisch und die Hintergrundmusik von Joni Mitchell. Als ich mein drittes Bier austrank und Andy zuhörte, der von seiner Arbeit erzählte, wanderten meine Gedanken unversehens zurück zu dem Morgen, als Leo mir sagte, mein Gesicht sei ihm das liebste von allen Gesichtern der Welt. Er sagte es einfach so, nüchtern und sachlich, ganz unsentimental beim Kaffee. Ich war nicht geschminkt und hatte mein Haar zu einem Pferdeschwanz zusammengebunden, und die Sonne schien mir durch sein Wohnzimmerfenster in die Augen. Aber ich glaubte ihm. Ich wusste, dass er es ernst meinte.

«Danke», sagte ich und wurde rot. Ich dachte, dass sein Gesicht auch mir mit Abstand das liebste sei, und ich fragte

mich, ob das mehr als alles andere ein Zeichen für wahre
Liebe war.

Dann sagte er: «Ich werde es nie leid, dich anzusehen …
Nie.»

Und diese Erinnerung – vielleicht meine Erinnerung
Nummer eins an Leo – kommt mir schon wieder in den
Sinn, als das laute Klingeln in unserem Schlafzimmer weitergeht. Andy stöhnt, als der Anrufer schließlich aufgibt,
ein paar Sekunden wartet und es dann noch einmal versucht.

«Lass es auf die Voicemail gehen», sage ich, aber Andy
langt über mich hinweg und nimmt das Telefon von meinem Nachttisch. Um den Übeltäter dingfest zu machen,
wirft er einen Blick auf die Nummernanzeige, was aber
völlig überflüssig ist. Wenn es sich nicht wirklich um einen
Notfall handelt, kann es nur Margot sein. Und richtig, der
Name ihres Mannes – Webb Buffington – leuchtet auf dem
Display, und darunter steht «Atlanta, Georgia»; dorthin
sind sie zu meiner großen Enttäuschung im letzten Jahr
zurückgegangen. Ich wusste immer, dass dieser Umzug
unausweichlich war, erst recht, nachdem sie Webb kennengelernt hatte, der ebenfalls aus Atlanta stammt. Sosehr
Margot New York und ihre Karriere liebt, im Grunde ihres Herzens ist sie ein Südstaaten-Mädel, und sie sehnte
sich verzweifelt nach all dem Drum und Dran eines groß-
bürgerlichen Lebens. Außerdem hatte Webb, wie er selbst
sagte, «die Stadt so was von über». Er wollte Golf spielen,
Auto fahren, er wollte Platz für sein schickes elektronisches
Spielzeug haben.

Margot und ich sprechen immer noch jeden Tag miteinander, aber es ist schade, dass wir es nicht mehr von
Angesicht zu Angesicht tun können. Es ist schade, dass

wir die Stadt nicht mehr miteinander teilen können – und ein paar Freunde außerdem. Andy vermisst sie auch – nur nicht in Augenblicken wie diesem, wenn sie seinen Schlaf stört.

Er drückt mit dem Daumen auf die grüne Taste und kläfft ins Telefon: «Verflixt, Margot. Weißt du, wie spät es ist?»

Ich kann ihre hohe Stimme hören. «Ich weiß. Ich weiß. Es tut mir wirklich leid, Andy. Aber diesmal hat es seinen Grund, ich schwör's dir. Gib mir Ellen. Bitte.»

«Es ist nicht mal sieben Uhr», sagt er. «Wie oft muss ich dich bitten, uns nicht zu wecken? Das einzig Anständige an meinem Job ist, dass ich nicht im Morgengrauen im Büro antanzen muss. Würdest du das auch tun, wenn Ellen nicht gerade mit deinem Bruder verheiratet wäre? Wie wär's, wenn du deinen eigenen Bruder mal ein bisschen mehr respektieren würdest als irgendeinen x-beliebigen Kerl?»

Über den «x-beliebigen Kerl» muss ich lächeln. Der Kerl wäre nicht x-beliebig, wenn ich mit ihm verheiratet wäre. Dann denke ich schon wieder an Leo, und etwas in mir zieht sich zusammen, denn ich weiß, er wird niemals ein x-beliebiger Kerl für mich sein. Aber ich weiß, was Andy sagen will, und sicher versteht Margot es auch, aber er gibt ihr keine Gelegenheit zum Antworten. Stattdessen streckt er mir das Telefon entgegen und vergräbt dramatisch den Kopf unter dem Kissen.

«Hey, Margot», sage ich so leise wie möglich.

Sie entschuldigt sich flüchtig und trällert dann: «Ich habe Neuigkeiten!»

Mit genau den gleichen Worten, im gleichen singenden Verschwörerton hat sie mich an dem Abend angerufen, als sie und Webb sich verlobten. Wie Webb behauptet, noch bevor sie ein «Ja» für ihn zustande brachte. Natürlich übertreibt er, aber sie hat mich tatsächlich als Erste angerufen, noch vor ihrer Mutter, und darüber habe ich mich unglaublich gefreut. Ich glaube deshalb, weil ich meine eigene Mutter nicht mehr habe und Margot mir bewiesen hat, dass Freunde – auch ohne Todesfall – an die Stelle der Familie treten können.

«O mein Gott, Margot!» Jetzt bin ich hellwach und denke nicht mehr daran, dass ich Andy störe.

Andy zieht sich das Kissen vom Kopf und macht ein zerknirschtes, beinahe sorgenvolles Gesicht. «Ist alles in Ordnung?»

Ich nicke selig, aber er schaut mich weiter ängstlich an und flüstert: «Was ist denn?»

Ich hebe den Zeigefinger. Ich will eine Bestätigung haben, obwohl ich nicht den geringsten Zweifel daran habe, dass ich schon weiß, was sie mir erzählen will. Dieser Tonfall ist für exakt zwei Dinge reserviert: Hochzeiten und Babys. Sie hat bei J. Crew mindestens drei bedeutende Beförderungen bekommen und jedes Mal in einem ziemlich nüchternen Tonfall davon berichtet. Das hatte weniger mit Bescheidenheit zu tun als vielmehr mit der Tatsache, dass ihr nie allzu viel an ihrer Karriere gelegen hat, so gut sie auch lief. Sie wusste, dass ihre Karriere ohnehin bald zu Ende sein sollte, weil sie nämlich um die dreißig aussteigen und die nächste Phase des Lebens in Angriff nehmen würde: Sie würde heiraten, nach Atlanta zurückgehen und eine Familie gründen.

«Bist du?», frage ich, und im Schnelldurchlauf sehe ich sie schon vor mir, mit dickem Bauch im Designer-Umstandskleid.

«Ist sie was?», flüstert Andy.

Ich sehe ihn an und frage mich, was er wohl glaubt, worüber wir reden. Bei seiner jungenhaften Ahnungslosigkeit wird mir ganz warm ums Herz. Ja, Andy, sie ist dabei, Zimtplätzchen zu backen. Ja, Andy, sie ist entschlossen, sich endlich einen Konzertflügel zu kaufen.

«Ja-ha!», quietscht Margot. «Ich bin schwanger! Ich habe eben den Test gemacht!»

«Wow!» Ich bin überwältigt, obwohl ich wusste, dass die beiden es versuchen und dass Margot fast immer bekommt, was sie will – was zum Teil an ihrer zähen Alpha-Persönlichkeit liegt, aber vor allem daran, dass sie zu diesen verzauberten Leuten gehört, bei denen einfach alles klappt. Kleine Dinge, große Dinge und mittlere Dinge. Ich kenne sie seit fünfzehn Jahren, und buchstäblich der einzige Schicksalsschlag, den sie erlebt hat, das einzige Mal, wo sie wirklich kämpfen musste, das war der Tod ihres Großvaters während unseres Senior-Jahres auf dem College. Und eigentlich kann man den Tod eines Großvaters nicht als ernsthaften Schicksalsschlag bezeichnen, jedenfalls nicht, wenn man den frühen Tod seiner Mutter erleben musste.

Das alles sage ich ohne Groll gegen Margot. Jawohl, meine Mutter ist mit einundvierzig Jahren gestorben, und jawohl, ich bin in den abgelegten Klamotten meiner großen Schwester herumgelaufen und trage sie sogar auf dem Klassenfoto, aber ich würde trotzdem nicht sagen, dass es das Schicksal böse mit mir gemeint hat. Und als Erwachsene hatte ich es sogar ziemlich gut, wenigstens bisher. Ich bin nicht arbeits- oder orientierungslos, ich neige nicht zu Depressionen. Ich bin weder krank noch allein. Und selbst wenn das alles so wäre, stehe ich einfach nicht in Konkurrenz zu meiner besten Freundin. Solche Frauen habe ich nie verstanden, solche gestörten, komplizierten Beziehungen, von denen es anscheinend so viele gibt. Bin ich gelegentlich neidisch auf Margot, besonders wenn ich sie mit ihrer Mutter zusammen sehe? Wünschte ich, ich hätte so viel Sinn für Mode wie sie, so viel Selbstvertrauen und so viele Stempel im Pass? Ja, natürlich. Aber das heißt nicht, dass ich ihr jemals etwas davon wegnehmen oder ihr dieses Glück auf irgendeine Weise missgönnen würde. Außerdem gehöre ich jetzt zu ihrer Familie. Was ihr gehört, gehört tatsächlich auch mir.

Also sitze ich jetzt fassungslos, schwindelig und überglücklich da. Und obwohl diese Nachricht alles andere als unerwartet ist – es ist schließlich ein Riesenunterschied, ob man ein Kind haben will oder ob man tatsächlich einen positiven Schwangerschaftstest gemacht hat. Plötzlich weiß man, dass man in ein paar Monaten Mutter sein wird – oder, was mich betrifft, Tante.

«Herzlichen Glückwunsch», sage ich und bin den Tränen nahe.

«Sie ist schwanger?» Andy hat es endlich kapiert und reißt die Augen auf.

Ich nicke und lache. «Ja … Bist du immer noch sauer, Onkel Andy?»

Er grinst. «Gib mir das Telefon.»

Ich reiche es hinüber.

«Maggie Beth!», ruft er. «Das hättest du einfach sagen sollen!»

Ich höre, wie sie sagt: «Du weißt, dass ich es Ellen zuerst erzählen musste.»

«Eher als deinem eigenen Fleisch und Blut?»

«Nur einer von euch beiden freut sich zu *jeder* Tageszeit, von mir zu hören», sagt sie.

Andy ignoriert diese Spitze. «Verdammt, das ist eine fabelhafte Neuigkeit. Ich bin so froh, dass wir euch nächstes Wochenende besuchen. Ich kann's nicht erwarten, dich zu umarmen.»

Ich reiße ihm das Telefon aus der Hand und frage sie, ob sie schon ausgerechnet hat, wann es so weit ist. Glaubt sie, es ist ein Junge oder eher ein Mädchen? Hat sie schon über Namen nachgedacht? Soll ich die Babyparty in New York oder lieber in Atlanta organisieren?

Am einundzwanzigsten September, sagt sie; sie glaubt, es ist ein Mädchen, einen Namen weiß sie noch nicht, und eine Party wäre überall schön.

«Was sagt Webb dazu?», frage ich, als mir einfällt, dass es da ja noch einen Beteiligten gibt.

«Er ist glücklich. Überrascht. Ein bisschen blass.» Margot lacht. «Willst du mit ihm sprechen? Er ist hier.»

«Na klar», sage ich, obwohl ich keine Lust habe, mit ihm zu sprechen. Um die Wahrheit zu sagen, ich habe nie wirklich Lust, mit Webb zu sprechen, obwohl er immer nur freundlich zu mir war, was ich über ein paar von denen, die Margot vor ihm hatte, nicht sagen kann. Sie hatte immer einen Hang zu arroganten Typen, und auch Webb hat auf jeden Fall das Zeug zur Arroganz. Zum einen ist er ein ultra-erfolgreicher Sportagent und war früher ein halbwegs berühmter Tennisprofi – zumindest in Tenniskreisen kennt man ihn, und in der Juniorenliga hat er einmal Agassi geschlagen. Und zusätzlich zu Erfolg und Reichtum sieht er auch noch zum Sterben gut, ja, klassisch gut aus, mit beängstigend gutem Haar und Zähnen, die so weiß und gerade sind, dass ich jedes Mal an eine Zahnpastawerbung denken muss, wenn er den Kopf zurücklegt und lacht. Er hat eine volltönende, laute Stimme und eine starke Präsenz – und er ist der Typ, der die Ladys mit einer eloquenten kleinen Rede in Entzücken versetzen und die Pointe eines zweideutigen Witzes so vortragen kann, dass die Jungs johlen vor Lachen. Nach sämtlichen Maßstäben sollte Webb also eigentlich unerträglich selbstgefällig sein. Aber das ist er nicht. Er ist bescheiden, ausgeglichen und zuvorkommend.

Und trotzdem fühle ich mich aus irgendeinem Grund einfach nicht wohl in seiner Nähe – vielleicht, weil wir außer Margot so gut wie nichts gemeinsam haben. Zum Glück habe ich ihr das nie gestanden, auch nicht am Anfang ihrer Beziehung, wahrscheinlich weil ich sofort ahnte, dass er «der Richtige» ist. Es war das erste Mal, dass ich Margot total und vorbehaltlos verknallt gesehen habe, das erste Mal, dass sie jemanden genauso gern – oder noch lieber – hatte als er sie. Mit Andy spreche ich auch nicht offen über Webb – vielleicht, weil er große Stücke auf Webb hielt, aber vielleicht auch, weil ich nicht genau wusste, was eigentlich mir an Webb nicht gefiel.

Aber meiner Schwester habe ich meine Gefühle einmal offenbart, kurz vor Margots Hochzeit, als ich für ein Wochenende zu Hause in Pittsburgh war. Wir waren zum Lunch im Eat 'n Park, unserem Lieblingsladen während der Highschool, in den ich aus Sentimentalität immer noch gern gehe, wenn ich zu Hause bin. Jeder Tisch dort ist mit vielfältigen Erinnerungen verbunden, und wir setzten uns an den neben der Tür, an dem sie einmal nach einem Schulball mit einem Typen gegessen hat, der heute wegen irgendetwas im Knast sitzt, an dem mein Vater eines Abends plötzlich Nasenbluten bekam (und wir alle dachten, es sei Ketchup) und an dem ich einmal wegen einer Wette fünf Chili-Hotdogs gegessen habe. Während Suzanne und

ich unsere «Big Boy»-Burger mit diversen Gewürzen auf-
peppten, erkundigte sie sich nach Margots Heirat, und ein
geringschätziger Unterton lag in ihrer Stimme, wie eigentlich fast immer, wenn sie über die Grahams sprach – eine
Geringschätzung, die meiner Meinung nach ungerecht-
fertigt und auch ein bisschen fies war. Aber trotz dieses
Untertons merkte ich, dass Suzanne von Margot fasziniert
war, und zwar genauso schamlos und oberflächlich, wie wir
früher von Luke und Laura in General Hospital und Bo und
Hope in Zeit der Sehnsucht fasziniert waren.

«Das ist ja so dämlich», sagte Suzanne immer, wenn wir
den Paaren in unseren Lieblings-Soaps zusahen. Sie ver-
drehte die Augen und wies auf die Unwahrscheinlichkei-
ten und Ungereimtheiten in den Liebesgeschichten hin,
und trotzdem saß sie wie gebannt vor dem Fernseher und
lechzte nach mehr.

Jetzt war es ganz ähnlich: Wir aßen unsere Burger, und
Suzanne wollte alle Einzelheiten über Margots bevor-
stehende Hochzeit wissen und sah überall dramatisches
Potenzial.

«Die Verlobung war ziemlich kurz, nicht wahr?» Sie zog
die Brauen hoch. «Könnte sie schwanger sein?»

Ich lachte und schüttelte den Kopf.

«Wieso dann die Eile?»

«Sie sind verliebt.» Für mich war das Ganze wie eine
Geschichte aus dem Märchenbuch. Sie waren vor uns verlobt, obwohl Andy und ich schon länger miteinander gegangen waren.

«Wie groß ist der Ring?», fragte Suzanne skeptisch.

«Riesig», sagte ich. «Ein weißer Diamant, lupenrein.»

Als Suzanne das verdaut hatte, fragte sie: «Was ist das
für ein Name – Webb?»

«Der Familienname. Die Abkürzung von Webster.»

«Wie die Fernsehsendung.» Sie lachte.

«Ja», sagte ich.

«Magst du ihn?», fragte sie.

Angesichts ihrer Stimmung überlegte ich, ob ich lügen und vorbehaltlos ja sagen sollte, aber ich habe Suzanne noch nie anlügen können. Also sagte ich ihr die Wahrheit: Er scheine zwar der perfekte Mann zu sein, aber ich sei doch nicht komplett aus dem Häuschen darüber, dass Margot ihn heiraten wolle. Bei diesem Geständnis kam ich mir selbstsüchtig und illoyal vor, und das wurde noch schlimmer, als Suzanne nachfragte. «Wieso? Vernachlässigt sie dich seinetwegen?»

«Nein, nie», sagte ich, und das war die Wahrheit. «So ist sie nicht.»

«Was ist es dann …? Verunsichert er dich?»

«Nein», antwortete ich hastig, und ich merkte, dass ich in die Defensive geriet. Ich liebte meine Schwester, aber diese Dynamik war nichts Ungewöhnliches zwischen uns, seit ich nach New York gezogen und sie in unserer Heimatstadt geblieben war: Sie attackierte mich auf subtile Weise, und ich verteidigte mich gleich. Es war fast, als verübelte sie mir, dass ich Pittsburgh für immer verlassen hatte. Oder, was noch schlimmer wäre, sie nahm an, dass ich mich überlegen fühlte, was aber keineswegs der Fall war. In jeder wichtigen Hinsicht war ich noch genau derselbe Mensch, der ich immer gewesen war. Nur die Einflüsse, denen ich ausgesetzt war, hatten sich verändert. Das Leben in der Großstadt – und offen gestanden auch der Umgang mit den Grahams – hatten mir eine gewisse Selbstsicherheit und Weltgewandtheit verliehen. «Warum sollte er mich einschüchtern?»

«Keine Ahnung. Durch sein Aussehen? Sein Geld? Die ganze gelackte Nummer als Tennis Boy und Agent?»

«Er ist eigentlich nicht gelackt», sagte ich und versuchte mich zu erinnern, was ich Suzanne in der Vergangenheit von Webb erzählt hatte. Sie hat ein unfehlbares Gedächtnis, das sie oft gegen mich verwendet. «Tatsächlich ist er sogar ziemlich bodenständig.»

«Ein bodenständiger Multimillionär, ja?»

«Ja, das ist er tatsächlich.» Ich hatte schon lange gelernt, dass man nicht alle Leute mit Geld in einen Topf werfen konnte. Die Reichen waren genauso unterschiedlich wie die Unterdrückten. Manche arbeiteten schwer, andere waren faul. Manche hatten es selbst zu etwas gebracht, andere waren mit einem Silberlöffel im Mund zur Welt gekommen. Manche waren bescheiden und zurückhaltend, andere laut und angeberisch. Aber Suzannes Ansichten hatten sich nicht geändert, seit wir zusammen *Dallas* und *Denver Clan* und *Traumschiff* gesehen hatten (meine Schwester und ich haben als Heranwachsende *viel* ferngesehen, im Gegensatz zu Andy und Margot, denen nur eine halbe Stunde täglich erlaubt war). In Suzannes Augen waren «Reiche» (eine Bezeichnung, die sie höhnisch verwendete) alle gleich: verweichlicht, selbstsüchtig und höchstwahrscheinlich «ein elender Republikaner».

«Na, okay», sagte sie. «Also schüchtert es dich vielleicht nur ein, dass er zu Margots Welt gehört und du ... du eben nicht.»

Ich fand es engstirnig, so etwas zu behaupten, und das sagte ich ihr auch. Solche jugendlichen Unsicherheiten hätte ich längst hinter mir, fügte ich dann hinzu, und mit Schüchternheit sei es irgendwann nach dem Aufnahmefest der Studentinnenverbindung zu Ende gewesen, als

Margot von einer Flut von blonden, BMW-fahrenden De-
bütantinnen weggespült worden war und ich zu Unrecht
befürchtet hatte, ihr Eintritt in die Verbindung könnte unsere Freundschaft beeinträchtigen. Außerdem, erklärte ich
meiner Schwester, gehörte ich eindeutig doch zu Margots
Welt. Sie sei meine beste Freundin und Mitbewohnerin,
und höchstwahrscheinlich würde ich ihren Bruder heiraten, Herrgott nochmal.

«Okay. Tut mir leid», sage Suzanne, aber es hörte sich
keineswegs so an, als tue es ihr leid. Achselzuckend biss
sie in ihren Burger. Sie kaute und schluckte langsam, sog
ausgiebig am Strohhalm in ihrer Coke und sagte gereizt
und sarkastisch: «Es war ja nur eine Theorie. Bitte verzeih
mir.»

Ich verzieh ihr, denn ich kann Suzanne nie lange grol-
len, aber ich vergaß es nicht so schnell. Im Gegenteil, als
Andy und ich das nächste Mal mit Webb und Margot essen
gingen, befürchtete ich, meine Schwester könnte recht
haben. Vielleicht war ich doch das fünfte Rad am Wagen.
Vielleicht würde Margot endlich zur Besinnung kommen
und erkennen, wie verschieden wir beide waren, und dann
würde Webb sie mir endgültig wegnehmen. Vielleicht war
Webb doch ein elitärer Snob und konnte es nur gut verbergen.

Aber im Laufe des Abends beobachtete ich ihn und
seine Manierismen aufmerksam, und ich kam zu dem
Schluss, dass Suzanne wirklich falschlag. Webb hatte nichts
Unsympathisches an sich. Er war ein durch und durch guter Kerl. Es war nur so, dass uns nichts verband. Sprach ich
mit Webb, überkam mich das gleiche Gefühl wie damals,
als ich ein Kind war und bei einer Freundin übernachtete
und die Wohnung so fremd roch und auf dem Abendbrot-

tisch Erdnussbutter stand, von einer anderen Marke als die bei uns zu Hause. Das hatte nichts mit Verunsicherung zu tun oder mit Ärger oder Sorge, um Margot etwa. Er weckte in mir nur ein unbestimmtes ... Heimweh. Heimweh wonach? Das wusste ich nicht.

Aber trotz allem war ich entschlossen, auf einer nicht nur oberflächlichen Ebene eine Beziehung zu Webb aufzubauen. Oder zumindest ein entspanntes Verhältnis, das es mir erlaubte, allein mit ihm in einem Zimmer zu sein, ohne herumzulavieren und darauf zu hoffen, dass bald wieder eine dritte Person dazukäme.

Und als Margot jetzt das Telefon an Webb weitergibt und sein zuversichtliches «Hey, wie geht's?» aus dem Hörer dröhnt, drehe ich meine eigene Lautstärke hoch, um seinem Überschwang zu begegnen, und schmettere begeistert: «Herzlichen Glückwunsch! Ich freue mich so für euch!»

«Ja, wir freuen uns auch, seit – oha – seit fünfundvierzig Sekunden! Sie verschwendet wirklich keine Zeit, was?»

Ich lache und frage mich, ob er sich ärgert oder eher amüsiert ist über unsere telefonische Standleitung und das Versprechen, uns mindestens einmal im Monat zu besuchen. «Ich freue mich darauf, euch am nächsten Wochenende zu sehen», sage ich. «Das müssen wir feiern.»

«Ja, das wird ein Fest», sagt er. «Und du, Andy und ich werden in den sauren Apfel beißen und für Margot mittrinken müssen.»

Gezwungen lache ich noch einmal und sage, ja, das werden wir wohl müssen. Dann gibt Webb das Telefon wieder Margot, und sie sagt, sie liebt mich. Ich dich auch, sage ich. Andy sagt, ich soll ihr sagen, er liebt sie auch, und wir beide sagen, wir lieben das Baby, das jetzt unterwegs ist. Ich lege auf und sinke zu Andy zurück. Wir schauen uns an, und unsere Füße berühren sich. Sein Hand liegt auf meiner Hüfte, dicht unter dem Rand meines Oversize-T-Shirts. Wir lächeln uns an, aber wir sagen nichts; die große Neuigkeit müssen wir beide erst verarbeiten. Eine Neuigkeit, die mir größer vorkommt als, sagen wir, die Begegnung mit einem Ex-Freund auf der Straße.

Und zum ersten Mal, seit ich diese Straßenkreuzung überquert habe, sehe ich wieder eine Perspektive. Eine Perspektive, die sich nicht durch Sex eröffnet hat. Nicht durch ein vergnügtes Essen im Restaurant. Nicht durch eine Nacht im Bett neben meinem anbetungswürdigen Mann, in der ich alle paar Stunden aufwache und sein gleichmäßiges, beruhigendes Atmen höre. Leo hat keinen Platz in diesem Augenblick, denke ich. Er spielt keine Rolle in Andys Familie. In *unserer* Familie.

«Willst du auch eins?», fragt Andy. Er schiebt die Hand um mich herum und massiert mir das Kreuz.

«Ein was?», frage ich, obwohl ich weiß, was er meint.

«Ein Baby», sagt er. «Ich weiß doch, dass Margot und du immer gern alles gemeinsam macht.»

Ich weiß nicht, ist das ein Witz oder ein Vorschlag oder nur eine theoretische Frage, und deshalb brumme ich nur: «Eines Tages.»

Andys Hand wird langsamer und ist dann ganz still. Er schließt die Augen, um noch ein paar Minuten zu schlafen, und ich sehe zu, wie seine Lider flattern, und denke an diesen einen Tag und *jeden* Tag mit Andy.

*Sieben

Der Gedanke an Leo verblasst im Laufe der nächsten Woche fast vollständig. Ich schreibe es meinem zufriedenen Leben mit Andy, Margots aufregenden Neuigkeiten und vielleicht vor allem meiner Arbeit zu. Es ist schon erstaunlich, was eine produktive und befriedigende Arbeitswoche für die Psyche leisten kann, und ich schätze mich glücklich (oder, wie Margot sagen würde, «gesegnet» – eine hübsche, spirituelle Wendung zum Ursprung des Glücks), dass ich einen Beruf habe, in dem ich mich fröhlich verlieren kann. Ich habe mal gelesen, wenn die Stunden wie im Nebel vergehen, während man arbeitet, dann weiß man, dass man seinen Beruf gefunden hat, und auch wenn nicht jeder Tag so verläuft, ist mir dieses Gefühl des Eintauchens nicht fremd.

Ich habe jetzt meine eigene Eine-Frau-Firma als freiberufliche Fotografin. Ich habe eine Agentin, die Aufträge für mich akquiriert – von Werbefotos gegen fettes Honorar (manchmal ein paar tausend Dollar für zwei Wochen Arbeit) bis zu kleinen redaktionellen Aufträgen, die mir unter kreativen Gesichtspunkten eigentlich besser gefallen.

Porträtfotos mache ich am liebsten – vielleicht, weil ich nicht besonders extrovertiert bin. Ich komme nicht leicht mit Fremden ins Gespräch, obwohl ich gern so wäre, und wenn ich jemanden porträtiere, eröffnet mir das einen Zugang. Es macht mir Spaß, mit jemandem einen entspannten Nachmittag zu verbringen, ihn bei einem Lunch oder einem Kaffee kennenzulernen und mich dann an die Arbeit zu machen. Mir gefällt das Trial-and-Error-Verfahren, das Ausprobieren verschiedener Positionen und Beleuchtungen, bis endlich alles stimmt. Nichts befriedigt mich so sehr wie das Erlebnis, das eine, das perfekte Bild gemacht zu haben – meine Interpretation einer anderen Seele. Und mir gefällt die Abwechslung. Einen Unternehmer für die *Business Week* zu fotografieren, ist etwas ganz anderes, als Bilder für die Style-Beilage der *New York Times* oder eine Hochglanz-Fotostrecke für *Town & Country* zu machen, und die Menschen, die ich fotografiere, sind genauso unterschiedlich wie die Publikationen. Allein in den letzten paar Wochen habe ich einen Bestseller-Autor, die Besetzung eines Art-House-Films, einen College-Basketball-Star und seinen legendären Coach und einen vielversprechenden neuen Patissier fotografiert.

Kurz gesagt, ich habe einen sehr weiten Weg hinter mir, seit ich in der Second Avenue Filme entwickelt habe. Abgesehen davon, dass die Begegnung mit Leo überhaupt stattgefunden hat, bedaure ich auch, dass ich keine Gelegenheit hatte, ihm von meinem beruflichen Erfolg zu erzählen. Natürlich ist es mir lieber, dass er über Andy Bescheid weiß. Aber ideal wäre es, wenn er beides wüsste. Andererseits, vielleicht weiß er mehr, als er zugegeben hat. Vielleicht hat er sich gerade deshalb nicht nach meiner Karriere erkundigt, weil er meine Website gesehen hat oder irgendwo über eins meiner besseren Fotos gestolpert ist. Schließlich habe auch ich schon die Zeitungen nach seinem Autorenkürzel abgesucht und seine Artikel mit einer bizarren Mischung aus Gleichgültigkeit und Interesse, Stolz und Verachtung gelesen. Das ist Neugier – und wer behauptet, es sei ihm völlig gleichgültig, was sein Ex mache, der ist meiner Meinung nach entweder ein Lügner, oder ihm fehlt ein gewisses Maß an emotionaler Tiefe. Ich sage nicht, es sei gesund, sich obsessiv mit der Vergangenheit zu beschäftigen und ständig Details seiner Verflossenen zu googeln. Aber es entspricht einfach der menschlichen Natur, gelegentlich ein flüchtiges Interesse an dem zu zeigen, den man einmal geliebt hat.

Wenn ich also annehme, dass Leo tatsächlich auf meine Website oder eins meiner Fotos gestoßen ist, dann hoffe ich, er schließt daraus, dass unsere Trennung wie ein Katalysator in meinem Leben gewirkt hat – und dass alles Gute erst nach dem Ende unserer Beziehung begonnen hat. Das stimmt gewiss zu Teilen auch, auch wenn man niemand anderem die Schuld für den eigenen Mangel an Ehrgeiz geben darf.

Bis heute denke ich beschämt daran zurück, wie genügsam ich in Bezug auf meine Karriere wurde, als ich mit Leo zusammen war. Meine Liebe zur Fotografie verschwand nie vollständig, aber sie verlor doch ihre Dringlichkeit, wie auch alles andere in meinem Leben neben unserer Beziehung zweitrangig wurde. Leo war alles, was ich denken konnte, alles, was ich tun wollte. Er füllte mich so vollständig aus, dass ich einfach keine Energie zum Fotografieren mehr hatte. Ich hatte weder Zeit noch Motivation, über den nächsten Schritt auf der Karriereleiter auch nur nachzudenken. Ich weiß noch, wie ich täglich mit dem Bus ins Labor fuhr, nachdem ich längst alles gelernt hatte, was ich von Quynh lernen konnte, und wie ich mir sagte: «Ich brauche mir keinen neuen Job zu suchen. Geld ist nicht wichtig. Ich bin auch mit einem einfachen Leben glücklich.»

Nach der Arbeit fuhr ich geradewegs zu Leos neuer Wohnung; er war wieder nach Queens gezogen, und ich stand ihm jederzeit zur Verfügung und kehrte in mein eigenes Apartment nur zurück, wenn er etwas anderes vorhatte oder wenn ich frische Kleider brauchte. An den seltenen Abenden, die wir nicht zusammen verbrachten, ging ich manchmal mit Margot und unseren Freunden aus, aber lieber blieb ich zu Hause und träumte von Leo, plante unser nächstes gemeinsames Abenteuer und stellte Kassetten mit Songs zusammen, die cool, intelligent und seelenvoll genug für meinen coolen, intelligenten und seelenvollen Liebsten waren. Ich wollte Leo so gern gefallen, ihn beeindrucken und dafür sorgen, dass er mich ebenso sehr brauchte und liebte wie ich ihn.

Anfangs schien es zu funktionieren. Leo war genauso verschossen wie ich, nur auf die männliche, weniger sentimentale Art. Er gab seine Arbeit nie völlig auf, wie ich es tat, aber er war auch älter; er stand im Berufsleben, er hatte wichtige Aufträge und strenge Deadlines. Aber er ließ mich an seinem Berufsleben teilnehmen; ich durfte mitkommen, wenn er Interviews machte, und am Wochenende nahm er mich mit in sein Büro, wo ich seine Ablage sortierte oder einfach zuschaute, wenn er seine Storys tippte (oder mich auf seinem Schreibtisch verführen ließ). Und er war genauso gern bereit wie ich, seine Freunde und Verwandten sitzenzulassen, weil er lieber mit mir allein war. Nur wir beide.

So blieb es monatelang – eine selige, magische Zeit. Wir bekamen nie genug davon, miteinander zu reden. Beim Abschied – am Telefon und von Angesicht zu Angesicht – zögerten wir jedes Mal, als könnte es das allerletzte Mal sein, dass wir miteinander sprachen. Wir opferten unseren Schlaf für diese Gespräche und stellten einander endlos Fragen über uns und die Vergangenheit. Kein Detail aus der Kindheit war zu trivial, und das ist immer ein sicheres

Zeichen dafür, dass jemand verliebt ist – oder zumindest besessen. Leo löste sogar ein Foto von mir, auf dem ich sechs Jahre alt bin und keine Vorderzähne habe, aus einem meiner Alben, sagte, es sei «unendlich süß», und steckte es an die Pinnwand in seiner Küche.

Ich offenbarte ihm alles über mich; ich hielt nichts geheim, ließ keine Abwehrmechanismen zu. Ich erzählte ihm von jeder Unsicherheit, angefangen mit bedeutungslosen, aber peinlichen Kleinigkeiten – dass ich meine Knie immer scheußlich gefunden habe – bis hin zu tiefergehenden Problemen wie dem, dass ich mich neben Margot und unseren anderen weitgereisten, reichen Freunden in der Stadt immer unzulänglich gefühlt habe. Ich erzählte ihm alles über meine Mutter, auch ein paar ungeschminkte Details von ihrem Tod, über die ich noch nie mit jemandem gesprochen hatte. Dass ihr zerbrechliches Aussehen mich an Holocaust-Bilder erinnert hatte. Dass ich eines Nachts zugesehen hatte, wie mein Vater ihre Kehle mit dem Finger säuberte, weil sie buchstäblich keine Luft mehr bekam – ein Bild, das mich noch heute verfolgt. Dass ich irgendwann tatsächlich gebetet hatte, das Ende möge kommen – nicht nur, damit sie von ihren Qualen erlöst wäre, sondern auch, damit die Hospizleute und der Geruch des Todes aus unserem Haus verschwänden und mein Vater aufhören würde, sich um ihren Tod zu sorgen und ständig das Notizbuch mit seinen Beerdigungsvorkehrungen verschwinden zu lassen, wann immer ich ins Zimmer kam. Und wie entsetzlich schuldig ich mich in dem Augenblick fühlte, als es dann tatsächlich passierte, fast als hätte ich dafür gesorgt, dass sie früher starb als nötig. Ich erzählte Leo, dass ich mich manchmal fast schämte, keine Mutter mehr zu haben, als würde ich, was immer ich sonst im Leben erreichte, stets wegen dieser einen Tatsache gezeichnet, eingeordnet und bemitleidet bleiben.

Bei jeder Wendung hörte Leo mir zu, er tröstete mich und sagte immer das Richtige: Obwohl ich sie so jung verloren hätte, habe sie doch den Menschen geformt, der ich heute sei. Die Erinnerung an sie werde nie verblassen, und die guten Zeiten werden das Ende nach und nach überlagern. Meine Beschreibungen und Geschichten seien so lebendig, dass er das Gefühl habe, sie gekannt zu haben.

Auch Leo offenbarte mir seine Geheimnisse – hauptsächlich Geschichten von seiner dysfunktionalen Familie, von seiner passiven Hausfrau-Mutter ohne Selbstwertgefühl und seinem niederträchtigen, herrschsüchtigen Vater, dessen Anerkennung er nie wirklich finden konnte. Er wünschte, er hätte genug Geld gehabt, um auf ein besseres College mit einem größeren Namen zu gehen und tatsächlich sein Examen zu machen, und auch er fühlte sich manchmal eingeschüchtert von den Manhattaner Rich Kids mit ihren schicken Journalismus-Diplomen. Ich konnte kaum glauben, dass ein so erstaunlicher Mann wie Leo unsicher sein konnte, aber wegen seiner Verletzlichkeit liebte ich ihn noch mehr.

Und neben allem anderen – und vielleicht wichtiger als alles andere – war es die Chemie zwischen uns. Die körperliche Verbundenheit. Der atemberaubende, unglaubliche Sex, ein Stoff für Poesie und Porno, anders als alles, was ich bis dahin erlebt hatte. Zum ersten Mal war ich kein bisschen befangen oder gehemmt. Nichts schien verboten zu sein. Es gab nichts, was ich nicht für ihn, mit ihm und an ihm getan hätte. Wir sagten dauernd, es könne einfach nicht besser werden. Aber irgendwie wurde es immer besser, von Mal zu Mal.

Kurz, wir waren völlig im Einklang miteinander, unersättlich und krankhaft verrückt vor Lust und Liebe. So sehr, dass es aussah, als sei das alles zu gut, um wahr zu sein. Deshalb hätte es mich nicht überraschen sollen, dass es tatsächlich zu gut war, um wahr zu sein.

Ich kann nicht genau sagen, wann es passierte, aber unsere Beziehung hatte ungefähr ein Jahr gedauert, als etwas sich veränderte. Es war nichts Dramatisches – kein Bruch wegen einer bedeutsamen Lebensfrage, kein großer Streit mit hässlichen Worten, die nicht zurückgenommen werden konnten. Keiner betrog oder belog den anderen oder zog ans andere Ende des Landes oder stellte eine ultimative Forderung bezüglich des Verlaufs unserer Beziehung. Es gab nur eine kleine Verschiebung, die ich nicht genau definieren konnte, eine lautlose Verlagerung der Macht. So subtil, dass ich eine Zeitlang dachte, ich sei nur paranoid – typisches Reaktionsmuster, wenn man von jemandem emotional abhängig ist, obwohl ich mir immer eingebildet hatte, nicht abhängig zu sein. Aber nach einer Weile wusste ich, dass die Stimmung zwischen uns sich tatsächlich verändert hatte. Leo liebte mich immer noch; er sagte es mir, und er hätte es nie gesagt, wenn er es nicht so gemeint hätte. Aber unser Verhältnis geriet eindeutig in Schieflage. Vielleicht nur ein kleines bisschen, aber so ist es in der Liebe: Auch die kleinsten Veränderungen sind sofort sichtbar. Details – zum Beispiel, dass er mich nicht mehr sofort zurückrief, sondern ein paar Stunden wartete, manchmal sogar den ganzen Tag. Er fing wieder an, regelmäßig mit seinen Jungs auszugehen, und er wurde Mitglied in einer Eishockeymannschaft, die samstags abends spielte. Wir sahen abends fern, statt uns zu unterhalten, und manchmal war er zu müde für Sex – unvorstellbar in den ersten Tagen, als er mich manchmal mitten in der Nacht weckte und mich überall berührte. Und wenn wir doch miteinander schliefen, fühlte ich mich ihm nachher allzu fremd – es trat eine Distanz zwischen uns, wenn er mir den Rücken zudrehte oder ins Leere starrte, ganz verloren in seinen eigenen Gedanken, an einem anderen, geheimnisvollen Ort.

«Woran denkst du gerade?», fragte ich dann, eine Frage, die wir einander früher bis zum Überdruss gestellt hatten und die dann bis ins letzte Detail beantwortet worden war. Eine Frage, auf die er jetzt anscheinend gereizt reagierte.

«An nichts», sagte er knapp.

«An nichts?» Das ist unmöglich, dachte ich. Man denkt immer an irgendetwas.

«Nein, Ellen. An nichts», antwortete er, und erschrocken nahm ich zur Kenntnis, dass er mich nicht mit dem gewohnten Kosenamen «Ellie» anredete. «Manchmal denke ich einfach an nichts.»

«Okay», sagte ich dann wohl, entschlossen, ihm seinen Freiraum zu lassen und cool zu bleiben, und die ganze Zeit analysierte ich unermüdlich jede seiner Handlungen und spekulierte darüber, was wohl nicht stimmte. Ging ich ihm auf die Nerven? Entsprach ich nicht seinem Ideal? Empfand er immer noch etwas für seine Ex-Freundin, eine israelische Malerin, die sechs Jahre älter war als er (und damit um ein ganzes Dutzend Jahre erfahrener als ich)? War ich im Bett so gut wie sie? Liebte er mich so sehr wie sie früher – und, was noch wichtiger war, liebte er mich so sehr, wie er mich früher geliebt hatte?

Anfangs stellte ich mir alle diese Fragen im Stillen, aber nach und nach traten sie an die Oberfläche, und manchmal mitten in einem hitzigen Streit, dann wieder, wenn ich frustriert in Tränen ausbrach. Ich verlangte Zusicherungen, nervte ihn mit Fragen, trieb ihn in die Enge und fing wegen allem und nichts Streit an. Eines Abends, als ich allein in seiner Wohnung war, schnüffelte ich sogar in seinen Schubladen herum und las ein paar Seiten aus seinem Tagebuch – diesem heiligen Buch, voller Visitenkarten und Zeitungsausschnitte, Fotos und Betrachtungen. Dieses Buch nahm er überallhin mit, und jedes Mal, wenn er es aufklappte, empfand ich tiefe Liebe zu ihm. Heimlich in dieses Buch zu sehen, war ein großer Fehler – nicht, weil ich etwas fand oder nicht fand, sondern weil ich danach einen entsetzlichen dumpfen Schmerz empfand, fast ein Gefühl der Schmutzigkeit. So eine Frau war ich jetzt. So ein Paar waren wir geworden. Ich bemühte mich, nicht weiter daran zu denken, einfach stur weiter geradeaus zu gehen, aber an dem, was ich getan hatte – wozu er mich *gebracht* hatte –, kam ich nicht vorbei. Also knickte ich ein paar Tage später ein und beichtete es ihm, was zu einem heftigen Streit führte, bei dem ich ihm das Eingeständnis entlockte, er glaube nicht, dass er sich jemals dauerhaft binden könne. An mich nicht. An niemanden.

«Warum nicht?», fragte ich, frustriert und am Boden zerstört.

Er zuckte lässig die Achseln. «Die Ehe ist einfach nichts für mich.»

«Warum nicht?», drängte ich. Ich wollte mehr. Immer noch mehr.

Er seufzte und erklärte, die Ehe sei ein Vertrag zwischen zwei Leuten – und Verträge würden geschlossen, wenn zwei einander nicht vollständig vertrauten. «Was du ja offensichtlich nicht tust», endete er und schob damit die ganze Schuld mir zu.

Ich bat um Verzeihung und weinte und beteuerte, dass ich ihm natürlich vertraute. Ich hätte keine Ahnung, was da über mich gekommen sei, und ich brauchte ihn auch nicht zu heiraten. Ich wolle nur mit ihm zusammen sein, für immer.

Sein Gesichtsausdruck wurde stahlhart. «Ich bin neunundzwanzig. ‹Für immer›, darüber will ich nicht reden.»

«Okay.» Ich spürte, dass ich kurz davor war, zu betteln. «Es tut mir leid.»

Er nickte. «Okay. Lassen wir es einfach dabei, ja?»

Ich nickte und tat, als sei ich versöhnt, und ein paar Minuten später schliefen wir miteinander, und ich redete mir ein, dass alles gut werden würde. Wir waren eben in einer turbulenten Phase; das waren Wachstumsschmerzen, ich musste Geduld haben, mitschwingen, das Schlechte ebenso hinnehmen wie das Gute. Liebe, sagte ich mir, war eben manchmal ein Zermürbungskrieg, und durch reine Willenskraft würde ich unsere Probleme lösen können. Ich musste ihn so sehr lieben, dass es für uns beide reichte.

Aber ein paar Tage später kam unser letzter Streit. Dramatisch war er allenfalls deshalb, weil er am Silvestertag vor dem neuen Jahrtausend stattfand.

«Silvester ist spießig», erwiderte Leo schon seit Wochen beharrlich, wenn ich ihn anflehte, mit mir zu Margots Party zu gehen, wie ich es ihr versprochen hatte. «Du weißt, wie ich diese Veranstaltungen hasse. Und dieser Millenniums-Hype ist unerträglich. Es ist ein Jahr wie jedes andere.»

«Bitte komm doch mit», sagte ich. «Margot ist es wichtig.»

«Margot kann ja auch gern feiern.»

«Und mir ist es auch wichtig.»

«Na, und mir ist es wichtig, zu Hause zu bleiben.»

Ich verhandelte, bettelte. «Wenigstens kurz. Ein, zwei Stunden. Dann gehen wir wieder nach Hause.»

«Mal sehen», räumte er schließlich ein – eine Antwort, die fast immer «nein» bedeutet.

Aber an jenem Abend klammerte ich mich an die Hoffnung, er werde mich überraschen und doch noch kommen. Ich malte mir eine weichgezeichnete, golden ausgeleuchtete Szene aus: wie wir einander in die Augen schauten und wie die Menge sich teilte, in dem Moment, in dem seine Lippen meine finden um Punkt Mitternacht. Genau wie in *Harry und Sally*. Den ganzen Abend über behielt ich die Uhr und die Tür im Auge; das Herz tat mir weh, aber ich ließ die Hoffnung nicht fahren. Bis es eine Minute vor zwölf war und ich allein in einer Ecke stand und den hämmernden Remix von Prince' «1999» hörte. Beim Countdown drehte sich mir regelrecht der Magen um. Margot, beschwipst und aufgekratzt, fiel mir ein paar Minuten später um den Hals und plapperte drauflos, wie sehr sie mich liebe und was für eine wunderbare Zukunft wir hätten. Aber dann kehrte sie auch wieder zu ihrem Freund zurück, ich ging allein nach Hause und ins Bett und legte das Telefon neben mein Kopfkissen. Ich wartete, ja, ich betete sogar.

Aber Leo rief die ganze Nacht nicht an, und auch nicht am nächsten Morgen. Gegen Mittag hielt ich es nicht länger aus und fuhr mit der U-Bahn zu seiner Wohnung. Er war zu Hause, las Zeitung und schaute MTV.

«Du bist nicht gekommen.» Eine klägliche Feststellung des Offenkundigen.

«Tut mir leid», sagte er, aber es klang nicht, als täte es ihm leid. «Ich wollte. Aber dann bin ich gegen halb elf eingeschlafen.»

«Ich war um Mitternacht ganz allein», sagte ich, jämmerlich selbstgerecht.

Er lachte. «Ich auch.»

«Das ist nicht komisch.» Jetzt war ich eher wütend als gekränkt.

«Hör zu. Ich hab dir doch gar nicht versprochen, dass ich kommen würde», sagte er genervt.

Sofort gab ich klein bei und legte den Kopf an seine Schulter. Wir schauten uns ein Baseballspiel an und machten dann griechische Omeletts – Leos Spezialität –, dann liebten wir uns auf der Couch. Aber als er irgendwann danach plötzlich aufstand und erklärte, er müsse an einer Story arbeiten, wurde ich schon wieder unruhig.

«Heute ist Neujahr», jammerte ich und verachtete mich selbst für den Klang meiner Stimme.

«Abgabetermine habe ich trotzdem», sagte er ungerührt.

Ich sah ihn an, und mir war schwindlig vor Verbitterung und Verzweiflung. Dann öffnete ich den Mund und sprach die berüchtigten Worte.

«Es funktioniert nicht», sagte ich, allein aus taktischen Gründen, als Versuchsballon, ein Sondieren der Grenzen, eine neue Strategie, um ihn an mich zu binden. «Ich glaube, wir sollten uns trennen.»

Ich erwartete Widerstand, Gegenwehr, zumindest eine Diskussion. Aber stattdessen stimmte Leo mir sofort zu. Er sprach zärtlich, beinahe liebevoll, und das war schlimmer als jede wütende Reaktion. Er legte die Arme um mich, und seine Erleichterung war fast mit Händen zu greifen.

Mir blieb nichts anderes übrig, als mitzuspielen. Schließlich hatte ich es ja selbst vorgeschlagen.

«Mach's gut, Leo.» Ich fühlte mich nicht so tapfer, wie es sich anhörte.

«Mach's gut, Ellen.» Leo tat wenigstens so, als sei er traurig.

Ich zögerte, aber ich wusste, es gab kein Zurück. Also verließ ich die Wohnung, entsetzt und ungläubig, und leistete mir ein Taxi, statt mit der U-Bahn nach Hause zu fahren.

Zu Hause saß Margot im Wohnzimmer und las eine Illustrierte. «Alles okay?», fragte sie.

Das wüsste ich noch nicht, sagte ich.

«Was ist passiert?»

«Wir haben uns getrennt.»

Ich wollte noch mehr sagen, ihr all die blutrünstigen Details schildern, aber ich spürte, wie ich abschaltete, abwehrend und verschlossen wurde.

«Das tut mir leid», sagte sie. «Willst du darüber reden?»

Ich schüttelte den Kopf. «Ich weiß nicht … Es ist wirklich … kompliziert.»

Und es fühlte sich tatsächlich kompliziert an, wie jede Trennung, wenn man mittendrin steckt. Die grausame Wahrheit ist, dass es meistens ganz einfach ist. Es geht ungefähr so: Der eine entliebt sich – oder erkennt einfach, dass er nie wirklich verliebt *war*. Er wünscht, er könnte diese Worte zurücknehmen, dieses Versprechen aus tiefstem Herzen. Rückblickend sehe ich, dass es bei Leo und mir wahrscheinlich so war; die einfachste Erklärung ist oft die richtige, hat meine Mutter immer gesagt. Aber damals glaubte ich nicht daran.

Stattdessen hoffte ich, was jede Frau in meiner Situation hofft: dass er es sich anders überlegen würde, dass er zur

Besinnung kommen und erkennen würde, was er an mir hatte, und dass ich unersetzlich sei. Immer wieder dachte ich – und sagte es laut zu Margot und meiner Schwester –: «Niemand wird ihn lieben, wie ich ihn liebe.» Heute weiß ich, dass das für einen Mann alles andere als ein Verkaufsargument ist. Für niemanden eigentlich.

Was noch schlimmer war, mir wollte dieser furchtbare Spruch nicht aus dem Kopf: «Wenn du etwas liebst, lass es frei.» Ich sah die laminierte Poster-Version vor mir, die meine Schwester sich nach einer besonders verheerenden Highschool-Trennung ins Zimmer gehängt hatte. Die Worte waren in violetten Buchstaben geschrieben, in einer Beileidskartenschrift, und dazu sah man einen Adler, der über einem Bergpanorama emporstieg. Ich weiß noch, dass ich dachte, kein Adler der Welt werde freiwillig zurück in die Gefangenschaft fliegen.

«Verdammt richtig: Er hat dir nie gehört», hatte ich Suzanne immer sagen wollen.

Aber jetzt – jetzt war Leo dieser Adler. Und ich war sicher, dass er die Ausnahme von dieser Regel sein würde. Der eine Vogel, der eben doch zurückkam.

Also wartete ich stoisch und klammerte mich verzweifelt an die Hoffnung, dass es nur eine Trennung auf Probe sei. Es ist unglaublich, aber wahr: Nach dieser Trennung waren meine Gefühle noch intensiver. Als wir zusammen waren, war ich von Leo besessen gewesen – jetzt war ich krank vor Liebe. Er füllte jede Minute meines Tages aus, und ich wurde zum wandelnden Klischee einer Frau mit gebrochenem Herzen. Ich hörte mir seine alten Nachrichten auf dem Anrufbeantworter an und traurige, bittere Liebeslieder, zum Beispiel «The Last Day of Our Acquaintance» von Sinéad O'Connor. Ich suhlte mich in Selbstmitleid und brach in völlig unpassenden Augenblicken in Tränen aus. Ich schrieb ihm lange Briefe, schrieb sie immer wieder um und wusste, dass ich sie niemals abschicken würde. Ich vernachlässigte mein Äußeres (abgesehen von ausgiebigem Trübsalblasen bei Kerzenschein in der Badewanne), und abwechselnd aß ich überhaupt nichts und stopfte mich dann wieder mit Eis, Doritos und Schokolade voll.

Auch im Schlaf entkam ich Leo nicht. Zum ersten Mal in meinem Leben erinnerte ich mich lebhaft und in allen Einzelheiten an meine Träume, und sie handelten immer von ihm, von uns. Manchmal waren es schlimme Träume von Beinahe-Zusammenstößen, gescheiterter Kommunikation und seinem langsamen, eiskalten Rückzug. Aber manchmal waren die Träume auch wunderbar – dann hockten Leo und ich stundenlang zusammen in vollgerauchten Cafés oder liebten uns heftig und schweißtreibend in seinem Bett –, und letztlich waren diese glücklichen Träume eine größere Qual als die Albträume. Ich wachte dann auf und glaubte ein paar flüchtige Sekunden lang, wir seien wirklich wieder zusammen; ich hätte die Trennung geträumt, und wenn ich die Augen öffnete, würde er neben mir liegen. Aber dann war die finstere Realität wieder da. Leo begann ein neues Leben ohne mich, und ich war allein.

Nachdem ein paar Wochen, ja, Monate fast, auf diese melodramatische Weise vergangen waren, griff Margot ein. Es war Samstag, früh am Abend, und sie hatte soeben zum sechsten Mal nacheinander erfolglos versucht, mich zu bewegen, am Wochenende mit ihr auszugehen. Sie kam aus ihrem Zimmer und sah blendend aus in ihrem funkigen indigoblauen Sweater, der Hüftjeans und den spitzen schwarzen Stiefeln. Sie hatte ihre sonst spaghettiglatten Haare gelockt und sich schimmernden, parfümierten Puder auf die Schlüsselbeine gesprüht.

«Du siehst klasse aus», sagte ich. «Wo gehst du hin?»

«Mit den Mädels auf die Piste», sagte sie. «Bist du sicher, dass du nicht mitkommen willst?»

«Ganz sicher», sagte ich. «Heute Abend kommt Pretty in Pink im Fernsehen.»

Sie verschränkte die Arme und schob die Lippen vor. «Ich kapiere nicht, weshalb du so außer dir bist. Du hast ihn doch nie wirklich geliebt», sagte sie schließlich so nüchtern, als stelle sie fest, die Hauptstadt von Pennsylvania sei Harrisburg.

Ich sah sie an, als hätte sie nicht mehr alle Tassen im Schrank. Natürlich liebte ich Leo. War meine tiefe Trauer nicht Beweis genug für meine große Liebe?

«Das war nur körperlich», fuhr sie fort. «Man verwechselt das oft.»

«Es war Liebe», widersprach ich. Das Körperliche, dachte ich, war nur ein Bestandteil unserer Liebe gewesen. «Ich liebe ihn immer noch. Und ich werde ihn immer lieben.»

«Nein», sagte sie. «Du warst verliebt in die Vorstellung von Liebe. Und jetzt bist du verliebt in die Vorstellung von einem gebrochenen Herzen ... Du führst dich auf wie ein komplexbeladener Teenager.»

Das war eine schallende Ohrfeige für eine Frau in den Zwanzigern.

«Das ist nicht wahr», sagte ich und griff wütend nach meinem Eimer «Pralines-'n'-Cream»-Eis.

Margot seufzte und sah mich mütterlich an. «Hast du nie gehört, dass wahre Liebe dich zu einem besseren Menschen macht? Das sie dich aufbaut?»

«Ich war ein besserer Mensch mit Leo.» Ich grub eine kandierte Nuss aus. «Er hat mich aufgebaut.»

Sie schüttelte den Kopf und fing an zu predigen, und ihr Südstaaten-Akzent wurde stärker, wie immer, wenn sie etwas sagt, was ihr wichtig ist. «Ehrlich gesagt, du warst beschissen, solange du mit Leo zusammen warst ... Er hat dich abhängig gemacht, rückgratlos, unsicher, eindimensional. Ich hatte das Gefühl, ich kenne dich überhaupt nicht mehr. Du warst nicht du selbst bei ihm. Ich glaube, die ganze Beziehung war ... ungesund.»

«Du warst bloß eifersüchtig», sagte ich leise, aber ich wusste nicht genau, was ich meinte: Eifersüchtig, weil sie nicht jemanden wie Leo hatte, oder eifersüchtig, weil er sie als wichtigsten Menschen in meinem Leben ersetzt hatte? Beide Theorien erschienen mir plausibel, obwohl sie – wie eigentlich immer – auch selbst einen Freund hatte.

«Eifersüchtig. Wohl kaum, Ellen.» Das klang überzeugend, ja, sie schien sich geradezu zu amüsieren bei dem Gedanken daran, dass sie mich beneiden könnte um das, was ich mit Leo hatte. Mir blieb nicht anderes übrig, als den Rückzug anzutreten. Mein Gesicht glühte, als ich sagte: «Er hat mich wohl aufgebaut.»

Wir waren noch nie so nah daran gewesen, uns zu streiten, und obwohl ich allmählich wütend wurde, war ich auch nervös und konnte ihr nicht in die Augen sehen.

«Ach ja?», sagte sie. «Na, wenn das so ist, Ellen, dann zeig mir mal ein gutes Foto, das du gemacht hast, als du mit ihm zusammen warst. Zeig mir, wie er dich inspiriert hat. Beweise mir, dass ich mich irre.»

Ich stellte meinen Eiscreme-Bottich auf ihre April-Nummer von *Town & Country* und marschierte hinüber zu meinem Rolltop-Schreibtisch in der Ecke unseres Wohnzimmers. Ich riss eine Schublade auf, zog einen braunen Umschlag mit Fotos heraus und knallte sie dramatisch auf unseren Couchtisch.

Margot setzte sich auf das Sofa und blätterte die Bilder mit der unbeteiligten Miene durch, mit der man zwischen zwei geistlosen Runden Solitär die Karten mischt.

«Ellen», sagte sie schließlich, «diese Bilder ... Sie sind einfach nicht ... so gut.»

«Was soll das heißen, sie sind nicht so gut?» Ich sah ihr über die Schulter und schaute die Bilder von Leo an. Leo, wie er lachte. Leo mit nachdenklichem Gesicht. Leo, schlafend an einem Sonntagmorgen neben seinem Hund Jasper. Wehmütig betrachtete ich den missmutigen Boxer, den ich von Anfang an nicht besonders gemocht hatte.

«Okay», sagte sie schließlich, als sie bei einem Foto von Leo angekommen war, das ich im Sommer zuvor gemacht hatte. Er trug Shorts und ein T-Shirt mit dem «Atari»-Logo und saß auf einer Bank im Central Park. Er schaute direkt in die Kamera. Schaute mich an. Nur seine Augen lächelten.

«Nimm das hier zum Beispiel», sagte sie. «Das Licht ist gut. Ganz nette Komposition, nehme ich an, aber es ist ... einfach irgendwie langweilig. Er sieht gut aus und alles, aber was soll's? Hier ist nichts weiter zu sehen als ein halbwegs attraktiver Typ auf einer Bank. Es ist ... er strengt sich viel zu sehr an.»

Ich schnappte nach Luft, zumindest innerlich. Diese Bemerkung war vielleicht noch schlimmer als die mit dem liebeskranken Teenager. «Er strengt sich zu sehr an?» Jetzt war ich wirklich stinksauer.

«Ich sage ja nicht, dass du dich anstrengst», erklärte sie. «Aber er. Sieh dir sein Gesicht an ... Es ist gekünstelt, selbstgefällig, narzisstisch. Er weiß, dass er fotografiert wird. Er weiß, dass er angebetet wird. ‹Siehst du meinen erotischen Blick?› Im Ernst, Ellen. Ich finde dieses Foto grauenhaft. Jedes einzelne Foto, das du in dem Jahr vor Leo gemacht hast, ist interessanter als das hier.»

Sie warf das Foto auf den Couchtisch, und es landete mit der Bildseite nach oben. Ich schaute es an, und fast, fast, konnte ich sehen, was sie meinte. Mich durchzuckte so etwas Ähnliches wie Scham, wie in dem Moment, als ich meine peinlichen Haikus aus der Highschool wieder hervorholte (sie handelten von der Brandung in New Jersey) und noch einmal las. Ich hatte diese Haikus damals stolz an eine literarische Zeitschrift geschickt und war aufrichtig verdattert gewesen, als der Brief mit der Ablehnung kam.

Margot und ich starrten einander an, sehr lange, wie mir schien. Wahrscheinlich war es einer der stärksten und ehrlichsten Augenblicke unserer Freundschaft, und in diesem Augenblick liebte und verabscheute ich sie zugleich. Schließlich brach sie das Schweigen.

«Ich weiß, dass es weh tut, Ellen … Aber es wird Zeit, dass du nach vorn schaust.» Energisch schob sie den Stapel Fotos zusammen und packte ihn in den Umschlag. Anscheinend war ihr Leo den Aufwand nicht mehr wert, sein Gesicht entzweizureißen.

«Und wie soll ich das machen?», fragte ich leise. Es war keine rhetorische Frage. Ich wollte wirklich wissen, wie ich technisch bewerkstelligen sollte, was ich als Nächstes zu tun hatte.

Sie dachte eine Sekunde lang nach und gab mir dann ihre Anweisungen. «Heute Abend hängst du im Jogginganzug vor dem Fernseher ab. Morgen stehst du auf und duschst lange und ausgiebig. Du föhnst dir das Haar, schminkst dich ein bisschen. Und dann holst du deine Kamera heraus und fängst wieder an. Er kommt nicht zurück. Also lebe dein Leben ... Es wird Zeit.»

Ich sah sie an und wusste, dass sie recht hatte. Ich wusste, dass ich in meinem Leben wieder mal an einem Scheideweg stand und dass ich wieder mal Margots Rat befolgen musste. Und dass ich wieder anfangen musste, zu fotografieren.

Also kaufte ich mir sofort am nächsten Tag eine neue Kamera – die beste, die ich mir mit meinem kläglichen Kredit leisten konnte – und schrieb mich in einen Grundkurs am New York Institute of Photography ein. Im Laufe des nächsten Jahres lernte ich alles über das Handwerkszeug, angefangen bei Objektiven und Filtern bis hin zu Blitzlichtern, Wolframlampen und Stroboskopen. Ich vertiefte mich in die Details von Blende und Belichtungszeit, Filmmaterial und ISO-Parametern, Weißausgleich und Histogrammen. Ich studierte die Theorien über Komposition, Farbe, Aufteilung und Rahmen, aber auch die Drittel-Regel (die ich instinktiv längst kannte, glaube ich). Vom Entwickeln verstand ich schon eine Menge, aber jetzt konnte ich meine Technik an besseren Geräten erproben. Ich absolvierte einen Porträtkurs und lernte alles über Beleuchtung und Positionierung. Ich studierte Produktfotografie, Foodfotografie, Architekturfotografie, Landschaftsfotografie, sogar Sportfotografie. Ich vertiefte mich in die Digitalfotografie, erlernte den Umgang mit Adobe Photoshop und die Sprache der Megapixel und Speicherchips (was zu jener Zeit das Allerneueste auf dem Markt war). Ich belegte sogar einen Kurs in Marketing und Betriebswirtschaft für Fotografen.

Mit jeder Woche, jeder neuen Technik, die ich erlernte, jedem Foto, das ich machte, fühlte ich mich ein wenig besser. Zum Teil lag es einfach daran, dass die Zeit verging, was ja bekanntlich immer eine große Hilfe ist, wenn man Liebeskummer hat. Aber zudem war es so, dass die eine, destruktive Leidenschaft nach und nach durch eine andere, sehr produktive ersetzt wurde. Dass mir einmal das Herz gebrochen wurde, macht mich zwar nicht zu einer Expertin auf diesem Gebiet, aber ich glaube doch, man braucht beides – Zeit und einen emotionalen Ersatz –, um wieder ganz gesund zu werden.

Dann, ungefähr neun Monate nach der Trennung von Leo, fühlte ich mich – handwerklich und emotional – bereit, meine Mappe vorzulegen und mich um einen echten Assistentinnenjob zu bewerben. Durch den Freund eines Freundes erfuhr ich, dass ein kommerziell arbeitender Fotograf namens Frank Brightman einen zweiten Assistenten suchte. Frank arbeitete hauptsächlich in der Mode- und Werbebranche, aber gelegentlich machte er auch journalistische Fotos. Er hatte einen ausgeprägt cinematographischen Stil, der sehr realistisch wirkte und den ich bewunderte. Ich konnte mir durchaus vorstellen, ihn eines Tages nachzuahmen, natürlich mit meiner eigenen Note.

Bevor ich Angst vor der eigenen Courage bekam, rief ich Frank an, um zu fragen, ob die Stelle noch frei sei, und er lud mich zu einem Gespräch in sein kleines Atelier in Chelsea ein. Frank beeindruckte mich, und zugleich war ich in seiner Gegenwart völlig entspannt. Er hatte wunderschönes silbergraues Haar, war perfekt angezogen und von einnehmender Freundlichkeit. Sein etwas effeminiertes Auftreten ließ vermuten, er sei schwul – was ich, die ich aus

einer Arbeiterstadt kam und auf einem konservativen Süd-
staaten-College gewesen war, zu jener Zeit aufregend und
irgendwie glamourös fand.

Ich sah zu, wie Frank seinen Cappuccino trank und die
Kunstledermappe mit meinen Amateurfotos anschaute. Er
murmelte ab und zu beifällig. Dann klappte er die Mappe
zu, sah mir in die Augen und sagte, er sehe wohl, dass meine Arbeiten vielversprechend seien, aber er wolle nichts
beschönigen: Er habe bereits eine Assistentin, und was er
hauptsächlich brauche, sei eine Hilfskraft, die Rechnungen
bezahlte, Kaffee kochte und oft einfach nur herumstand.
«Eine äußerst glanzlose Tätigkeit», endete er.

«Aber ich kann das», sagte ich ernsthaft. «Ich war mal
Kellnerin. Ich kann gut rumstehen. Und Bestellungen aufnehmen.»

Frank erzählte ungerührt, er habe in kürzester Zeit vier
zweite Assistenten eingestellt: sie alle hätten bessere Refe-
renzen als ich gehabt, aber sie seien faul und unzuverlässig
gewesen, jede Einzelne. Dann machte er eine kurze Pause
und sagte, er sehe mir an, dass ich anders sei.

«Sie haben etwas Aufrichtiges an sich», fuhr er fort.
«Und mir gefällt, dass Sie aus Pittsburgh sind. Eine gute,
ehrliche Stadt, Pittsburgh.»

Ich dankte ihm und lächelte eifrig.

Frank lächelte zurück. «Sie haben den Job. Seien Sie
nur jeden Tag pünktlich hier, und wir werden uns prima
verstehen.»

Und das tat ich. In den nächsten zwei Jahren war ich
jeden Tag da. Bereitwillig und nur zu gern folgte ich den
Anweisungen von Frank und seiner Assistentin, einer
schrulligen älteren Frau namens Marguerite. Frank und
Marguerite waren die kreativen Genies, und ich erledigte

in aller Stille die Arbeit im Hintergrund. Ich schloss die Versicherungen für größere Shootings ab und bestellte manchmal sogar die Polizei. Ich kümmerte mich um das gemietete Equipment und stellte nach Franks präzisen Anweisungen Schweinwerfer und Stroboskope auf, und an vielen Tagen fing ich schon vor dem Morgengrauen mit der Arbeit an. Ich legte die Filme ein (gegen Ende sagte Frank, er habe noch nie jemanden so schnell Filme einlegen sehen, und mir war, als könnte es kein größeres Lob geben) und nahm buchstäblich Tausende von Lichtmessungen vor. Kurz – ich lernte die kommerzielle Fotografie kennen und war immer mehr davon überzeugt, dass ich eines Tages auf eigenen Füßen stehen würde.

Und dann kam Andy.

Timing ist alles, sagt man ja. Zurückblickend muss ich sagen, dass ich diese Theorie sehr überzeugend finde. Wenn Andy mich früher gefragt hätte, ob ich mit ihm ausgehen wollte, hätte ich die Einladung als Mitleidsaktion aufgefasst, zu der Margot ihn angestiftet hatte. Ich hätte glattweg nein gesagt, und weil Andy kein besonders offensiver Mann ist, wäre höchstwahrscheinlich nichts weiter passiert. Und was noch wichtiger ist: Ich hätte keine Zeit gehabt für die zufälligen, unbedeutenden, aber wahrscheinlich eben auch unentbehrlichen Frustbeziehungen, von denen die meisten nicht mehr als zwei Dates überstanden.

Wenn Andy seinen ersten Schritt später getan hätte, wäre ich vielleicht zynisch geworden – kein leichtes Unterfangen für eine Frau von nicht mal dreißig Jahren, aber dazu wäre ich durchaus imstande gewesen. Vielleicht hätte ich auch eine ernsthafte Beziehung mit jemand anderem angefangen – mit jemandem wie Leo womöglich, denn angeblich sucht man sich ja immer wieder den gleichen Typ aus.

Aber stattdessen war ich optimistisch, zufrieden und selbstgenügsam, und mein Leben war so fest gefügt, wie es nur möglich ist, wenn man jung, ledig und allein in einer Großstadt lebt. Ich dachte immer noch öfter, als ich mir selbst oder anderen eingestehen wollte, an Leo (und fragte mich, «was schiefgegangen war»), und noch immer kam es vor, dass ich bei dem Gedanken an ihn erstarrte. Dann rieselte etwas durch mein Herz, und ich spürte einen Knoten in der Brust. Aber ich hatte gelernt, mit diesen Gefühlen umzugehen und sie nicht überhandnehmen zu lassen. Der schlimmste Schmerz war mit der Zeit vergangen, wie das immer geschieht, bei jedem Menschen. Meistens sah ich die Sache mit Leo als das, was sie war: eine verflossene Liebe, die nicht wiederkam. Ich selbst, fand ich, war durch den Verlust klüger und vollständiger geworden. Mit anderen Worten, ich war reif für eine neue Beziehung, einen besseren Mann.

Ich war bereit für Andy.

*Acht

Ich werde nie den Augenblick vergessen, als ich plötzlich wusste, dass Andy sich für mich interessierte – dass er mehr in mir sah als eine Freundin, als die beste Freundin seiner Schwester. Interessanterweise passierte das nicht in New York, obwohl Margot und ich uns ziemlich regelmäßig mit Andy trafen, meist in einer Bar auf ein paar Drinks. Unser Freundeskreis verstand sich gut mit seinem.

Aber ich war in Atlanta, zu Hause bei Margot und Andy; es war Thanksgiving, und wir waren am Abend zuvor zusammen mit dem Flugzeug gekommen. Es war lange nach dem Festmahl, das Margots Mutter Stella ganz allein gekocht hatte (Gloria, die langjährige Haushälterin der Grahams, hatte eine Woche frei), und der größte Teil des Geschirrs war abgeräumt und in der Spülmaschine. Andy und ich waren allein in der Küche, nachdem ich angeboten hatte, die Gläser und das Silber zu spülen (niemand hatte etwas dagegen gehabt, weshalb ich mich wirklich willkommen fühlte). Andy hatte sich angeboten abzutrocknen. Das fand ich besonders nett in einer so traditionellen Familie, in der die Männer mit der Hausarbeit so gar nichts zu tun haben.

Inzwischen hatten Margot, ihre Eltern und ihr Bruder James sich ins «Fernsehzimmer» zurückgezogen und schauten sich The Shawshank Redemption an. Übrigens gab es im Haus noch drei andere Zimmer, die als Wohnzimmer gelten konnten, aber nicht so hießen: das Spielzimmer, die Bibliothek und das Familienzimmer. Es war ein prächtiges, weitläufiges Haus voll herrlicher Antiquitäten, Perserteppiche, Ölgemälde und anderer wertvoller Erbstücke, die von verstorbenen Verwandten auf exotischen Reisen zusammengetragen worden waren. Aber trotz des vornehmen Eindrucks wirkte jedes Zimmer irgendwie behaglich, was ich der warmen, weichen Beleuchtung und den unzähligen Sesseln zuschrieb, in die man sich kuscheln konnte. Es gab eine Menge Dinge, von denen Stella nichts hielt – abgepackte Salatsaucen, das Weiterverschenken von Geschenken, Familiennamen mit Bindestrich –, und ziemlich weit oben auf dieser Liste standen unbequeme Sitzmöbel. «Nichts ruiniert ein gutes Essen gründlicher als harte Stühle», sagte sie einmal beiläufig zu mir. Wenn sie mir solche Perlen der Weisheit zukommen ließ, hatte ich immer das Gefühl, ich sollte sie in ein Notizbuch schreiben, damit ich sie später einmal nachschlagen könnte.

Aber in dem Haus voll schöner und behaglicher Zimmer war die Küche wahrscheinlich mein liebster Raum. Ich war entzückt von den karamellfarbenen Wänden, den schiefernen Arbeitsplatten und den schweren Kupfertöpfen und -pfannen, die an Haken über der Kochinsel hingen. Ich war bezaubert von dem Panoramafenster zur hinteren Terrasse und dem steingemauerten Kamin, vor dem sich alle versammelten. Es war eine geräumige, helle Küche, wie man sie aus Filmen kennt: eine Küche für eine große, glückliche Familie mit einer starken, aber traditionsverbundenen Mutter am Steuer, einem gutaussehenden, liebevollen Vater, einer eleganten Tochter und zwei herzensguten Söhnen, die ab und zu hereinschauten, mit einem Holzlöffel aus den Töpfen naschten, die auf dem riesigen Viking-Herd dampften, und die Kochkünste ihrer lieben Mom – oder der lieben Haushälterin – lobten. Alles an dieser Küche war perfekt, genau wie die Familie, die hier lebte.

Das waren meine Gedanken, als ich die Hände in heißes Spülwasser tauchte und zwei Silberlöffel herausfischte. Ich dachte daran, was für ein Glück ich hatte, hier sein zu dürfen. Genau so musste Thanksgiving sein – vielleicht abgesehen davon, dass es draußen fast fünfzehn Grad waren.

Meine eigene Familie hatte mich in diesem Jahr enttäuscht, was aber seit dem Tod meiner Mutter nichts Ungewöhnliches mehr war. Mein Vater hatte sich ein paar Jahre lang bemüht, unsere Traditionen fortzusetzen, aber

Sharon hatte das geändert – nicht aus böser Absicht, sondern weil sie eigene Kinder und eigene Gewohnheiten hatte. In diesem Jahr waren sie und mein Vater nach Cleveland gefahren, um Sharons Sohn Josh zu besuchen. Dessen Frau, Leslie, war Cheerleader an der Ohio State gewesen, eine Tatsache, auf die Sharon über die Maßen und unangemessen stolz zu sein schien. So blieben Suzanne und ich uns selbst überlassen, und obwohl ich meine Zweifel daran hatte, dass zwei ledige Schwestern, die beide nicht gut kochen konnten, ein zufriedenstellendes Thanksgiving zuwege bringen würden – ein Fest, das sich hauptsächlich ums Essen drehte –, war ich bereit gewesen, einen Versuch zu wagen. Aber Suzanne nicht. Sie gab mir zu verstehen, sie werde «das Fest dieses Jahr ausfallen lassen». Ich wusste nicht genau, was das hieß, aber ich kannte ihre Launen und wusste, dass es unmöglich gewesen wäre, ihr ein traditionelles Thanksgiving aufzuzwingen. Deshalb war ich mehr als dankbar, als Margot mich einlud, mit ihr nach Hause zu fliegen.

Das erzählte ich auch Andy, als er sich nach meiner Familie erkundigte, aber ich bemühte mich, nicht verbittert zu klingen und meinem Vater und meiner Schwester gegenüber loyal zu bleiben. Und schon gar nicht wollte ich aussehen wie Margots bemitleidenswerte, arme Freundin.

Andy, der sich eben eine blaue Rüschenschürze umgebunden hatte – was eher komisch als zweckmäßig war –, hörte aufmerksam zu und sagte dann: «Na, ich bin sehr froh, dass du hier bist. Je mehr Leute, desto besser, sage ich immer.»

Ich lächelte. Das sagten viele, aber die Grahams glaubten es wirklich, und an diesem Tag war bis dahin mindestens ein halbes Dutzend Freunde vorbeigekommen, um hallo zu sagen, darunter auch Margots Highschool-Boyfriend Ty, der die berühmten pastellfarbenen Kekse von Henri's mitgebracht hatte, einer traditionsreichen Bäckerei in Atlanta. Margot bestritt es zwar, aber Ty war ganz offensichtlich immer noch verliebt in sie. Zumindest war er vernarrt in ihre Familie. Und das konnte ich gut verstehen.

«Weißt du», sagte ich zu Andy, «die wenigsten Familien sind so.»

«Sind wie?»

«So gut», sagte ich. «So glücklich.»

«Wir haben dir was vorgemacht», sagte Andy. «Das ist alles nur Fassade.»

Einen Augenblick lang war ich beunruhigt, beinahe desillusioniert. Gab es ein dunkles Familiengeheimnis, von dem ich nichts wusste? Irgendwelche Misshandlungen? Betrug? Oder, schlimmer noch, eine knappe, hoffnungslose Diagnose wie die, die für meine Familie alles geändert hatte? Dann sah ich Andys vergnügten Gesichtsausdruck und war zutiefst erleichtert. Mein Bild der Grahams als unverschämt wohlhabende und gesunde Familie durfte intakt bleiben.

«Nein. Es geht uns gut … Nur James hat Schwierigkeiten.» Der jüngere Bruder war das liebenswerte schwarze Schaf der Familie. James wohnte zurzeit im Gästehaus im Garten; er hatte gerade wieder einen Job verloren – er hatte schon mehr «grauenvolle Chefs» als irgendjemand sonst im Leben gehabt – und vor kurzem mindestens den dritten schicken Wagen zu Schrott gefahren. Aber selbst James' Mätzchen fand ich eher charmant, ein liebenswerter Chaot, und die übrige Familie schüttelte nur nachsichtig den Kopf.

Andy und ich schwiegen eine Weile. Gelegentlich berührten sich unsere Arme, wie wir so nebeneinander an der Spüle standen. Schließlich fragte er wie aus heiterem Himmel: «Hörst du eigentlich noch von diesem Typen, mit dem du zusammen warst? Leo hieß er, oder?»

Mein Herz machte einen Satz. Ich hatte noch am Morgen an Leo gedacht und mich gefragt, ob er wohl bei seiner Familie in Queens war oder ob er das Fest ausfallen ließ wie Suzanne. Ich konnte mir vorstellen, dass er es hielt wie sie, zumal er wahrscheinlich wie immer irgendeine Deadline einzuhalten hatte. An Leo zu denken, war eine Sache. Von ihm zu sprechen, eine ganz andere. Ich atmete tief durch und wählte meine Worte sorgfältig. Mir war, als gäbe ich etwas zu Protokoll. Ich wollte wahrheitsgemäß antworten, aber ich wollte auch stark erscheinen. «Nein», sagte ich schließlich. «Es war ein glatter Schnitt.»

Das war ein bisschen übertrieben, wenn ich an meine Trauerperiode zurückdachte, aber ich sagte mir, für Leo *war* es ein glatter Schnitt gewesen. Außerdem, wenn man nach einer endgültigen Trennung nicht ein *einziges* Mal von sich hören ließ, war es doch wirklich eine saubere Angelegenheit, oder? Ganz gleich, wie man sich fühlte. Ich dachte an das eine Mal, als ich Leo beinahe angerufen hätte. Das war kurz nach dem elften September gewesen, höchstens eine Woche danach, und das ganze Land – und die Stadt erst recht – waren erschüttert von Trauer und Angst. Ich wusste, dass Leos Büro und seine Wohnung weit weg vom World Trade Center waren und dass er nur selten einen Anlass hatte, ins Bankenviertel zu gehen. Trotzdem ... Es gab an jenem Tag so viele verrückte Geschichten – Geschichten über Leute, die an Orten gewesen waren, wo sie sonst niemals hingingen –, und ich malte mir schon das Schlimmste aus. Außerdem, argumentierte ich Margot gegenüber, bekam ich zahllose Anrufe von alten Freunden und sogar von flüchtigen Bekannten, die wissen wollten, wie es mir ging. War das nicht eine Frage des Mitgefühls und des Anstands? Es mochte ja sein, dass ich mit Verbitterung an Leo dachte, aber ich wollte doch, dass er noch lebte. Bei Margot kam ich mit diesen vernünftigen Gedanken nicht weiter. Sie überzeugte mich davon, dass ich unter keinen Umständen Kontakt mit Leo aufnehmen dürfe, und das gelang ihr mit einem schlichten, unwiderlegbaren Argument: «Er ruft dich auch nicht an, um sich nach dir zu erkundigen, oder?»

Ich gab noch ein bisschen Spülmittel ins fließende Wasser, und der Zitronenduft stieg mir in die Nase. Andy nickte. «Ein glatter Schnitt ist immer gut.»

Ich brummte zustimmend. «Ja. Ich hab's nie wirklich verstanden, wenn Leute immer noch dicke Freunde mit ihren Verflossenen sind.»

«Ich weiß», sagte Andy. «Wenn jemand das Flämmchen nicht ausgehen lässt …»

«Wie Ty.» Ich musste lachen.

«Ge-nau», sagte Andy. «Ich meine, komm schon, Mann, lass es endlich sein.»

Ich lachte und dachte, ich hatte es mit Leo auch irgendwann sein lassen. Nicht, dass ich die Wahl gehabt hätte.

«Und jetzt?», fragte Andy plötzlich geradeheraus. «Hast du wieder jemanden?»

Ich schüttelte den Kopf. «Nein, eigentlich nicht. Gelegentlich mal ein Date hier und da – meistens durch Margot. Ich glaube, sie hat mich inzwischen mit jedem unverheirateten Hetero in der Modebranche mal zusammengebracht. Aber nichts Ernstes … Und du?»

Ich stellte diese Frage, obwohl ich die Antwort eigentlich kannte: Nach einer kurzen Affäre mit einer Off-Broad-way-Schauspielerin namens Felicia war er wieder solo. Margot kannte nur wenige Einzelheiten – nur, dass sie sich getrennt hatten –, aber sie war ziemlich sicher, dass es von Andy ausgegangen war. Anscheinend war Felicia zu war-tungsintensiv gewesen – eine *Drama Queen*, auch wenn sie nicht auf der Bühne stand.

Andy bestätigte es mir mit einem fröhlichen «Solo», während ich ihm ein Kristallglas reichte.

Er sah mich mit einem schiefen Lächeln an, und plötz-lich fragte ich mich, ob er etwa mehr im Sinn hatte, als mir beim Spülen zu helfen und dabei Small Talk zu machen. War Margots Bruder tatsächlich interessiert an mir? Un-möglich, war mein erster Gedanke. Andy mochte freundlich und ein bisschen verrückt sein, aber er war immer noch Margots sehr attraktiver, sehr erfolgreicher großer Bruder, und deshalb spielte er in meinen Augen außerhalb meiner Liga. Zumindest hatte ich die Finger von ihm zu lassen. Also schob ich meine romantischen Gedanken beiseite, als wir weiterspülten und abtrockneten. Und dann waren wir fertig, und zu meiner Überraschung bedauerte ich das.

«Das wär's dann wohl», sagte Andy. Er trocknete sich die Hände ab, band seine Schürze los und legte sie säuber-lich zusammengefaltet auf die Theke. Ich zog den Stöpsel aus dem Abfluss und sah zu, wie das Wasser ablief, langsam erst, aber dann mit lautem Blubbern. Ich trocknete mir die Hände ab und wischte mit einem Küchentuch, das ein G als Monogramm trug, über die Arbeitsplatte. Ich hatte das Gefühl, er hatte noch etwas auf dem Herzen, aber was?

Da sah Andy mich an und sagte: «Tja … Ellen?»

Ein bisschen nervös wich ich seinem Blick aus und sagte: «Ja?»

Andy räusperte sich, fummelte mit einer Streichholz-schachtel auf der Theke herum und sagte schließlich: «Wenn wir wieder in New York sind … was hältst du davon, wenn wir mal ausgehen? Irgendwo essen oder so was? Nur wir beide?»

Kein Zweifel: Andy wollte ein Date mit mir. Meine Gedanken überschlugen sich, und ich fragte mich, was es bedeutete, wenn ich mit dem Bruder meiner besten Freundin ausginge. War das nicht riskant? Was wäre, wenn etwas Ernstes daraus würde und wenn es am Ende schiefginge? Würde Margot dann nicht Partei ergreifen? Würde unsere Freundschaft das überleben? Auf jeden Fall wäre es mir dann peinlich, mit ihr an Thanksgiving nach Hause zu fahren. Und so dachte ich in diesem Augenblick, ich sollte nein sagen oder irgendeine Ausrede erfinden, um jedem möglichen Interessenkonflikt aus dem Weg zu gehen. Es gab Tausende von annehmbaren Männern in Manhattan. Warum sollte ich mich ausgerechnet auf dieses dünne Eis begeben?

Stattdessen schaute ich in seine blauen Augen. Ein küh-les Blau, aber sie blickten wärmer als alle braunen Augen, in die ich je geblickt hatte. Schüchtern und vorsichtig sagte ich: «Ich glaube, das wäre eine gute Idee.»

Andy verschränkte die Arme, lehnte sich an die Koch-insel und lächelte. Ich lächelte zurück. Dann hörten wir, dass Margot die Treppen herunterkam, und er zwinkerte mir zu und flüsterte: «Überleg mal. Wenn alles gutgeht … dann hast du die Familie schon kennengelernt.»

Im Laufe des Wochenendes wurde ich immer nervöser. Andy und ich wechselten zahllose wissende Blicke, beson-ders am folgenden Abend, als Stella anfing, sich nach den Dates ihrer Söhne zu erkundigen.

«Gibt's denn irgendjemanden Spezielles?», fragte sie, als wir an dem lederbespannten Tisch im Spielzimmer beim Scrabble saßen.

James lachte. «Ja, Mom. Es gibt jede Menge von speziellen Mädels, wenn du weißt, was ich meine.»

«James.» Stella schüttelte den stets professionell frisierten goldglänzenden Kopf und tat, als verzweifle sie an ihrem mittleren Kind, während sie mit ihren letzten Buchstaben das Wort «Gnome» legte.

«Gut gemacht, Mom», sagte Andy bewundernd. Dann sah er mich an. «Weißt du, dass Mom dieses Spiel nie verliert?»

Ich lächelte. «Das habe ich schon gehört», sagte ich. Ich war beeindruckt und immer ein bisschen eingeschüchtert von der Matriarchin der Familie Graham. In Wahrheit war ihre Meisterschaft bei allen Brettspielen nur eine ihrer zahlreichen Fähigkeiten, die zu ihrer fast kulthaften Beliebtheit in der Familie beigetragen hatten. Die gescheite, schöne, starke Stella, bezaubernd und verzaubert: Sie würde sicher nicht an Krebs sterben – da war ich sicher –, sondern schlafend in ihrem eigenen Bett im reifen Alter von vierundneunzig Jahren, mit einem Lächeln auf dem Gesicht und mit dem makellos frisierten Kopf auf einem seidenen Kissen.

«Weil sie nämlich mogelt», ergänzte James in seinem bedächtig knautschigen Tonfall. Sein Südstaatenakzent war so viel ausgeprägter als der der anderen des Clans, was wahrscheinlich an seiner allgemeinen Trägheit lag. Er zwinkerte mir zu. «Du musst sie gut im Auge behalten, Ellen. Sie ist ziemlich gerissen.»

Wir alle lachten über die absurde Vorstellung, die stets korrekte Stella Graham könnte mogeln, und sie schüttelte wieder den Kopf, wobei ihr langer Hals besonders anmutig aussah. Dann verschränkte sie die Arme vor dem grauen Designerkleid, und die schweren goldenen Amulette an ihrem Armreifen glitten zu ihrem Ellbogen hinauf.

«Was ist mit dir, Andrew?», fragte sie.

Mein Gesicht wurde warm, und ich richtete den Blick fest auf den Eiffelturm-Anhänger, zweifellos ein Geschenk von Margots Vater, den ich bis zu diesem Tag Mr. Graham nannte und der als Einziger an diesem Abend nicht mit-spielte; er saß vor dem Kamin und las das Wall Street Jour-nal, und gelegentlich schlug er im Wörterbuch nach und spielte den Schiedsrichter, wenn ein Wort umstritten war.

«Was soll mit mir sein?» Andy wich der Frage seiner Mutter aus und machte ein amüsiertes Gesicht.

«Er hat mit Felicia Schluss gemacht», berichtete Mar-got. «Das hab ich dir doch erzählt, oder?»

Stella nickte, aber sie ließ Andy nicht aus den Augen. «Gibt's vielleicht doch noch eine Versöhnung mit Lucy? Ein so liebes, hübsches Mädchen», sagte sie wehmütig. «Ich hatte Lucy so gern.»

Jetzt brach James zusammen und krähte wie Ricky Ricardo in Hoppla, Lucy: «Luuuuu-cy! Ich bin zu Hauuuuu-se!»

Wir alle lachten, und Andy warf mir mit hochgezogenen Brauen einen kurzen verschwörerischen Blick zu. «Nein. Über Lucy bin ich hinweg», sagte er, und unter dem Tisch stieß sein nackter großer Zeh gegen meinen bestrumpften. «Aber nächste Woche hab ich ein Date.»

«Wirklich?», fragten Stella und Margot wie aus einem Munde.

«Yep», sagte Andy.

«Was Vielversprechendes?», fragte Margot.

Andy nickte, und Mr. Graham blickte mit milder Neugier von seiner Zeitung auf. Margot hatte mir mal erzählt, ihr Vater habe nur einen Wunsch: Andy möge eines Tages nach Atlanta zurückkommen und seine Kanzlei übernehmen. Die Heirat mit einem Yankee-Mädchen würde diesen Traum zunichtemachen.

Und richtig, Mr. Graham spähte über seine Zeitung hinweg und fragte: «Ist sie zufällig aus dem Süden?»

«Nein», sagte Andy. «Aber ich glaube, ihr würdet sie alle wirklich gernhaben.»

Ich lächelte und wurde rot, und als ich auf die Leiste mit meinen Buchstaben hinunterschaute, nahm ich es als gutes Omen, dass ich ein O, ein K, ein A und ein Y legen konnte.

So fing es mit Andy und mir an. Deshalb ist ein Besuch bei Margots Familie (irgendwann zwischen dem ersten Date und der Hochzeit habe ich angefangen, sie Andys Familie zu nennen) für mich immer so etwas wie eine Reise in die Erinnerung – wie die Lektüre eines alten Liebesbriefs oder die Rückkehr an den Schauplatz eines der ersten Dates. All das geht mir durch den Kopf, als Andy und ich jetzt, ungefähr acht Tage nach der großen Neuigkeit, zu einem Wochenendbesuch nach Atlanta fliegen.

Es ist ein ruhiger Flug, und im kobaltblauen Februarhimmel ist kein Wölkchen zu sehen, aber ich bin trotzdem ein bisschen angespannt. Das Fliegen macht mich nervös; vielleicht habe ich die Scheu meiner Mutter geerbt, die sich immer geweigert hat, ein Flugzeug zu besteigen. Nicht, dass meine Eltern sich je hätten leisten können, irgendwohin zu fliegen. Deshalb schmerzt es mich auch, wenn ich sehe, wie mein Vater jetzt jeden Winter mit Sharon nach Florida jettet, wo sie dann eine glitzerbunte Karibik-Kreuzfahrt antreten. Ich möchte, dass mein Vater glücklich ist, aber manchmal finde ich es unfair, dass Sharon die Früchte seines Arbeitslebens ernten darf. Ich weiß schon lange, dass das Leben nicht gerecht ist, aber das macht es mir nicht leichter.

Jedenfalls gibt die Flugbegleiterin jetzt fröhlich bekannt, dass wir uns dem Hartsfield-Jackson Airport nähern; wir sollen unsere Tische hochklappen und die Rückenlehnen in eine aufrechte Position bringen. Andy befolgt die Anordnung und legt sich die USA Today mit dem Kreuzworträtsel auf den Schoß. Er klopft mit dem Stift auf das Heft und sagt: «Ein Wort für ‹Höhepunkt› mit sechs Buchstaben?»

«Gipfel», sagte ich.

Andy schüttelt den Kopf. «Passt nicht.»

Ich versuche es nochmal. «Klimax?»

Er nickt. «Danke», sagt er und ist sichtlich stolz auf mein Kreuzworträtseltalent. Er ist der Rechtsanwalt, aber ich bin der Wortschmied. Wie seine Mutter ziehe ich ihm beim Scrabble und Boggle inzwischen fast regelmäßig das Fell über die Ohren – wie eigentlich bei allen Brettspielen. Andy macht das nichts aus; er konkurriert nicht.

Als das Flugzeug sich sanft in die Kurve legt, umklammere ich mit der einen Hand meine Armlehne und mit der anderen Andys Bein. Ich schließe die Augen und denke wieder an jenen Augenblick in der Küche vor vielen Jahren. Es war vielleicht nicht so prickelnd wie die Begegnung mit einem dunkelhaarigen Fremden bei der Geschworenen-Klausur in einem Mordprozess, aber in mancher Hinsicht war es sogar besser. Es hatte Substanz. Einen guten Kern. Ein Fundament aus Freundschaft und Familie – aus den einfachen Dingen, auf die es in Wirklichkeit ankommt, dauerhafte Dinge. Andy hatte nichts Geheimnisvolles, denn ich kannte ihn schon, als er das erste Mal mit mir ausging. Vielleicht kannte ich ihn nicht gut, und das, was ich über ihn wusste, wusste ich großenteils durch Margot – aber trotzdem kannte ich ihn auf eine fundamentale, bedeutsame Art. Ich wusste, woher er kam. Ich wusste, wen er liebte und wer ihn liebte. Ich wusste, dass er ein guter Bruder und Sohn war. Ich wusste, dass er komisch und gutherzig und sportlich war. Ein Junge, der nach dem Thanksgiving-Essen beim Geschirrspülen half (ob er nun zweifelhafte Motive gehabt hatte oder nicht).

Als Andy und ich ein paar Tage nach unserer Rückkehr nach New York zum ersten Mal ausgingen, waren wir deshalb schon viel weiter als ein normales Paar beim ersten Date. Es war, als wäre es mindestens schon unser viertes Date; wir konnten die autobiographischen Kennenlern-Übungen überspringen und uns einfach entspannt miteinander amüsieren, ohne uns zu verstellen, ohne Imponiergehabe, so wie es gegen Ende mit Leo immer gewesen war – oder bei so vielen unangenehmen ersten Dates, die danach kamen. Mit Andy war alles leicht und geradlinig, ausgewogen, gesund. Ich brauchte mich nie zu fragen, was Andy wohl dachte oder wie es ihm ging, denn er war wie ein offenes Buch und so unbeirrbar glücklich. Und mehr noch: Ihm lag daran, mich glücklich zu machen. Er war ein höflicher, respektvoller Südstaaten-Gentleman und im Grunde seines Herzens ein Romantiker, der gern eine Frau verwöhnte.

Irgendwo tief im Innern wusste ich wohl von Anfang an, dass unserer Beziehung eine gewisse Intensität fehlte, aber nicht so, dass ich es als Defizit empfand. Im Gegenteil, es war eine riesige Erleichterung, niemals bang und beunruhigt sein zu müssen – ungefähr so wie nach einer schlimmen Grippe, wenn man sich eines Tages wieder ganz gesund fühlt: Die bloße Abwesenheit von Elend wirkte euphorisierend. So, dachte ich, als Andy und ich uns nach und nach immer näherkamen, so sollte es auch sein. So sollte die Liebe sich anfühlen. Und noch wichtiger war: Ich war davon überzeugt, dass es die einzige Art Liebe war, die nicht irgendwann ausbrennen würde. Andy hatte Stehvermögen. Zusammen waren wir so solide wie nichts, was ich bisher gekannt hatte. Ich spüre, wie das Flugzeug in den Sinkflug übergeht. Andy faltet seine Zeitung zusammen, stopft sie in die Reisetasche zu seinen Füßen und drückt meine Hand. «Alles okay?»

«Ja», sage ich und denke, genau so ist es mit Andy: Zumindest ist immer alles okay, wenn ich bei ihm bin.

Ein paar Augenblicke später sind wir wohlbehalten in Atlanta gelandet und rollen einige Minuten vor der Zeit ans Gate. Andy steht auf und nimmt unsere Jacken aus dem Gepäckfach, und ich schalte mein Handy ein, um zu sehen, ob Margot angerufen hat. Gestern Abend haben wir verabredet, uns um Punkt halb zehn im Delta-Terminal am Ausgang zu treffen, aber es kommt oft vor, dass Margot sich verspätet oder ihre Pläne mittendrin ändert. Und richtig, auf dem Display blinkt das Mailbox-Symbol. Eine neue Nachricht. Ich drücke die Abspieltaste und erkenne sofort ebenso aufgeregt wie erschrocken, dass die Nachricht nicht von Margot ist, sondern von Leo. Leo, der zwei Wochen nach unserem Treffen offenbar entschlossen ist, sein Versprechen zu halten und Freundschaft mit mir zu spielen.

Nervös schaue ich zu Andy hinüber, der von all dem

nichts ahnt. Ich könnte mir leicht die ganze Nachricht an-
hören, ohne dass er etwas merkt, und ein schuldbewusster
Teil meiner selbst brennt darauf, zu erfahren, was Leo zu
sagen hat. Aber ich lasse ihn nichts weiter sagen als: «Hey,
Ellen. Leo hier.» Dann klappe ich das Telefon zu und
schneide ihm das Wort ab. Mehr als das erlaube ich ihm in
Andys Heimatstadt nicht zu sagen. In Andys Anwesenheit.
Punkt.

*Neun

Andy und ich gehen zum Gepäckband und sind dann
in Rekordzeit draußen vor dem Ankunftsterminal. «Poetry
in motion», sagt Andy voller Stolz auf sein Talent zu rei-
bungslosem Reisen, als wir Webb mit Margots silbernem
Mercedes-Offroader sehen.

Wir lachen, als wir sehen, dass Margot offenbar in
ein Kräftemessen mit einer Polizistin verstrickt ist. Die
stämmige Frau sitzt auf einem Fahrradsattel, der viel zu
klein für ihre Mammuthüften ist. Ohne Zweifel macht sie
Margot und Webb darauf aufmerksam, dass das Warten
am Bordsteinrand nicht erlaubt ist. Durch das halboffene
Wagenfenster sehe ich, dass Margot trotz ihrer honigsüßen
Miene beinhart entschlossen ist, nicht klein beizugeben
und das Feld zu räumen. Aber ihr Charme scheint bei der
Polizistin nicht zu wirken. Sie trägt einen Stern und dick-
sohlige schwarze Motorradstiefel, und jetzt lässt sie ihre
Pfeife schrillen und brüllt: «Nur Be- und Entladen, Lady!
Fahren Sie sofort weiter!»

«Du meine Güte.» Margot presst beide Hände an die

Brust, und dann blickt sie auf, sieht uns und verkündet: «Aber sehen Sie doch! Meine Verwandten sind gekommen. Jetzt müssen wir beladen!»

Ich muss lächeln: Margot hat sich wieder mal auf ihre elegante Weise durchgesetzt.

Die Polizistin dreht sich um, funkelt uns an und radelt wütend weiter zum nächsten Verkehrssünder. Margot springt aus dem Wagen. Sie trägt einen langen kamelhaarfarbenen Cashmere-Sweater mit Gürtel, dunkle Jeans in schokoladenfarbenen Wildlederstiefeln und eine übergroße Sonnenbrille (ein Look, dem sie sogar in den neunziger Jahren treu geblieben war, als kleine Brillengestelle total in waren). Sie sieht aus wie aus einer Modezeitschrift – wie früher in New York, und vielleicht jetzt noch mehr.

«Wie schön, dass ihr da seid!», quiekt sie und nimmt Andy und mich gleichzeitig in die Arme. Mir ist klar, dass man noch nichts sehen kann, aber ihre schlanke Gestalt und die flinken Bewegungen lassen wirklich überhaupt nicht vermuten, dass sie schwanger ist. Nur der Busen verrät das Geheimnis: Ihre Körbchengröße scheint von C allmählich in die D-Zone überzugehen. So etwas bemerkt man nur bei seiner besten Freundin, denke ich lächelnd. Ich deute auf ihre Brust und flüstere: «Nett.»

Sie lacht. «Ja, sie sind schon ein bisschen größer geworden ... Aber das hier ist hauptsächlich ein erstklassiger Push-up.»

Andy tut, als mache ihn unser Gespräch verlegen, als er unsere große Reisetasche hinten in den Wagen wirft. Webb begrüßt uns herzlich, und ein paar Augenblicke später verlassen wir den Flughafen und sind auf dem Highway. Margot und ich sitzen auf dem Rücksitz, und wir alle reden aufgeregt über das Baby und den Anbau am hinteren Flügel, der für das Kinderzimmer geplant ist.

«Der Bauunternehmer arbeitet im Schneckentempo», berichtet Margot. «Ich habe ihm gesagt: Wehe, er ist nicht fertig, wenn das Baby da ist.»

«Nie im Leben ist er bis dahin fertig, Honey. Nicht, wenn die Leute jede Stunde Kaffeepause machen.» Webb streicht mit der Hand über seinen kantigen Unterkiefer. Ich sehe, dass er ebenfalls einen kamelhaarfarbenen Pullover trägt, und ich frage mich, ob diese Übereinstimmung beabsichtigt ist. Margot und er machen so etwas gern; ein Beispiel: ihre orangefarbenen «Er und sie»-Autofahrer-Mokassins.

Webb wirft einen Blick über die Schulter, bevor er einen langsam fahrenden Volkswagen überholt. «Hat Margot euch schon von dem Lederfußboden in unserem Keller erzählt?»

«Nein.» Ich schaue Margot an und frage mich, wie so etwas bei unseren täglichen Telefonaten unerwähnt bleiben konnte.

Sie nickt und deutet auf Webb, als wolle sie sagen: «Seine Idee, nicht meine.» Aber ich sehe ihr an, dass sie stolz auf ihren Mann und seinen hochfliegenden Sinn für Ästhetik ist.

«Lederfußboden?» Andy stößt einen Pfiff aus. «Wahnsinn.»

«Verschrammt so was nicht zu leicht?», frage ich, und ich weiß, dass ich Webb gegenüber oft allzu praktisch, ja, prosaisch klinge.

«Ein paar Schrammen geben der Sache mehr Charakter», sagt Webb. «Außerdem wird da meist barfuß gegangen.»

«Wir haben das in einem Wellness-Hotel in Big Sur gesehen», erklärt Margot mir. «Ich werde dort meine Yoga- und Meditationsübungen machen.»

Natürlich, denke ich liebevoll, aber ich frage: «Du willst mit Yoga anfangen?»

Margot war nie besonders sportlich, und wenn sie in New York doch einmal ins Fitness-Studio ging, gehörte sie eher zu denen, die mit einem People-Heft in der Hand auf dem Liegerad trainierten.

«Mit dem Kind», sagt sie und reibt sich den nicht vorhandenen Bauch, «will ich mich mehr bemühen, meine … Mitte zu finden.»

Ich nicke und denke, dass diese Veränderung schon vorher begonnen hat, etwa um die Zeit, als sie aus New York weggegangen ist. Das ist nicht überraschend; auf mich wirkt es schon beruhigend, wenn ich die Stadt nur für ein Wochenende verlasse. Obwohl Atlanta in jeder Hinsicht eine Großstadt ist, ist es hier entspannt, sogar behaglich, was man ja von New York nicht gerade behaupten kann. Sogar die Innenstadt, durch die wir jetzt fahren, sieht, wenn man die New Yorker Skyline gewohnt ist, aus wie eine sehr überschaubare Playmobil-Szenerie.

Ein paar Minuten später sind wir im Herzen von Buckhead, dem feineren Viertel von Nord-Atlanta, in dem Margot und Andy aufgewachsen sind. Als ich den seltsamen Namen «Buckhead» das erste Mal hörte (angeblich geht er auf eine längst nicht mehr existierende Gastwirtschaft zurück, über deren Tür ein großer Bocksschädel hing), sah ich eine malerische, ländliche Gegend vor mir, aber tatsächlich ist es hier sehr weltstädtisch. Das Einkaufs-viertel hat zwei Edel-Malls, wo Margot ihren Bedarf an Gucci und Jimmy Choo stillen kann; es gibt Luxushotels, schicke Apartmentkomplexe, Kunstgalerien, Nightclubs und sogar Fünf-Sterne-Restaurants, was dem Stadtteil die Spitznamen «Seidenstrumpf-Distrikt» und «Beverly Hills des Südens» eingebracht hat.

Aber das wahre Wesen von Buckhead zeigt sich in den Wohnbezirken mit den gewundenen, baumgesäumten Straßen und den eleganten georgianischen Herrenhäusern und vornehmen, neoklassizistischen Villen wie der, in der Margot und Andy aufgewachsen sind. Andere Häuser, wie das weißgestrichene Backsteinhaus aus den dreißiger Jahren, in dem Webb und Margot wohnen, sind ein bisschen bescheidener, aber immer noch restlos bezaubernd.

Als wir in die von weißen Kamelien gesäumte, kopfsteingepflasterte Zufahrt einbiegen, möchte ich Worte wie «entzückend» oder «wundervoll» rufen, die normalerweise nicht zu meinem Vokabular gehören.

Webb hält mir die Wagentür auf, und ich bedanke mich und gebe bekannt, dass ich bereits Lust auf einen süßen Tee habe. Gesüßter Eistee ist eins der Dinge, die ich am Süden liebe, noch lieber als die hausgemachten Biscuits und Maisgrütze mit Käse. Andy und ich können einfach nicht verstehen, warum dieses Getränk, das buchstäblich in jedem Haus und Restaurant im Süden, einschließlich der meisten Fastfood-Ketten, zu finden ist, niemals den Weg in den Norden gefunden hat.

Margot lacht. «Du hast Glück», sagt sie. «Ich habe heute Morgen welchen gemacht.»

Zweifellos hat sie mehr als nur Tee gemacht; Margot ist eine fabelhafte Gastgeberin, genau wie ihre Mutter. Und richtig – im Haus sieht es aus, als wäre es für eine Fotostrecke in *Southern Living* hergerichtet. Margot bezeichnet den Stil ihres Heims als «sachlich mit einer Prise Deco». Ich weiß nicht genau, was das heißt, aber der Stil gefällt mir, weil er irgendwie ungewöhnlich und nicht allzu traditionell ist. Der Grundriss ist offen, und Küche und Wohnraum gehen in mehreren Sitzbereichen ineinander über. Die Hauptfarben sind Schokoladenbraun und ein helles Salbeigrün, und die Fenster sind mit weichen Seidenstoffen drapiert, was dem Raum eine feminine, fast verträumte Note gibt. Webb lässt Margot bei der Innenausstattung offensichtlich freie Hand, denn bei einem schwungvollen Sportagenten würde man etwas anderes erwarten. Seine in Rahmen gespannten, mit Autogrammen versehenen Trikots und Wimpel, die in seiner Junggesellenwohnung in Manhattan allgegenwärtig waren, sind in sein maskulines, mit dunklem Holz getäfeltes Arbeitszimmer im Keller verbannt.

Andy zeigt auf die cremefarbene Couch im Wohnzimmer, auf die sorgfältig ein grüner Überwurf und dazu passende Kissen drapiert sind. «Ist die neu?»

Margot nickt. «Ja. Ist sie nicht hinreißend?»

«Ja.» Andy macht ein Pokerface, und ich weiß, dass jetzt ein Witz kommt. «Besonders hinreißend, wenn der Kleine sie später mit seiner Schokolade beschmiert.»

«Oder die Kleine mit ihrer», sagt Margot und führt uns in die Küche, wo ein Brunch auf uns wartet. Sie hat Obstsalat, Spinat-Quiche und Käse-Crêpes gemacht. «Ihr habt hoffentlich Hunger?»

«Mordsmäßig», sagt Andy.

Margot schlägt vor, sofort zu essen, denn für den frühen Abend ist ein Tisch im Bacchanalia reserviert, im Lieblingsrestaurant der Grahams in der Stadt.

«Mutter und Daddy kommen dazu. Ich habe ihnen versprochen, dass wir euch nicht vollständig in Beschlag nehmen, nachdem wir jetzt hierhergezogen sind.»

«Ja», sage ich, «das haben Andy und ich uns schon gefragt – macht es ihr nichts aus, dass wir bei euch wohnen?»

«Dafür hat sie Verständnis.» Margot träufelt Himbeerpüree auf ihre Crêpes. «Aber sie hat mir auch unmissverständlich zu verstehen gegeben, sie erwarte, dass ihr Sohn weiterhin unter ihrem Dach schläft, wenn er zu den Feiertagen in Atlanta ist.» Margot beendet den Satz im herrschaftlichen Charlestoner Akzent ihrer Mutter.

Andy verdreht die Augen, und ich lächle dankbar; er ist zwar ein gehorsamer Sohn, aber er macht nicht den Eindruck eines regelrechten Muttersöhnchens. Ich glaube, das würde mir auch nicht gefallen. Ich war kürzlich auf einer Hochzeit, bei der die Mutter des Bräutigams am Ende der Feier von ihrem Sohn regelrecht losgeeist werden musste und dabei schluchzte: «Ich will dich nicht verlieren.» Das war irgendwie ungesund. Margot vertritt die Theorie, dass diese Dynamik bei einer Frau, die nur Söhne und keine Töchter hat, mit größerer Wahrscheinlichkeit einsetzt. Vielleicht, weil die Mutter das Scheinwerferlicht nie mit einer anderen Frau teilen musste, vielleicht auch, weil es stimmt, was man sagt: «Ein Sohn bleibt ein Sohn, bis die Ehe beginnt, die Tochter bleibt Tochter und immer ein Kind.» Vielleicht hat sie recht, denn sosehr Stella ihre Söhne anbetet, sie verwendet doch mehr Zeit und Energie auf ihre Tochter.

Ich sehe zu, wie Margot in der Küche hantiert, und frage, ob ich ihr helfen kann. Sie schüttelt den Kopf und gießt Tee aus einer großen Glaskaraffe in drei schwere, geschliffene Kristallgläser und Perrier für sich in ein viertes. Dann setzen wir uns, und sie bittet Webb, ein kurzes Tischgebet zu sprechen – wohl eher eine kulturelle als eine religiöse

Praxis, denn in New York haben die beiden vor dem Essen nicht gebetet und sind auch nicht in die Kirche gegangen.

Als Webb sein kurzes, formelles Gebet beendet hat, sagt Margot lächelnd: «Guten Appetit!» Einen Augenblick lang habe ich das Gefühl, dass wir außer unserer Vergangenheit wenig gemeinsam haben. Aber dieses Gefühl ist nach ein paar Augenblicken wieder verflogen; Margot und ich springen von einem Thema zum anderen und diskutieren und analysieren alles und jeden, den wir kennen, bis ins unwichtigste Detail, wie die meisten Leute finden würden – so offenbar auch Webb und Andy. Mehr als alles andere ist das der Grund, weshalb Margot und ich so gute Freundinnen sind – warum wir uns überhaupt von Anfang an verstanden haben, obwohl wir so verschieden sind. Wir reden einfach gern miteinander.

Und so lassen wir die Jungs auch kaum zu Wort kommen, während wir den Klatsch aus New York und Atlanta gleichermaßen inbrünstig durchhecheln. Wir reden über unsere ledigen New Yorker Freundinnen, die sich immer noch jeden Abend volllaufen lassen und sich wundern, dass sie keinen netten Mann kennenlernen, und dann über die Mädels in ihrer Nachbarschaft, die ganztägige Haushaltshilfen beschäftigen und deshalb jeden Tag miteinander Tennis spielen, shoppen und lunchen können.

«Zu welchen möchtest du lieber gehören?», frage ich. «Wenn du es dir aussuchen könntest?»

«Hmm», sagt Margot. «Weiß nicht. Beide Extreme sind irgendwie traurig.»

«Fehlt dir der Job nie?», frage ich vorsichtig. Ich kann mir nicht vorstellen, meinen Beruf aufzugeben, aber ich bin auch noch keine werdende Mutter. Das könnte alles verändern.

Margot schüttelt den Kopf. «Eigentlich habe ich es erwartet … aber ich habe so viel zu tun.»

«Mit Tennisspielen?», fragt Andy, ohne mit der Wimper zu zucken.

Margot verzieht ein bisschen schuldbewusst den Mund. «Manchmal», sagt sie. «Aber ich muss auch das Haus einrichten … mich auf das Kind vorbereiten … und dazu kommt meine Wohltätigkeitsarbeit.»

«Aber die Junior League hat sie aufgegeben», sagt Webb und nimmt sich noch ein Crêpe. «Das war zu viel. Sogar für sie.»

«Ich habe nicht gesagt, die Junior League ist mir zu viel», widerspricht Margot. «Ich habe nur gesagt, die Atlanta League ist so jung. Ich kam mir vor wie eine Mutterglucke bei all den Mädels, die gerade Anfang zwanzig sind. Die meisten kommen frisch vom College und sind schon verheiratet – mit ihren Highschool-Freunden.»

Webbs Gesicht leuchtet auf. «Apropos … erzähl deinem Bruder und Ellen doch, wen du als Landschaftsgärtner eingestellt hast.»

«Webb!», sagt Margot in gespielt vorwurfsvollem Ton, und sie wird rosarot wie eine Azalee. Ich muss lächeln. Sie und Stella werden so schnell verlegen, und sie erröten vor lauter Einfühlsamkeit sogar für andere. Stella kann nicht einmal eine Preisverleihung mitansehen, weil die Dankreden sie so nervös machen.

«Komm schon.» Webb grinst. «Na los, sag's ihnen, Honey.»

Margot schiebt die Unterlippe vor, als Andy ruft: «Na, wen denn?»

«Die Portera Brothers», sagt Webb schließlich, und alle wissen, das ist der Name von Margots Highschool-Boyfriend Ty, der immer noch jedes Jahr an Thanksgiving zu Besuch kommt.

«Die Portera Brothers?» Andy lächelt spöttisch. «Portera ‹Loverboy Ty›? ‹The Right Stuff› Ty Portera?»

«‹The Right Stuff›?», wiederholt Webb.

«Margot hat dir noch nichts von dem aufwühlenden Jordan-Knight-Luftgitarrenauftritt ihres kleinen Freundes auf der Highschool erzählt?» Andy steht auf, dreht eine Pirouette und singt: «Oh! Oh! Girl! You know you got the right stuff!»

«Moment mal, Margot. Dein Freund auf der Highschool hat zu einem Song von den Backstreet Boys Karaoke gesungen?» Webb ist begeistert, neue Munition zu haben.

«Bring da nichts durcheinander, Webb. Das waren die New Kids on the Block», sagt Andy. «Und ich glaube, ein Jahr davor hat er Menudo gemacht, stimmt's, Margot?»

Margot schlägt mit der flachen Hand auf den Tisch. «Nein! Menudo hat er nun wirklich nicht gemacht!»

Ich verkneife mir, darauf hinzuweisen, dass nur einer hier am Tisch Texte von den New Kids on the Block auswendig kann – nämlich Andy.

«Die New Kids, hm?» Webb lacht. «Tja, ich schätze, das macht die Sache ein bisschen weniger schmerzhaft. Ich meine, vielleicht ist der Typ ja inzwischen schwul. Oder in einer Boygroup. Oder – um Himmels willen – beides.»

Ich lächle, aber im Geiste lege ich diese Bemerkung unter der Rubrik «Was Webb von mir unterscheidet» ab. Ich bin ganz sicher, dass er keine schwulen Freunde hat.

«Im Ernst», fährt Webb fort. «Ist es zu fassen, dass Margot ihren Ex engagiert?»

«Nein», sagt Andy mit gespielter Düsterkeit. «Das ist es wirklich und wahrhaftig nicht. Schändlich, so was.»

Ich weiß, dass Andy und Webb nur Spaß machen, aber trotzdem dreht sich mir der Magen um, als ich an die Nachricht auf meinem Handy denke. Die Nachricht, die ich hätte löschen sollen. Ich schaue auf meinen Teller und spieße einen Zweig Petersilie auf die Gabel.

«Na los, Ellen!» Margot stützt die Ellenbogen auf den Tisch, was sie sonst niemals tut. «Hilf mir hier raus!»

Ich überlege kurz, was ich sagen kann. Etwas Hilfreiches, aber Unverbindliches. «Sie sind nur gute Freunde», sage ich schließlich lahm.

«Nur gute Freunde, hm?», sagt Webb. «Die alte Nummer mit den ‹guten Freunden›.»

«Gütiger Gott.» Margot steht auf und stellt ihren und Andys Teller zusammen.

«Der gütige Gott ist ebenso wenig auf deiner Seite wie Ellen hier», sagt Webb. «Keiner von beiden hat etwas übrig für diese Spielchen.»

«Spielchen? Jetzt werde mal erwachsen, Webb … Ty ist so großväterlich geworden, dass es nicht mehr komisch ist», sagt Margot und kommt aus der Küche. «Den Übergang zur Freundschaft haben wir schon vor einer Trillion Jahre vollzogen. Da waren wir noch auf der Highschool. Und er macht jetzt seit über einem Jahr den Garten bei Mutter und Daddy.»

«Und das macht es besser? Dass er ihren Garten auch macht?» Webb schüttelt den Kopf und sieht mich an. «Sieh dich vor. Die sind illoyal. Alle miteinander.»

«Hey! Wirf mich nicht in einen Topf mit meiner Familie und meiner Schwester», sagt Andy. «Ich würde den Kerl nicht nehmen. Selbst wenn ich einen Garten hätte.»

«Sorry, Mann», sagt Webb. «Sie sind alle illoyal außer dir. Sogar James.»

«James hat aber auch keinen Garten», sagt Andy.

«Ja, aber er spielt Golf mit dem Typen, der illoyale Mistkerl», sagt Webb.

«Das ist doch keine Frage der Loyalität gegen irgendjemanden», sagt Margot. «Außerdem ist es ja nicht so, dass Ty selbst herkommt und Pflanzen eingräbt. Dafür hat er seine Angestellten. Seine Firma entwirft großartige Gartenanlagen zu einem guten Preis. Mehr steckt nicht dahinter, Webster Buffington, und das weißt du auch.»

«Yep», sagt Webb. «Wenn du das immer wieder erzählst, wirst du es irgendwann selbst glauben.»

«Oh, bitte! Du benimmst dich, als hätte ich mein Schulballfoto auf den Kaminsims gestellt.»

«Das kommt sicher als Nächstes», sagt Webb und dreht sich zu mir um. «Ellen, hast du auch noch Kontakt mit deinem Schulballpartner?»

Ich schüttle entschieden den Kopf.

«Ich meine ... putzt er deine Wohnung, macht er dir die Steuererklärung oder so was?»

«Nein.»

«Kurz gefragt: Hast du überhaupt noch Kontakt mit deinen Verflossenen?»

Es ist klar, dass ich darauf antworten muss, aber ich sage nichts. Dieser Zufall verblüfft mich, und ich hoffe, irgendjemand wird einspringen und mich retten. Aber ich habe kein Glück. Alle schweigen. Ich sehe Andy an.

«Was ist?», fragt er. «Sieh mich nicht an. Du weißt, ich bin nicht mit irgendwelchen Mädels befreundet, schon gar nicht mit Verflossenen.»

«Lucy hat dir vor ein paar Jahren eine Weihnachtskarte geschickt.» Ich spüre den vertrauten Stich der leisen Eifersucht bei dem Gedanken an die süße, tolle Lucy.

«Mit einem Foto von ihrem Kind», sagt Andy. «Das kann man kaum als Anmache bezeichnen ... Außerdem habe ich ihr nie eine Weihnachtskarte geschickt.»

«Ja, weil du überhaupt keine verschickt hast, bevor wir verheiratet waren.» Ich stehe auf und helfe Margot beim Abräumen.

Andy zuckt die Achseln. Als Anwalt erkennt er ein irrelevantes Argument, wenn er eins hört. «Entscheidend ist, ich habe keinen Kontakt zu ihr. Punkt.»

«Und ich habe keinen Kontakt zu meinen Verflossenen. Punkt», sagt Webb.

Andy sieht mich erwartungsvoll an.

«Ich auch nicht», sage ich zu meiner Schande.

Nicht mehr.

«Seid ihr jetzt bald drüber weg?», fragt Margot und wischt die Krümel von Webbs Platzdecke in die offene Hand. Dann sieht sie sich am Tisch um. «Und wenn wir schon dabei sind – wie wär's, wenn ihr auch über eure Verflossenen wegkommen könntet?»

An diesem Nachmittag denke ich nicht an Leos Nachricht. Margot und ich stöbern in einer Boutique namens «Kangaroo Pouch» nach geschlechtsneutraler Babykleidung, geraten über die exquisiten und unglaublich kleinen Sachen immer wieder in Verzückung und entscheiden uns schließlich für ein weißes Strickhemdchen und eine dazu passende Kuscheldecke, in der das Baby nach Hause gebracht werden soll. Dazu kommen ein halbes Dutzend Strampelanzüge aus feiner Baumwolle und ein Sortiment von handbestickten Schühchen, Mützen und Strümpfen. Ich spüre, wie mein Nesttrieb sich bemerkbar macht, und zum ersten Mal wünsche ich mir wirklich, ich wäre auch schwanger. Natürlich weiß ich, dass dieser Kinderwunsch, während man mit seiner besten Freundin die Ausstattung für ihr erstes Kind kauft, ungefähr so normal ist wie das Verlangen, auch zu heiraten, wenn man zusieht, wie sie ihr Vera-Wang-Brautkleid anprobiert und sich vor dem Garderobenspiegel dreht. Und ich weiß, dass die Mutterschaft jede Menge weniger süße und unterhaltsame Begleiterscheinungen mit sich bringt. Trotzdem, als wir dann «nur zum Spaß» an ein paar Häusern vorbeischlendern, die zu verkaufen sind, denke ich unwillkürlich, dass es doch schön wäre, nach Atlanta zu ziehen, in Margots Nachbarschaft zu wohnen und zu sehen, wie unsere Kinder – als beste Freunde und Verwandte zugleich – zusammen aufwachsen, in einer schönen, glücklichen Welt mit weißen Kamelien und süßem Tee.

Aber als Margot und ich uns zum Abendessen umziehen, kehrt der Gedanke an Leo mit voller Wucht zurück, und mein Handy brennt mir ein Loch in die Handtasche. Ich bin gefährlich nah daran, Margot alles zu erzählen. Aber sie ist nicht nur meine beste Freundin, sondern auch Andys Schwester. Und außerdem konnte sie Leo nicht ausstehen. Dieses Gespräch würde niemals gutgehen.

Stattdessen komme ich noch einmal auf das Thema «Freundschaft mit einem Ex» zurück, um zumindest theoretisch über das moralische Dilemma zu sprechen.

«Sag mal», fange ich an, als ich den Taillenreißverschluss an meinem anthrazitfarbenen Bleistiftkleid hochziehe, «Webb macht sich doch nicht wirklich Sorgen wegen Ty, oder?»

Margot lacht und macht eine wegwerfende Bewegung mit der Hand. «Natürlich nicht. Webb fühlt sich so sicher wie niemand sonst, den ich kenne, und einen bedeutungslosen Highschool-Schwarm empfindet er ganz bestimmt nicht als Bedrohung.»

«Ja.» Ich frage mich, ob Andy sich durch Leo bedroht fühlen würde – und, was noch entscheidender ist, ob er es sollte.

Sie hält zwei Stücke aus ihrem Kleiderschrank hoch, ein schwarzes Jersey-Kleid und eine lavendelblaue Häkeljacke mit mandarinfarbenem Kragen. «Was meinst du?», fragt sie.

Ich zögere und zeige dann auf die Jacke. «Aber mal angenommen, du hättest Brad als Gärtner engagiert.»

«Brad Turner?», fragt sie, als könnte ich einen anderen Brad meinen als den gutaussehenden, brillentragenden Börsenmakler, mit dem sie fast zwei Jahre zusammen war, bevor sie Webb kennenlernte.

«Ja. Genau den.»

Sie blinzelt. «Okay. Ich sehe es vor mir ... Brad in seinem Wallstreet-Anzug, wie er draußen den Rasenmäher schiebt.»

«Wäre Webb dann sauer?»

«Kann sein», sagt sie. «Aber ich würde Brad niemals engagieren. Wir reden überhaupt nicht mehr miteinander.»

«Warum nicht?» Das ist ja schließlich die Crux des Ganzen: Warum behält man den Kontakt zu bestimmten Verflossenen und zu anderen nicht? Warum darf man mit einigen befreundet sein und mit anderen nicht? Gibt es da einen komplizierten Test oder eine ganz einfache Antwort?

«Ach, ich weiß nicht.» Margot macht ein besorgtes Gesicht. Einen Moment lang befürchte ich, sie hat mich durchschaut, aber dann zieht sie eine schwarze Hose und ein Paar schwarze Lackleder-High-Heels mit offener Spitze an und sieht wieder ganz zufrieden aus. Leo ist der Letzte, an den sie denkt. Ich wünschte, mir ginge es genauso. «Warum? Vermisst du Brad irgendwie?»

Ich lächle und zucke die Achseln. «Keine Ahnung ... Ich hab mich nur gefragt, was eigentlich die goldene Regel für den Umgang mit Ex-Freunden ist. Ein interessantes Thema, finde ich.»

Margot denkt kurz nach und erklärt dann sehr entschieden: «Okay. Wenn du total über ihn weg bist, und wenn er total über dich weg ist, und wenn es sowieso nie besonders ernst war, dann spricht überhaupt nichts gegen ein gelegentliches, freundschaftliches Hallo. Oder gegen ein bisschen unschuldige Gartenarbeit. Immer vorausgesetzt, dein derzeitiger Lover-Schrägstrich-Ehemann ist kein kompletter Psycho-Freak. Andererseits, wenn du mit einem Psycho-Freak zusammen bist, hast du sehr viel größere Probleme als die Frage, wer deinen Garten machen soll.»

«Das stimmt.» Ich bin sehr zufrieden mit ihrer Zusammenfassung und noch zufriedener über das Schlupfloch, das sie mir, ohne es zu wissen, eröffnet hat. «Sehr gut gesagt.»

Beschwingt teile ich ihr mit, dass ich mir jetzt die Zähne putzen und mich schminken werde, und dann bin ich allein im Gästebad, die Tür ist abgeschlossen, und der Wasserhahn rauscht mit voller Kraft. Ich vermeide es sorgfältig, in den Spiegel zu schauen, als ich meine Handtasche öffne und mein Telefon herausnehme.

Schließlich, denke ich mir und lasse mir Margots kluge und vernünftige Auffassung noch einmal durch den Kopf gehen, ist absolut nichts gegen ein paar gelegentliche freundschaftliche Worte einzuwenden, wenn man total über jemanden hinweg ist.

*Zehn

Ellen. Leo hier. Schau, ich hab eine Frage an dich. Ruf mich an, wenn du kannst.

Leos Nachricht, vier Sekunden und sechzehn Wörter lang, schafft es dennoch, mich auf eine Weise zu faszinieren, was mich verwirrt und zugleich ärgerlich macht. Ich stehe ein ganze Weile am Waschbecken und starre ins Leere, und dann höre ich sie noch einmal ab, nur um sicher zu sein, dass mir nichts entgangen ist. Natürlich ist mir nichts entgangen. Also drücke ich die Löschtaste und sage laut: *Da kannst du lange warten, mein Junge.*

Wenn Leo sich einbildet, er kann all die Jahre verstreichen lassen und dann einfach anrufen wie in alten Zeiten, weil er angeblich eine Frage hat, und ich habe dann nichts Eiligeres zu tun, als dringend zurückzurufen – tja, dann wird er wohl nochmal nachdenken müssen. Im günstigsten Fall ist er anmaßend, und schlimmstenfalls will er mich manipulieren.

Empört putze ich mir die Zähne und streiche dann sorgfältig einen neuen, rosenfarbenen Lippenstift auf meine volle Unter- und die schmalere Oberlippe. Ich tupfe mir den Mund mit einem Kleenex ab, merke, dass ich zu viel weggenommen habe, und wiederhole den Vorgang, und dann trage ich noch eine Lage klaren Lipgloss auf. Ich pudere Wangen, Stirn und Kinn mit einem Bronzepuder und ziehe mir mit einem anthrazitgrauen Eyeliner den

Lidstrich. Noch einen Hauch Mascara auf die Lider und ein bisschen Concealer unter die Augen, und ich bin fertig. Ich schaue in den Spiegel, lächle ein bisschen und entscheide, dass ich hübsch bin – auch wenn im weichen Licht in Margots Badezimmer *jede* hübsch aussähe. Wie ihre Mutter hat Margot nichts übrig für Leuchtstofflampen.

Ich öffne die Tür zum Gästezimmer und sage mir: Die Voicemail abzuhören, ist eine Sache, aber Leo zurückzurufen, ist etwas anderes. Und ich werde ihn *nicht* so bald zurückrufen – wenn überhaupt. Ich knie mich vor die Reisetasche und wühle nach meiner kleinen, schlangenledernen Handtasche; ich erinnere mich, dass ich sie noch in letzter Sekunde eingepackt habe. Stella hat sie mir letztes Jahr zu Weihnachten geschenkt, und ich weiß, sie wird sich sehr freuen, wenn sie sieht, dass ich sie benutze. Sie ist aufmerksam und großzügig mit ihren Geschenken, obwohl ich oft das Gefühl habe, dass sie mich damit gern ein bisschen beeinflussen will – wie ihre Tochter. Mit anderen Worten, wie eine Frau, die instinktiv zum Abendessen die Handtasche wechselt.

Ich schiebe den Lipgloss, einen kleinen Spiegel und eine Packung «Wintergreen Certs»-Pfefferminz in die Tasche. Ein bisschen Platz ist noch da, also stecke ich auch das Handy hinein, für alle Fälle. Für *welche* Fälle, das weiß ich nicht genau, aber es ist immer gut, wenn man auf alles vorbereitet ist. Ich ziehe schwarze, klassische Pumps an und gehe die Treppe hinunter; Margot und die Jungs sitzen auf Barhockern an der Küchentheke bei Wein, Käse und gefüllten Oliven. Ich betrachte Margot und Andy, die nebeneinandersitzen und über Webb lachen, der gerade einen Klienten nachmacht, und ich finde die Ähnlichkeit zwischen ihnen noch auffallender als sonst. Sie haben nicht nur das herzförmige Gesicht und die runden, weit auseinanderliegenden Augen gemeinsam, sondern auch die gleiche glückliche Aura – ein gewissermaßen authentisches Wesen.

Andy strahlt noch mehr, als er zu mir herüberschaut.

«Hey, Honey.» Er steht auf und küsst mich auf die Wange, und dann flüstert er mir ins Ohr: «Du riechst gut.»

Zufällig habe ich eine Blaubeer-Vanille-Body-Lotion benutzt, die ich ebenfalls von Stella habe. «Danke», flüstere ich zurück und verspüre leise Gewissensbisse wegen meines Mannes und wegen seiner Mutter.

Ich sage mir, dass ich nichts verbrochen habe. Das ist alles nur Leos Schuld. Er hat mich in die Enge getrieben, hat eine dünne Wand aus Täuschung zwischen mich und die Leute, die ich liebe, gestellt. Natürlich, es ist nur ein kleines Geheimnis, aber ein Geheimnis ist es trotzdem, und es wird wachsen – und sich *vervielfachen* –, wenn ich ihn zurückrufe. Also werde ich es einfach nicht tun. Ich rufe ihn nicht zurück.

Aber als ich mit einem Zahnstocher eine Olive aufspieße und mit halbem Ohr Webbs nächster Klienten-Geschichte zuhöre – sie handelt von einem Footballspieler bei den Falcons, der erwischt wurde, als er Marihuana ins Flugzeug schmuggeln wollte –, spüre ich, dass ich ein kleines bisschen ins Wanken komme. Wenn ich Leo nicht zurückrufe, sage ich mir, werde ich mich wahrscheinlich immer weiter fragen, was er mir zu sagen hat. Was um alles in der Welt will er mich fragen? Und je mehr ich darüber nachdenke, was es sein könnte, desto unbehaglicher wird mir werden, und desto mehr könnten er und die Vergangenheit, in der er eine Rolle gespielt hat, meine Gegenwart untergraben. Außerdem könnte es aussehen, als riefe ich ihn aus strategischen Erwägungen nicht an; es könnte den Eindruck erwecken, es bedeute mir zu viel. Aber es bedeutet mir überhaupt nichts. Es ist mir egal. Also werde ich ihn doch anrufen, seine sogenannte Frage beantworten und ihm – mit sechzehn oder weniger Worten – mitteilen, dass ich trotz allem, was ich in dem Schnellrestaurant gesagt habe, genug Freunde habe. Ich brauche keine alte Freundschaft wiederzubeleben, falls wir überhaupt jemals Freunde waren. Und dann bin ich ein für alle Mal mit ihm fertig. Ich trinke einen großen Schluck Wein und kann es kaum erwarten, nach New York zurückzukommen und dieses Gespräch hinter mich zu bringen.

Aber obwohl ich mir vorgenommen habe, Leo gleich am kommenden Montagmorgen aus meinem Leben zu entfernen, lässt er mir heute Abend keine Ruhe, nicht einmal, als ich mit der ganzen Familie Graham im Bacchanalia sitze. Ja, ich bin dermaßen abgelenkt, dass Stella sich nach dem dritten Gang unseres Degustationsmenüs, dessen Weinbegleitung Webb als «brillant» bezeichnet, zu mir umdreht und sagt: «Du wirkst ein bisschen unruhig heute Abend, Liebes. Ist alles in Ordnung?»

Tonfall und Blick sind besorgt, aber ich habe sie das schon oft genug bei ihren Kindern sagen hören – und übrigens auch bei ihrem Mann, um zu wissen, dass es ein verhüllter Tadel ist. Oberstes Gebot ist es, um ihre Worte zu benutzen, «anwesend zu sein», wenn man mit anderen zusammen ist. In unserer Kultur der BlackBerrys und Handys sind die Leute allzu oft abgekoppelt, unverbunden und abgelenkt von ihrer unmittelbaren Umgebung. Das ist eins der vielen Dinge, die ich an Stella bewundere: Obwohl sie so großen Wert auf Äußerlichkeiten legt, scheint sie doch wirklich zu wissen, was das Wichtigste ist.

«Entschuldige, Stella», sage ich.

Ihr Vorwurf macht mich verlegen und schuldbewusst, aber er hat auch den merkwürdigen Nebeneffekt, dass ich mich mitten im Schoß der Familie fühle, als wäre ich eins ihrer eigenen Kinder. So behandelt sie mich seit Jahren, aber noch mehr, seit Andy und ich verheiratet sind. Ich muss an das Weihnachtsfest nach unserer Verlobung denken, als sie mich in einem ungestörten Augenblick in die Arme nahm und sagte: «Ich werde nie versuchen, deine Mutter zu ersetzen, aber du sollst wissen, dass du wie eine Tochter für mich bist.»

Was sie da sagte, war genau das Richtige. Stella sagt *immer* genau das Richtige, und was noch wichtiger ist: Sie meint immer, was sie sagt.

Jetzt schüttelt sie den Kopf und lächelt nachsichtig, aber ich höre nicht auf und stammle eine Erklärung. «Ich bin nur ein bisschen müde. Wir sind ziemlich früh aufgestanden ... und dann ... all das wunderbare Essen ...»

«Natürlich, Liebes.» Stella zupft den gemusterten Seidenschal zurecht, der leicht um ihren Schwanenhals geschlungen ist. Sie ist nicht nachtragend, weder in großen noch in kleinen Dingen, und das ist die einzige Eigenschaft, die sie nicht an ihre Tochter weitergeben konnte. Margot kann einen kleinlichen Groll auf eindrucksvolle Weise jahrelang aufrechterhalten, sehr zu unser aller Erheiterung.

Und mit dieser Feststellung schiebe ich den Gedanken an Leo zum hundertsten Mal an diesem Tag beiseite und konzentriere mich, so gut ich kann, auf unser nächstes Thema, das diesmal Mr. Graham ins Spiel bringt: auf den renovierten Golfplatz im Club. Aber nachdem die vier Männer am Tisch drei Minuten lang über Bogeys und Eagles und Holes-in-One geredet haben, während Margot und ihre Mutter offensichtlich hingerissen zuhören, verliere ich schon wieder den Anschluss und weiß plötzlich, dass ich nicht eine Sekunde länger warten kann. Ich muss herausfinden, was Leo will. Jetzt sofort.

Mit klopfendem Herzen entschuldige ich mich und verziehe mich in das kleine, edle Souvenirgeschäft neben dem Restaurant, wo es zur Damentoilette geht. Ich halte meine Tasche in der schweißfeuchten Hand und sehe mir entsetzt zu, als wäre ich eine dieser idiotischen Frauen in einem Horrorfilm, die spät nachts ein beunruhigendes Geräusch hören und, statt die Polizei anzurufen, nichts Besseres zu tun haben, als barfuß und auf Zehenspitzen in den dichten Wald hinter dem Haus zu schleichen, um nachzusehen. Vielleicht lauert in meinem Fall ja kein Axtmörder, aber auch hier drohen eindeutige und unmittelbare Gefahren. Jeden Moment können Stella oder Margot mich auf frischer Tat ertappen. Oder Andy könnte zum ersten Mal im Leben auf die Idee kommen, einen Blick auf meine Handy-Rechnung zu werfen, wenn sie am Monatsende eintrifft, und wissen wollen, wen ich denn mitten in unserem Familienessen in Atlanta plötzlich so dringend in Queens anrufen musste.

Aber trotz dieser unübersehbaren Risiken stehe ich hier idiotischerweise schon wieder in einer Toilette und überlege hitzig, ob ich Leo anrufen oder ihm nur eine SMS schicken soll. Es kommt mir wie ein moralischer Sieg vor, als ich beschließe, mit zwei flinken und eifrigen Daumen eine hastige Text-Message zu tippen. «Hi. Hab deine Nachricht bekommen. Was gibt's?», schreibe ich und drücke sofort auf die Sendetaste, ehe ich es mir anders überlegen oder über meine Wortwahl nachdenken kann. Ich schließe die Augen und schüttle den Kopf.

Ich bin erleichtert und zugleich entsetzt über mich selbst. So muss sich ein Alkoholiker fühlen, wenn er den ersten kleinen Schluck Wodka genommen hat, und ein paar Sekunden später wird dieses Gefühl noch stärker, denn mein Handy vibriert, und auf dem Display leuchtet Leos Nummer auf. Ich bleibe vor der Damentoilette stehen und tue so, als bewunderte ich eine Vitrine mit Töpferwaren im Laden. Dann hole ich tief Luft und sage: «Hallo?»

«Hi!», sagt Leo. «Ich bin's. Hab deine SMS bekommen.»

«Ja.» Ich gehe auf und ab und sehe mich nervös um. Jetzt kann es nicht nur passieren, dass Margot oder ihre Mutter mich erwischen, sondern auch die Männer meiner Familie, die vielleicht ausgerechnet jetzt zur benachbarten Herrentoilette wollen.

«Wie geht's dir?», fragt Leo.

«Gut», sage ich knapp. «Aber ich kann jetzt nicht reden … Ich bin beim Essen … Ich hatte nur … ich wollte nur wissen, was du mich fragen willst.»

«Na ja», sagt Leo und macht eine Pause, als wolle er die dramatische Wirkung erhöhen. «Das ist sozusagen eine lange Geschichte.»

Ich seufze. Natürlich, denke ich, Mr. Tür-ins-Haus hat plötzlich einen weitschweifigen Vortrag zu halten.

«Gib mir die Kurzfassung», sage ich und suche verzweifelt nach irgendeinem Anhaltspunkt. Ist es eine alberne, vorgeschobene Frage nach seiner Kamera? Oder etwas Ernstes wie zum Beispiel, ob ich die Überträgerin einer Geschlechtskrankheit bin, die er sich eingefangen hat? Oder irgendetwas dazwischen?

Leo räuspert sich. «Ja … es geht um die Arbeit», sagt er. «Um *deine* Arbeit.»

Ich kann nicht anders, ich muss lächeln. Er hat meine Fotos gesehen. Ich hab's gewusst.

«Ja?» Ich klemme meine Tasche unter die feuchte Achsel.

«Na ja ... wie gesagt, es ist irgendwie eine lange Geschichte, aber ...»

Ich gehe die paar Schritte bis zum Restauranteingang und spähe vorsichtig um die Ecke. Meine Familie sitzt wohlbehalten am Tisch. Die Luft ist rein, wenigstens noch für die nächsten paar Sekunden. Ich ziehe mich wieder zurück und wedele mit der Hand. Weiter, weiter. «Ja?»

«Ich hätte einen potenziellen Porträtauftrag für dich», fährt Leo fort. «Falls du interessiert bist ... Du machst doch Porträts, oder?»

«Ja, schon», sage ich und bin ein kleines bisschen neugierig geworden. «Wer ist das Modell?»

Ich stelle die Frage, aber ich bin fest entschlossen, abzulehnen. Zu sagen, dass ich in den kommenden Wochen jede Menge zu tun habe. Dass ich jetzt eine Agentin habe, über die man mich buchen kann, und es eigentlich nicht mehr nötig habe, irgendwelchen Jobs nachzujagen. Dass ich es geschafft habe – vielleicht nicht im ganz großen Stil, aber es genügt. Also danke, dass du an mich denkst – aber nein, danke. Ach, und noch was. Leo? Ja. Wahrscheinlich ist es besser, wenn du mich nicht nochmal anrufst. Sei nicht böse. Ciao.

Das alles werde ich sagen, in einem Rausch von Adrenalin. Schon jetzt schmecke ich die Genugtuung auf der Zunge.

Und da räuspert Leo sich noch einmal und spielt seine Trumpfkarte aus. «Drake Watters», sagt er.

«Drake Watters?», wiederhole ich perplex und ungläubig

und hoffe, er meint einen anderen Drake Watters – nicht den legendären zehnfachen Grammy-Preisträger, der kürzlich für den Friedensnobelpreis nominiert wurde.

Aber natürlich gibt es nur einen Drake.

Und richtig, Leo sagt: «Yep», und ich denke an meine Highschool-Zeit, als ich mindestens einmal in der Woche in einem Drake-Konzert-T-Shirt in die Schule kam, in hochgekrempelten, zerrissenen, chlorgebleichten Jeans und Sneakers, auf die ich mit schwarzem Filzstift das «Peace»-Zeichen gemalt hatte. Und auch wenn ich inzwischen kein Riesenfan mehr bin, steht er immer noch auf meiner Liste der «Ikonen, die ich für mein Leben gern fotografieren würde», gleich neben Madonna, Bill Clinton, Meryl Streep, Bruce Springsteen, Queen Elizabeth, Sting und – auch wenn er eigentlich nicht in dieselbe Liga gehört – George Clooney.

«Was hältst du davon?», fragt Leo mit einem Hauch von flapsiger Selbstgefälligkeit. «Interesse?»

Ich trete leise gegen eine Fußleiste und hasse Leo dafür, dass er mich derart in Versuchung führt. Ich hasse mich selbst, weil ich einknicke. Fast hasse ich sogar Drake.

«Ja», sage ich missmutig und niedergeschlagen.

«Prima», sagt Leo. «Dann reden wir in den nächsten Tagen darüber?»

«Ja», sage ich wieder.

«Geht's Montagmorgen?»

«Ja», sage ich. «Ich rufe dich Montag an.»

Ich klappe das Telefon zu und gehe zum Tisch zurück und hüte mein nagelneues Geheimnis, während ich wilde Begeisterung über meinen würzigen Kardamom-Flan mit kandierten Kumquats vortäusche.

Elf

Der Montagmorgen kommt im Handumdrehen, wie es immer der Fall ist, wenn man nicht genau weiß, wie man sein Blatt spielen soll. Seit Samstagabend habe ich alle Optionen meiner Leo-Drake-Strategie ausgelotet. Ich könnte Leo einfach nicht mehr anrufen. Ich könnte Andy alles erzählen und ihn entscheiden lassen, ob ich den Auftrag übernehmen soll. Ich könnte mich auch mit Leo treffen und mir in allen aufregenden Details erzählen lassen, was es mit dem bisher größten Job meines Lebens auf sich hat.

Aber jetzt, als ich Andy mit einem Kuss verabschiedet habe, stehe ich an der Wohnungstür und höre Drakes hypnotisierende Stimme im Kopf, wie er «Crossroads» singt, ein Lied über die katastrophalen Folgen eines einzigen Abends der Untreue, und plötzlich weiß ich, was ich tun muss. Ich drehe mich um und renne durch das Wohnzimmer, schlittere auf meinen lila Wollsocken zum Fenster und werfe einen letzten Blick auf meinen Mann, der eben die Treppe vor der Haustür herunterkommt und in seinem schönen, dreiviertellangen blauen Mantel mit dem rotkarierten Cashmere-Schal auf dem Gehweg davonmarschiert. Er verschwindet in Richtung Park Avenue, und ich sehe noch einmal sein Profil und seinen Aktenkoffer, den er fröhlich hin und her schwingt. Dieses flüchtige Bild verfestigt meine endgültige Entscheidung.

Langsam gehe ich in die Küche und schaue auf die Uhr am Herd. Neun Uhr zweiundvierzig – spät genug, um jemanden anzurufen. Aber ich schinde trotzdem noch ein bisschen Zeit und beschließe, dass ich erst einen Kaffee brauche. Unsere Kaffeemaschine ist vor ein paar Wochen kaputtgegangen, und wir haben keinen Wasserkocher; also stelle ich einen Becher Leitungswasser in die Mikrowelle und wühle im Schrank nach einer Dose Instantkaffee, wie meine Mutter ihn jeden Morgen aufgebrüht hat. Ich betrachte den vertrauten Gentleman auf dem Etikett der «Taster's-Choice»-Dose und staune darüber, dass er mir immer so alt vorgekommen ist. Jetzt scheint er mir eher jung zu sein, höchstens Anfang vierzig. Einer der vielen Taschenspielertricks der Zeit.

Ich schraube den Deckel ab, rühre zwei gehäufte Teelöffel in das heiße Wasser und sehe zu, wie die braunen Kristalle sich auflösen. Ich trinke einen Schluck, und die Erinnerung an meine Mutter überflutet mich. Eigentlich sind es Kleinigkeiten wie dieser Instantkaffee, bei denen sie mir am meisten fehlt. Ich überlege, ob ich Suzanne anrufen soll; sie kann diesen Schmerz manchmal einfach schon deshalb lindern, weil sie als Einzige auf der Welt weiß, was ich empfinde. Obwohl wir eine sehr unterschiedliche Beziehung zu unserer Mutter hatten – ihre war oft turbulent, weil sie beide Dickköpfe waren –, sind wir immer noch Schwestern, die früh ihre Mutter verloren haben, und das ist ein sehr starkes Band zwischen uns. Aber dann rufe ich sie doch nicht an, denn manchmal ist die Wirkung genau entgegengesetzt, und ich bin danach trauriger als vorher. Und das kann ich mir im Moment nicht leisten.

Stattdessen lenke ich mich mit der Style-Beilage der Times ab und lese müßig etwas über den neuen Leggings-Trend, den Margot letztes Jahr vorausgesagt hat, und dabei nippe ich an meinem schalen Kaffee und frage mich, wie meine Mutter ihn all die Jahre hat trinken können. Dann mache ich das Bett, packe unsere Reisetasche vollends aus, ordne die Strümpfe in meiner Schublade und dann in Andys. Ich putze mir die Zähne, dusche und ziehe mich an. Ich fühle mich immer noch nicht ganz bereit, und deshalb fange ich an, die Romane in meinem Bücherregal alphabetisch nach Autoren zu sortieren – ein Projekt, das ich schon seit Ewigkeiten in Angriff nehmen wollte. Befriedigt streiche ich mit den Fingern über die säuberlich aufgereihten Buchrücken und bin froh über die fundamentale Ordnung, die trotz des Chaos in meinem Kopf immer noch existiert.

Um fünf vor halb zwölf nehme ich schließlich meinen ganzen Mut zusammen und rufe an. Ich bin gleichzeitig erleichtert und frustriert, als Leo sich nicht meldet und ich geradewegs auf die Voicemail geleitet werde. Adrenalin durchströmt mich, als ich den Spruch aufsage, den ich mir im Laufe der letzten sechsunddreißig Stunden zurechtgelegt habe, in der Kirche und beim Brunch mit den Grahams und danach, als wir gemächlich durch Buckhead fuhren und uns weitere Häuser anschauten, die zum Verkauf standen, und auch noch auf dem ereignislosen Heimflug.

Der Kern meines Vortrags ist a) ich bin beeindruckt, dass er Beziehungen zu Drake Watters hat (warum soll ich ihm nicht einen kleinen Knochen hinwerfen?), b) ich weiß zu schätzen, dass er bei dem Job an mich gedacht hat, und wäre c) total begeistert, wenn ich ihn annehmen könnte, aber d) «ist mir nicht ganz wohl bei dem Gedanken an eine erneuerte Freundschaft und halte es für besser, wenn wir so etwas nicht versuchen». In letzter Sekunde füge ich noch meinen Punkt e) an: «aus Respekt vor meinem Mann», denn Leo soll nicht glauben, er gehöre zur Brad-Turner-Kategorie («du bist so fabelhaft, dass es meinem

Mann etwas ausmachen würde») und nicht unter die Rubrik Ty Portera («du bist so harmlos, dass es völlig okay ist, mit dir in meinem Garten herumzualbern»).

Erleichtert lege ich auf, und zum ersten Mal, seit ich Leo wiedergesehen habe, ist mir fast leicht ums Herz. Dieser Anruf ist zwar vielleicht kein Abschluss im klassischen Sinn, aber eine Art Abschluss ist es doch, und was noch wichtiger ist – es ist ein Abschluss nach *meinen* Bedingungen. Ich habe das letzte Wort gesprochen. Und das bedeutet umso mehr, weil ich ja eine perfekte Ausrede hatte (*Drake Watters, um Himmels willen!*), mich noch einmal mit Leo zu treffen, fröhlich mit ihm zu plaudern und mich womöglich in ein ernstes Gespräch zu verwickeln («Was ist eigentlich wirklich damals zwischen uns passiert?»). Ich habe die Gelegenheit zurückgewiesen. Ja, ich habe die Tür zugeschlagen. Nicht, weil ich eine Freundschaft mit Leo nicht bewältigen könnte, sondern einfach, weil ich sie nicht haben will. Ende der Geschichte.

Ich stelle mir vor, wie Leo meine Nachricht hört, und frage mich, ob er am Boden zerstört oder nur ein bisschen enttäuscht sein wird oder ob es ihm großenteils egal ist. Aber so oder so, er wird ganz sicher überrascht sein, dass seine Macht, die einmal so allumfassend war, restlos abgestorben ist. Ich glaube, er wird den Hinweis verstehen und mit seinem Fotojob woanders hingehen. Und ich werde einfach mit der Tatsache leben müssen, dass ich Drake Watters hätte fotografieren können. Ich lächle und fühle mich stark und glücklich und rechtschaffen, und dann gröle ich mit meiner grässlichen, unmusikalischen Singstimme die einzige erhebende Zeile aus «Crossroads»: *Wenn es hell wird, Baby, bin ich endgültig fort.*

Sieben belanglose Tage später, als ich den Gedanken an

Leo fast vollständig losgeworden bin, arbeite ich in meinem Labor im vierten Stock eines Lagerhauses in der 24th, Ecke 10th Avenue. Ich teile mir den Raum – und die Miete – mit Julian und Sabina, zwei Fotografen, die im Team arbeiten, und Oscar, einem selbständigen Drucker, Papierrestaurator und Kunstverleger. Wir vier sind jetzt seit über zwei Jahren in dem kahlen Arbeitsraum zusammen und dadurch gute Freunde geworden.

Sabina, eine bleiche, schmächtige Frau, deren anämisches Aussehen nicht zu ihrer frechen Persönlichkeit passt, redet die meiste Zeit und fast so viel wie Oscars Radio; er hört BBC, und zwar in einer frustrierenden Lautstärke: Ich kann es nie ganz verstehen, aber ich kann es auch nicht ausblenden. Gerade unterhält sie uns mit einer Geschichte über die neueste Großtat ihrer dreijährigen Drillinge: Sie haben die komplette alte Manschettenknopf-Sammlung ihres Mannes ins Klo gespült, eine Überschwemmung im dritten Stock ihres Wohnhauses verursacht und einen großflächigen Wasserschaden in dem Apartment unter ihnen angerichtet. Sie lacht, während sie die grausigen Einzelheiten schildert: «Was kann man sonst tun, außer zu lachen?» Mir kommt der Gedanke, dass sie insgeheim entzückt über diese Geschichte ist, denn sie beklagt sich oft, ihr Mann sei materialistisch und steif. Ich höre Sabinas Geschichten gern, vor allem wenn ich an geistlosen Retuschierarbeiten sitze, wie es jetzt gerade der Fall ist. Genau gesagt, ich entferne eine Ansammlung von Aknepickeln aus dem Gesicht eines halbwüchsigen Teenagers in der Anzeige eines kleinen Plattenlabels.

«Was meint ihr, Leute? Soll ich dem Bengel ein kleines Kinn-Implantat verpassen?»

Oscar, ein nüchterner Brite mit trockenem Humor,

blickt kaum auf von einer seiner zahllosen kleinen Schubladen mit Blei-, Antimon- und Holzlettern. Beim Hereinkommen habe ich ihm über die Schulter geschaut, und ich weiß, dass er für einen Kunstband seine viktorianische Lieblingsschrift «Etrurian» benutzt. Ich sehe Oscar gern bei der Arbeit zu, vielleicht weil sie ganz anders ist als meine, aber wahrscheinlich vor allem weil sie so würdevoll altmodisch ist.

«Lass den armen Jungen in Ruhe», sagt er und befeuchtet sein Papier, und dann brummt er etwas über den «Humbug mit der digitalen plastischen Chirurgie».

«Ja, Ellen. Sei nicht immer so oberflächlich, ja?» Julian, der eben von seiner x-ten Zigarettenpause zurückkommt, gibt seinen Senf dazu, als hätte er selbst nicht schon bei zahllosen magersüchtigen Mädels die Oberschenkel geglättet.

«Ich werd's versuchen», sage ich lächelnd.

Von meinen drei Werkstattkollegen ist mir Julian wahrscheinlich der liebste. Zumindest haben wir viel gemeinsam. Er ist ungefähr so alt wie ich, und er ist mit einer Anwältin verheiratet, einer lebhaften, coolen Frau namens Hillary.

Sabina sagt, Julian soll den Mund halten, und kommt in ihrer engen blauen, am Knie zerrissenen Jeans auf mich zugewieselt. Ihr langes Haar – sie trägt es im Stil der sechziger Jahre – weht hinter ihr her. Sie entschuldigt sich im Voraus für ihren Knoblauchatem und murmelt etwas von Kräutertabletten, von denen sie total begeistert ist, und dann betrachtet sie blinzelnd das Foto, an dem ich arbeite.

«Klasse, die Bewegung da», sagt sie und zeigt auf ein verwischtes Skateboard in der Luft.

Bewegung betrachte ich als meinen größten Schwach-punkt beim Fotografieren, und deshalb weiß ich die Be-merkung zu schätzen. «Danke», sage ich. «Aber was ist mit seinem Kinn?»

Sie hält das Bild ins Licht. «Ich sehe, was du meinst, aber ich denke fast, das Kinn lässt ihn noch übellauniger aussehen ... Ist ‹übellaunig› gut für die Anzeige?»

Ich nicke. «Ja. Das Label heißt Bad Ass Records. ‹Übel-launig› ist sicher genau das Richtige.»

Sabina schaut ein letztes Mal hin und sagt: «Aber ich würde seine Nase vielleicht ein bisschen kleiner machen. Die stört mehr als sein schwaches Kinn. Ist dir eigentlich schon mal aufgefallen, wie oft ein schwaches Kinn und eine Riesennase zusammen auftreten? Woran liegt das ei-gentlich?»

Mein Handy unterbricht Sabina in ihren Gedanken-gängen.

«Sekunde», sage ich. Vermutlich ist es Margot, die mich im Laufe der letzten Stunde zweimal angerufen hat. Aber als ich auf das Display schaue, sehe ich, dass es Cynthia ist, meine Agentin.

Ich melde mich, und wie immer brüllt sie ins Telefon. «Setz dich hin. Du wirst es nicht glauben!»

Leo kommt mir in den Sinn, aber ich bin immer noch verdattert, als sie die Neuigkeit hervorsprudelt.

«Platform hat angerufen. Die Zeitschrift», schreit sie. «Halt dich fest, Mädel: Die wollen dich für ein Shooting mit Drake Watters für die Titelgeschichte im April!»

«Phantastisch», sage ich langsam. Zunächst mal kann ich nicht fassen, dass Leo die Sache weiterverfolgt hat. Klar, ich habe ihm von meiner Agentin erzählt. Aber ich habe ehrlich nicht geglaubt, dass er so selbstlos sein würde. Ich habe gedacht – und vielleicht sogar gehofft –, der Köder mit Drake sei eher eine Art Machtspielchen, ein Trick, mit dem er mich aus der Deckung locken und mich zwingen wollte, in der Frage einer ans Unschickliche grenzenden Freundschaft Farbe zu bekennen. Jetzt bin ich gezwungen, diese Geste – wenn nicht Leo überhaupt – in einem neuen Licht zu sehen. Und das alles wird natürlich überschattet von der schlichten, schwindelerregenden Aussicht darauf, eine Ikone zu fotografieren.

«Phantastisch?», sagt Cynthia. «Phantastisch ist eine Untertreibung.»

«Unglaublich phantastisch.» Jetzt muss ich lachen.

Sabina, immer neugierig, wenn auch niemals aufdringlich, flüstert: «Was ist? Was?»

Ich kritzle die Worte Platform und Drake Watters auf einen Notizblock. Sie reißt die Augen auf, vollführt einen komischen exotischen Tanz um einen der Pfeiler zwischen der unverputzten Decke und dem Zementboden und stürzt dann zu Julian hinüber, um ihm die Neuigkeit zu berichten. Er blickt auf und zeigt mir lächelnd den Mittelfinger. Wir konkurrieren nicht miteinander, aber wir führen doch eine Strichliste. Bisher lagen er und Sabina solide in Führung mit einem Katie-Couric-Shooting für Redbook draußen in den Hamptons, wo Julian ständig gearbeitet hat, bevor er Hillary heiratete und sie ihn in die Stadt lockte.

«Haben sie gesagt, woher sie meinen Namen haben?», frage ich ruhig, nachdem Cynthia mir ein paar Einzelheiten über das Shooting mitgeteilt hat – dass es in L. A. stattfinden soll und dass die Zeitschrift dreitausend Dollar zahlt, plus Flug, Equipment-Miete, Spesen und den Aufenthalt im Beverly Wilshire Hotel.

«Nein», sagt sie. «Und wen interessiert das auch? Du solltest jetzt feiern, keine Fragen stellen.»

«Okay», sage ich, und ich möchte es schrecklich gern glauben. Schließlich, denke ich mir, als ich ihr danke, auflege und eine Runde Glückwünsche in Empfang nehme, gibt es einerseits Grundsätze, aber andererseits auch sturen, albernen Stolz. Humbug, wie Oscar sagen würde. Und jeder, sogar Andy, würde mir darin zustimmen, dass es sich nicht lohnt, Drake Watters wegen eines Haufens Humbug mit einem Ex-Lover zu opfern.

*Zwölf

Ungefähr eine Woche später, nachdem wir ausgiebig und informell gefeiert haben, begießen wir meinen bevorstehenden Drake-Auftrag ganz offiziell im Bouley, einem unserer Lieblingsrestaurants in der Stadt. Abgesehen von dem vorzüglichen Essen und der angenehmen Atmosphäre hat das Bouley auch eine sentimentale Bedeutung für uns, denn dort haben wir an dem Abend gegessen, an dem wir das erste Mal miteinander geschlafen haben – zufällig genau einen Monat nach unserem ersten Date. Am nächsten Morgen zog ich Andy damit auf, dass offenbar die Nouvelle Cuisine Française des Küchenchefs David Bouley nötig gewesen sei, um bei ihm den Wunsch zu wecken, mit mir zu schlafen.

«Da hast du recht», gab er zurück. «Das war der Hirsch. Diesen Hirsch werde ich *nie* vergessen. Mit Abstand der beste, den ich je gegessen habe.»

Ich lachte, denn ich kannte die Wahrheit: Der einzige

Grund, warum Andy gewartet hatte, war der, dass er ein respektvoller, romantischer Mann ist. Meine Freundschaft mit Margot hatte einen hohen Wert, aber darüber hinaus lag Andy so viel an mir, dass er alles richtig machen wollte, statt mich nach einem Glas zu viel ins Bett zu zerren – die von den meisten Männern der New Yorker Szene bevorzugte Methode (zumindest von den beiden, mit denen ich nach Leo geschlafen hatte). Und auch wenn manche kritisch einwenden könnten, dass es bei unserem ersten Mal an Spontaneität fehlte, hätte ich nichts daran ändern wollen. Und ich will es immer noch nicht.

Deshalb ist es eine noch nettere Überraschung, als wir wieder an demselben intimen Ecktisch unter der gewölbten Decke des Restaurants sitzen. Ich ziehe die Brauen hoch. «Zufall?»

Andy lächelt schief und zuckt die Achseln.

Natürlich ist es kein Zufall. Ich muss lächeln über die Aufmerksamkeit meines Ehemanns. Manchmal ist es mit ihm wirklich zu schön, um wahr zu sein.

Ein paar Minuten lang studieren wir ausgiebig die Wein- und die Speisekarte und entscheiden uns dann für die Vorspeise – Foie gras und ein Frikassee von Cremini für mich und die Auberginen-Terrine für Andy –, und dazu bestellen wir eine Flasche von Bouleys bestem Champagner. Bei Letzterem stolpert Andy über die Aussprache, obwohl er früher mal mindestens zehn Jahre Französischunterricht hatte. Unser Kellner äußert murmelnd seine tiefempfundene Zustimmung – vielleicht nicht zu Andys Akzent, aber doch zu unserer Auswahl.

Ein paar Minuten später kommen die Vorspeisen und der Champagner, und Andy erhebt das Glas auf seine «schöne und kluge Frau». Dann kommt er sofort auf das

Shooting zu sprechen und will Einzelheiten wissen. «In welchen Posen wirst du ihn aufnehmen?», fragt er.

Ich lächle über das Wort «Posen», denn dabei denke ich kaum an eine gestylte Fotostrecke in einem Hochglanzmagazin, sondern eher an eine Porträtfotositzung im Kaufhaus, wie Suzanne und ich sie als Kinder zu erdulden hatten: neben einem weißen Lattenzaun, mit falschen Wolken im Hintergrund oder auf einem borstigen braunen Teppich, der unsere Ellenbogen aufscheuerte.

Aber ich weiß, was Andy meint – und die Frage, fachmännischer formuliert, ist mir in den letzten paar Tagen die ganze Zeit durch den Kopf gegangen. Ich müsse noch mit dem Artdirector oder dem Fotoredakteur sprechen, sage ich, um zu wissen, was sie haben wollen, aber ich hätte schon ein paar klare Ideen zur Atmosphäre. «Ich denke an etwas Melancholisches, fast Düsteres», sage ich. «Zumal wegen seiner Aids-Arbeit.»

«Wirst du ihn drinnen oder draußen fotografieren?», fragt Andy.

«Du weißt, natürliches Licht ist mir lieber. Entweder mit vielen Fenstern in der Nähe oder im Freien. Vielleicht überbelichtet.»

«Was ist überbelichtet?», fragt Andy, wie ich ihm häufig Fragen nach vermutlich grundlegenden juristischen Vorgängen stelle.

«Das ist eine Technik, bei der das Objekt gut ausgeleuchtet ist, normalerweise am helllichten Tag, während aber der Hintergrund sozusagen im Schwarzen verschwindet», erkläre ich ihm. «Eine ziemlich gebräuchliche Art von Außenaufnahmen. Wenn du es siehst, weißt du gleich, was ich meine.»

Andy nickt. «Na, vielleicht hat das Hotel eine Terrasse.

Das wäre cool. Oder du könntest mit ihm an den Pool gehen. Oder, zum Teufel, in den Pool! Du weißt schon – wie er einen Wasserball herumwirft und solche Sachen.»

Ich lache, als ich mir Drake in Badehose vorstelle. So aufgeregt ich bin, Andy ist anscheinend noch aufgeregter. Zum Teil liegt es vermutlich daran, dass er im Laufe der Jahre ein glühender und sehr viel treuerer Drake-Fan geblieben ist. Aber vor allem ist es wahrscheinlich einfach seine Promi-Begeisterung, die ihn auf eine ausgeprägte und amüsante (Margot würde allerdings sagen, *peinliche*) Weise von den meisten Leuten in Manhattan unterscheidet, die Prominentensichtungen in der Regel vollständig ignorieren, fast so, als sei es eine Frage der Ehre: Je blasierter sie sich geben, desto deutlicher geben sie zur Kenntnis, dass ihr eigenes Leben genauso fabelhaft ist, aber natürlich frei von den nervigen Strapazen des Ruhms. Andy ist da anders. Ich muss an seine wilde Begeisterung denken, als wir Spike Lee an einem Geldautomaten in der West Side gesehen haben – und Kevin Bacon und Kyra Sedgwick beim Joggen im Park («zwei zum Preis von einem!») und Liv Tyler beim Stöbern nach Briefpapier in Kate's Papeterie, und den größten Knüller von allen: Dustin Hoffman mit seinem schwarzen Labrador in East Hampton. Als wir an den beiden vorbei waren, erzählte Andy mir, er habe sich nur mit äußerster Zurückhaltung verkneifen können, mit dem berühmten Satz aus der *Reifeprüfung* herauszuplatzen: «Nur ein Wort ... Plastik!» Ich habe mich totgelacht, aber Dustin Hoffman hätte es vielleicht nicht ganz so komisch gefunden.

Wie auch immer, Dustin Hoffman am Strand ist eine Sache, ein Shooting mit Drake Watters eine ganz andere. Als Andy nur halb im Scherz fragt, ob ich ihm ein Autogramm mitbringe, schüttele ich entschlossen den Kopf.

«Kommt nicht in Frage.»

«Ach, bitte.» Er langt über den Tisch und klaut noch ein Stück von meiner Foie gras, die nach unserem einmütigen Urteil die minimal bessere Wahl war. «Lass ihn nur was Kurzes, Nettes schreiben. Zum Beispiel ... ‹Für Andy, meinen lieben Freund, meine große Inspiration, in musikalischer Verbundenheit, Drake Watters.› Er kann auch einfach schreiben: ‹Drake.› Von mir aus auch ‹Mr. Watterstein›. Geht alles.»

Ich lache. Ich hatte ganz vergessen, dass Drake in Wirklichkeit Watterstein heißt. Ich erinnere mich, wie ich als Teenager solche saftigen Details verschlungen habe: *Drakes wirklicher Name! Rob Lowes Lieblingsessen! River Phoenix' neues Hündchen!*

Andy ist maßlos enttäuscht. Zumindest tut er so. «Du willst das wirklich nicht für mich tun? Im Ernst?»

«Im Ernst», sage ich. «Ich will es wirklich und wahrhaftig nicht.»

«Okay, Annie», sagt er. «Ganz wie du willst.»

Es ist jetzt das dritte Mal, dass er mich scherzhaft, aber mit bewunderndem Unterton, *Annie* oder *Ms. Leibovitz* nennt, und jedes Mal komme ich mir wie eine Hochstaplerin vor. Wie eine Betrügerin, weil ich ihm nicht die ganze Wahrheit darüber sage, wie ich den Job bekommen habe. Aber davon abgesehen vergesse ich langsam, dass Leo mir diesen Job besorgt hat, und ich habe mir weitgehend einreden können, dass ich ihn allein meinem Talent zu verdanken habe. Schließlich, sage ich mir beruhigend, sind Leos wahre Absichten inzwischen eigentlich völlig unwichtig (will er sein Gewissen beruhigen, nachdem er mich so schlecht behandelt hat? Handelt er aus purem Wohlwollen, weil er meine Bilder gesehen hat und mich für wirklich talentiert hält? Will er mich verführen, zumindest im Geiste?). Ich habe den Job, und ich weiß, dass ich ihn gut ausführen kann. Ich lasse mich weder durch Drake noch durch *Platform* einschüchtern. Und ich lehne es ab, mich Leo gegenüber zu Dank verpflichtet zu fühlen, falls er es tatsächlich darauf anlegt.

Ich nehme meinen letzten Bissen und beschwichtige meinen Mann. «Also schön. Schön», sage ich. «Ich werde das mit dem Autogramm nach Gefühl und Wellenschlag behandeln. Wenn Drake und ich uns gut verstehen und wenn das Shooting gut läuft, dann werde ich ihm sagen, dass mein beknackter Ehemann ein Autogramm haben möchte. Abgemacht?»

«Abgemacht.» Andy strahlt und ignoriert den «beknackten Ehemann», wie es nur einer tun kann, der sich sehr sicher fühlt. Ich muss lächeln und denke, dass es nur wenig gibt, was so sexy ist wie ein Mann, der sich selbst nicht allzu ernst nimmt.

Unser Kellner kommt an den Tisch und schenkt uns fachmännisch Champagner nach; der Schaum steigt exakt bis an den Rand der Gläser, ohne dass ein Tropfen überfließt. Andy deutet auf die fast leere Flasche: ob ich noch etwas möchte? Ich nicke. Ich genieße die Mühelosigkeit der nonverbalen ehelichen Kommunikation und stelle mir den rauschhaften, festlichen Sex vor, den es später geben wird. Andy bestellt noch eine Flasche, und wir unterhalten uns weiter über Drake und das Shooting.

Irgendwann in der kultivierten Pause zwischen Vorspeise und Hauptgang richtet Andy sich auf, und sein Gesicht wird ungewohnt ernst.

«So», sagt er. «Ich möchte noch über etwas anderes mit dir sprechen.»

Eine Sekunde lang gerate ich in Panik: Er hat meine Telefonrechnung gesehen oder auf andere Weise erfahren, dass ich Kontakt mit Leo hatte.

«Ja?», sage ich.

Er fummelt mit seiner Serviette herum und fängt langsam und zögernd an zu lächeln, und ich denke, wenn er die Frau und ich der Mann wäre, dann wäre ich jetzt sicher, dass wir ein Kind bekommen. So ernst, beunruhigt – und zugleich *aufgeregt* – sieht er aus.

«Was denn?», frage ich und bin dankbar, dass ich diejenige sein werde, die diese spezielle Neuigkeit zu offenbaren hat.

Andy beugt sich über den Tisch und sagt: «Ich denke daran, meinen Job aufzugeben.»

Ich schaue ihn erwartungsvoll an, denn das ist kaum eine umwerfende Neuigkeit. Andy redet seit seinem ersten Arbeitstag davon, seinen Job aufzugeben; das gehört offenbar zum Berufsbild eines Sozius in einer großen Firma. «Und was gibt's sonst noch Neues?»

«Ich meine, unmittelbar jetzt», sagt er. «Genau gesagt, ich habe heute mein Kündigungsschreiben aufgesetzt.»

«Wirklich?» Von diesem berüchtigten Schreiben habe ich schon oft gehört, aber ich habe noch nie erlebt, dass er es tatsächlich verfasst hat.

Er nickt und streicht mit der Hand an seinem Wasserglas herunter, bevor er einen großen Schluck daraus trinkt. Dann betupft er sich die Lippen mit der Serviette. «Ich will wirklich kündigen.»

«Um dann was zu tun?» Ich frage mich, ob Andy jemals in die Fußstapfen seines Bruders treten und im Grunde nichts mehr tun könnte außer schlafen, Golf spielen und Partys feiern.

«Außer dass ich mich von meiner berühmten Frau aushalten lasse?» Andy zwinkert.

«Ja.» Ich lache. «Genau.»

«Na ja», sagt er, «ich würde gern weiter als Anwalt praktizieren ... aber in einem kleineren, dezenteren ... familienorientierten Rahmen.»

Ich glaube, ich weiß, worauf er hinauswill, aber ich warte, dass er es ausspricht.

«In Atlanta», sagt er schließlich. «Bei meinem Dad.»

Ich trinke einen Schluck Champagner, und die vielen unverarbeiteten Gefühlsregungen lassen mein Herz rasen. «Glaubst du, damit würdest du glücklich sein?»

«Ich glaube, ja», sagt er. «Und mein Dad wäre begeistert.»

«Das weiß ich», sage ich. «Er hat es nur fünfmal erwähnt, als wir da waren.»

Andy sieht mir in die Augen. «Aber du? Wie würdest du es finden?»

«Wenn du bei deinem Dad arbeitest?» Ich weiß, dass ich mich begriffsstutzig anstelle. Seine Frage bezieht sich nicht nur auf seinen Job, aber ich weiß nicht genau, warum er mir diese Frage stellt.

«Nein. Ich meine Atlanta.» Andy spielt mit seinem Messer. «In Atlanta zu leben.»

Natürlich haben Andy und ich schon über diesen Umzug gesprochen, besonders nachdem Margot aus New York weggegangen ist. Wir sind bei unserem letzten Besuch sogar herumgefahren und haben uns Häuser angesehen. Aber das hier fühlt sich anders an. Es fühlt sich real an, nicht theoretisch. Unmittelbar, um Andys Ausdruck zu benutzen.

Um mich zu vergewissern, frage ich: «Du meinst, du willst bald dort hinziehen?»

Andy nickt.

«Zum Beispiel dieses Jahr? So bald?»

Andy nickt wieder, und dann sprudeln die Worte nervös und von Herzen kommend aus seinem Mund. «Ich will dich keinesfalls unter Druck setzen. Wenn du in New York bleiben möchtest oder wenn du das Gefühl hast, es könnte deiner Karriere schaden, wenn du weggehst, dann kann ich auch hier bleiben. Ich meine, es ist ja nicht so, dass ich die Stadt hasse und unbedingt wegwill oder so was … Aber nach unserem letzten Besuch in Atlanta … und als wir uns die Häuser angesehen haben … und wenn ich daran denke, dass unsere kleine Nichte unterwegs ist, dass Mom und Dad allmählich älter werden, und überhaupt eigentlich alles … Ich weiß nicht – ich habe einfach das Gefühl, ich bin bereit für eine Veränderung. Für ein entspannteres Leben. Oder zumindest für ein anderes Leben.»

Ich nicke, und meine Gedanken überschlagen sich. Nichts von dem, was Andy da sagt, kommt aus heiterem Himmel, denn wir haben über all das schon gesprochen, und außerdem sind wir in einem Alter, in dem viele unserer Freunde heiraten, Kinder bekommen und in die Vororte ziehen. Aber es ist trotzdem eine verblüffende Vorstellung, die Stadt derart unvermittelt zu verlassen. Klassische New Yorker Bilder kommen mir in den Sinn – der Central Park an einem frischen Herbsttag, die Schlittschuhläufer auf der Rockefeller Plaza, ein Glas Wein in einem Straßencafé im schwindelerregenden Hochsommer –, und plötzlich denke ich mit Nostalgie an die Vergangenheit, ja, sogar an diesen Abend, an das Essen mit Andy, an die Erinnerung, die wir jetzt gerade erschaffen.

«Sag was.» Andy zupft an seinem Ohr, wie er es nur tut, wenn er beunruhigt ist – oder wenn ihm etwas wirklich wichtig ist. Es gab ein heftiges Ohrzupfen, als er mir seinen Heiratsantrag machte, und plötzlich denke ich, dass dieser Augenblick so viel anders nicht ist. Er fragt mich, wie ich zu einer großen Veränderung stehen würde. Zu einem Schritt, den wir gemeinsam unternehmen werden. Es ist nicht so verpflichtend wie eine Heirat, aber in vieler Hinsicht ist es eine noch größere Veränderung.

Ich greife nach Andys Hand und halte sie fest. Ich möchte ihm so gern Freude machen, aber ich will auch völlig ehrlich zu ihm sein. «Ich glaube, das könnte toll werden», sage ich, und es klingt weniger zögerlich, als mir zumute ist. Um die Wahrheit zu sagen, ich weiß gar nicht genau, wie mir zumute ist.

Andy nickt. «Ich weiß. Und glaub mir, ich will dich nicht in die Enge treiben. Aber … das hier wollte ich dir doch zeigen.»

Er lässt meine Hand los und zieht ein zusammengefaltetes Blatt aus der Innentasche seines Sportjacketts.

Ich nehme es und falte es auseinander, und ich sehe ein großes Fachwerkhaus aus Zedernholz und Backstein mit einer überdachten Vorderveranda, ähnlich wie die Häuserangebote, die Margot mir nach unserem letzten Besuch per E-Mail zugeschickt hat, in der Betreffzeile stand dann so etwas wie «Gleich nebenan!» oder «Perfekt für euch!».

Aber dieses Haus ist nicht von Margot, die ihre Zeit tagsüber vor dem Computer verbracht hat. Dieses Haus kommt von Andy beim Champagner im Bouley.

«Gefällt's dir?», fragt er zögernd, und es ist völlig klar, welche Antwort er gern hören möchte.

«Natürlich!», sage ich und überfliege den Text unter dem Foto: fünf Schlafzimmer, viereinhalb Bäder, eingezäunter Garten, beheizter Swimmingpool, Glasveranda,

ausgebauter Keller mit Tageslicht, Dreiergarage, Speisen-
aufzug über alle drei Geschosse.

Es gibt absolut nichts, was einem nicht gefallen könnte. Es ist ein Traumhaus in jeder Hinsicht – anders als alle
Häuser in meiner Heimatstadt, anders als alles, was ich
mir als Kind je hätte träumen lassen, als meine Mutter mir
sagte, sie sei sicher, dass ich ein gutes Leben voll schöner
Dinge und Menschen haben würde.

«Ich mache mir keine Sorgen um dich, Ellie», sagte sie
dann und streichelte mir übers Haar. «Überhaupt keine.»

Das war eine Woche vor ihrem Tod; sie war gerade zum
letzten Mal aus dem Krankenhaus gekommen, und ich
weiß noch, wie ich ihre beruhigende Stimme hörte und
mir mein Leben als Erwachsene vorstellte, mit Mann und
Haus und Kindern – und wie ich mich fragte, ob irgendetwas davon jemals den Schmerz um den Verlust meiner
Mutter würde heilen können.

Jetzt blicke ich von dem Blatt auf und sage: «Es ist
schön, Andy. Wirklich wunderschön.»

«Und von innen ist es genauso schön.» Andy redet
schnell. «Margot sagt, sie war drin ... bei einem Flohmarkt
für Kinderkleidung oder so was. Sie sagt, im Keller ist ein
riesiger Werkstattraum, wo du dich einrichten könntest.
Du brauchtest dann kein Büro mehr zu mieten. Du gehst
einfach im Pyjama die Treppe hinunter ... Und das Beste ist, es ist nur ungefähr hundert Meter von Margot und
Webb entfernt. Ist das nicht irre?»

Ich nicke und versuche, das alles zu verdauen.

«Es ist wirklich perfekt», sagt Andy. «Perfekt für uns.
Perfekt für die Familie, die wir haben wollen.»

Ich schaue wieder auf das Haus und sehe den Kauf-
preis. «Scheiße», sage ich.

Über Geld reden Andy und ich nicht oft; das haben er und Margot gemeinsam, aber während seine Schwester anscheinend überhaupt keinen Gedanken an das Vermögen ihrer Familie verschwendet, wirkt Andy manchmal verlegen, fast schuldbewusst. Das beeinflusst manche seiner Entscheidungen – wie die, unser kleines Apartment anzumieten –, und oft vergesse ich einfach, wie reich er ist. «Du bist richtig reich, was?», sage ich lächelnd.

Andy schaut auf den Tisch und schüttelt den Kopf. Dann sieht er mir in die Augen und sagt ernst: «Wir sind reich … in mehr als einer Hinsicht.»

«Ich weiß», sage ich und genieße diesen Augenblick.

Wir schauen uns an, und nach einem langen Augenblick beendet Andy das Schweigen. «Und … was denkst du?»

Ich öffne den Mund, klappe ihn zu und öffne ihn wieder.

«Ich liebe dich, Andy», sage ich, und in meinem Kopf dreht sich alles – vom Champagner und von so viel anderem. «Das denke ich.»

«Das gefällt mir», sagt Andy zwinkernd, als unser Hummer kommt. «Es ist kein Drake-Watters-Autogramm, aber es gefällt mir.»

*Dreizehn

«Ich *wusste*, dass du da komplett aufgesogen werden würdest», sagt meine Schwester, als ich sie ein paar Tage später anrufe und ihr von unserem potenziellen – wahrscheinlichen – Umzug nach Atlanta erzähle. Es klingt nicht regelrecht kritisch, wie sie es sagt, aber doch entschieden skeptisch.

Und ich wusste, dass du so reagieren würdest, denke ich, aber ich sage: «‹Aufgesogen› würde ich es nicht gerade nennen. Zum einen haben wir uns noch nicht mal endgültig entschieden –»

Suzanne fällt mir ins Wort. «Du musst mir nur versprechen, dass du dir keinen Südstaaten-Akzent zulegst.»

«In Atlanta sprechen sie nicht mit einem starken Akzent», sage ich. «Die meisten sind nicht lange genug da. Bei Andy hört man es fast gar nicht.»

«Und gewöhn dir auch keine merkwürdigen Wörter an», sagt sie feierlich, als nähme sie mir das Gelöbnis ab, mich keiner durchgeknallten religiösen Sekte anzuschließen und Kool-Aid zu trinken. «Du bist ein Yankee; vergiss das nicht.»

«Okay. Falls wir umziehen – und ich sage immer noch, *falls* –, werde ich mich standhaft gegen den Akzent wehren, und ich werde niemals reden wie eine Pflanzersgattin. Ich schwöre dir außerdem, ich werde niemals einen Pick-up fahren, die Konföderiertenfahne hissen oder im Gartenschuppen Whiskey brennen.» Ich höre auf, die schmutzige Wäsche nach Hell und Dunkel zu sortieren, und setze mich im Schneidersitz auf den Schlafzimmerboden.

Obwohl Suzanne mir ständig den Eindruck vermittelt, dass sie Andy, Margot und ihre Welt nicht restlos billigt, muss ich doch lächeln. Ich habe meine Schwester sehr gern, und es ist schön, endlich ihre Stimme zu hören, nachdem wir uns ein paar Wochen lang nur von Anrufbeantworter zu Anrufbeantworter gehört haben. Seit dem College ist unsere Kommunikation so sporadisch; es hängt davon ab, was wir jeweils gerade zu tun haben, und vor allem von Suzannes Laune. Manchmal taucht sie einfach ab, und kein Bitten und Betteln kann sie dann dazu bringen, wieder aufzutauchen, bevor sie so weit ist.

Infolgedessen habe ich gelernt, eine Liste von Themen zu führen, die ich mit ihr besprechen möchte, und jetzt ziehe ich sie aus meinem Terminkalender. Ich weiß, an die ganz großen Knüller – Atlanta oder Drake – werde ich auch so denken, aber ich möchte nicht, dass triviale Kleinigkeiten vergessen werden, denn unsere Unterhaltungen sollen alltäglich bleiben. Ich kann mir zwar nicht vorstellen, dass es uns so gehen könnte, aber ich weiß, dass es zwischen Schwestern andauernd passiert, vor allem, wenn sie nicht in derselben Stadt wohnen und wenn sie nicht viele Gemeinsamkeiten haben – zum Beispiel eine Mutter, die sie zusammenhält. Irgendwie glaube ich, wenn ich sie über die profanen Dinge meines Lebens auf dem Laufenden halte – ob es die neue Augencreme ist, die ich benutze, oder die E-Mail, die ich aus heiterem Himmel von einem Junior-Highschool-Bekannten bekommen habe, oder eine lustige Erinnerung an unsere Eltern, die einmal am Labor Day mit uns Schuhe zum Schulbeginn kaufen wollten –, dann werden wir niemals nur noch dem Namen nach Schwestern sein. Wir werden immer mehr sein als zwei erwachsene Frauen, die einander nur aus dem Gefühl familiärer Verpflichtung heraus besuchen und anrufen.

Also gehe ich meine Liste Punkt für Punkt durch und höre mir dann ihre Neuigkeiten an. Eigentlich sind es keine Neuigkeiten, sondern eher Meldungen über den Status quo: Suzanne hasst ihren Job als Flugbegleiterin bei US-Airways immer noch, und sie ist immer noch nicht mit ihrem Freund Vince verlobt. Den Job und Vince hat sie jetzt seit fast sechs Jahren, und damals passten beide zu ihrem sorgenfreien Lebensstil. Aber jetzt, mit sechsunddreißig, hat sie genug davon, unhöflichen Leuten in der Luft Drinks zu servieren, und sie hat noch weniger Lust dazu, Vince und seinen unreifen Freunden die Drinks zu servieren, wenn sie vor dem Fernseher den Steelers, Pirates und Penguins zujubeln. Sie möchte, dass ihr Leben – oder wenigstens Vince – sich ändert, aber sie weiß nicht genau, wie sie das machen soll.

Und sie ist stur genug, um ihre kleine Schwester niemals um Rat zu fragen. Nicht, dass ich wüsste, was ich sagen soll. Vince, den Suzanne in einem Verkehrsstau kennengelernt hat, wo sie ihre Telefonnummern ausgetauscht haben, ist unzuverlässig, will sich nicht binden und hat früher einmal mit einer Stripperin namens Honey zusammengelebt. Aber zufällig ist er auch warmherzig und witzig und der Mittelpunkt auf jeder Party. Und was das Wichtigste ist: Suzanne liebt ihn wirklich. Deshalb habe ich mir angewöhnt, ihr einfach zuzuhören – oder zu lachen, wenn es angemessen ist, wie ich es jetzt tue, als sie mir in allen Einzelheiten erzählt, wie Vince ihr am Valentinstag, unmittelbar nach dem Sex, ein nichtverpacktes Etui mit einem Ring überreicht hat. Da ich Vince kenne, bin ich ziemlich sicher, dass ich schon weiß, wie die Geschichte weitergeht.

«O nein», stöhne ich und fange wieder an, meine Wäsche zu sortieren.

«O doch», sagt Suzanne. «Und ich denke: Kommt überhaupt nicht in Frage. Sag mir bitte, dass ich nicht sechs Jahre auf einen kitschigen Heiratsantrag am Valentinstag gewartet habe. Und dann auch noch im Bett. Und, lieber Gott, wenn es ein herzförmiger Stein ist? Aber gleichzeitig denke ich: ‹Nimm, was du kriegst, Schwester. In der Not frisst der Teufel Fliegen.›»

«Und was war es?», frage ich gespannt.

«Ein Granatring. Mein gottverdammter Geburtsstein.»

Ich muss laut lachen. Das ist so furchtbar – aber doch auch ein kleines bisschen süß. «Aah», sage ich. «Er hat sich bemüht.»

Suzanne ignoriert meinen Kommentar. «Interessiert sich irgendjemand, der älter ist als zehn Jahre, für seinen Geburtsstein? Weißt du überhaupt, welcher deiner ist?»

«Der Turmalin», sage ich.

«Na, das werde ich ganz bestimmt Andy sagen, damit er auch alles richtig macht. Er soll dir diese niedliche Hütte in Atlanta kaufen, und dazu einen Turmalin.» Suzanne lacht ihr typisches prustendes Lachen, das sich fast anhört, als bekäme sie keine Luft mehr, und ich denke, nur ihr Humor bewahrt sie davor, dass ihr Leben wirklich deprimierend wird. Der und die Tatsache, dass sie trotz ihres raubeinigen Auftretens ein sehr empfindsames Herz hat. Sie könnte verbittert sein, wie es viele ledige Frauen sind, die vergebens auf einen Ring warten, aber sie ist es einfach nicht. Und obwohl ich glaube, dass sie mich manchmal um mein glückliches und leichteres Leben beneidet, bleibt sie doch eine wunderbare Schwester, die aufrichtig mein Bestes will.

Deshalb weiß ich, dass sie sich über mein Shooting mit Drake freuen wird, und ich brenne darauf, ihr davon zu erzählen. Sie liebt Drake genauso wie Andy, allerdings weniger wegen seiner Musik als vielmehr wegen seines politischen Aktivismus. Meine Schwester ist zwar kein ausgesprochener Hippie – Marihuana und Birkenstocks hat sie gleich nach ihrer Grateful-Dead-Phase auf dem College aufgegeben –, aber sie vertritt ihre Anliegen doch sehr leidenschaftlich, speziell in Bezug auf die Umwelt und die Armut der Dritten Welt. Und mit «leidenschaftlich» meine ich nicht, dass sie die üblichen Sprüche klopft. Suzanne hebt tatsächlich den Hintern hoch und tut etwas, damit sich etwas bewegt, und das ist ein ungewöhnlicher Kontrast zu der Trägheit, die sie in ihrem persönlichen Leben einschränkt. Als wir zur Highschool gingen, schaffte sie es zum Beispiel kaum, in den Unterricht zu gehen oder eine Durchschnittsnote C zu halten – trotz ihres genialen IQ, der um vierzehn Punkte höher lag als meiner, was wir wussten, weil wir in den Unterlagen unserer Eltern geschnüffelt hatten. Aber sie hatte durchaus genug Zeit und Energie, um in unserer Schule eine Amnesty-International-Sektion zu gründen und Rundbriefe zu schreiben, in denen sie die Verwaltung drängte, in der Cafeteria Recycling-Container aufzustellen – damals eine nie dagewesene Sache, zumindest in unserer Stadt.

Und auch heute scheint sie immer in irgendeine Weltverbesserungsmission verwickelt zu sein: Sie pflanzt Bäume in öffentlichen Parks und auf Friedhöfen, bombardiert die Abgeordneten mit eloquenten Briefen und war nach dem Hurrikan Katrina sogar in New Orleans, wo sie mit einer Hilfsorganisation zerstörte Wohnhäuser instand gesetzt hat. Wenn Suzanne über ihre Projekte redet, wünschte ich immer, ich wäre auch so motiviert, etwas zum Wohl der Allgemeinheit beizutragen, aber mein Aktivismus reicht gerade so weit, dass ich im November zur Wahl gehe (immer noch besser als Andy, der sich nur an den Präsidentschaftswahlen beteiligt).

Aber tatsächlich – als ich meine Drake-Geschichte

(abzüglich des Teils mit Leo) erzählt habe, sagt Suzanne: «Wow! Du hast vielleicht ein Glück!»

«Ich weiß», sage ich und überlege, ob ich ihr die ganze Geschichte erzähle: dass Glück bei diesem Auftrag eigentlich keine Rolle gespielt hat. Wenn ich mich überhaupt jemandem auf der Welt anvertrauen könnte, dann Suzanne. Nicht nur, weil wir Blutsverwandte sind – und wegen der schlichten Tatsache, dass sie nicht verwandt mit Andy ist –, sondern weil sie eigentlich der einzige Mensch in meinem Leben war, der anscheinend keine Abneigung gegen Leo empfand. Sie sind einander nur einmal begegnet und waren beide nicht sonderlich gesprächig, aber ich habe gemerkt, dass sie sich auf Anhieb verstanden und respektierten. Ich weiß noch, dass ich dachte, sie seien einander sogar in einiger Hinsicht ähnlich: in ihren politischen Ansichten, in ihrer zynischen Verachtung des Mainstreams, in ihrem ätzenden Humor und in dem scheinbaren Widerspruch zwischen leidenschaftlichem Engagement und tiefer Distanz. Selbst als Leo mir das Herz brach und ich sicher war, dass sie wütend über ihn herziehen würde, sprach sie eher philosophisch, als dass sie sauer war. Jeder müsse mal sitzengelassen werden, sagte sie; das sei ein Teil des Lebens, und offensichtlich habe es eben nicht sollen sein. «Besser jetzt als irgendwann später mit drei Kindern», sagte sie, aber damals dachte ich, das Zweite wäre mir lieber gewesen. Ich hätte gern etwas Dauerhaftes von Leo behalten, trotz der damit verbundenen Trauer.

Aber ich widerstehe der Versuchung und erzähle nichts; im Grunde geht es sowieso nicht mehr um Leo, denke ich. Außerdem möchte ich ihre Sicht auf meine Beziehung zu Andy nicht trüben; ich kann mir sofort vorstellen, wie es sie in ihrer deprimierenden Ansicht bestätigt, dass auf fast jeder Ehe irgendein Schatten liegt: Entweder wird einer oder werden beide Partner gleichgültig, oder der eine betrügt den anderen oder denkt zumindest daran. Das habe ich alles schon oft gehört, und es hilft mir nie, darauf hinzuweisen, dass unsere eigenen Eltern doch offenbar sehr glücklich miteinander waren, denn dieses Argument lässt sie nicht gelten. Entweder sagt sie: «Woher wollen wir das denn wirklich wissen? Wir waren Kinder», oder sie antwortet noch fröhlicher: «Ja, und? Mom ist gestorben. Schon vergessen? Was für ein beschissenes Märchen!»

Margot ist über die zynischen Tiraden meiner Schwester regelrecht entsetzt, und sie behauptet, es könne sich dabei nur um eine Methode handeln, mit der Suzanne sich ihren unverheirateten Schwebezustand rational erträglich zu machen versuche. Ich sehe, dass da etwas dran ist, aber ich glaube, es ist auch wie die Geschichte mit dem Huhn und dem Ei: Wenn Suzanne ein bisschen traditioneller und romantischer dächte oder wenn sie tatsächlich ein Ultimatum stellte, wie es die meisten Mädels in unserer Heimatstadt tun, wenn sie über fünfundzwanzig sind, dann würde Vince ziemlich leicht zur Räson gebracht werden können. Er liebt sie zu sehr, um sie gehen zu lassen. Aber solange Suzanne weiter auf die Institution der Ehe schimpft, liefert sie ihm auf dem Silbertablett einen Vorwand, die Heirat hinauszuschieben, ohne ein schlechtes Gewissen zu haben. Tatsächlich setzen ihn ihre gemeinsamen Freunde und seine Familie viel mehr unter Druck, als Suzanne es tut – und meistens ist sie diejenige, die dann erklärt: «Bei allem Respekt, Tante Betty, aber kümmere dich bitte um deine eigenen Angelegenheiten ... Und glaub mir, solange Vince die Kuh nicht kauft, kriegt er auch die Milch nicht umsonst.»

Aber ich habe auch gar nicht die Chance, über die Sache mit Leo zu sprechen, denn Suzanne platzt im Ton der befehlsgewohnten großen Schwester heraus: «Ich komme mit nach L. A.»

«Im Ernst?»

«Ja.»

«Aber du bist doch nicht promigeil.» Zumindest tut sie, als wäre sie es nicht, denke ich. Aber im Laufe der Jahre hab ich sie mehr als einmal mit irgendwelchen Klatschzeitschriften erwischt.

«Ich weiß. Aber Drake Watters ist kein typischer Promi. Er ist … Drake. Ich komme mit.»

«Wirklich?»

«Ja. Warum nicht? Ich will dich schon seit Monaten besuchen – und es ist ja kein Problem für mich, nach L. A. zu fliegen.»

«Das stimmt.» Das ist das Beste an ihrem Job – und vermutlich der einzige Grund, weshalb sie ihn immer noch hat. Suzanne kann praktisch überall hinfliegen, wann sie will.

«Ich werde deine Assistentin. Verdammt, ich nehme nicht mal Geld dafür.»

«Platform stellt mir einen Freelance-Assistenten», sage ich. Ich zögere, ja zu sagen, obwohl ich nicht genau weiß, warum.

«Dann arbeite ich als Assistentin des Assistenten. Ich kann das große silberne Schüsseldings für dich halten wie damals, als du an diesem arschkalten Wintertag den Monongahela River fotografiert hast. Weißt du das noch? Erinnerst du dich, wie mir mein Handschuh in den Fluss gefallen ist und ich beinahe Frostbeulen gekriegt hätte?»

«Ja, ich erinnere mich.» Manche Sachen wird Suzanne

offenbar nie vergessen. «Und erinnerst du dich, dass ich dir gleich am nächsten Tag ein paar neue Handschuhe gekauft habe?»

«Ja, ja. Ich erinnere mich gut an diese billigen Dinger.» Ich muss lachen. «Die waren nicht billig!»

«Waren sie wohl. Aber du kannst es wiedergutmachen, wenn du mich nach L. A. mitnimmst.»

«Also schön», sage ich. «Aber keine Autogrammwünsche.»

«Ich bitte dich», sagt sie. «So spießig bin ich nicht.»

«Und kein Gemecker mehr über die Handschuhe.»

«Abgemacht», sagt sie feierlich. «Nie wieder.»

In den nächsten paar Tagen ist Andy wegen einer Akteneinsicht in Toronto, und ich konzentriere mich auf das Shooting; ich plane die Logistik und spreche ein paarmal mit der Fotoredakteurin und dem Artdirector von Platform, die mir sagen, dass Drakes humanitäre Arbeit im Mittelpunkt des Artikels stehen wird. Daher wollen sie zwei oder drei «ernste, visuell ergiebige Farbporträts in realer Umgebung».

«Können Sie sagen, welche Situation Sie sich vorgestellt haben?», frage ich die Fotoredakteurin, und zum ersten Mal bin ich richtig nervös.

«Deshalb wollten wir Sie ja haben», sagt sie. «Wir haben Ihre Arbeiten auf Ihrer Website gesehen. Fanden's super. So viel ungeschminkte Schönheit. Machen Sie einfach Ihr Ding.»

Mein Selbstvertrauen macht einen Sprung nach vorn, und ich spüre den kleinen Rausch, der immer kommt, wenn jemand meine Arbeit lobt. Ich frage sie, ob es möglich ist, ein kleines Restaurant als Set zu nehmen, das ich im

Internet gefunden habe und das nur zwei Meilen weit vom Hotel entfernt ist. «Eins von diesen klassischen Schnellrestaurants im Retro-Look mit schwarzweißen, sechseckigen Bodenfliesen und rotgepolsterten Bänken», sage ich und denke, es ist ein bisschen so wie das, in dem ich Leo zuletzt gesehen habe. «Wissen Sie, das Rot kann irgendwie symbolisch für seine Aids-Arbeit sein ... Ich glaube, es könnte ziemlich cool sein.»

«Brillant», sagt sie. «Ich rufe Drakes Presseleute an und frage, ob es okay ist.»

«Super», sage ich, als hätte ich diese Antwort schon tausendmal bekommen.

Ein paar Minuten später ruft sie zurück. «Schicken Sie mir die genaue Adresse des Lokals. Drake und seine Leute sind Punkt drei Uhr da, und der einzige Vorbehalt ist, dass er einen wirklich engen Terminplan hat. Sie werden schnell arbeiten müssen. Sie haben nur zwanzig bis dreißig Minuten. Wird das gehen?»

«Kein Problem. Ich kriege die Bilder.» Ich klinge wie ein vollendeter Profi – sehr viel zuversichtlicher, als ich tatsächlich bin.

Ich lege auf und rufe dann Suzanne an, um sie zu fragen, ob ihr zwanzig Minuten einen Transkontinentalflug wert sind. Sie lässt sich nicht abschrecken.

«Zwanzig Minuten mit einer Ikone sind zwanzig Minuten mit einer Ikone. Und das ist bestimmt aufregender als alles, was ich seit langem erlebt habe», behauptet sie.

«Mir recht», sage ich. «Lass das bloß nicht den alten Vince hören.»

Suzanne lacht. «Oh, Vince weiß, dass er bestenfalls Mittelmaß ist.»

«Zumindest kennt er seinen Platz», sage ich.

«Ja», sagt sie. «Nichts ist schlimmer als ein Mann, der seinen Platz nicht kennt.»

Ich lache und präge mir diese Perle der Weisheit ein, aber wie wahr sie wirklich ist, begreife ich erst, als ich drei Tage später in L. A. eintreffe.

Vierzehn

In L. A. ist es halb sechs abends, und ich bin erst seit einer Stunde in der Stadt – gerade lange genug, um im Beverly Wilshire einzuchecken, Koffer und Kamerataschen in meinem Zimmer abzustellen und Suzanne anzurufen, die schon am Nachmittag gelandet ist. Sie teilt mit, dass sie einen Schaufensterbummel auf dem Rodeo Drive macht – «bin total in meinem Element», fügt sie sarkastisch hinzu – und bald wieder da sein wird. Sie habe sich bereits die Bars im Hotel angesehen, sagt sie und schlägt vor, dass wir uns auf einen Drink in der Boulevard Lounge treffen.

Prima Idee, sage ich, meine Flugangstpillen waren nicht stark genug für die Unwetterturbulenzen, durch die wir in der Mitte des Kontinents geflogen sind, und ich könnte ein Glas Wein gebrauchen. Suzanne lacht und nennt mich ein Weichei, und ich lege auf und ziehe mir ein Outfit an, das nach meinem Gefühl passend für L. A. ist: dunkle Jeans, silberne Plateauschuhe, mit denen ich fast eins achtzig groß bin, und ein schlichtes, aber (für mich) schickes Tank Top aus limettengrüner Seide. Leider habe ich vergessen, den trägerlosen BH einzupacken, der dazugehört, aber ich finde, ich bin flachbrüstig genug, um mir leisten können, darauf zu verzichten, ohne billig auszusehen. Außerdem bin ich in Kalifornien, und hier geht alles. Ich frische mein Make-up auf, lege etwas mehr Lidschatten als sonst auf und gebe schließlich einen Spritzer Parfüm auf meine Handrücken – ein Trick, den Margot mir auf dem College beigebracht hat. Eine, die so viel mit den Händen redet wie ich, meinte sie, sollte sich den Vorteil zunutze machen und gleichzeitig ihren Duft verströmen.

Dann fahre ich mit dem Aufzug hinunter und schlendere dermaßen selbstbewusst durch die noble Lobby, dass ich beinahe wie ein Pfau ins Boulevard stolziere, in eine intime, moderne, sehr elegante Lounge in satten Bernstein-, Schokoladen- und Goldtönen. Ich bewundere die illuminierte Onyx-Bar und das von hinten beleuchtete große Weinregal mit mindestens tausend Flaschen, und zugleich bewundere ich unwillkürlich das kraftvolle Profil des Mannes, der allein an der Theke sitzt und ein Glas in der Hand hält. Eines Mannes, der schrecklich viel Ähnlichkeit mit Leo hat. Verdutzt kneife ich die Augen zusammen und erkenne erstaunt und beinahe entsetzt, dass er nicht nur aussieht wie Leo. Es ist Leo.

Schon wieder Leo. Leo, dreitausend Meilen weit weg von zu Hause.

Ich erstarre, und eine Sekunde lang bin ich tatsächlich naiv oder dämlich genug, um zu glauben, dass dies schon wieder ein Zufall ist. Die *zweite* Zufallsbegegnung mit Leo. Und in dieser Sekunde überkommt mich ein so lächerlich schändlicher Gedanke, dass mir das Herz stehenbleibt: *Mein Gott, was ist, wenn dies das Schicksal ist, das mich quer durch das ganze Land verfolgt?*

Aber als Leo zu mir herüberblickt, mich entdeckt und sein Glas in Augenhöhe hebt, begreife ich, was er da gedeichselt hat. Ich begreife, dass ich in eine Falle gelockt worden bin.

Ich verlagere mein Gewicht von einem Absatz auf den anderen, und er lässt seinen Drink langsam sinken – es sieht aus wie ein Whiskey on the rocks, sein Markenzeichen – und lächelt mir kurz und wissend zu.

Ich erwidere das Lächeln nicht, aber ich gehe die paar Schritte auf ihn zu. Ich stolziere nicht mehr, und bei den kalten Schauern, die mir über den Rücken laufen, bereue ich, dass ich keinen BH trage. Oder, noch besser, einen langen Mantel.

«Hallo, Leo», sage ich.

«Ellen.» Er nickt. «Freut mich, dass du es doch geschafft hast.»

Es klingt wie eine Zeile aus einem alten Hollywoodfilm, aber ich bin alles andere als bezaubert, selbst als er aufsteht und auf den Hocker neben ihm deutet.

Du bist nicht Cary Grant, denke ich, und ich schüttle den Kopf und setze mich nicht. Ich bin viel zu verdattert, um wütend zu sein, aber was ich empfinde, ist stärker als bloße Empörung.

«Du hast den weiten Weg hierher gemacht und willst dich nicht mal setzen?», fragt er.

Noch eine Filmzeile.

Leo hatte früher nie etwas für Sprüche übrig, und ich bin beinahe enttäuscht, dass er jetzt einen nach dem anderen loslässt. Ich habe zwar nichts zu schaffen mit dem Mann, der er in den letzten zehn Jahren geworden ist, aber aus irgendeinem Grund will ich trotzdem nicht, dass mein Bild von ihm durch Sprücheklopferei getrübt wird.

«Nein, vielen Dank», sage ich kühl. «Ich treffe mich

hier mit meiner Schwester; sie wird jeden Augenblick kommen.»

«Suzanne?», sagt er mit einem selbstgefälligen Unterton.

Ich sehe ihn an. Bildet er sich tatsächlich ein, es beeindruckt mich, dass er ihren Namen noch weiß? Ich fühle mich versucht, die Namen seiner vier Geschwister in der Reihenfolge ihres Alters herunterzurattern – Clara, Thomas, Joseph, Paul –, aber ich habe keine Lust, ihm die Genugtuung zu gewähren, dass ich mich so detailliert an seine Familie erinnere.

Stattdessen sage ich: «Ja. Suzanne. Ich habe nur eine Schwester.»

«Stimmt», sagt er. «Na, es freut mich, dass sie kommt. Das ist ein netter Bonus.»

«Ein netter *Bonus*?» Ich hoffe, er sieht die ratlose Furche auf meiner Stirn. «Du meinst … zwei Schwestern zum Preis von einer?»

Er lacht. «Nein. Ich meine, ich habe Suzanne immer gemocht … bei den paarmalen, die ich sie gesehen hab.»

«Du hast sie *einmal* gesehen.»

«Stimmt. Und da habe ich sie gemocht. Sehr sogar.»

«Das wird sie bestimmt sehr freuen», sage ich schnippisch. «Wenn du mich jetzt bitte entschuldigen würdest …»

Bevor er protestieren kann, gehe ich ans Ende der Bar und stelle Blickkontakt mit dem Barkeeper her, einem grauhaarigen, rotwangigen Mann, der aussieht, als sei er für die Rolle des Barkeepers gecastet worden.

«Was kann ich Ihnen bringen?» Sein kratziger Bariton passt ebenfalls zu dieser Rolle.

Ich verzichte auf meinen Wein zugunsten eines Wodka

Martinis mit Oliven extra und deute dann auf eine chartreusegrüne Couch in der hinteren Ecke der Lounge. «Und ... ich sitze da drüben, bitte.»

«Sehr wohl», sagt der Barkeeper mitfühlend, als sei ihm klar, dass ich überall auf der Welt lieber wäre als bei dem einzigen Mann an seinem Tresen.

Ich wende mich ab und gehe zielstrebig zu der Couch hinüber, und ich spüre Leos Blick in meinem Rücken. Ich setze mich, schlage die Beine übereinander und schaue durch das Fenster auf den Wilshire Boulevard hinaus. Meine Gedanken überschlagen sich. Was macht Leo hier? Will er mich in Versuchung führen? Sich über mich lustig machen? Mich quälen? Was wird Suzanne denken, wenn sie gleich hier hereinplatzt? Was würde Andy sagen, wenn er mich jetzt sehen könnte, ohne BH in einer todschicken Lounge, mit einem Martini in Arbeit und meinem Ex-Lover drüben an der Theke?

Mein Drink kommt eine Sekunde früher als Leo.

«Bist du ... wütend?» Er bleibt vor mir stehen.

«Nein, ich bin nicht *wütend*.» Ich blicke nur kurz zu ihm auf und nehme dann ein Schlückchen – nein, einen großen Schluck von meinem Martini. Der Wodka ist stark, aber weich, und geht warm durch die Kehle. «Doch, das bist du.» Leo wirkt eher amüsiert als besorgt. Als seine Mundwinkel sich in einem befriedigten Lächeln aufwärtskrümmen, platzt mir der Kragen, und ich fauche: «Was genau soll das?»

«Was soll was?» Leo bleibt unverschämt ruhig, als er sich ungebeten und unwillkommen neben mir auf der Couch niederlässt.

«Das hier.» Ich gestikuliere erbost und verströme dabei unabsichtlich meinen Duft. «Was machst du hier, Leo?»

«Ich schreibe die Story», sagt er mit Unschuldsmiene. «Über Drake.»

Ich starre ihn an, sprachlos und verdattert. Bemerkenswert, aber ich bin nie auf den Gedanken gekommen, dass Leo das Stück schreiben könnte. Hatte ich diese Möglichkeit praktischerweise ausgeblendet? Und wenn ja, warum? Weil ich unbewusst gehofft hatte, Leo werde hier sein? Oder weil ich mich von jeder Schuld freisprechen wollte, als ich einen Traumjob annahm? Ich habe das üble Gefühl, dass ein guter Psychiater beiden Möglichkeiten nachgehen würde.

«Oh», sage ich belämmert.

«Ich dachte, das wüsstest du», sagt er, und ich sehe ihm an, dass er die Wahrheit sagt.

Ich schüttele den Kopf und merke, dass ich milder werde, als ich begreife, dass er aus einem berechtigten Grund hier ist und dass dies kein Hinterhalt war. «Woher sollte ich das wissen?», frage ich zerknirscht und ein bisschen verlegen über meinen Ausbruch und die dreiste Annahme, er sei nur hier, um mich zu sehen.

«Woher hätte ich denn sonst von dem Fotoauftrag wissen sollen?» Er setzt noch eins drauf.

«Keine Ahnung ... durch irgendeinen Kontakt?»

«Zum Beispiel durch Drake?», fragt er leicht amüsiert.

«Du ... du kennst Drake?»

«Yep.» Er kreuzt Zeige- und Mittelfinger. «Wir sind so miteinander.»

«Oh.» Ich bin wider Willen beeindruckt.

«Das war ein Scherz», sagt er und erklärt dann, er habe letztes Jahr beim Aids Walk in New York als UNICEF-Korrespondent gearbeitet und dabei ein paar von Drakes Leuten kennengelernt. «Um es kurz zu machen: Wir haben bei ein paar Bier miteinander geplaudert, und dabei habe ich mir schließlich diesen Artikel eingehandelt. Den wiederum habe ich Platform angeboten. Und voilà ... den Rest kennst du ja.»

Ich nicke und bin fast völlig entwaffnet von dieser Geschichte über Wohltätigkeit und Journalismus – das hat wohl mit schmierigen Intrigen zum Zweck der Knutscherei mit verheirateten Ex-Freundinnen in Nobelbars in L. A. nichts zu tun.

«Jedenfalls», erzählt er weiter, «am selben Tag, als ich von Platform grünes Licht bekam, bin ich dir über den Weg gelaufen ... und das war ein ... ich weiß nicht ... ein so glücklicher Zufall, dass ich es nur passend fand, dich für die Fotos ins Boot zu holen.»

«Aber wir haben doch gar nicht über meine Arbeit gesprochen.» Eigentlich will ich wissen, ob er nach Hause gegangen ist und mich gegoogelt hat – oder ob er meine Karriere über die Jahre hinweg auf andere Weise verfolgt hat.

Er lächelte betreten. «Ich weiß, was du so getrieben hast.»

«Soll heißen?» Die Frage klingt nur neugierig, aber der Druck, der dahintersteht, geht über das bloße Sammeln von Informationen hinaus.

«Soll heißen, man muss nicht mit Leuten reden, um an sie zu denken ... und ab und zu nachzusehen, was sie so machen ...»

Ein Schauer überläuft mich. Ich spüre die Gänsehaut auf meinen Armen, und meine Brustwarzen drücken gegen das Tank Top. «Ist es kalt hier?», frage ich und verschränke die Arme.

«Eigentlich ist mir ziemlich warm.» Leo lehnt sich zu

mir herüber, so nah, dass ich seine Haut und den Whiskey in seinem Atem riechen kann. «Möchtest du meine Jacke haben?»

Ich werfe einen Blick auf seine espressofarbene Wildlederjacke – eine Jacke, wie sie Reporter oder Cowboys tragen – und schüttele sanft ablehnend den Kopf. «Nein, danke», sage ich, und meine Stimme ist fast ein Flüstern – ein Flüstern, das in hartem Kontrast zu Suzannes lautem, ausgelassenem «Hallo!» steht.

Erschrocken fahre ich zusammen und fühle mich sehr ertappt. Konfus stehe ich auf, umarme meine Schwester und stammle eine Erklärung. «Ich ... äh ... sieh mal, wen ich hier getroffen habe ... Du erinnerst dich an Leo?»

«Na klar», sagt Suzanne fröhlich und unbeirrt. Sie schiebt eine Hand in die hintere Tasche ihrer Jeans und streckt Leo die andere entgegen. «Hallo.»

Er schüttelt ihr die Hand. «Hi, Suzanne. Schön, dich wiederzusehen.»

«Gleichfalls», sagt sie aufrichtig. «Ist lange her.»

Eine verlegene Pause tritt ein; wir alle stehen dicht beieinander im Dreieck, bis Leo zur Seite tritt und sagt: «Tja, dann lasse ich euch beide mal ungestört plaudern ...»

Suzanne lächelt und lässt sich auf das Sofa plumpsen, als wolle sie uns ein bisschen Platz – und ein paar Sekunden – geben, damit wir ungestört sein können. Ich ergreife die Gelegenheit, aber ich bin hin und her gerissen. Ich will, dass Leo geht, ich will, dass er bleibt.

Schließlich sage ich: «Danke, Leo.»

Ich weiß nicht genau, wofür ich ihm danke. Für den Auftrag? Für das Geständnis, dass er nie ganz aufgehört hat, an mich zu denken? Für seine Bereitwilligkeit, jetzt zu gehen?

«Gern», sagt er wie zur Antwort auf alles zugleich. Er will gehen, aber dann bleibt er stehen und dreht sich noch einmal um, und er schaut mir tief in die Augen. «Hör mal, äh ... ich werde heute Abend in diesem erstklassigen mexikanischen Laden einen Happen essen. Die beste Guacamole, die ich je bekommen habe – und die Margaritas sind auch nicht übel ... Es muss nicht sein, aber ruf mich doch an, wenn ihr Lust habt, mitzukommen ...»

«Okay», sage ich.

«Auf dem Handy oder in meinem Zimmer.» Er wirft einen Blick auf die Schlüsselkarte und sagt: «Zimmer sechshundertzwölf.»

«Sechshundertzwölf», wiederhole ich, und mir entgeht nicht, dass es genau eine Etage über unserem Zimmer fünfhundertzwölf liegt. «Alles klar.»

«Und wenn ich nichts von euch höre, sehen wir uns einfach morgen Nachmittag.»

«Okay.»

«Ich höre, dass das Interview in einem Restaurant stattfinden soll, das du ausgesucht hast?»

Ich nicke und bin dankbar dafür, schon im Voraus zu wissen, dass Leo dort sein wird. Leo und Drake im selben Raum.

«Du hattest immer was übrig für gute Restaurants.» Leo zwinkert und geht dann endgültig.

Suzannes Pokerface zerfällt zu einem breiten Grinsen, als Leo um die Ecke verschwunden ist. «Du liebe Güte, Ellen!»

«Was?» Ich mache mich auf die unausweichliche Attacke gefasst.

Sie schüttelt den Kopf. «Die sexuelle Spannung konnte man knistern hören.»

«Das ist doch lächerlich», sage ich.

«Zimmer sechshundertzwölf. Alles klar», äfft sie mich in einem hohen Falsett nach.

«So habe ich das nicht gesagt. So ist es nicht, Suzanne. Ehrlich nicht.»

«Okay. Wie ist es dann?»

«Das ist eine lange Geschichte», jammere ich.

«Wir haben Zeit.»

«Bestell dir erst mal was zu trinken», sage ich.

«Schon passiert. Ich habe an der Bar gestanden und euch beiden Idioten zugeschaut, und dabei habe ich mir einen *Pretty Woman Special* bestellt. Wusstest du, dass der Film hier gedreht wurde?»

«Wirklich? Den Film fand ich klasse. Haben wir den nicht zusammen gesehen?»

Sie zuckt die Achseln. «Ich weiß nur noch, dass er die Prostitution verherrlicht», sagt Suzanne. «Aber zurück zu deinem traumhaften Ex ...»

«Er ist nicht traumhaft.»

«Ist er doch, und das weißt du», sagt sie. «Seine Augen sind der Wahnsinn.»

Ich versuche, mein Lächeln zu unterdrücken, aber ich kann es nicht. Seine Augen *sind* der Wahnsinn.

«Jetzt komm. Erzähl mir, was da läuft, ja?»

Ich seufze laut, schlage die Hände vors Gesicht und sage: «Okay. Aber du darfst nicht über mich urteilen.»

«Wann hätte ich je über dich geurteilt?»

«Meinst du das ernst?» Ich spähe sie zwischen den Fingern hindurch an und muss lachen. «Wann hättest du je *nicht* über mich geurteilt?»

«Stimmt auch wieder», sagt sie. «Aber ich verspreche dir, diesmal urteile ich nicht.»

Ich seufze noch einmal, und dann erzähle ich ihr die ganze Geschichte, angefangen mit dem Herzklopfen auf der Kreuzung. Suzanne unterbricht mich nicht ein einziges Mal – außer um mir noch einen Drink zu bestellen, als eine Kellnerin uns eine Silberschale mit Salzgebäck bringt. Schließlich frage ich sie, ob sie mich für einen schrecklichen Menschen hält.

Suzanne tätschelt mein Bein, wie sie es früher immer getan hat, als wir klein waren, wenn mir auf dem Rücksitz im Buick-Kombi unserer Mutter schlecht wurde. «Noch nicht», sagt sie.

«Was soll das heißen?»

«Das soll heißen, der Abend ist erst einen Martini alt ... und hier bahnt sich was an.»

«Suzanne», sage ich und bin entsetzt über das, was sie da andeutet. «Ich würde Andy niemals betrügen. Niemals.»

«Ellen.» Suzanne zieht die Brauen hoch. «Wer spricht denn vom Betrügen?»

Zwei Stunden, drei Drinks und endlose Gespräche später sind Suzanne und ich in unserem Zimmer, betrunken und glücklich. Wir plündern die Minibar und stellen lachend fest, dass einem sechs Dollar für eine Tüte Süßigkeiten gar nicht so unerhört vorkommen, wenn man solchen Hunger hat, und ich denke an Leo.

«Sollen wir die Rezeption anrufen und uns ein Restaurant empfehlen lassen?», frage ich. «Mexikanisch wäre nicht schlecht ...»

«So ein Zufall.» Suzanne grinst spöttisch und greift zum Hörer. «Oder wir könnten Zimmer sechshundertzwölf anrufen ... oder, noch besser, wir gehen gleich zu ihm hinauf.»

Ich schüttele den Kopf und erkläre, es komme nicht in Frage, dass wir uns mit Leo zum Abendessen treffen.

«Bist du gaaanz sicher?»

«Hundertpro.»

«Weil ich denke, es könnte Spaß machen.»

«Mir zuzusehen, wie ich mich quäle?»

«Nein. Es könnte Spaß machen, weil ich zufällig Leo gern mag.»

Ich weiß nicht, ob sie sich über mich lustig machen oder mich auf die Probe stellen will oder ob sie sich nur an ihr Versprechen hält, nicht über mich zu urteilen, aber ich reiße ihr den Telefonhörer aus der Hand – und die Tüte M&Ms.

«Ach, komm», drängt sie. «Willst du denn nicht wissen, was Leo all die Jahre getrieben hat?»

«Ich weiß, was er getrieben hat. Er arbeitet immer noch als Journalist.» Ich streife die Schuhe ab, schlüpfe in ein Paar weiße Frotteepantoffeln mit dem Logo des Hotels und werfe mir eine Handvoll M&Ms in den Mund. «Deshalb bin ich ja hier – schon vergessen?»

«Ja, aber abgesehen von seiner Arbeit ... Du weißt nichts über sein Leben. Du weißt nicht mal, ob er verheiratet ist.»

«Er ist nicht verheiratet.»

«Bist du sicher?»

«Er trägt keinen Ring.»

«Das heißt nichts. Viele verheiratete Männer tragen keinen Ring.»

«Ich bin entsetzt», brumme ich.

«Das heißt ja nicht unbedingt, dass sie auf Spielchen aus sind.» Suzanne hat offenbar ihre üblichen Tiraden über unberingte Schürzenjäger im Cockpit und geile Geschäftsleute in der ersten Klasse vergessen. «Dass er keinen Ring trägt, das kann einfach ... die alte Schule sein. Dad hat seinen Trauring nie getragen, und ich glaube, man kann ziemlich sicher sein, dass er nicht auf der Pirsch war.»

«Kann man zur alten Schule gehören, wenn man nicht mal vierzig ist?»

«Natürlich. Das hat etwas mit einer altmodischen Seele zu tun ... und ich glaube, Leo ist eine altmodische Seele.» Das sagt sie beinahe bewundernd, und ich denke plötzlich, es ist fast immer ein Kompliment, wenn man jemanden als «altmodisch» bezeichnet.

Ich sehe sie an. «Wie meinst du das?»

«Ich weiß es nicht. Es sieht einfach so aus, als ... Er hat nichts am Hut mit Materialismus und all dem anderen oberflächlichen Drum und Dran unserer Generation.»

«Suzanne! Woher hast du diesen Quatsch? Du hast alles in allem ungefähr vier Stunden mit ihm verbracht!»

«Er engagiert sich großherzig.» Wahrscheinlich meint sie seine Berichterstattung über den Aids Walk.

«Nur weil er sich für Aids-Opfer engagiert, ist er noch lange kein Heiliger mit einer altmodischen Seele», sage ich verächtlich – aber insgeheim muss ich zugeben, dass Suzanne über den Leo spricht, den ich einmal geliebt habe. Anders als so viele andere – vor allem Männer, die ich in New York kennengelernt habe – war Leo nie ein sozialer Aufsteiger oder Mitläufer. Er blätterte nicht im New York Magazine oder in Zagat's Restaurantführer, um ein Lokal für uns auszusuchen. Er trug nie die allgegenwärtigen schwarzen Gucci-Slipper. Er machte niemals beiläufige Bemerkungen über große literarische Werke, die er gerade gelesen, hochgestochene Filme, die er gesehen, oder kleine Indie-Bands, die er «entdeckt» hatte. Er strebte nie danach, sich eines Tages mit einer hübschen Frau und zwei Kindern in einem großen Haus in den Suburbs niederzulassen. Reisen und Erfahrungen zu machen, war ihm immer wichtiger, als schicke Dinge zu besitzen. Mit einem Wort, Leo war nicht der Mensch, der Listen abhakte oder andere zu beeindrucken versuchte oder sich jemals bemühte, jemand oder etwas anderes zu sein, als er war.

Das sage ich Suzanne, und im Stillen vergleiche ich Leo mit Andy. Andy besitzt mehrere Paar Gucci-Slipper. Andy liest die Restaurant-Empfehlungen in den Stadtmagazinen. Andy brennt darauf, die *beste* Stadt der Welt zu verlassen, damit wir in einem großen Haus in Atlanta wohnen können. Und auch wenn man meinem treuherzigen Ehemann nicht vorwerfen kann, dass er dieses prätentiöse Großstadtspiel mitmacht und mit beiläufigen Bemerkungen über die angesagtesten Indie-Bands und Arthouse-Filme und den hochliterarischen Roman Eindruck zu schinden versucht, muss ich doch zugeben, dass es zumindest so *aussieht*, als sei er statusorientierter als mein Ex.

Ich bekomme heftige Gewissensbisse und rudere zurück, wild entschlossen, meinen Mann in Schutz zu nehmen. Ist es denn schlimm, dass er die schöneren Dinge des Lebens zu schätzen weiß und dass sie manchmal einen Markennamen tragen? Ist es schlimmer, wenn er ein behagliches Haus und ein entspanntes Leben für seine Familie anstrebt? Es ist ja nicht so, dass er seine Entscheidungen trifft, um mit den Nachbarn Schritt zu halten, oder dass er hirnlos der Meute nachläuft. Er ist nur zufällig ein Mann des Mainstreams, und er folgt seinen Vorlieben, ohne sich dafür zu entschuldigen. Insofern ist er sich selbst ebenso treu, wie Leo es ist.

Außerdem – wieso habe ich es nötig, Andy und Leo überhaupt miteinander zu vergleichen, wenn die beiden in Wirklichkeit gar nichts miteinander zu tun haben? Nach kurzem Zögern stelle ich Suzanne diese Frage und rechne fest damit, dass sie eine diplomatische Position einnimmt und mir sagt, ich sollte sie nicht vergleichen. Leo habe absolut nichts mit Andy zu tun – und umgekehrt.

Aber stattdessen sagt sie: «Zunächst mal ist es völlig unmöglich, sie nicht zu vergleichen. Wenn du dich an einer Gabelung für eine Straße entscheidest, ist es unmöglich, nicht an die andere zu denken. Dich zu fragen, wie dein Leben verlaufen wäre, wenn …»

«Vermutlich», sage ich und denke, dass ein Leben mit Leo gar nicht möglich gewesen wäre. Es wäre eine kalte, dunkle Sackgasse gewesen.

Suzanne fährt mit den Fingern durch ihre langen Locken und sagt: «Zweitens, Leo und Andy haben sehr wohl etwas miteinander zu tun, einfach deshalb, weil du sie beide liebst – oder geliebt hast.»

Verwirrt sehe ich sie an. «Wie kommst du darauf?»

«Es ist egal, wie viel oder wie wenig zwei Menschen, die du liebst, miteinander gemeinsam haben … ob sie gleich alt sind oder zehn Jahre auseinander … ob sie sich gegenseitig nicht ausstehen können oder gar nichts voneinander wissen … sie sind trotzdem auf merkwürdige Weise miteinander verbunden. Sie gehören zur selben Bruderschaft, genau wie du in einer Schwesternschaft mit all denen bist, die Andy jemals geliebt hat. Da gibt's einfach eine unausgesprochene Verwandtschaft, ob es dir gefällt oder nicht.»

Während ich mir diese Theorie durch den Kopf gehen lasse, erzählt sie mir, wie sie neulich in einer Bowlingbahn mit Vince' Ex-Freundin, der Stripperin, zusammengetroffen ist. Obwohl sie beide nur wenig voneinander wissen und nicht mehr als eine Handvoll gemeinsame, flüchtige Bekannte haben (was kaum zu vermeiden ist, wenn zwei Leute aus Pittsburgh stammen), haben sie sich schließlich doch lange miteinander unterhalten, während sie zusahen, wie Vince zum ersten Mal perfekte dreihundert Punkte erreichte.

«Und es war wirklich verrückt», sagt Suzanne, «denn wir haben eigentlich überhaupt nicht über Vince gesprochen – abgesehen davon, dass wir eine Bemerkung über seine etwas plumpe Figur und seine schräge Technik gemacht haben –, aber es war, als wüsste sie genau, was ich auszuhalten habe … wie es ist, Vince allem Bullshit zum Trotz zu lieben … Und obwohl du meine Schwester bist und ich dir viel mehr über meine Beziehung erzählt habe, als ich ihr gegenüber jemals aussprechen würde, weiß sie in mancher Hinsicht trotzdem mehr, als du jemals wissen könntest.»

«Auch wenn sie sich nicht mehr für ihn interessiert?», frage ich.

«Na ja, wenn ich an ihr ehrfürchtiges Gesicht denke, als sie zusah, wie Vince der Mittelpunkt des Abends war und jeden, der da war, wie einen alten Kumpel begrüßte, habe ich meine Zweifel, ob sie wirklich über ihn hinweg ist», sagt Suzanne. «Aber – ja. Auch dann.»

Ich lege den Kopf auf das Kissen. Mein Schwips verfliegt allmählich, und an seine Stelle tritt Erschöpfung und noch größerer Hunger. Ich frage Suzanne, ob sie nicht lieber hierbleiben und etwas beim Room Service bestellen möchte, aber dann denke ich daran, dass ihr Leben großenteils darin besteht, in große Städte zu fliegen und dann das Flughafen-Hotel nicht zu verlassen. Also füge ich hinzu, ich könnte mich aber auch zum Ausgehen motivieren lassen.

«Nein. Scheiß drauf», sagt Suzanne. «Ich bin ja nicht wegen des Nachtlebens hier.»

«Oooh.» Ich lache und drücke ihr einen dicken Kuss auf die Wange. «Du bist nur wegen deiner Schwester hier, ja?»

«Lass das!»

«Ach, komm.» Ich küsse sie noch einmal auf die Wange und dann auf die Stirn. Ich genieße solche Augenblicke der Albernheit, weil ich nur dann Gelegenheit habe, Suzanne zu küssen. Wie meinem Vater sind ihr körperliche Zärtlichkeiten eher unbehaglich, während ich die Knuddel-Gene meiner Mutter geerbt habe. «Du betest deine kleine Schwester an. Darum bist du hier. Gib's schon zu!»

«Nein», sagt sie. «Ich bin aus zwei Gründen hier ...»

«Ach ja? Erstens wegen Drake, und zweitens?»

«Um den Babysitter für dich betrügerisches kleines Miststück zu spielen», sagt sie und wirft mir ein Kissen an den Kopf. «Darum.»

Das ist offensichtlich ein Scherz, aber es ist trotzdem der letzte Ansporn, den ich brauche, um mein Nachthemd anzuziehen, mir auf der Karte des Room Service ein Club-Sandwich auszusuchen und meinen Mann anzurufen.

«Hey, Honey», sagt Andy. «Amüsiert ihr euch?»

«Sehr», sage ich und denke, wie schön – und irgendwie kuschelig – seine Stimme klingt.

Er will wissen, was ich mache, und ich sage, dass wir einfach im Zimmer bleiben und uns unterhalten.

«Du gehst keine Kerle aufreißen?», fragt er.

«Ach was», sage ich und denke mit leisen Gewissensbissen an den Whiskey-Geruch in Leos Atem und den zögernden Blick, den er mir zugeworfen hat, als er die Bar verließ. Plötzlich sehe ich ihn vor mir, wie er irgendwo in der Nähe eine Margarita trinkt.

«Braves Mädchen.» Andy gähnt. «Ich liebe dich.»

Ich lächle und sage, ich liebe ihn auch.

«Genug, um mir das Autogramm zu besorgen?»

«So sehr nun wieder nicht», sage ich – und denke dann: Aber auf jeden Fall genug, um auf das Guacamole und den Mann zu verzichten, der nachher in Zimmer 612 einschlafen wird.

*Fünfzehn

Irgendwann mitten in der Nacht weckt mich meine eigene Stimme und ein Traum von Leo, der so real ist, dass ich völlig verwirrt und beinahe verlegen bin – eine beachtliche Leistung, wenn man allein im Dunkeln liegt. Ich höre Suzanne in ihrem Bett leise schnarchen, und ich atme tief durch und lasse mir die lebhaften Einzelheiten noch einmal durch den Kopf gehen: die Silhouette seiner breiten Schultern, die sich über mir wölben, seine Hand zwischen meinen Beinen, sein Mund an meinem Hals, wie er langsam in mich eindringt.

Ich beiße mir fest auf die Lippe, hellwach und durchströmt von dem kribbelnden Wissen, dass er nur ein Stockwerk über mir in einem Bett wie meinem liegt, vielleicht genau das Gleiche träumt wie ich, vielleicht sogar wach ist und sich wünscht, es könnte passieren. Genau wie ich.

Es wäre so leicht, denke ich. Ich brauchte nur zum Telefon zu greifen, Zimmer 612 anzurufen und zu flüstern: *Kann ich zu dir kommen?*

Und er würde sagen: Ja, Baby. Komm.

Ich weiß, dass er es sagen würde. Ich weiß es wegen des Auftrags morgen – wegen der Tatsache, dass wir beide hier in L. A. sind, im selben Hotel. Ich weiß es wegen des unmissverständlichen Blicks, den er mir in der Bar zugeworfen hat, eines Blicks, der auch Suzanne nicht entgangen ist. Aber vor allem weiß ich es, weil wir uns einmal so gut miteinander gefühlt haben. So sehr ich mich bemühe, es zu leugnen und zu ignorieren oder mich darauf zu konzentrieren, wie es zu Ende gegangen ist, ich weiß doch, was da einmal war. Und er muss sich auch daran erinnern.

Ich schließe die Augen, und ein Gefühl fast wie Angst lässt mein Herz rasen, als ich mir vorstelle, wie ich aufstehe, mich lautlos durch die Korridore zu Leos Tür schleiche und einmal klopfe, wie er vor langer Zeit während unseres Geschworenen-Dienstes an meine Tür geklopft hat. Ich sehe ihn deutlich, wie er dahinter auf mich wartet, unrasiert und mit verschlafenen Augen, wie er mich zu seinem Bett führt und langsam auszieht.

Unter seiner Decke würde es keine Diskussionen darüber geben, warum wir uns getrennt haben, keine Gespräche über die letzten acht Jahre oder über irgendetwas oder irgendjemanden anderes. Es würde überhaupt keine Worte geben. Nur unsere Geräusche – Atmen, Küssen, Sex.

Ich sage mir, dass es eigentlich nicht zählen würde. Nicht, wenn ich so weit weg von zu Hause bin. Nicht mitten in der Nacht. Ich sage mir, dass es nichts weiter wäre als die nebelhafte Fortsetzung eines Traums, der zu beglückend und zu real war, um ihm zu widerstehen.

Als ich ein paar Stunden später wieder aufwache, strahlt die Sonne durch das Fenster, und Suzanne tappt im Zimmer umher und ordnet ihre und meine Sachen, während stumm der Fernseher läuft.

«Verflucht, ist das hell», stöhne ich.

«Ich weiß», sagt sie und blickt von ihrer Toilettentasche auf. «Wir haben vergessen, die Jalousien zuzumachen.»

«Wir haben auch vergessen, eine Kopfschmerztablette zu nehmen.» Ich blinzle, denn es pocht in meiner linken Schläfe, und ich empfinde ein Maß an Schuld und Reue, das mich daran erinnert, wie man früher auf dem College beschämt durch den Flur geschlichen ist – am Morgen, nachdem man sich durch Alkohol und laute Musik und den Schleier der Nacht hat verleiten lassen, jemanden zu küssen, mit dem man sonst wahrscheinlich nicht einmal gesprochen hätte. Beruhigend sage ich mir, dass es überhaupt nicht das Gleiche ist. Letzte Nacht ist nichts passiert. Ich hatte einen Traum. Das ist alles. Träume bedeuten manchmal – oft – gar nichts. Einmal, als von der Zahnspange gefolterter Teenager, hatte ich einen abscheulich aufreizenden Traum über meinen Kieferorthopäden, einen unauffälligen Fußball-Daddy mit Halbglatze, der außerdem auch noch der Vater einer Klassenkameradin war. Und ich kann garantieren, dass ich Dr. Popovich auf keiner Ebene begehrt habe – nicht mal auf der unterbewussten.

Aber tief im Innern weiß ich, dass dieser Traum nicht aus dem Nichts gekommen ist. Und noch wichtiger ist: Ich weiß, das Problem ist nicht der Traum an sich, sondern das Gefühl, das ich danach hatte, als ich wach war. Und ich fühle mich immer noch so.

Ich setze mich auf und strecke mich, und schon als ich die Horizontale verlassen habe, geht es mir besser. Als ich vollends aufgestanden bin, schalte ich in einen professionellen, effizienten Modus, und sogar Suzanne gegenüber schlage ich einen knappen, geschäftsmäßigen Ton an. Ich kann es mir nicht leisten, irgendwelchen lächerlichen, irregeleiteten Phantasien nachzuhängen, wenn ich ein gigantisches, karrierebestimmendes Shooting vor mir habe. Wie mein Mentor Frank sagen würde: It's show time.

Aber ein paar Stunden später, als ich einen gründlichen Batteriecheck und eine Inventur meines Equipments vorgenommen, meinen Freelance-Assistenten zur Bestätigung unseres Terminplans angerufen und mich dreimal bei der Geschäftsführerin des Restaurants vergewissert habe, dass sie das Lokal tatsächlich für zwei Stunden schließt, wie Drakes Leute es wünschen, stehe ich unter der sehr heißen Dusche und brüte über Leo. Ich wünschte, ich hätte hübschere Kleider für den Job eingepackt. Ich stelle mir vor, wie abscheulich mir zumute wäre, wenn ich ihn letzte Nacht angerufen hätte. Ich frage mich, ob es sich nicht vielleicht doch gelohnt hätte – und dann mache ich mir Vorwürfe, weil ich so etwas Schreckliches auch nur denke.

Irgendwann reißt Suzanne mich aus meinen Gedanken und schreit durch die dicken Dampfwolken: «Lebst du noch da drinnen?»

«Ja», sage ich knapp und denke daran, wie sie als Teenager oft mit einer Haarnadel das Türschloss aufgemacht hat und ins Bad gestürmt ist, in den einzigen Raum, in dem ich in unserem engen kleinen Häuschen für mich allein sein konnte.

«Bist du nervös oder einfach nur richtig schmutzig?», fragt sie jetzt, als sie den Spiegel mit einem Handtuch abwischt und anfängt, sich die Zähne zu putzen.

Ich drehe das Wasser ab, wringe mein Haar aus und gebe zu, jawohl, ich bin nervös. Aber ich gestehe ihr nicht, dass der wahre Grund für meine Nervosität wenig damit zu tun hat, dass ich Drake fotografieren werde.

Es ist ein surrealer Anblick, die beiden zusammen in einem ernsthaften Gespräch bei Burger (Leo) und griechischem Salat (Drake). Ich konzentriere mich auf die Details. Ich sehe, dass ihr Haar die gleiche dunkelbraune Farbe hat, aber Drake hat einen Bartschatten und eher langes, leicht schmutziges Haar, während Leo im Vergleich zu ihm glattrasiert und beinahe konservativ aussieht. Beide tragen ein schlichtes schwarzes T-Shirt, aber Leos sieht aus wie Dutzendware von Gap, und Drakes ist trendig und figurbetont (und hat wahrscheinlich das Fünffache gekostet), und außerdem ist er mit auffallenden Accessoires aufgestylt; er trägt einen silbernen Ohrring, mehrere Fingerringe und die bernsteinfarbene Sonnenbrille, die sein Markenzeichen ist.

Aber mehr als ihr Äußeres fasziniert mich die friedliche, entspannte Stimmung an ihrem Tisch. Ich halte es Leo zugute, dass Drake nicht zurückhaltend aussieht, sondern eher vertieft in Fragen, die er zweifellos schon tausendmal beantwortet hat, und Leo wirkt sexy und völlig lässig. Ich sehe, dass er seinen früher üblichen gelben Notizblock zugunsten eines kleinen, silbernen Kassettenrecorders aufgegeben hat, der diskret neben dem Salz-und-Pfeffer-Ständer liegt. Wenn der Recorder nicht wäre und man nicht einfach wüsste, dass Drake *Drake* ist, könnte man tatsächlich gar nicht erkennen, dass hier ein Interview im Gange ist. Dass die grungige, aber trotzdem ultramodische Truppe, höchstwahrscheinlich Drakes Gefolge, in respektvollem Abstand an der Theke sitzt, ist ein weiteres Plus für Leo; ich habe erlebt, wie PR-Typen sich um sehr viel weniger berühmte Promis mit sehr viel etablierteren Interviewern herumdrängten, um unangenehme oder unangebrachte Fragen abzuwimmeln. Anscheinend hat die Meute entschieden, dass Leo ein seriöser Kerl ist – oder zumindest ein seriöser Journalist.

«Verdammt», flüstert Suzanne und starrt hinüber. «Was für ein *starkes* Gesicht.»

Ich nicke, obwohl ich weiß, dass wir nicht denselben Mann ansehen, und genieße noch eine letzte Sekunde Leos Anblick.

«Okay», sage ich dann. «An die Arbeit.» Ich fange an, mein Equipment auszupacken, verschiedene Hintergründe zu begutachten und mich nach der besten natürlichen Lichtquelle umzusehen. «Versuch jetzt, dich wie eine Assistentin zu benehmen, ja?»

«Zu Befehl», sagt sie, und die Geschäftsführerin, eine gedrungene Frau namens Rosa, die sichtlich aufgeregt ist, fragt uns mindestens zum dritten Mal, seit sie uns hereingelassen hat, ob sie uns etwas bringen kann. Ich habe das Gefühl, dass dieser Tag ein Höhepunkt ihrer Karriere ist, und das haben wir beide gemeinsam – obwohl nur eine von uns beiden eine Autogrammpostkarte von Drake und einen schwarzen Filzstift einsatzbereit in der Hand hält.

Ich sage, nein, danke, und sie drängt: «Nicht mal ein Wasser oder einen Kaffee?»

Für Koffein bin ich zu hektisch, aber mit einem Wasser bin ich einverstanden, während Suzanne ungeniert einen Erdbeer-Milkshake verlangt.

«Super. Wir sind berühmt für unsere Milkshakes», erklärt Rosa stolz und wieselt davon, um die Bestellung einzugeben.

Ich werfe meiner Schwester einen missbilligenden, aber auch amüsierten Blick zu.

Sie zuckt die Achseln. «Was soll ich sagen? Im Zuckerrausch arbeite ich am besten. Willst du denn nicht das Beste aus deinen Leuten herausholen?»

Ich verdrehe die Augen und sehe erleichtert, dass mein echter Assistent, ein rotgesichtiger Junge namens Justin, gekommen ist; er hat größere Lampen und anderes gemietetes Equipment mitgebracht, das zu sperrig war, um es mit dem Flugzeug herzubringen. Wir machen uns bekannt, wechseln ein paar Worte, und ich zeige ihm, welche Aufnahmepositionen ich für die besten halte, und frage ihn nach seiner Meinung, und darüber scheint er sich zu freuen. Seine Freude wiederum gibt mir das Gefühl, ein alter Profi zu sein, und schenkt meinem Selbstvertrauen den nötigen Auftrieb. Justin stimmt meiner Einschätzung von Hintergrund und Beleuchtung zu, hat selbst auch noch eine Idee, und zusammen machen wir uns an die Kleinarbeit; wir bauen auf, messen das Licht und machen ein paar Probeaufnahmen von der Umgebung. Suzanne unternimmt halbherzige Versuche, sich nützlich zu machen, während sie ihr Bestes tut, um das Interview zu belauschen.

Ich gehe in dem kleinen Schnellrestaurant hin und her und kann nicht umhin, die eine oder andere Frage von Leo und ein paar inspirierende Satzfetzen von Drake zu hören, und schließlich sind Justin und ich einsatzbereit. Ich werfe einen Blick auf die Uhr und stelle fest, dass wir unserem Zeitplan voraus sind, und zum ersten Mal an diesem Tag – und vielleicht seit einer ganzen Woche – fühle ich mich entspannt.

Das heißt – bis ich höre, wie Leo meinen Namen sagt.

Ich drehe mich um und sehe, dass er und Drake mich erwartungsvoll anschauen.

«Komm her.» Leo winkt mir, als wären wir uralte Kumpel und als hätte er soeben den dritten Freund eines früher unzertrennlichen Kleeblatts gefunden.

Mein Herz setzt einmal aus. Das hat viele Gründe. Oder mindestens zwei.

«Heilige Scheiße! Er guckt dich an!», murmelt Suzanne über ihrem Milkshake. Und dann sagt sie: «Was immer du tust, stolpere ja nicht über die Kabel.»

Ich atme tief durch und spreche mir im Geiste ein paar aufmunternde Worte zu. Ich bin dankbar, dass ich bei der Arbeit keine hohen Absätze trage, als ich zum Tisch hinübergehe, an dem jetzt ein paar von Drakes Mitarbeitern abwartend herumstehen.

Leo schaut an ihnen vorbei, als wären sie unsichtbar, und sagt: «Hey, Ellen.»

«Hi, Leo», sage ich.

«Setz dich», sagt er, und ich denke: Déjà-vu. Obwohl, wenn ich darüber nachdenke, ist die Situation tatsächlich die gleiche wie gestern, und folglich ist es kein Déjà-vu. *Schluss jetzt, nicht abschweifen*, denke ich und setze mich neben Leo auf die Bank. Er rückt ein Stück zur Seite, aber nicht sehr weit, sodass wir immer noch nah genug nebeneinandersitzen, um Händchen zu halten, wenn wir Lust dazu hätten.

«Ellen, das ist Drake Watters. Drake, das ist meine gute Freundin Ellen», sagt Leo, und wieder ist es ein surrealer Moment. Ich kann einfach nicht fassen, dass ich Drake vorgestellt werde – und dass es Leo ist, der das übernimmt.

Instinktiv will ich die Hand ausstrecken, aber dann fällt mir ein, dass Frank mir einmal erzählt hat, wie viele

A-Promis eine Bazillenphobie haben, und so nicke ich nur respektvoll.

«Hallo, Drake», sage ich mit klopfendem Herzen.

«Freut mich sehr, Ellen», sagt er mit seinem südafrikanischen Akzent. Er sieht haargenau so cool aus, wie ich es mir vorgestellt habe, aber gleichzeitig hat er auch etwas überraschend Unspektakuläres, fast Bescheidenes an sich.

«Mich ebenfalls», sage ich und belasse es dabei, denn ich erinnere mich an einen anderen Rat, den Frank mir gegeben hat: Ein Fotograf verurteilt sich selbst zum Tode, wenn er sein prominentes Objekt mit unterwürfigem Geschwätz langweilt. Mir fällt sowieso nichts ein außer: *Bei diesem einen Song von Ihnen bin ich entjungfert worden.* Obwohl es wahr ist, weiß ich doch, dass ich nicht in einer Million Jahren so lächerlich daherreden würde, aber trotzdem plagt mich die leise Sorge, ich könnte es tun. Es ist das verbale Äquivalent der Angst, man könnte plötzlich Lust haben, sich im Einkaufszentrum von der Balustrade zu stürzen.

In diesem Augenblick reibt einer seiner Mitarbeiter die Handflächen aneinander und gibt mir damit zu verstehen, dass der Small Talk beendet ist. «Sie sind Ellen Dempsey?», fragt er. Er spricht ebenfalls mit südafrikanischem Akzent, aber bei ihm klingt es klobiger.

«Ja», sage ich und wünsche mir plötzlich, ich hätte meinen professionellen Namen geändert, als ich Andy geheiratet habe.

«Sie haben fünfzehn Minuten für die Fotos», sagt mir ein zweiter Mitarbeiter ziemlich herablassend.

«Kein Problem.» Ich sehe Drake an. «Wollen wir anfangen?»

«Ja.» Er nickt, wie ein Rockstar nicken sollte – locker-lässig und cool. «Wo wollen Sie mich haben?»

Ich deute auf einen Tisch hinter unserem und schalte auf Autopilot. Für Muffensausen ist jetzt keine Zeit. «Da drüben», sage ich. «Rutschen Sie einfach bis ans Fenster hinein. Und könnten Sie Ihre Teetasse mitnehmen? Die hätte ich gern im Vordergrund.»

«Na klar», sagt Drake. «Ich habe sowieso noch nicht ausgetrunken.»

Er schiebt sich aus der Nische, und ich sehe, wie Leo mir einen Blick zuwirft, den ich nur als zärtlich beschreiben kann. Ich lächle kurz, aufrichtig – und beinahe zärtlich – zurück.

«Hals- und Beinbruch», flüstert er und schaut zu mir auf.

Ich bleibe kurz stehen, und sein Blick saugt mich auf. Gegen jede Vernunft sage ich: «Wartest du auf mich?»

Leo lächelt. «Das hatte ich vor. So leicht wirst du mich nicht los.»

Ich lächle wieder, und plötzlich wird mir klar, ich werde nicht in alle Ewigkeit verbergen können, dass Leo etwas mit dieser Story zu tun hat. Andy und Margot werden seinen Namen sehen. Jeder wird ihn sehen. Unsere Namen werden zusammen gedruckt werden, mit Drakes Namen, alle auf ein und derselben Seite. Aber als ich meine Kamera in die Hand nehme, sage ich mir, dass dieser Tag vielleicht ein bisschen Ärger wert sein könnte.

Die nächsten fünfzehn Minuten sind der reine Adrenalinrausch. Ich mache vierundneunzig Fotos und gebe Drake meine Anweisungen: *Setzen Sie sich hierhin, stellen Sie sich dahin, ein bisschen nach links, Kinn hoch, ein bisschen* lächeln, nicht mehr lächeln, legen Sie die Hand an die Tasse, auf den Tisch, in den Schoß, schauen Sie aus dem Fenster, schauen Sie über meine Schulter, schauen Sie mich an. Dann: Okay, das war's. Danke, Drake.

Und ich bin fertig. Glückselig und fertig. Und das Beste, das Euphorisierende ist, dass ich weiß, ich habe mein Bild. Ich weiß immer, wenn ich mein Bild habe, und heute bin ich hundertprozentig sicher. Drake in natürlichem Licht, das von hinten kommt und fast so etwas wie einen weichen Lichtkranz-Effekt hervorbringt, der Kontrast zwischen dem roten Sitzpolster, seinem schwarzen T-Shirt und der weißen Teetasse, die kraftvoll geraden Linien von Tisch und Fenster und Drakes Silhouette. Perfekt.

«Danke, Ellen Dempsey», sagt Drake und lächelt. «Das war kurz und schmerzlos.»

Ich lächle, nein, ich strahle ihn an und präge mir ein, wie er meinen alltäglichen Namen klingen lässt, als wäre es eine Zeile aus einem Gedicht oder einem seiner Songs. Ich bin absolut high, körperlich und emotional.

Und als Drake von seinen Leuten weggeschafft worden ist und Justin unser Equipment eingepackt und Rosa ihre Karte mit dem Autogramm an auffälliger Stelle neben der Kasse aufgestellt und Suzanne sich mit einem Chocolate Malt an der Theke niedergelassen hat, bin ich endlich mit Leo allein hinten im Restaurant, und ich lehne an der Wand und schaue ihm wieder in die Augen.

*Sechzehn

«Und? Was meinst du?», fragt Leo und zieht meinen Blick magnetisch an.

Ich weiß nicht, was ich sagen soll, und frage mich, ob er seine Frage absichtlich mehrdeutig klingen lässt.

«Von dem Shooting?», frage ich.

«Natürlich», sagt er freundlich. «Von dem Shooting. Von allem.»

Ich schaue zu ihm auf und möchte ihm gestehen, dass ich total begeistert bin. Dass ich noch nie eine so aufregende Arbeitsstunde erlebt – und noch selten eine so pure, chemische Anziehung verspürt habe wie in diesem Moment. Ich will nicht mit ihm befreundet sein, aber ich ertrage den Gedanken nicht, diese Möglichkeit restlos auszuschließen. Ich bin zwar glücklich verheiratet, aber trotzdem gibt es ein seltsames Band zwischen ihm und mir, und ich will nicht, dass es für immer aus ist.

Aber natürlich sage ich das alles nicht, und zwar aus mehreren Gründen. Stattdessen lächle ich selbstsicher und sage, dass ich ein paar anständige Bilder hinbekommen habe. «Also keine Angst … meine Fotos werden dein Interview nicht stören.»

Er lacht. «Gut. Ich habe mir nämlich wirklich Sorgen deshalb gemacht. Seit ich deine Agentin angerufen habe, denke ich: ‹Scheiße. Sie wird mir mein Stück versauen.›»

Ich lächle ein bisschen zu sehr flirtend, und er lächelt auf dieselbe Weise zurück. Zehn hoch aufgeladene Sekunden vergehen, und dann frage ich ihn, ob er gutes Material bekommen hat.

Leo nickt und klopft auf den Recorder in seiner Gesäßtasche. «Ja. Ich wusste nicht genau, was ich erwarten sollte ... Ich hatte gehört, er ist ein ganz netter Kerl – freundlich, offen, sympathisch ... Aber man weiß ja nie, in welcher Stimmung man ihn antrifft. Ich nehme an, du weißt, wie das ist, oder?»

Ich nicke. «Klar. Obwohl Missmut sich manchmal besser fotografieren lässt, als du glaubst.»

Leo macht einen Schritt auf mich zu. «Ich glaube, es ist immer eine Frage der Chemie», sagt er anzüglich.

«Ja.» Ich merke, wie ein albernes Lächeln sich auf meinem Gesicht ausbreitet. «Die Chemie ist wichtig.»

Noch ein langgedehnter Augenblick vergeht, bevor Leo mich fast demonstrativ beiläufig und unbekümmert fragt, was ich nachher vorhabe. Über diese Frage habe ich heute schon ein Dutzend Mal nachgedacht: ich habe mir gewünscht, wir hätten noch eine Nacht im Beverly Wilshire, und war gleichzeitig erleichtert, weil ich ein Flugticket habe, das mich rettet.

«Ich fliege zurück nach New York», sage ich.

«Oh.» Sein Blick ist ein bisschen enttäuscht. «Wann?»

«Ich habe den Nachtflug um halb zehn.»

«Das ist schade.» Er schaut auf die Uhr.

Ich gebe ein unverbindlichen Brummen von mir und rechne aus, wie viel Zeit in L. A. mir noch bleibt. Suche nach einer plausiblen Möglichkeit, einen Teil davon mit Leo zu verbringen statt mit meiner Schwester, die immer noch zurückhaltend an der Theke steht.

«Dann kann ich dich nicht dazu überreden, noch eine Nacht hierzubleiben?», fragt Leo.

Ich zögere und suche nach einer Lösung. Nach einer Möglichkeit, in der Stadt zu bleiben und die Sache trotzdem im grünen Bereich zu halten. Aber dann tritt mir

Andys Lächeln vor Augen, seine Grübchen, seine klaren blauen Augen, und mir bleibt nichts anderes übrig, als zu sagen: «Nein ... Ich muss wirklich zurückfliegen.»

Ich darf mich nicht auf dieses dünne Eis begeben.

«Das verstehe ich», sagt Leo sofort. Anscheinend hat er zwischen den Zeilen gelesen. Er blickt nach unten und zieht den Gurt seiner gelbgrünen Kuriertasche zurecht – die Farbe ist leuchtend, was mir gar nicht zu Leo zu passen scheint –, und unversehens frage ich mich, ob die Tasche ein Geschenk ist. Wie schön die Frau ist, die sie ihm geschenkt hat. Und ob sie noch zusammen sind.

Er blickt wieder auf und zwinkert scherzhaft. «Ist in Ordnung», sagt er. «Wir holen's einfach beim nächsten Mal nach, wenn wir in L. A. sind und ein Stück über Drake machen.»

«Genau», sage ich und will seinen Sarkasmus mit einem eigenen starken Spruch übertreffen. «Wir holen's beim nächsten Mal nach, wenn du mich abservierst und Jahre später wiedertriffst und mich mit dem Auftrag meines Lebens köderst ...»

Leo sieht mich erschrocken an. «Wovon redest du?»

«Was daran hast du nicht verstanden?», frage ich und lächle, um diese Frage weniger zickig klingen zu lassen.

«Ich habe dich nicht *abserviert*», sagt er.

Ich verdrehe die Augen und lache dann. «Nein.»

Er sieht gekränkt aus – zumindest verdattert. «So war es nicht.»

Ich schaue ihn forschend an. Vermutlich versucht er, mir meinen Stolz zu lassen, indem er so tut, als hätten wir uns einvernehmlich getrennt. Aber er sieht mich so aufrichtig an, als wäre er ehrlich überrascht über meine «Version» unserer Geschichte.

«Wie war es dann?», frage ich.

«Wir haben einfach … ich weiß nicht. Ich weiß, ich war ein Trottel – und habe mich selbst viel zu ernst genommen. Ich erinnere mich an Silvester … aber ich weiß eigentlich nicht mehr, *warum* wir uns getrennt haben. Es kommt mir fast so vor, als hätten wir uns im Grunde wegen *nichts* getrennt.»

«Wegen *nichts*?» Ich bin der Verzweiflung nahe, als Suzanne plötzlich um die Ecke kommt.

Sie muss meinen Gesichtsausdruck gesehen haben, denn sie sagt: «Oh, sorry», und bleibt stehen.

Ich zwinge mich zu einem Lächeln und sage: «Nein, ist schon in Ordnung. Wir plaudern nur … über … Drake.»

Suzanne sieht mich ungläubig an, aber sie spielt mit. «Wie fandet ihr ihn? War er so bodenständig, wie er aussieht?»

«Unbedingt», sagt Leo. «Total real.»

«Total», wiederhole ich strahlend, während es in mir brodelt.

«Was hast du ihn alles gefragt?», fragt Suzanne und sieht Leo an. «Oder muss ich warten, bis ich mir das Heft kaufen kann?»

Leo tut, als müsse er es sich überlegen, aber dann sagt er, er vertraut ihr und gibt ihr ein paar Insider-Informationen; er erzählt Einzelheiten über Drakes Arbeit im Zusammenhang mit dem Schuldenerlass für die Dritte Welt und von seiner Kritik an unserer gegenwärtigen Regierung, und ich kann mich auf nichts von alldem konzentrieren. Stattdessen ringe ich mit meinen widersprechenden Empfindungen und beschließe, einen klaren Schnitt zu machen. Als sich eine Gesprächspause ergibt, sage ich so entschieden wie möglich: «Tja. Wir sollten dann los.»

Leo nickt, und sein Gesichtsausdruck ist wieder gleichmütig wie gewohnt. «Okay», sagt er.

«Also nochmal danke für alles», sage ich.

«Ich danke dir», sagt er und zieht sich noch weiter zurück. «Ich bin gespannt auf deine Fotos.»

«Und ich auf deinen Artikel. Ich weiß, er wird großartig sein.» Ich fühle, wie die Hochstimmung, die mich noch vor ein paar Minuten durchströmt hat, aus meinem Körper weicht. *Höhen und Tiefen*, denke ich. So war es immer mit Leo – Höhen und Tiefen.

Suzanne tut, als studiere sie ein gerahmtes Konzertplakat an der Wand hinter uns. Sie will uns noch einen letzten Augenblick lang ungestört lassen, und Leo nickt noch einmal dankend. Einen Moment lang sieht es aus, als wolle er mich noch einmal, wenn auch formell, umarmen. Aber dann tut er es nicht. Er wünscht uns nur noch einen guten Flug.

Aber ich höre: *Noch ein gutes Leben.*

Im Taxi auf der Fahrt zum Hotel zieht Suzanne mitfühlend die Brauen zusammen. «Du siehst traurig aus», sagt sie leise. «Bist du traurig?»

Ich bringe nicht die Kraft zum Lügen auf; also nicke ich und sage, ja – obwohl «tief unglücklich» es in Wahrheit vermutlich besser trifft.

«Ich weiß nicht, warum», sage ich. «Es ist einfach alles ... so unheimlich. Ihn wiederzusehen ...»

Suzanne nimmt meine Hand. «Das ist normal.»

«Ist es das wirklich? Es fühlt sich nämlich nicht normal an. Und ich glaube ganz sicher nicht, dass Andy es normal finden würde.»

Suzanne schaut aus dem Fenster und stellt die ultimative Frage. «Hast du noch Gefühle für ihn, oder glaubst du, es ist nur Nostalgie?»

«Ich glaube, es ist ein bisschen mehr als Nostalgie», gebe ich zu.

«Habe ich mir gedacht», sagt Suzanne und fügt dann, als sei es ihr gerade eingefallen, hinzu: «Aber wenn's dir hilft – ich kapiere total, was du in ihm siehst. Dunkel, sexy, intelligent ...»

Mir entfährt ein kurzes, gequältes Lachen. «Das hilft mir, ehrlich gesagt, überhaupt nicht. Überhaupt nicht. Aber trotzdem danke.»

«Sorry», sagt sie.

«Und weißt du, was auch nicht hilft?», frage ich, als unser Taxi in die Hotelzufahrt einbiegt und mehrere Pagen den Wagen umringen.

Suzanne schaut mich erwartungsvoll an.

«Wenn Leo mir erzählt, er kann sich beim besten Willen nicht erinnern, warum wir uns getrennt haben.»

«Fuck», sagt sie und macht große Augen. «Das hat er gesagt?»

«So ungefähr.»

«Das ist ein Hammer.»

Ich nicke und bezahle das Taxi. «Ja ... Glaubst du, er will Spielchen mit mir spielen?»

Suzanne überlegt. «Warum sollte er das tun?»

«Ich weiß es nicht.» Wir gehen durch die Drehtür in die Lobby, um unser Gepäck aus der Aufbewahrung zu holen. «Vielleicht, damit mir mit unserer Vergangenheit wohler ist? Oder vielleicht ist es auch nur ... ein Machtspielchen.»

«Ich kenne ihn nicht gut genug», sagt sie. «Was glaubst du?»

Ich zucke die Achseln und sage, dass ich es eigentlich nicht glaube – alles nicht. Es ist nicht Leos Stil, jemandem grundlos zu einem besseren Befinden zu verhelfen. Aber manipulative Spielchen sind auch nicht seine Sache.

Wir setzen uns auf zwei Stühle in der Lobby, und Suzanne macht ein nachdenkliches Gesicht. «Tja», sagt sie schließlich, «höchstwahrscheinlich hat er es einfach so gemeint, wie er es gesagt hat: dass er sich wirklich nicht mehr erinnern kann, warum – oder wie – es zu Ende gegangen ist. Und vielleicht hat er auch gemeint, er wünscht, dass es anders gelaufen wäre.»

Ich fahre mir mit den Händen durch das Haar und seufze müde. «Das hältst du für möglich?»

Suzanne nickt. «Natürlich. Und ist das nicht sehr befriedigend? Davon träumt doch jede Frau, die abserviert worden ist. Dass der Typ es eines Tages bereut und zurückkommt und es ihr sagt. Und das Schöne dabei ist: Du bereust überhaupt nichts.»

Ich starre sie an.

«Stimmt's?» Ihre Frage klingt bedeutungsschwanger. Ein Ein-Wort-Test der Entscheidung, die ich getroffen habe. Für Andy. Für alles in meinem Leben.

«Stimmt», sage ich mit Nachdruck. «Absolut nichts.»

«Na dann», sagt Suzanne wie üblich im Brustton der Überzeugung. «Da hast du's doch.»

Drei Stunden später, nachdem Suzanne und ich im Flughafen an einer Fastfood-Bar eilig zu Abend gegessen und uns vor der Sicherheitskontrolle verabschiedet haben, steige ich mit einem Schmerz in der Brust und dem bohrenden Gefühl, etwas Unerledigtes zurückzulassen, ins Flugzeug. Ich lasse mich auf meinen Fensterplatz in der vorletzten Economy-Reihe nieder und höre kaum zu, als die Flugbegleiterin etwas von der begrenzten Aufnahmefähigkeit der Gepäckfächer herunterleiert. Ich lasse mir die Ereignisse des Tages durch den Kopf gehen, besonders das sehr abrupte Ende meiner letzten Begegnung mit Leo. Rückblickend wünschte ich, ich hätte Suzanne einfach gesagt, ich brauchte ein bisschen mehr Zeit mit ihm. Es wäre zweifellos heikel gewesen, eine solche Bitte zu äußern, aber eine Stunde – oder auch nur eine halbe – wäre eigentlich genug gewesen, um unser verstörendes Gespräch über unsere Trennung zu einem Abschluss zu bringen.

Ich bereue nicht, wie mein Leben sich entwickelt hat, aber das ändert nichts daran, dass ich meine intensive Beziehung zu Leo verstehen will, sie und jene turbulente Zeit zwischen Jugend- und Erwachsenenalter, als jedes Gefühl roh und belebend und furchterregend war – und warum diese Gefühle plötzlich alle wieder zurückkommen.

Rasch versuche ich, Andy anzurufen, um ihm zu sagen, dass wir pünktlich starten, aber er meldet sich nicht. Ich hinterlasse eine Nachricht: Das Shooting sei gut gelaufen, ich liebe ihn und sehe ihn morgen früh. Dann richte ich meine Aufmerksamkeit auf den Strom der Passagiere, die im Gänsemarsch durch den Gang kommen, und bete zum Himmel, dass der Mittelplatz neben mir frei bleiben möge – oder dass ich zumindest einen ordentlichen ruhigen Nachbarn bekomme. Aber eine Sekunde später steht ein dicker, schlampiger Mann vor mir, der deutlich nach Alkohol und Zigaretten riecht. Er hat eine vollgestopfte Segeltuchtasche, eine Tüte von Burger King und eine «Mountain Dew»-Flasche mit einer fragwürdigen bernsteinfarbenen Flüssigkeit bei sich.

«Halloo!», blökt er. «Anscheinend sitze ich neben Ihnen!»

Der Schnapsdunst und das mitgebrachte Getränk lassen ebenso wie die rotgeränderten Augen ziemlich deutlich erkennen, dass er bereits betrunken ist – oder sehr dicht davor. Mir steht eine lange Nacht bevor: er wird mich mit seinen zahlreichen Cocktails vollkleckern, sich überschwänglich entschuldigen, ungeschickt versuchen, das Malheur von mir abzuwischen, um mit mir dann auch noch ein Gespräch anzufangen. Meine einzige Chance, Ruhe vor ihm zu haben, besteht darin, dass ich ihn sofort zum Schweigen bringe und jede Interaktion im Keim ersticke. Also gebe ich keine Antwort und zwinge nur ein winziges, höfliches Lächeln hervor, während er auf seinen Sitz plumpst und sich sofort hinunterbeugt, um seine dreckigen Tennisschuhe und fleckigen Röhrensocken auszuziehen. Seine fleischigen Arme mit den schorfigen Ellenbogen kommen mir aufdringlich nah.

«Junge! Diese Hot Dogs sind wirklich scharf», verkündet er, nachdem er seine Schweißfüße freigelegt hat. Dann bietet er mir seine Frittenschale an. «Wollen Sie auch?»

Ich unterdrücke einen Würgeanfall, sage, nein, danke, und dann setze ich sofort die Kopfhörer auf und drehe mich zum Fenster. Ich schalte den Kanal mit klassischer Musik auf die volle Lautstärke, schließe die Augen und versuche, an etwas anderes zu denken als an Leo. Nachdem ich noch eine Viertelstunde lang immer wieder von dem Typen angeschubst worden bin, merke ich, wie das Flugzeug über die Startbahn rollt und immer schneller wird, bevor es übelkeiterregend nach hinten kippt. Wir steigen in die Luft, und ich umklammere die Armlehnen mit einem Todesgriff und halte mich irrational fest, während ich Bilder von Flammen und zerfetztem Stahl aus meinem Kopf vertreibe. *Wir stürzen nicht ab*, denke ich. *Das Schicksal ist nicht so grausam, dass es mich meine letzten Augenblicke mit diesem Mann an meiner Seite verbringen lässt.* Aber als ich schließlich die Augen öffne, ist mein Sitznachbar – mitsamt Burger-King-Festmahl – nicht zu sehen.

Anstelle dieser Schmuddelgestalt sitzt da, wie herbeigezaubert, niemand anders als Leo.

Er lächelt mich von der Seite an und sagt: «Ich habe einen Platz in deiner Maschine gekriegt.»

«Das sehe ich.» Ich bemühe mich, mein Lächeln zu unterdrücken, aber diese Schlacht verliere ich sofort.

«Und dann habe ich – äh – getauscht.»

«Das sehe ich auch.» Jetzt grinse ich regelrecht. «Du hast eine Menge Tricks drauf, was?»

«Tricks?», wiederholt Leo. «Ich habe dich vor diesem Clown gerettet … der jetzt besoffen – und barfuß – in der Business Class sitzt. Das nenne ich Ritterlichkeit, nicht Tricks.»

«Du hast einen Platz in der *Business Class* aufgegeben?» Ich fühle mich geschmeichelt, als ich mir ausmale, welche logistischen Anstrengungen notwendig waren, um diesen Augenblick herbeizuführen.

«Ja. Wie findest du das? Für einen Mittelplatz ganz hinten in der Maschine.»

«Na ja, das ist wirklich ritterlich», sage ich.

«Und? Wie wär's dann mal mit einem Dankeschön?»

«Danke schön», sage ich, und langsam dämmert mir, dass ich die nächsten fünf Stunden eingesperrt in dunkler Enge mit Leo verbringen werde. Mein Herz setzt einmal aus.

«Gern geschehen», sagt er und kippt seine Lehne ein winziges Stück weit zurück, und dann fängt er an, seinen Tisch auf- und abzuklappen, und es sieht aus, als sei er selbst ein bisschen nervös.

Wir finden kurz Blickkontakt, was nicht so einfach ist, wenn man Seite an Seite in der Economy Class sitzt. Ich lächle, schüttele den Kopf und schaue wieder zum Fenster.

Die Flugbegleiterin verkündet, dass das Anschnallzeichen immer noch leuchtet; der Kapitän werde uns wissen lassen, wann wir gefahrlos unsere Plätze verlassen können. Perfekt, denke ich – ich bin komplett eingesperrt, und ich kann nichts dazu.

Eine Zeitlang herrscht angespannte Stille. Ich schließe die Augen und stelle fest, dass meine Flugangst wie durch ein Wunder vergangen ist.

«Also», sagt Leo, als ich die Augen wieder öffne und das Flugzeug im nächtlichen Himmel über Kalifornien seine Reisehöhe erreicht. «Wo waren wir stehengeblieben?»

[*] Siebzehn

Ich weiß nicht, was ich auf diese Frage antworte; ich weiß nur, wir tänzeln erfolgreich um jede Diskussion über unsere Beziehung herum, vor allem um die Frage, wie sie genau zu Ende gegangen ist – eigentlich um alles Private. Dabei vergeht ein großer Teil des Fluges. Wir bleiben bei ungefährlichen Themen wie Kino und Musik, Reisen und Arbeit. Es ist eine Unterhaltung, wie man sie mit jemandem führt, dem man zum ersten Mal begegnet ist und den man gern besser kennenlernen würde. Oder mit einem Bekannten, den man lange nicht gesehen hat. Wir bleiben an der Oberfläche der Dinge, aber durch alles zieht sich ein entspannter Unterton, ein natürlicher Fluss von Fragen und Antworten, immer wieder unterbrochen von behaglichem Schweigen. Tatsächlich sind diese Schweigepausen so behaglich, dass wir uns schließlich wieder auf intimes Gelände locken lassen.

Dazu kommt es auf sehr unschuldige Weise, als ich ihm von einem Shooting erzähle, das ich kürzlich in den Adirondacks hatte. «Es hat einfach was Besonderes, die Einheimischen in einer Kleinstadt zu fotografieren», sage ich. «Leute, die so unentwirrbar mit ihrer Geografie verflochten sind. Das ist so befriedigend …»

Ich spreche nicht weiter, als ich Leos Blick spüre. Als ich mich zu ihm umdrehe, sagt er: «Du liebst deine Arbeit wirklich, nicht wahr?» Sein Ton ist so voll von Bewunderung, dass mein Herz anfängt zu flattern.

«Ja», sage ich leise.

«Das konnte ich heute sehen … Es war schön, dir bei der Arbeit zuzuschauen.»

Ich lächle und widerstehe dem Drang, ihm zu sagen, dass ich es genauso schön fand, ihm bei seinem Interview zuzuschauen. Stattdessen lasse ich ihn weiterreden.

«Komisch», sagt er, und es klingt fast, als denke er laut. «In mancher Hinsicht bist du die Ellen, die ich mal kannte, aber dann wieder … wirkst du … ganz anders.»

Ich frage mich, worauf diese Einschätzung wohl basiert. Seit dem Zufallstreffen auf der Kreuzung können wir alles in allem nicht länger als eine Stunde miteinander geredet haben. Andererseits spüre ich, dass auch ich Leo allmählich anders sehe, und ich erkenne, dass jede Geschichte nicht nur zwei Seiten hat, sondern dass diese Versionen sich auch im Laufe der Zeit entwickeln können.

Ich beobachte, wie Leo einen kleinen Schluck aus seinem Plastikbecher mit Ginger Ale und Eis nimmt, und sehe mich plötzlich mit seinen Augen. Damals und heute. Zwei sehr unterschiedliche Porträts, aber vielleicht im Kern doch gleich. Ich sehe mein früheres Ich: das bedürftige, einsame, junge Mädchen, das keine Mutter mehr hat, neu in der Großstadt, auf der Suche nach einer Identität, nach Eigenständigkeit, weg von der erstickenden Heimatstadt, raus aus dem geschützten College-Leben, und immer ein bisschen im Schatten der strahlenden besten Freundin.

Ich sehe, wie ich mich zum ersten Mal verliebe, und wie diese verzehrende Liebe – wie Leo – die Antwort auf alles zu sein scheint. Er war, wie ich sein wollte: leidenschaftlich, seelenvoll und stark. Wenn ich bei ihm war, fühlte ich mich meinem Ideal näher. Aber je mehr ich mich auf diese Beziehung einließ, desto unsicherer wurde ich. Damals kam es mir so vor, als sei das nur Leos Schuld, aber in der Rückschau weiß ich, dass auch ich meinen Anteil daran habe. Zumindest kann ich jetzt sehen, warum ich in seinen Augen an Attraktivität verloren habe.

Ich denke an das, was Leo heute gesagt hat: dass er sich selbst zu ernst genommen habe. Vielleicht stimmt das, aber ich sehe auch, dass ich mich selbst nicht ernst *genug* genommen habe. Diese Kombination war für unsere Beziehung tödlich.

«Ja. Ich bilde mir gern ein, dass ich mich ein bisschen entwickelt habe», sage ich, als ich mich an andere Momente aus unserer Beziehung erinnere – Momente, die ich verdrängt oder einfach vergessen habe. Ich erinnere mich zum Beispiel, wie sehr Leo gute Diskussionen liebte und wie seine Augen manchmal verärgert flackerten, wenn ich keine Meinung hatte. Ich erinnere mich, wie genervt er von meinem Mangel an Unabhängigkeit war, wie gereizt er auf meine Neigung reagierte, mich zufriedenzugeben oder den Weg des geringsten Widerstands zu gehen, beruflich oder intellektuell.

«Wir waren beide noch lange nicht erwachsen ... und wir mussten noch viel von der Welt sehen und selbst herausfinden.» Leo bestätigt mir, dass nicht nur ich gerade an unsere Beziehung denke.

«Und?», frage ich. «Hast du was herausgefunden?»

«Ein paar Dinge, ja», sagt er. «Aber das Leben ist eine lange Reise, weißt du?»

Ich nicke und muss an meine Mutter denken. *Wenn man Glück hat.*

Ein paar Minuten vergehen, und mir wird klar, dass ich zum ersten Mal seit unserem gemeinsamen Jurydienst nicht mehr säuberlich einordnen kann, was er damals eigentlich für mich war. Er war nicht der Mann meiner Träume, der perfekte, den ich in jener Zeit auf den Sockel gehoben habe. Er war auch nicht der Schurke, den Margot, so gut sie konnte, dämonisierte. Und eigentlich war er auch nichts dazwischen – er war damals nur der falsche Mann für mich. Nicht mehr und nicht weniger.

«Du musst müde sein», sagt Leo nach langem Schweigen. «Ich lasse dich jetzt ein bisschen schlafen.»

«Nein», sage ich, «lass uns noch ein bisschen reden ...»

Ich höre das Lächeln in seiner Stimme. «Das hast du immer gesagt ...»

In diesem Augenblick gehen mir ein Dutzend verschiedene Gedanken durch den Kopf, allesamt unangebracht – und um ein Haar platze ich damit heraus. Stattdessen lenke ich das Gespräch in eine andere Richtung und stelle die Frage, die mir seit unserem Treffen auf der Kreuzung unter den Nägeln brennt. «Und? Bist du jetzt mit jemandem zusammen?»

Ich verziehe keine Miene, als ich mich auf seine Antwort gefasst mache, und fürchte eine Welle der Eifersucht, die ich auf keinen Fall empfinden will. Aber als er nickt, bin ich nur erleichtert, obwohl ich sofort eine statueske Schönheit vor mir sehe, mit ausländischem Akzent, bezauberndem Esprit und einer unwiderstehlichen boshaften Ader. Eine Diva von der Sorte, über die Nico in «Femme Fatale» von Velvet Underground singt. Ich stelle mir vor, dass sie einen Pilotenschein hat und mit den Jungs Tequila trinken kann, aber zugleich für Leo Pullover strickt und mit mindestens drei verschiedenen Sorten Olivenöl kocht. Sie ist geschmeidig und langgliedrig und sieht im Abendkleid genauso gut aus wie in einem weißen Tank Top und Leos Boxershorts.

«Das freut mich», sage ich ein bisschen zu enthusiastisch. «Bist du ... ist es ... was Ernstes?»

«Ich nehm's an ... Wir sind seit zwei Jahren zusammen», sagt er, und dann überrascht er mich: Er schiebt die Hand in die Gesäßtasche, zieht seine Brieftasche hervor und nimmt ein Foto heraus. Leo ist für mich nicht der Typ, der ein Foto seiner Freundin in der Brieftasche hat, und schon gar nicht der Typ, der es herumzeigt. Aber ich bin wirklich geschockt, als ich meine Leselampe einschalte und eine ziemlich unauffällige Blondine sehe, die neben einem mannshohen Kaktus posiert.

«Wie heißt sie?», frage ich und betrachte ihre trainierten, sonnengebräunten Arme, den frechen Kurzhaarschnitt und das breite Lächeln.

«Carol», sagt er.

Ich wiederhole den Namen im Geiste und finde, sie sieht genau aus wie eine Carol. Natürlich, unkompliziert, freundlich.

«Sie ist hübsch.» Ich gebe ihm das Foto zurück. Es scheint mir das Richtige – und im Grunde das Einzige – zu sein, was ich sagen kann.

Leo steckt das Foto wieder ein, und sein Kopfnicken sagt mir, dass er meine Einschätzung teilt, ohne ihr Aussehen schrecklich interessant oder wichtig zu finden.

Aber trotz ihrer alltäglichen Erscheinung werde ich plötzlich doch eifersüchtig. Es ist eine Sache, von einem Angelina-Jolie-Klon besiegt zu werden, aber etwas ganz anderes, gegen eine zu verlieren, die so eindeutig in meiner eigenen Liga spielt. Aber das hier ist kein Wettbewerb, sage ich mir und schalte die Leselampe wieder aus. «Und wo habt ihr euch kennengelernt, du und Carol?»

Leo räuspert sich, als denke er daran, mir eine geschönte Version der Wahrheit zu präsentieren, aber dann sagt er: «Das ist eigentlich keine große Geschichte.»

Das freut mich natürlich.

«Na los», dränge ich und hoffe auf eine Blind-Date-Geschichte, denn das ist wirklich das unromantischste, was ich kenne.

«Okay», sagt er. «Wir haben uns in einer Bar kennengelernt ... am grässlichsten Abend des Jahres, zumindest in New York.»

«An Silvester?» Ich lächle und tue so, als wäre da nicht noch ein Rest von Bitterkeit.

«Beinahe.» Leo zwinkert. «An St. Patrick.»

Ich lächle wieder; seinen Abscheu gegen den dreizehnten März teile ich voll und ganz.

«Ach, komm. Was ist denn los mit dir? Hast du nichts übrig für eine ausgelassene Tour durch die Kneipen?», frage ich. «Mit Gejohle und Gebrüll und grünem Bier am frühen Morgen?»

«Doch», sagt Leo. «Wie ich sie überhaupt liebe, diese Horden von College-Bengels aus der Upper East Side, die da die U-Bahn vollkotzen.»

Ich lache. «Wieso warst du denn an St. Patrick unterwegs?»

«Schockierend, was? Ja, ich weiß ... Ich bin nicht unbedingt ein Socialite, aber ich glaube, ich bin nicht mehr ganz so antisozial wie früher. Ich glaube, irgendein irischer Freund hat mich an dem Abend gewaltsam durch die Stadt geschleift ...»

Ich widerstehe der Versuchung, zu sagen: *Das ist mehr, als ich je geschafft habe* ... «Und Carol?», frage ich stattdessen. «Ist sie Irin?»

Das ist eine blöde, belanglose Frage, aber so kann ich weiter über Leos Liebesleben reden.

«So was Ähnliches, ja. Englische, schottische, irische Vorfahren – was weiß ich.» Dann fügt er ziemlich zusammenhanglos hinzu: «Sie ist aus Vermont.»

Ich zwinge mich zu einem freundlichen Lächeln, aber innerlich winde ich mich, als ich mir vorstelle, wie Carol am einem frischen Herbsttag das Scheunentor auf der Farm ihrer Familie öffnet und ihrem Freund aus der Großstadt stolz vorführt, wie man eine Kuh melkt ... wie sie sich beide ausschütten vor Lachen, weil er es anscheinend nicht hinkriegt ... wie die Milch ihm ins Gesicht spritzt, bevor er von dem buntbemalten Melkschemel ins Heu kippt ... wie sie auf ihn fällt und ihren Overall abstreift ...

Ich schiebe dieses Bild beiseite und erlaube mir noch

einen letzten Versuch, an Carol heranzukommen. «Und was macht sie? Beruflich?»

«Sie ist Naturwissenschaftlerin», sagt er. «In der medizinischen Forschung an der Columbia University. Auf dem Gebiet der Herzrhythmusstörungen.»

«Wow.» Ich bin beeindruckt, wie es vermutlich alle Kreativen von den Naturwissenschaftlern sind – und umgekehrt.

«Ja», sagt Leo. «Sie hat was auf dem Kasten.»

Ich sehe ihn an und warte auf mehr, aber offenbar ist er fertig mit Carol. Er schlägt die Beine übereinander, und es klingt, als bemühe er sich um einen unbekümmerten Tonfall. «Du bist dran. Erzähl mir von Andy.»

Darauf zu antworten, ist nicht leicht, selbst wenn man nicht gerade mit seinem Ex redet. Also lächle ich und sage: «Ich weiß, du bist Reporter und liebst solche unbestimmten Fragen – aber kannst du trotzdem ein bisschen konkreter werden? Was willst du wissen?»

«Okay», sagt Leo. «Du willst eine konkrete Frage. Hm … Spielt er gern Brettspiele?»

Ich muss lachen. Leo hat sich immer geweigert, Brettspiele mit mir zu spielen. «Ja», sage ich.

«Aah. Das ist schön für dich.»

Ich nicke. «Sonst noch was?»

«Tja … Lässt er das Frühstück weg – oder ist es für ihn die wichtigste Mahlzeit des Tages?»

«Letzteres.»

Leo nickt, als müsse er sich das merken. «Glaubt er an Gott?»

«Ja. Und an Jesus.»

«Sehr gut. Und … äh … fängt er im Flugzeug Gespräche mit seinem Nachbarn an?»

«Manchmal», sage ich lächelnd. «Aber nicht mit seinen Ex-Freundinnen. Soweit ich weiß …»

Leo wirft mir einen betretenen Blick zu, aber er beißt nicht an. Er seufzt nur laut und sagt: «Okay … wir wär's damit: Ist dein Mann ehrlich überrascht, wenn er seine Coke-Flasche aufschraubt und unter dem Deckel liest, dass er – o *verdammt, wer hätte das gedacht* – ‹diesmal leider nichts gewonnen› hat?»

Ich muss lachen. «Das ist wirklich komisch!», sage ich. «Denn es stimmt! Er *rechnet* damit, dass er gewinnt … Er ist der ewige Optimist.»

«Aha», sagt Leo. «Anscheinend hast du da einen soliden, Dame spielenden, Crunchies essenden, gottesfürchtigen Mann erwischt, für den das Glas immer halb voll ist.»

Ich pruste vor Lachen, aber dann befürchte ich, dass ich Andy bei Leos Frage-und-Antwort-Spiel unter Wert verkauft oder – noch schlimmer – irgendwie herabgewürdigt haben könnte. Also füge ich in entschieden loyalem Ton hinzu: «Ja, Andy ist ein wunderbarer Mann. Und ein guter Mensch … Ich habe großes Glück gehabt.»

Leo dreht sich um und sieht mich an, und sein Lächeln verschwindet. «Er auch.»

«Danke.» Ich merke, dass ich rot werde.

«Es ist wahr», sagt er. «Ellen … ich weiß nicht, wie ich dich habe gehen lassen können …»

Ich schenke ihm ein kleines Lächeln und werde verlegen. Erstaunlich, wie eine so schlichte Aussage so heilsam und aufregend und beunruhigend zugleich sein kann.

Und es wird nur noch schlimmer – und besser –, denn Leo klappt seine Rückenlehne nach hinten und legt den Arm auf die Lehne neben meinen. Unsere nackten Unterarme berühren sich. Ich schließe die Augen, atme ein und fühle einen Strom von Hitze und Energie, der mir die Luft nimmt. Es ist das Gefühl, sich etwas so sehr zu wünschen, dass es tatsächlich an Not grenzt, und die Macht und Dringlichkeit dieser Not überwältigen mich.

Ich befehle mir, den Arm wegzuziehen, denn ich weiß, wie entscheidend wichtig es ist, dass ich das Richtige tue. Ich höre den Schrei in meinem Kopf: *Ich bin frisch verheiratet, und ich liebe meinen Mann!* Aber es hilft nichts. Ich schaffe es nicht, mich zurückzuziehen. Ich schaffe es einfach nicht. Stattdessen drücke ich meine Rückenlehne zurück, sodass sie parallel zu seiner ist, und strecke die Finger aus in der verzweifelten Hoffnung, seine Hand zu spüren. Zögernd bewegt er seine Hand, sodass unsere kleinen Finger sich berühren, sich dann leicht übereinanderschieben, dann noch ein bisschen mehr und immer mehr, als sei da ein Sog, der ihn zu mir heranzieht.

Ich frage mich, ob er mich in der dunklen Kabine immer noch anschaut, aber ich halte die Augen geschlossen; ich hoffe, dass die Dunkelheit mir meine Schuldgefühle nehmen wird und das, was ich hier tue, später weniger real erscheinen lässt. Aber tatsächlich ist die Wirkung genau entgegengesetzt: Alles fühlt sich nur noch realer an, noch intensiver, denn man kann sich auf einen Sinn besser konzentrieren, wenn man die anderen Sinne ausblendet.

Die Zeit vergeht, aber wir sagen beide nichts. Leos Hand liegt auf meiner. Sie fühlt sich an wie in dem Diner an dem Tag, als das alles angefangen hat, aber es ist trotzdem etwas anderes. Diese Berührung ist nicht Teil eines Gesprächs. Sie ist das Gespräch. Sie ist außerdem eine Einladung. Eine Einladung, die ich mit einer langsamen Drehung meines Handgelenks annehme: Meine Handfläche liegt an seiner, und jetzt halten wir offiziell Händchen. Ich sage mir, dass es die unschuldigste aller Gesten ist. Verknallte Schulkinder halten Händchen. Eltern und Kinder halten Händchen. *Freunde halten Händchen.*

Aber nicht so. Niemals so.

Ich höre Leos Atem, und sein Gesicht ist dicht neben meinem. Unsere Finger verschränken sich ineinander, lösen sich und ordnen sich neu. Und so fliegen wir Richtung Osten und dämmern wir schließlich ein, schwebend im Himmel und in der Zeit, miteinander.

Irgendwann höre ich undeutlich die Ansagen der Flugbegleiter, aber ich wache erst wieder richtig auf, als wir im Anflug auf den Kennedy Airport sind. Schlaftrunken schaue ich aus dem Fenster auf die Lichter der Stadt hinunter, und dann drehe ich mich um und sehe, dass Leo noch schläft. Er hält noch immer meine Hand. Sein Kopf ist gesenkt, sein Körper leicht zu mir gedreht, sein Gesicht von der Kabinenbeleuchtung erhellt. Hastig präge ich mir die dunklen Bartstoppeln an seinem Kiefer ein, die leicht zerzausten Koteletten, seinen langen, geraden Nasenrücken und die großen, gewölbten Lider.

Mir dreht sich der Magen um, als mir klarwird, dass ich mich genauso fühle wie an dem Morgen, nachdem wir zum ersten Mal miteinander geschlafen hatten. An dem Tag war ich ebenfalls vor Sonnenaufgang wach, und ich weiß noch genau, wie ich starr neben ihm lag und ihn schlafen sah. Seine nackte Brust hob und senkte ich, und ich dachte: *Und jetzt?*

Die gleiche Frage stelle ich mir auch jetzt, aber diesmal ist die Antwort eine ganz andere. Dieser Augenblick hat nichts Hoffnungsvolles. Es ist kein Anfang, sondern ein

Ende. Gleich ist es Zeit, Leos Hand loszulassen. Gleich ist es Zeit für den Abschied.

Ein paar Sekunden später landen wir mit einem harten Ruck. Leo klappt die Augen auf. Er gähnt, streckt sich auf seinem Sitz und lächelt langsam und verwirrt. «Hallo», sagt er.

«Guten Morgen», sage ich leise. Meine Kehle ist trocken und zugeschnürt, aber ich weiß nicht, liegt es mehr am Durst oder an meiner Traurigkeit. Ich überlege, ob ich meine Wasserflasche aus der Tasche ziehen soll, aber ich bin noch nicht bereit, den Hautkontakt zu unterbrechen – schon gar nicht für einen Schluck Flüssigkeit.

«Ist es schon Morgen?» Er wirft einen kurzen Blick durch das Fenster auf die dunkle Rollbahn.

«Fast», sage ich. «Es ist halb sieben … Wir sind früher als geplant gelandet.»

«Scheiße», sagt er, und in seinem Gesicht spiegelt sich das flaue, widersprüchliche Gefühl, das ich auch empfinde.

«Was ist?», frage ich; ich will, dass er es für uns beide ausspricht, er soll sagen, wie unfassbar es ist, dass wir schon wieder in New York sind und dass es Zeit ist, den Tag in Angriff zu nehmen, den Tag und unser jeweiliges Leben.

Er schaut auf unsere verschränkten Hände hinunter. «Du weißt, was ist.»

Ich nicke. Dann drücke ich seine Hand ein letztes Mal und lasse sie los.

In den nächsten paar Minuten folgen wir einfach dem Rudel; müde suchen wir unsere Sachen zusammen, ziehen die Jacken an und trotten aus dem Flugzeug hinaus ins Gate. Wir schweigen beide und kommunizieren überhaupt nicht miteinander. Erst vor den nächsten Toiletten wechseln wir einen Blick, der besagt, dass wir aufeinander warten wollen.

Trotzdem bin ich ein paar Minuten später, als ich mir die Zähne geputzt und das Haar gebürstet habe, überrascht, als ich um die Ecke komme und sehe, dass er an der Wand lehnt und auf mich wartet. Er sieht auf eine raue Weise so gut aus, dass es mir den Atem verschlägt. Er verzieht lächelnd einen Mundwinkel, und dann wickelt er betont langsam einen Kaugummistreifen aus. Er faltet ihn in den Mund, kaut und streckt mir das Päckchen entgegen. «Auch einen?»

«Nein, danke», sage ich.

Er steckt das Päckchen in die Jackentasche und stößt sich mit der Schulter von der Wand ab. «Fertig?»

Ich nicke, und wir gehen weiter in Richtung Gepäckband.

«Hast du irgendwas aufgegeben?», fragt er.

«Mein Equipment. Nur eine Tasche … und du?» Ich weiß, die Antwort ist nein. Leo ist immer mit möglichst leichtem Gepäck gereist.

«Nein», sagt er. «Aber … ich warte mit dir.»

Ich widerspreche nicht, und als wir am Band ankommen, hoffe ich unversehens, dass die Abfertigungskolonne sich heute Morgen eine Menge Zeit gelassen hat. Aber ich habe Pech. Sofort sehe ich meinen schwarzen Koffer, und mir bleibt nichts anderes übrig, als mich danach zu bücken, um ihn vom Band zu nehmen.

«Lass mich das machen.» Leo schiebt mich sanft zur Seite und wuchtet den Koffer mit leisem Ächzen herunter. Eine Sekunde lang tue ich schuldbewusst so, als sei dies wirklich mein Leben: Leo und ich, der Reporter und die

Fotografin, kommen nach einem gemeinsamen Promi-Termin zurück nach New York.

Leo balanciert seine Reisetasche auf meinem Koffer und fragt: «Hast du einen Wagen bestellt?»

Ich schüttele den Kopf. «Nein. Ich nehme ein Taxi.»

«Ich auch. Teilen wir uns eins?»

«Gern», sage ich, aber ich weiß, dass wir damit nur das Unausweichliche hinauszögern.

Leo strahlt auf eine Weise, die ich ebenso überraschend wie beruhigend finde. «Okay», sagt er munter. «Dann los.»

Der aufdämmernde Frühlingsmorgen draußen ist kühl und frisch. Ein weiches, rosarotes Licht überzieht den wolkenlosen Himmel. Keine Frage, es wird ein schöner Tag werden. Wir gehen am Randstein entlang zum Taxistand und stellen uns in die kurze Warteschlange. Wir kommen rasch voran, und schon nach wenigen Augenblicken lädt Leo unser Gepäck in den Kofferraum eines Taxis.

«Wohin?», fragt unser Fahrer, als wir auf den Rücksitz gerutscht sind.

«Zwei Stationen», sagt Leo. «Zuerst nach Astoria, Newton Avenue, Ecke 28th … und dann …?» Er sieht mich an, zieht die dunklen Brauen hoch und wartet auf meine Adresse.

«37th, Third Avenue», sage ich und stelle mir vor, wie es in diesem Augenblick zu Hause aussieht: die Jalousien geschlossen, alles still bis auf die gedämpften Geräusche des zunehmenden Morgenverkehrs. Andy in einem verschlissenen T-Shirt und einer Pyjamahose, friedlich schlafend in unserem Bett. Ein stechendes Schuldgefühl zuckt durch meine Brust, aber ich sage mir, ich werde ja bald zu Hause sein.

«Murray Hill, hm?», sagt Leo beifällig. Er war nie ein großer Fan von meiner alten Gegend.

«Ja. Wir finden es wirklich gut da», sage ich. «Kein Szeneviertel, und es liegt sehr günstig und zentral ...»

Wir, denke ich. Mein Mann und ich.

Mir entgeht nicht, dass Leo das Pronomen ebenfalls zur Kenntnis nimmt, denn in seinem Gesichtsausdruck sehe ich eine kaum merkliche Veränderung, als er beinahe respektvoll nickt. Vielleicht denkt er aber auch nur an die andere Hälfte seines eigenen «Wir» – an Carol, die womöglich in diesem Augenblick in den Newton Avenue in ihrem hübschesten Nachthemd auf ihn wartet. Während wir über den Long Island Expressway fahren, wird mir klar, dass ich keine Ahnung habe, ob sie zusammenwohnen oder ob er überhaupt daran denkt, zu heiraten – sie oder sonst jemanden.

Außerdem fällt mir ein, dass ich Leo nichts von meinem möglichen Umzug nach Atlanta erzählt habe. Gern möchte ich glauben, ich habe es einfach vergessen, aber tief im Innern weiß ich, dass ich es absichtlich unterlassen habe, obwohl ich nicht weiß, warum. Habe ich Angst, Leo könnte denken, dass die alte Ellen – wischiwaschi, wie sie ist – einfach hinter ihrem Gatten hertrottet? Oder dass er mich aus geographischen Gründen einfach völlig abschreibt? Oder liegt es daran, dass ich irgendwie nicht umziehen will – trotz allem, was ich Andy gesagt habe?

Wieder sage ich mir, die Zeit für Analysen kommt später. Jetzt will ich nur die schlichte Schönheit dieses Augenblicks genießen – die aufgehende Sonne am Horizont, die sanft summende ägyptische Musik im Radio, das Bewusstsein, Leo neben mir auf dem Rücksitz zu haben, während wir die letzte Etappe unserer Reise zurücklegen.

Ein paar Minuten später nehmen wir die Ausfahrt am Astoria Boulevard, genau unter der Triborough Bridge und der Hochbahn. Ich schaue hinauf zum Spalier der Gleise, und mich überkommt die Erinnerung an die vielen Male, als ich mit der Linie N in diese Gegend gefahren bin. Noch mehr Erinnerungen kehren zurück, als wir in Leos Straße einbiegen und ich die gedrungenen, in verschiedenen Schattierungen von Cremeweiß, Rot und Rosa gestrichenen Backsteinreihenhäuser sehe, vor denen die Mülltonnen unter grünen Markisen aufgereiht stehen. Leo zeigt auf sein Haus in der Mitte des Blocks und sagt zu unserem Fahrer: «Gleich da vorn links, bitte ... neben dem weißen Pick-up.»

Das Taxi hält langsam an, und Leo schaut mich an, schüttelt den Kopf und sagt ziemlich genau das, was ich denke: «Verflucht, das ist so merkwürdig.»

«Wem sagst du das?», antworte ich. «Ich hätte nie gedacht, dass ich nochmal herkomme.»

Leo nagt an der Unterlippe. «Weißt du, was ich jetzt gern täte?»

Ein paar unstatthafte Bilder huschen mir durch den Kopf. Nervös frage ich: «Was denn?»

«Dich mit nach oben nehmen.» Leos Stimme ist so leise, dass sie beinahe hypnotisierend wirkt. «Ein paar Eier mit Speck braten ... Kaffee kochen ... Dann auf der Couch sitzen und dich ... einfach *anschauen* ... und den ganzen Tag mit dir reden ...»

Mein Herz schlägt rasend, als ich an all die anderen Dinge denke, die wir in seinem Apartment im ersten Stock getan haben, nur wenige Schritte von hier entfernt. All die Dinge *außer* Reden. Ich schaue Leo in die Augen, und ich fühle mich matt und ein bisschen flau, als ich mir verzweifelt einzureden versuche, dass es okay wäre, mit ihm ins Haus zu gehen. Kann ich nicht einfach ein paar Minuten bleiben, nur auf einen schnellen Kaffee? Andy ist noch nicht mal wach. Er wird mich noch mindestens eine Stunde nicht vermissen. Was könnte das schaden?

Ich räuspere mich, drücke mir die Fingerknöchel in den Oberschenkel, dass es fast weh tut, und werfe einen Blick auf das Taxameter, das weitertickt, während wir hier stehen. Schließlich sage ich: «Das willst du also, hm? Bei einem Kaffee noch ein bisschen plaudern?»

Leo sieht mich lange und ernst an und sagt dann: «Okay. Du hast recht. Es tut mir leid …» Er fährt sich mit den Fingern durchs Haar, atmet aus und zieht zwei Zwanziger aus seiner Brieftasche.

Ich schüttele ablehnend den Kopf. «Das übernehme ich, Leo.»

«Kommt nicht in Frage.» Das hat er mit Andy gemeinsam: Beide weigern sich standhaft, eine Frau für etwas bezahlen zu lassen. Bei Andy scheint es Ritterlichkeit zu sein, bei Leo eher eine Frage des Stolzes. Er streckt mir die Scheine entgegen. «Komm schon.»

«Das ist viel zu viel. Die Uhr steht gerade erst auf vierzehn Dollar.»

«Nimm es einfach, Ellen», sagt er. «Bitte.»

Ich will nicht, dass es bei unseren letzten Worten um eine Auseinandersetzung über ein paar Dollar Taxigeld geht. Also nehme ich das Geld. «Also schön. Danke.»

Er nickt. «Ist mir ein Vergnügen. Die ganze Nacht war … ein Vergnügen.» Seine Worte klingen steif, aber sein Tonfall ist alles andere als mechanisch. Er meint, was er sagt. Er hat unsere gemeinsame Zeit genauso sehr genossen wie ich.

Im Rückspiegel sehe ich, dass der Taxifahrer uns einen fragenden Blick zuwirft, bevor er aussteigt, zum Kofferraum geht und sich eine Zigarette anzündet, um zu warten.

«Sind wir so leicht zu durchschauen?», fragt Leo.

Ich lache nervös. «Wahrscheinlich.»

«Okay», sagt Leo. «Wo waren wir stehengeblieben?»

«Ich weiß es nicht mehr.» Ich bin benommen und sehr traurig.

Leo schaut zur Decke und sieht mich dann wieder an. «Ich glaube, wir haben soeben geklärt, dass es keine gute Idee ist, wenn du mit hereinkommst, richtig?»

«Ich glaube, ja», sage ich.

«Tja, dann», sagt Leo, und seine Augen brennen sich in meine. «Ich nehme an, dann war's das.»

«Ja», sage ich. «Das war's dann.»

Er zögert, und eine Sekunde lang erwarte ich wie im Restaurant, dass er mich jetzt umarmen oder vielleicht sogar küssen wird. Aber er lächelt nur kurz und traurig, bevor er sich abwendet und aussteigt. Die Wagentür schlägt hinter ihm zu, er schwingt die Tasche über die Schulter, überquert den Gehweg zum Haus und läuft die Treppe zur Tür hinauf, immer zwei Stufen auf einmal. Er dreht sich nicht um, er winkt nicht, er wirft keinen Blick zurück zum Taxi. Er schließt die Haustür auf und verschwindet. Tränen brennen in meinen Augen. Wir fahren weiter, und immer wieder höre ich im Kopf unsere letzten Worte: *Das war's.*

Achtzehn

Irgendwo auf der kurzen Fahrt von Queens nach Manhattan verwandeln sich Niedergeschlagenheit und Verzweiflung in bloße Wehmut und Nostalgie, und das ist zumindest ein Schritt in die richtige, reumütige Richtung. Aber dann öffne ich die Wohnungstür und sehe Andy in seinem grünkarierten Lieblingsbademantel. Er bestreicht eine getoastete Waffel sorgfältig mit Butter, und ich empfinde nichts als reines, unverfälschtes, schmerzhaftes Schuldbewusstsein. Aber auf eine seltsame Weise ist es beinahe eine Erleichterung, dass mir so mies zumute ist – und ein Beweis dafür, dass ich nicht allzu weit vom Wege abgekommen bin. Dass ich im Grunde meines Herzens immer noch eine anständige Ehefrau bin.

«Hey, Honey», sagt Andy und legt sein Messer beiseite. Seine Umarmung sagt mir, dass er sich freut. Ich atme seinen lieben, jungenhaften Duft ein, der so anders ist als Leos Moschusgeruch.

«Hi, Andy», sage ich und merke gleich, wie förmlich es klingt, dass ich seinen Namen benutze; Paare tun so etwas fast nie, außer wenn sie wütend sind oder einander aus einem anderen Zimmer rufen. Dann mache ich alles noch schlimmer, indem ich eher vorwurfsvoll als angenehm überrascht frage, wieso er schon so früh auf ist. Ich kann nicht umhin zu denken, dass der Übergang einfacher und weniger abrupt wäre, wenn er noch schliefe.

«Du hast mir gefehlt», sagt er und drückt mir einen Kuss auf die Stirn. «Ich schlafe nicht gut ohne dich ...»

Lächelnd sage ich, er habe mir auch gefehlt, aber das elende Gefühl, jetzt glattweg gelogen zu haben – mein

Mann hat mir kein bisschen gefehlt –, lässt mich gleich etwas panisch werden. Ich versuche, mich zu beruhigen, und sage mir, es wäre vielleicht auch der Fall gewesen, wenn ich Leo nicht gesehen hätte. Die Reise war schließlich eine kurze und intensive Erfahrung. Ich hatte ernsthaft zu arbeiten. Ich habe endlich wieder ein bisschen Zeit mit meiner Schwester verbringen können. Ich habe Drake Watters kennengelernt und fotografiert, Herrgott! Unter all diesen Umständen ist es doch wohl normal, ja, zu erwarten, dass man sich nicht nach seinem Ehemann verzehrt. Es ist immer so, sage ich mir beschwichtigend, dass derjenige, der in der alltäglichen Umgebung zurückbleibt, den Partner mehr vermisst als umgekehrt. Bis zum heutigen Tag bin ich immer ein bisschen einsam, wenn Andy auf einer Geschäftsreise ist.

«Hast du Hunger?», fragt Andy.

Ich nicke. Auch das, denke ich mir, ist zu erwarten, wenn man die ganze Nacht wach war und nur ein Päckchen Erdnüsse gegessen hat.

«Hier. Iss.» Er deutet auf seine Waffel.

«Nein. Das ist deine», sage ich unerbittlich. Es ist schließlich eine Sache, während eines romantischen, nächtlichen Transkontinentalflugs die Hand deines Ex-Lovers zu halten – aber eine ganz andere, deinem Ehemann eine Butterwaffel zu klauen.

«Nein. Nimm sie.» Er träufelt mit Sirup ein kursives E auf die Waffel.

Ich denke daran, wie ich auf dem Rücksitz des Taxis Leos Geld genommen habe, und entscheide, dass ich Andys Angebot jetzt nicht gut ablehnen kann.

«Okay, danke.» Ich suche eine Gabel, lehne mich an die Theke und nehme einen Bissen.

Andy sieht mir beim Kauen zu. «Schmeckt's?», fragt er ernsthaft, als wäre er ein Koch bei einer Verkostung seiner neuesten kulinarischen Kreation. Ich entspanne mich und lächle zum ersten Mal an diesem Morgen aufrichtig und glücklich. Andy versteht es, aus dem kleinsten häuslichen Ereignis etwas Besonderes, eine liebevolle Geste zu machen.

«Vorzüglich», sage ich. «Die beste Waffel, die ich je gegessen habe …»

Er lächelt stolz, und dann macht er sich eine neue und gießt zwei Gläser Milch ein.

«Komm, jetzt erzähl mir von dem Shooting», sagt er und zeigt zum Küchentisch.

Ich setze mich, esse meine Waffel und erzähle ihm alles über die Reise; nur Leo lasse ich sorgfältig aus. Ich erzähle vom Hotel, von meiner Schwester, von dem Schnellrestaurant, wie aufregend es war, Drake kennenzulernen, und wie zufrieden ich mit meinen Fotos bin.

«Ich kann's nicht erwarten, sie zu sehen», sagt Andy.

«Ich glaube, sie werden dir gefallen.»

Sehr viel besser als der Artikel.

«Wann kann ich sie sehen?», fragt Andy.

«Heute Abend.» Ich frage mich, ob ich die Power habe, den Tag ohne ein Nickerchen zu überstehen. «Ich will gleich heute dran arbeiten …»

Andy reibt sich die Hände. «Wahnsinn … Und mein Autogramm? Du hast mir doch bestimmt ein Autogramm mitgebracht?»

Ich mache ein zerknirschtes Gesicht und denke, wenn ich gewusst hätte, dass Leo im Flugzeug auftauchen würde, hätte ich diese peinliche Bitte auf jeden Fall vorgebracht. Alles, um die Schuldgefühle zu lindern, die ich jetzt habe.

«Tut mir leid, Honey», sage ich aufrichtig. «Es gab einfach … keine Gelegenheit.»

Er seufzt melodramatisch und trinkt seinen letzten Schluck Milch. Ein weißer Schnurrbart bleibt über seinen Mundwinkeln zurück, und eine quälende Sekunde vergeht, bevor er ihn mit einer Papierserviette abwischt. «Ist schon okay.» Er zwinkert. «Diesmal werde ich deine Loyalität nicht in Frage stellen.»

Obwohl das eindeutig ein Witz ist, dringen seine Worte wie ein Dolch durch mein Herz. Es gibt kein Vertun: Ich bin mies. Ich bin eine schlechte, eine ganz schlechte Ehefrau. Vielleicht habe ich es nicht verdient, wegen Ehebruchs mit dem Scharlachroten Buchstaben gezeichnet zu werden, aber in der Ecke stehen sollte ich auf jeden Fall. Eine Sekunde lang denke ich daran, alles zu gestehen, einschließlich des letzten, treulosen, absolut unnötigen Umwegs über Astoria. Aber die Gelegenheit dazu ist gleich wieder vorbei, als Andy seinen Teller wegschiebt, mit den Fingerknöcheln knackt und breit grinst. «Okay … Willst du hören, was ich gestern gemacht habe?»

«Ja.» Ich stelle mir vor, wie er die Arbeit schwänzt und bei FAO Schwarz verschiedene Spielsachen ausprobiert – wie Tom Hanks in Big.

«Ich habe einen Last-Minute-Flug gebucht und auch einen kleinen Tagesausflug unternommen», sagt er.

Ich bekomme Herzklopfen. Ich weiß genau, was jetzt kommt, und schalte plötzlich auf Alarmstufe Rot. «Wirklich?»

«Yep.» In meinem Kopf ertönt ein Trommelwirbel. «Nach Atlanta … um mir unser Haus anzusehen.»

Ich starre ihn an, und ein gezwungenes Lächeln breitet sich auf meinem Gesicht aus, als ich denke: *Unser Haus.*

Andy nickt. «Es ist wahnsinnig, Ellie. Ich bin begeistert. Margot ist begeistert. Meine Mutter ist begeistert. Und du wirst begeistert sein. Es ist wirklich perfekt … und noch besser, wenn man es in Wirklichkeit sieht.»

Ich muss durchatmen, um die Frage zu stellen. «Hast du es … gekauft?»

Ich mache mich auf alles gefasst, und fast wünsche ich mir, dass er ja sagt, damit ich mich nicht mehr entscheiden muss. Und, was noch wichtiger ist, damit ich mich schlecht behandelt fühlen kann.

Ich male mir aus, wie mir die Tränen der Empörung in die Augen treten und ich mit leiser Stimme loslege: *Du hättest vorher mit mir reden müssen! Wer kauft denn ein Haus, ohne vorher mit seiner Frau zu sprechen?* Ob Andy es jemals erfährt oder nicht – dann wären wir quitt. Ein ehelicher Fehltritt stände gegen einen anderen.

Aber natürlich schüttelt er den Kopf. «Nein, gekauft habe ich es nicht. Das würde ich doch nicht tun, ohne vorher mit dir zu reden … Obwohl», fährt er aufgeregt fort, «ich habe ein Angebot fertiggemacht und kann es gleich faxen, wenn – falls – du ja sagst.» Er klopft mit der flachen Hand auf einen braunen Umschlag auf dem Tisch. «Ich glaube, es wird schnell weg sein. Es ist viel besser als alles, was wir gesehen haben … Charmant, solide gebaut, mit allem Drum und Dran. Absolut perfekt – und ganz nah bei Margot! Möchtest du diese Woche runterfliegen und es dir anschauen? Dich vielleicht noch ein bisschen umsehen?»

Er sieht mich an, erwartungsvoll, unschuldig, und ich denke: *Du bist so verdammt glücklich.* Es fühlt sich an wie Lob und Kritik zugleich. Es ist eins der Dinge, die ich an ihm liebe, aber in diesem Moment wünschte ich trotzdem, ich könnte ihn ändern. Ich will natürlich nicht, dass er unglücklich ist, aber doch ein bisschen weniger … einfach? Sieht er nicht, dass diese Entscheidung zahllose Nuancen hat? Hat er überhaupt keine Bedenken, so nah bei seiner Familie zu wohnen? Bei seinem Vater zu arbeiten? Die Stadt zu verlassen, die wir lieben?

Plötzlich bin ich wütend, und sosehr ich mich bemühe, einen Teil davon auf Andys Begeisterung zu schieben, weiß ich doch, dass dieses Gefühl einen anderen Ursprung hat, dass es aus einem inneren Konflikt entsteht.

Leo.

Während Andy auf meine Antwort wartet, mache ich mir bewusst, dass mein Leben – ganz gleich, wie wir uns in Bezug auf dieses spezielle Haus entscheiden oder ob wir überhaupt nach Atlanta ziehen – ohne Leo weitergehen wird. Deshalb muss ich ihn aus der Gleichung streichen und entscheiden, was für Andy und mich gut und richtig ist.

Aber während ich meinen Mann anstarre, geraten die Bilder in meinem Kopf durcheinander – die von gestern Nacht im Flugzeug und die von meinem Leben mit Andy, das weitergeht, das bald in einem gemeinsamen Heim in Atlanta stattfinden wird. In einem Heim mit zwei, vielleicht drei Autos in der Garage. Mit einem sabbernden Golden Retriever, der flauschige gelbe Tennisbälle über einen satt-grünen Rasen jagt. Mit Margot in derselben Straße, immer bereit, Kochrezepte und Nachbarschaftsklatsch auszutau-schen. Mit Andy, der jeden Morgen in seinem karierten Flanellhausmantel und Altmännerpantoffeln hinausgeht, um die Zeitung zu holen. Mit pummeligen, fröhlichen, blauäugigen Kindern, die mit Schwimmflügeln in neon-leuchtendem Orange im Pool im Garten planschen. Und ich stehe am Küchenfenster, schäle einen Apfel und denke wehmütig an mein früheres Leben, an die Jobs, die ich damals hatte. An das Shooting mit Drake Watters in L. A. An den Morgen, als ich Leo das letzte Mal gesehen habe.

Ich schaue auf den Tisch und frage mich, wie viel Zeit vergehen wird, bis ich nicht mehr an seine Berührung im Flugzeug denken muss. Bis ich diesen letzten Augenblick auf dem Rücksitz im Taxi vergessen haben werde. Und die Angst, dass ich ihn nie vergessen werde, umklammert mein Herz und zwingt mich, den Mund zu öffnen und zu sagen: Lass es uns machen.

Oberflächlich gesehen gebe ich meinem Ehemann die Erlaubnis, ein Fax abzuschicken. Ich stimme einem Ortswechsel zu, dem Erwerb einer Immobilie in Atlanta. Aber tief im Innern spüre ich, dass es sehr viel mehr ist. Tief im Innern leiste ich Buße. Ich beweise meine Liebe. Ich erneuere mein Gelübde. Ich schütze meine Ehe. Ich entscheide mich für Andy.

«Willst du nicht runterfliegen und es dir selbst ansehen?», fragt er noch einmal und legt sanft die Fingerspitzen auf meinen Arm.

Das ist meine letzte Chance, mein einziges Schlupfloch. Ich brauche mir nur das Haus anzusehen und mir etwas einfallen zu lassen, ich werde sagen, dass das Haus sich nicht richtig anfühlt. Schlechte Schwingungen, die ich nicht weiter beschreiben kann. Ein spezielles, unangenehmes Feng-Shui, das Andy und zwei Südstaatenfrauen mit einem unfehlbaren Sinn für Ästhetik nicht wahrgenommen haben. Das könnte irrational oder undankbar aussehen, aber ich hätte damit ein bisschen Zeit gewonnen. Obwohl – Zeit wofür? Ich weiß es nicht. Zeit, um immer wieder vergebens die Mailbox abzuhören und darauf zu hoffen, dass ihm «noch eine Sache» eingefallen ist, die er

mir unbedingt sagen muss? Zeit, um an jeder Straßenkreuzung, in jedem Restaurant, in jeder Bar nach ihm Ausschau
zu halten? Zeit, um den Riesenfehler zu begehen, in ein
Taxi zu springen und zur Newton Avenue zu fahren? Also
wehre ich mich gegen das, was ich in diesem Augenblick
möchte, und nicke nur und sage: «Ich vertraue auf dein
Urteil.»

Das ist natürlich die Wahrheit. Ich vertraue wirklich
auf Andys Urteil. In diesem Augenblick sogar mehr als
auf mein eigenes. Aber ich spüre, dass noch andere, unterschwellige Emotionen im Spiel sind: passive Aggressivität,
eine stoische Resignation angesichts der Tatsache, dass ich
ab jetzt eine pflichtbewusste, traditionelle Ehefrau sein und
eine schiefe Dynamik akzeptieren würde, die es in unserer
Beziehung noch nie und in keiner Form gegeben hat.

*Diese Gefühle werden vergehen, sage ich mir. Es ist ein Feh-
lerpunkt auf dem Radar unserer Beziehung. Bleib auf Kurs.*

«Bist du sicher, Honey?», fragt Andy leise.

Meine Hand wandert reflexhaft zu meinem Herzen,
und so laut und deutlich, als müsse ein Gerichtsstenograf
es für alle Zeit ins Protokoll aufnehmen, sage ich: *Ja. Lass
es uns machen. Ich bin sicher.*

✳ Neunzehn

Margot fängt an zu heulen, als wir ihr erzählen, dass wir
ein Angebot für das Haus abgeben, und meine Schwiegermutter setzt noch eins drauf, indem sie erklärt, dass ihre
Gebete erhört worden sind. Zugegeben, Margot hat nah am
Wasser gebaut, selbst wenn sie *nicht* gerade schwanger ist.

Sie bricht bei Werbespots, in denen Paare zum günstigen Tarif Ferngespräche führen, und nach ein paar Takten von «Pomp and Circumstance» in Tränen aus. Und Stella hat schon um sehr viel weniger gebetet als darum, dass ihr geliebter Sohn nach so vielen Jahren «oben im Norden» wieder nach Hause zurückkommen möge. Trotzdem – nach diesen Reaktionen gibt es wirklich kein Zurück mehr. Mit den Herzensgefühlen der Familie spielt man nicht.

Als der Frühling in New York einzieht, bekommt meine Entscheidung, die ich in Sekundenbruchteilen, nach einer schlaflosen Nacht und mit heftigen Gewissensbissen bei Toastwaffeln aus dem Bauch getroffen habe, plötzlich eine verrückte Eigendynamik.

Zum Glück scheint auch Andy, nachdem er freudestrahlend seinen Job in der Anwaltsfirma gekündigt hat, den bevorstehenden Umzug plötzlich mit gemischten Gefühlen zu betrachten, auch wenn sein Blick mehr auf das große Ganze gerichtet ist und er sich der Sache mit fröhlicher Ausgelassenheit widmet – fast so, wie man im letzten Jahr auf der Highschool den Prüfungen und dem Abschlussball entgegenfiebert. Wie ein Rasender schmiedet er Pläne mit unseren besten Freunden, reserviert Tische zu einem letzten Essen in unseren Lieblingsrestaurants und ergattert Tickets für Broadway-Shows, die wir seit Ewigkeiten sehen wollten. Eines Samstagmorgens besteht er sogar darauf, dass wir mit der Fähre zur Freiheitsstatue hinausfahren; dabei war es für mich immer fast eine Frage des Stolzes, dieses Wahrzeichen ausschließlich aus einem Flugzeugfenster gesehen zu haben. Wir ertragen Touristenhorden, Sprühregen und einen Reiseleiter von brutaler Eintönigkeit, und Andy ermuntert mich tatsächlich, Fotos zu machen, damit wir die Bilder in unserem neuen Haus aufhängen können. Ich tue ihm den Gefallen, aber ich befürchte, dass ein gerahmtes Foto vom New York Harbor (und sei es noch so spektakulär, wenn ich das selbst sagen darf) mir kaum ein Trost sein wird, wenn ich die stofflose Energie New Yorks vermisse.

Bis heute sind es die kleinen Dinge, die mir am meisten an die Nieren gehen, während wir unsere Angelegenheiten in New York abwickeln und mit Riesenschritten auf den Umzugstermin im Juni zugehen. Es ist das reichhaltige Gewebe meines täglichen Lebens – Dinge, die ich bisher kaum wahrgenommen habe und die mich jetzt sentimental stimmen. Es ist mein Weg zur Arbeit, die wortlose Kameraderie mit den anderen Berufstätigen, die mit mir über die Gehwege strömen. Es ist Sabinas und Julians angeregtes Geflachse in unserem Arbeitsraum und der beißende Duft von Oscars Druckerpresse. Es ist das tiefe Stirnrunzeln des Mannes von der Reinigung, der entschlossen die Plastikhüllen von Andys Hemden verknotet und uns dann mit seinem türkischen Akzent einen schönen Tag wünscht, und der fröhlich gezwitscherte Befehl meiner koreanischen Maniküre, ich solle «Lack aussuchen», obwohl sie eigentlich längst wissen muss, dass ich immer meinen eigenen Nagellack mitbringe. Es ist das Schaukeln der U-Bahn, die zügig auf den Gleisen dahinrast, und die Genugtuung, die es bereitet, im Trubel eines Samstagabends im Village ein Taxi zu ergattern. Es sind die Burger bei P. J. Clarke's, die Dim Sum in der Chinatown Brasserie und die Bagels in meiner Bodega an der Ecke. Es ist das Wissen, dass ich jeden Tag etwas Neues sehen werde, wenn ich aus dem Haus gehe. Es ist die Vielfalt von Möglichkeiten und Menschen, die rohe Schönheit der Großstadt, das endlose Vibrieren der Chancen an jeder Ecke.

Und Leo. Ständig denke ich an ihn und daran, dass er für mich eng verbunden mit der Stadt ist – und umgekehrt. So eng, dass New York verlassen auch heißt, Leo zu verlassen.

Aber ich nehme keinen Kontakt mit ihm auf. Obwohl mir mindestens ein halbes Dutzend nahezu perfekte, professionell begründete Vorwände und ebenso viele raffinierte Begründungen dafür eingefallen sind, dass ein etwas klarerer Abschluss für *alle* Beteiligten besser wäre. Nicht einmal, als die Versuchung so stark wird, dass ich tatsächlich Angst bekomme – so, wie ich sie vielleicht bekäme, wenn ich jemals Kokain ausprobieren sollte.

Stattdessen halte ich mich standhaft an die hehre Vorstellung von Recht und Unrecht, Schwarz und Weiß, und an meine hundertprozentige Loyalität Andy gegenüber. Als letzte Versicherung achte ich darauf, ihn nach Möglichkeit in meiner Nähe zu haben – und so ist er es eigentlich die ganze Zeit, nachdem er nicht mehr in der Firma arbeiten muss. Ich ermuntere ihn, mich zur Arbeit und zu meinen Shootings zu begleiten, ich schleife ihn mit ins Fitness-Studio, und ich plane die Mahlzeiten so, dass wir immer zusammen essen. Dauernd bahne ich körperlichen Kontakt mit ihm an, sowohl nachts in unserem Schlafzimmer als auch auf beiläufige Weise in der Öffentlichkeit. Ich sage ihm oft, dass ich ihn liebe, aber ich sage es niemals mechanisch dahin; ich denke wirklich über diese Worte nach, über das, was sie bedeuten. Liebe als Verb. Liebe als Verpflichtung.

Und die ganze Zeit sage ich mir, dass ich kurz vor der Ziellinie bin. Bald werden meine Gefühle sich verlaufen, und alles wird wieder normal werden – zumindest so normal, wie es vor jenem Augenblick an der Straßenkreuzung war. Und wenn das nicht geschieht, bevor wir die Stadt verlassen, dann wird es ganz sicher in Atlanta geschehen, in einem völlig neuen Kontext, weit weg von Leo.

Aber die Tage vergehen, unsere Abreise rückt immer näher, und ich frage mich unversehens, was «normal» eigentlich genau gewesen ist. War alles normal, als Andy und ich anfingen, miteinander auszugehen? War es normal, als wir uns verlobten oder als wir dann vor den Traualtar traten? War ich wirklich über Leo hinweg? Es gab eine Zeit, da hätte ich auf diese Frage mit einem entschiedenen Ja geantwortet. Aber wenn das bloße Wiedersehen mit ihm, die bloße Berührung seiner Hand, mir so viel bedeuten konnten – habe ich dann jemals aufgehört, ihn zu lieben? Ihn so zu lieben, wie man niemanden liebt außer dem Menschen, mit dem man zusammen ist? Und wenn die Antwort nein ist – wird sich dieses Problem dann im Laufe der Zeit oder durch einen Ortswechsel lösen lassen? Aber ganz gleich, wie die Antwort ausfällt – was sagt die bloße Frage über meine Beziehung zu Andy?

Noch verstörender wird das Ganze durch das seltsame, unbestimmte Gefühl, dass dieses emotionale Terrain mir nicht völlig fremd ist. Ich habe diese Gefühle zum Teil vor langer Zeit schon einmal erlebt, als meine Mutter starb. Die Parallelen sind keineswegs überzeugend, denn es liegt nichts Tragisches darin, New York zu verlassen oder nicht mit Leo zu sprechen. Aber auf eine beunruhigende Weise, die ich nicht genau definieren kann, gibt es da eine erkennbare Ähnlichkeit.

So kommt es, dass ich eines späten Abends, als Andy mit seinen Jungs unterwegs ist, einknicke und meine Schwester anrufe. Ich hoffe, ich werde die richtige Gelegenheit – und die richtigen Worte – finden, um ihr zu vermitteln, was ich empfinde, ohne Leos Bedeutung zu überhöhen und ohne das Andenken unserer Mutter zu missachten.

Suzanne ist gut gelaunt, als sie sich meldet – und sie erzählt mir, Vince sei ebenfalls mit den Jungs unterwegs, was in seinem Fall aber nichts Besonderes ist. Wir machen ein paar Minuten Small Talk, und dann lasse ich ihre Klagen über die vergangene Woche über mich ergehen; hauptsächlich haben sie mit Vince zu tun, aber ein paar lustige Stewardessengeschichten bekomme ich auch zu hören. Die beste handelt von einer verrückten alten Frau in der ersten Klasse, die ihre Bloody Mary nicht einmal, nicht zweimal, sondern *dreimal* über ihre Sitznachbarin kippte und dann frech wurde, als Suzanne sich weigerte, ihr einen vierten Drink zu bringen.

«Inwiefern frech?», frage ich. Diese Flugzeugdramen höre ich immer mit Vergnügen – und mit Staunen.

«Sie hat mich ein Miststück genannt. Nett, nicht?»

Ich lache und frage, was sie daraufhin getan hat. Ich weiß genau, dass noch irgendein Vergeltungsakt folgen wird.

«Ich habe ein paar Marshals bestellt. Die haben die besoffene Kuh am Gate erwartet.»

Wir lachen uns beide halb tot.

«Sie hatte recht. Du bist ein Miststück», sage ich.

«Ich weiß», sagt sie. «Das ist meine Berufung.»

Wir lachen wieder, und einen Augenblick später fragt sie mich ohne Umschweife, ob ich etwas von Leo gehört habe.

Ich überlege, ob ich ihr von unserem Rückflug erzählen soll, aber dann entscheide ich, dass dieses Erlebnis für alle Zeit mein heiliges Geheimnis bleiben soll. Also sage ich nur nein und seufze dabei so vernehmlich, dass ich die Nachfrage geradezu herausfordere.

«Oha», sagt sie. «Was ist los?»

Ich stottere kurz herum – und gestehe dann, dass ich seit L. A. Sehnsucht nach Leo habe und dass es eigentlich überhaupt nicht weniger geworden ist. Dass meine Stimmung mich in gewisser Weise «an den Winter damals» erinnert – mit dieser verschleiernden Formulierung reden wir oft über Moms Tod, wenn wir uns nicht imstande fühlen, uns mit der ganzen Trauer zu konfrontieren.

«Jetzt mal langsam, Ell. Willst du Moms Tod etwa damit vergleichen, dass du nicht mit Leo sprichst?»

Ich verneine sofort und mit Nachdruck und füge dann hinzu: «Vielleicht macht es mich nur melancholisch, die Stadt zu verlassen. All die Veränderungen ...»

«Soll heißen ...? Du vergleichst deinen Weggang aus New York mit dem Tod?»

«Nein. Das ist es eigentlich auch nicht genau.» Ich begreife, dass ich mir den Versuch, ein so nuanciertes Gefühl zu vermitteln, hätte sparen können – sogar bei meiner Schwester.

Aber wie es Suzannes Art ist, beharrt sie auf einer Erklärung. Ich denke kurz nach und sage dann, es sei wohl eher das Gefühl der bevorstehenden Endgültigkeit. Sosehr ich mich auch auf den nächsten Schritt vorbereite, ich wisse eigentlich nicht, was mich erwarte. «Und in dieser Zeit des Wartens macht sich Angst breit», sage ich zögernd. «Wie bei Mom ... Wir wussten wochenlang, dass das Ende dicht bevorstand. Nichts an ihrem Tod war eine Überraschung. Und trotzdem ... es fühlte sich an wie eine Überraschung, nicht wahr?»

«Ja», flüstert Suzanne, und ich weiß, dass wir in diesem Augenblick beide an den Tag denken, als der Schulpsychologe uns aus unseren Klassenräumen holte und draußen neben dem Flaggenmast und einem von Auspuffgasen geschwärzten Schneehaufen mit uns wartete, bis unser Vater uns abholte und zum letzten Mal zu ihr nach Hause brachte.

«Und danach» – ich zwinge mich, nicht zu weinen oder irgendwelche anderen Bilder dieses schrecklichen Tages und derer, die noch folgten, heraufzubeschwören – «danach war ich einfach verzweifelt darauf aus, das Schuljahr zu Ende zu bringen und einen neuen Trott zu finden ... einen neuen Ort, wo ich nicht dauernd an Mom erinnert wurde ...»

«Ja», sagt Suzanne, «das Camp in dem Sommer hat irgendwie geholfen.»

«Stimmt.» Deshalb habe ich mich auch nach einem College umgesehen, das möglichst weit weg von Pittsburgh war. Ich wollte an Orten sein, die Mom nie besucht und von denen sie nie erzählt hatte, bei Menschen, die nicht wussten, dass ich keine Mutter mehr hatte. Ich räuspere mich und rede weiter. «Aber sosehr ich wegwollte, weg vom Haus und Moms Sachen und Dads Tränen – und sogar weg von dir –, hatte ich doch gleichzeitig Angst, wir würden sie umso schneller verlieren, wenn ich erst weg wäre, wenn ich einen neuen Kalender anfinge, wenn ich überhaupt irgendetwas anders machte als bis dahin. Dass wir sie dann einfach ... gehen lassen.»

«Ich weiß genau, was du meinst», sagt Suzanne. «Ganz genau ... Aber ... Ellie ...»

«Was?», frage ich leise. Ich weiß, jetzt kommt eine schwierige Frage auf mich zu.

Und richtig, Suzanne sagt: «Warum willst du Leo nicht gehen lassen?»

Ich denke eine ganze Weile nach, und unser Schweigen

rauscht in der Leitung. Aber sosehr ich mich auch bemühe, mir fällt keine gute Antwort ein. Eigentlich überhaupt keine Antwort.

*Zwanzig

Es ist der erste Sonntag im Juni und unser letzter in New York. Ein Trio von stiernackigen Möbelpackern ist heute Morgen um neun aus Hoboken gekommen, und nach irrwitzigen neun Stunden Packen ist unser Apartment kahl und leer. Nur an der Wohnungstür stehen ein paar Koffer, auf der Küchentheke kleben ein paar Streifen Isolierband, und hundert Wollmäuse wehen über den Holzboden. Andy und ich stehen verschwitzt und erschöpft in dem Zimmer, das unser Wohnzimmer war, und lauschen dem Brummen der Klimaanlage unter dem Fenster, die dort gegen die Hitze ankämpft.

«Ich schätze, es wird Zeit», sagt Andy, und seine Stimme hallt zwischen den weißen Wänden. Wir hatten nie Zeit, sie in einer interessanteren Farbe zu streichen. Er wischt sich die Wange mit dem Ärmel eines alten, fleckigen T-Shirts ab; es ist eins von den ungefähr dreißig, die er «zum Umziehen und Anstreichen» verwahrt, obwohl ich ihn immer scherzhaft darauf hinweise, dass er unmöglich in eine Situation geraten kann, in der er einen vollen Monat lang anstreicht oder umzieht.

«Ja, gehen wir.» In Gedanken bin ich schon beim nächsten Schritt unserer Reise: bei der Taxifahrt zu unserem Hotel, wo wir duschen und uns für die Abschiedsparty umziehen werden, die Andys beiden besten Freunde von der Uni veranstalten. Freunde aus allen Bereichen unseres New Yorker Lebens werden dabei sein.

Sogar Margot und Webb fliegen für dieses Fest herauf, nur um morgen früh mit uns nach Atlanta zurückzufliegen, wo sie uns dann offiziell begrüßen werden. Ich reibe mir die Hände und zwinge mich zu einem fröhlichen «Na, dann los!».

Andy zögert. «Sollten wir nicht vorher noch irgendetwas Feierliches tun?»

«Was denn zum Beispiel?»

«Ich weiß nicht … vielleicht ein Foto machen?»

Ich schüttele den Kopf. Andy sollte mich inzwischen besser kennen, denke ich; ich bin vielleicht Fotografin, aber doch eigentlich keine, die symbolische Augenblicke wie diesen dokumentiert: einen Anfang, ein Ende oder auch nur einen Feiertag oder eine besondere Gelegenheit. Viel lieber fange ich die Zufallsdinge in der Mitte dazwischen ein. Meine Freunde und Verwandten finden das anscheinend verwirrend und manchmal frustrierend.

«Nein.» Ich blicke aus dem Fenster und betrachte einen Taubenschwarm auf der Zementterrasse gegenüber auf der anderen Straßenseite.

Nach einer ganzen Weile nimmt Andy meine Hand. «Wie fühlst du dich?»

«Gut», sage ich und merke erleichtert, dass ich die Wahrheit sage. «Bin nur ein bisschen traurig.»

Er nickt, als wolle er bestätigen, dass ein Ende fast immer ein bisschen traurig ist, auch wenn dahinter etwas kommt, auf das man sich freut. Und ohne weiteres Trara drehen wir uns um und verlassen unsere erste gemeinsame Ehewohnung.

Ein paar Minuten später hält unser Taxi vor dem Gramercy Park Hotel, und eine Woge von Reue und Panik überkommt mich, als ich erkenne, dass Andy und ich uns plötzlich, *augenblicklich*, in Besucher der Stadt verwandelt haben; dort, wo wir so lange gewohnt haben, sind wir jetzt Touristen.

Aber dann betreten wir die prachtvolle Lobby mit den marokkanischen Fliesen, handgewebten Teppichen, Kronleuchtern aus venezianischem Glas und großflächigen Bildern von Andy Warhol, Jean-Michel Basquiat und Keith Haring, und ich tröste mich damit, dass es fraglos auch seine Vorteile hat, die Stadt von dieser Seite aus zu sehen.

«Wow», sage ich und bewundere den großen Kamin aus Stein und Marmor und die Lampe, deren Ständer eine Schwertfischschnauze ist. «Der Laden ist aber schon *sehr* cool.»

Andy lächelt. «Yep. Cool wie in ‹Haute Bohème›. Wie mein Mädchen.»

Ich lächle ihn an, und wir schlendern zur Rezeption, wo eine schwül-sinnliche Brünette uns erwartet. Auf ihrem Namensschild steht *Beata*, und sie begrüßt uns mit starkem osteuropäischem Akzent.

Andy grüßt, und der adrette, wohlerzogene Junge in ihm verspürt die Notwendigkeit, unser schmuddeliges Aussehen zu erklären. Also murmelt er entschuldigend: «Wir sind eben aus unserem Apartment ausgezogen.»

Beata nickt verständnisvoll und erkundigt sich höflich: «Und wohin geht es von hier aus?»

Ich übernehme die Antwort und sage: *Atlanta, Georgia.* Ich sage es so großartig wie möglich und füge sogar eine schwungvoll schlenkernde Handbewegung hinzu, als offenbarte ich ihr ein wohlgehütetes nordamerikanisches

Geheimnis, ein Juwel von einer Stadt, die sie auf jeden Fall besuchen müsse, wenn sie es nicht schon getan hat. Ich weiß nicht genau, warum ich es nötig habe, Atlanta vor einer Wildfremden zu gut aussehen zu lassen – damit es mir selbst bessergeht, wahrscheinlich, oder damit ich erst gar nicht in die Defensive gerate, wie es sonst immer passiert, wenn ich jemandem in New York erzähle, wohin wir ziehen, und dann unweigerlich einen mitleidsvollen Blick ernte oder sogar offen kritisch gefragt werde: «Wieso denn Atlanta?»

Andy nimmt so was leichter persönlich – wie ich, wenn jemand über Pittsburgh herzieht. Aber New Yorker fühlen sich eben dem Rest der Welt überlegen, oder zumindest den anderen Städten und Orten in den Vereinigten Staaten, wo es in ihren Augen langweilig und öde ist. Jetzt ärgere ich mich über diese Attitüde, aber die unbequeme Wahrheit ist, dass ich ganz ähnlich empfunden habe, wenn Freundinnen die Stadt verlassen haben, ob nun wegen eines Jobs, wegen einer Beziehung oder um in irgendeinem Vorort Kinder zu bekommen. Besser du als ich, habe ich dann gedacht, selbst wenn ich mich vielleicht noch einen Augenblick zuvor bitterlich über die Stadt beklagt habe. Schließlich ist ja gerade diese Intensität das Reizvollste am Leben in New York, und sie ist auch das, was ich am meisten vermissen werde.

Jedenfalls scheint mein präventives, stolzes Auftreten bei Beata zu wirken, denn sie lächelt und nickt und sagt: «Oh, sehr schön», als hätte ich soeben Paris, Frankreich gesagt.

Sie checkt uns ein und gibt uns ein paar Informationen über das Hotel, bevor sie Andy den Schlüssel reicht und uns einen schönen Aufenthalt wünscht.

Wir bedanken uns bei ihr und spazieren so unauffällig wie möglich zurück durch die Lobby und nach nebenan in die Rose Bar, die genauso üppig dekoriert ist wie die Lobby. Ich sehe einen rotsamtenen Pooltisch und noch einen hochaufragenden Warhol. Ich denke an Leo, den ich auch mal in einer trendigen Hotelbar getroffen habe, aber gleich konzentriere ich mich wieder auf die Gegenwart. Andy fragt mit gespielter Förmlichkeit: «Lust auf einen Aperitif?»

Ich überfliege die Cocktailkarte und sage, der Ananas-Zimt-Mojito sehe interessant aus. Er stimmt mir zu und bestellt zwei zum Mitnehmen. Wenig später sind wir allein in unserem luxuriösen, in Juweltönen gehaltenen Zimmer mit Blick auf den Gramercy Park, einen meiner Lieblingsorte in der Stadt, obwohl ich nie hinter den verschlossenen Toren gewesen bin – oder vielleicht gerade weil ich nie drinnen war.

«Herrlich», sage ich, nippe an meinem Mojito und betrachte den romantischen, makellos gepflegten Privatpark.

«Ich wusste, du wolltest immer einen Blick hineinwerfen», sagt er und legt den Arm um mich. «Da dachte ich, es wäre vielleicht ein schöner Abschied.»

«Du denkst immer an alles.» Ich empfinde mit einem Mal tiefe Dankbarkeit für meinen Mann.

Ach was, sagt Andys Grinsen. Er nimmt einen kräftigen Schluck von seinem Drink, und dann zieht er sich bis auf die Boxershorts aus und schmettert eine leidenschaftliche Version von «The Devil Went Down to Georgia».

Lachend schüttele ich den Kopf. «Ab in die Dusche», sage ich und nehme mir vor, heute Abend glücklich zu sein. Obwohl ich müde bin. Obwohl ich es nicht leiden kann, im Mittelpunkt der Aufmerksamkeit zu stehen. Obwohl ich Abschiede nicht mag. Und obwohl ein gewisser jemand in der Newton Avenue nicht dabei sein wird und nicht einmal ahnt, dass ich weggehe.

Eine Stunde später ist unsere Party im Blind Tiger, einem auf kleine Biermarken spezialisierten Pub in der Bleecker Street, in vollem Gange. Die Beleuchtung ist gedämpft, die Musik gerade laut genug, und ich arbeite an meinem vierten Bier an diesem Abend, einem «Lagunitas Hairy Eyball», das mir bisher am besten schmeckt – aber das liegt vielleicht auch nur an meinem Schwips. Eins ist sicher: Ich habe alle meine Sorgen beiseitegeschoben und amüsiere mich noch besser, als ich es mir vorgenommen habe, großenteils deshalb, weil alle anderen anscheinend so viel Spaß haben, was nicht selbstverständlich ist, wenn unterschiedliche Gruppen auf diese Weise zusammenkommen. Meine Fotografenfreunde haben eigentlich wenig gemeinsam mit Andys Anwaltstruppe oder den Modefreaks von der Upper East Side, mit denen Margot und ich zusammen waren, als sie noch in New York lebte. Hauptsächlich ist es Margots Verdienst, sie alle zusammengeführt und ihnen ein Gemeinschaftsgefühl vermittelt zu haben; sie ist die Seele jeder Party, zugewandt, freundlich, und sie findet immer einen Weg, auch die unbeholfensten Mauerblümchen ins Geschehen einzubeziehen. Ich sehe ihr zu, wie sie mit einem Virgin Daiquiri in der Hand umhergeht; umwerfend sieht sie aus in ihrem pinkfarbenen, hochtaillierten Sommerkleid und hochhackigen silbernen Riemchensandalen. Sie ist jetzt fast im sechsten Monat und trägt ein kleines rundes Bäuchlein vor sich her, aber davon abgesehen hat sie nirgends ein Gramm zugenommen, und Haare, Fingernägel und Haut sind noch schöner als sonst. Sie behauptet, das liegt an den Schwangerschaftsvitaminen, aber ich glaube, die Batterie von kostspieligen Schönheitsbehandlungen, die sie heute bekommen hat, haben auch nicht gerade geschadet. Kurz gesagt, sie ist die entzückendste Schwangere, die ich je gesehen habe, eine Meinung, die ich heute schon mit mindestens fünf Leuten teile, unter anderem mit einer Kollegin aus Andys Firma, die zwar noch nicht so weit ist wie Margot, aber schon jetzt aussieht, als sei sie überall mit Helium aufgeblasen – an Nase, Knöcheln, sogar an den Ohrläppchen.

«Gehen Sie weg von mir», sagt sie scherzhaft zu Margot. «Sie lassen mich schrecklich aussehen.»

«Sie lässt alle schrecklich aussehen – ob schwanger oder nicht», sage ich.

Margot winkt bescheiden ab und sagt, wir sollen nicht albern sein, aber tief im Innern muss sie wissen, dass es stimmt. Zum Glück ist sie aber auch charmanter als wir anderen, und deshalb nimmt ihr das gute Aussehen eigentlich niemand übel, nicht einmal die Unansehnlichsten ihrer Schwangerschaftsgenossinnen.

Wir schauen uns an, als sie sich jetzt zu mir, Julian und Julians Frau Hillary an den rissigen Holztisch im hinteren Teil der Bar setzt; sie kommt gerade rechtzeitig, um zu hören, wie Hillary begeistert erzählt, wie sehr sie Andys Entscheidung bewundert, sich aus der Großfirmenkultur zu verabschieden. Unter den missvergnügten Anwälten ist das heute Abend ein verbreitetes Thema, und um Andys willen ist mir mit unserem Umzug daher desto wohler.

«Ich will jetzt seit über sieben Jahren kündigen», erzählt Hillary lachend und zupft an ihrem langen blonden Pferdeschwanz. «Aber es kommt dann nie dazu.»

Julian schüttelt den Kopf. «Wenn ich jedes Mal, wenn sie davon redet, einen Dollar bekommen hätte, könnten wir uns jetzt schon *beide* zur Ruhe setzen ... Aber was macht sie stattdessen?»

«Was denn?», fragen Margot und ich wie aus einem Munde.

Julian schnippt mit dem Finger gegen die Schulter seiner Frau. «Sie geht hin und wird Partnerin.»

«Nie im Leben! Warum hast du mir das nicht erzählt?» Ich boxe Julian auf den Arm.

«Sie hat es erst gestern erfahren», sagt er, und ich denke an die vielen Kleinigkeiten in seinem Leben, die ich jetzt nicht mehr erfahren werde, weil wir unseren Arbeitsraum nicht mehr teilen. Wir haben uns geschworen, in Verbindung zu bleiben – und ich glaube, wir werden gelegentlich mailen oder telefonieren –, aber es wird nicht mehr das Gleiche sein, und ich fürchte, irgendwann werden er, Sabina und Oscar nur noch Freunde sein, denen ich Urlaubspostkarten schicke. Aber im Geiste setze ich auch das auf die Liste der Dinge, um die ich mir heute Abend keine Sorgen mache. Lieber gratuliere ich Hillary. «Andy sagt, es ist so gut wie unmöglich, in einer großen Firma Partner zu werden.»

«Vor allem für eine Frau.» Margot nickt.

Hillary lacht. «Na ja. Ich bin sicher, es ist nicht von Dauer. Das hoffe ich zumindest ... Ich bleibe nur noch so lange, bis er mich schwängert. Dann nehme ich Mutterschaftsurlaub und fliehe in die Berge.»

«Das klingt nach einem guten Plan.» Ich lache.

«Glaubst du, ihr kriegt auch bald ein Kind?», will Julian wissen.

Diese Frage hat man Andy und mir oft gestellt, seit wir bekanntgegeben haben, dass wir umziehen werden. Deshalb habe ich eine gutvorbereitete Antwort parat. «Noch nicht sofort», sage ich und lächle unbestimmt. «Aber irgendwann bald …»

Hillary und Julian strahlen mich an. Anscheinend finden alle, dass das Wörtchen «bald» der beste Teil meiner Antwort ist – vor allem Margot, die sich jetzt an mich schmiegt und bei mir unterhakt. Ich atme ihr Parfüm ein, als sie erklärt, dass wir uns Kinder im gleichen Alter wünschen.

«Unbedingt», sagt Hillary. «Das wäre so schön für euch … Ich wünschte, ich hätte auch eine Freundin, mit der ich diese Babykiste gemeinsam durchmachen könnte. Aber sie sind mir alle schon weit voraus. Sie bewerben sich schon um Vorschulplätze; das ist eine ganz andere Lebensphase. Ihr habt ein solches Glück, dass ihr einander habt und so nah beieinander wohnen könnt.»

Das wissen wir, murmeln wir beide, wir haben wirklich Glück. Einen befriedigenden Augenblick lang spüre ich, wie wahr das ist. Gut, das Timing ist vielleicht nicht ideal. Vielleicht bin ich noch nicht ganz bereit, die Stadt zu verlassen, und vielleicht werden meine Kinder doch ein paar Jahre jünger sein als Margots, aber das sind Kleinigkeiten. Das große Ganze ist wunderbar, verdammt. Meine Freundschaft mit Margot, meine Ehe mit Andy, unser Haus in Atlanta – das alles ist wunderbar.

Und das ist mein letzter Gedanke, bevor meine Agentin Cynthia hereingestürmt kommt. Sie lässt den Blick durch das Lokal wandern und kommt dann atemlos auf mich zu. Als ehemaliges Übergrößen-Model und Bühnenschauspielerin ist Cynthia eine üppige Erscheinung, und wegen ihres leicht exotischen Stils starren ein paar Leute sie an und fragen sich offenbar, ob sie berühmt ist. Tatsächlich, hat sie mir mal erzählt, wird sie oft für Geena Davis gehalten, und gelegentlich unterschreibt sie sogar deren Autogrammkarten und beantwortet Fragen zu den Aufnahmen von *Thelma und Louise* oder *Beetlejuice*. Sie macht bei Andy halt, verpasst ihm einen doppelten Wangenkuss und zerstrubbelt ihm das Haar, bevor sie ihren zielstrebigen Marsch mit meinem Mann im Schlepptau fortsetzt.

«Wart's nur ab! Warte ab, bis du siehst, was ich habe», höre ich sie sagen, als sie auf halbem Wege ist. Eine Sekunde später stehen sie beide vor mir, und während ich ihr noch danke, dass sie gekommen ist, erfasst mich eine zeitlupenhafte, schwindelerregende Panik, als mir dämmert, was sie auf unserer Abschiedsparty enthüllen wird.

Und richtig, sie schiebt die magentaroten, vollen Lippen dramatisch vor, zieht die großformatige Zeitschrift aus ihrer weißen, fransenbesetzten Balenciaga-Tasche und verkündet zwitschernd einem wachsenden Publikum: «*Platform Magazine*! Frisch aus der Druckerei!»

«Ich dachte, das erscheint erst Ende des Monats», sage ich. Ich fühle mich wie betäubt, und was mir Sorgen bereitet, sind nicht die Fotos von Drake Watters, die ich so viele mühsame Stunden lang perfektioniert habe, sondern das ist die Autorenzeile über dem Artikel.

«Ja, stimmt, in den Handel kommt die Nummer erst in zwei Wochen», sagt Cynthia. «Aber ich habe gezaubert und ein Vorabexemplar für dich besorgt. Ich dachte, das ist das perfekte Abschiedsgeschenk für dich, Süße.» Sie beugt sich herunter und tippt mir zweimal mit dem Zeigefinger auf die Nase.

«O Mann. Wahnsinn.» Andy reibt sich die Hände und ruft noch ein paar Freunde, unter anderem Webb, an unseren Tisch.

«Du hast die Bilder doch schon gesehen», sage ich mit dünner, ängstlicher Stimme zu Andy, als könnte ich so Cynthias aufsehenerregender Ansage irgendetwas entgegensetzen.

«Ja, aber nicht auf einem großen Hochglanzcover.» Andy steht hinter mir und massiert mir die Schultern.

Noch eine ganze, qualvolle Minute vergeht, während Cynthia das Cover an ihren beachtlichen Busen drückt und einen shakespearehaften Monolog hält: wie begabt ich bin, wie stolz sie ist, mich zu vertreten, und dass ich noch zu wahrer Größe gelangen werde, ganz gleich, wo ich wohne.

Unterdessen starre ich wie gebannt auf die Rückseite des Heftes, auf die schwarzweiße Anzeige mit Kate Moss, die mit Abstand mein Lieblingsmodel ist und die ich zu gern auch einmal fotografieren würde. Auf dem Foto ist ihr Mund leicht geöffnet, ihr vom Winde verwehtes Haar bedeckt das rechte Auge zum Teil, und ihr Gesichtsausdruck ist heiter und vieldeutig zugleich. Ich starre in ihre verschleierten Augen und habe plötzlich das lächerlich narzisstische Gefühl, dass sie nicht auf dieser Seite ist, um Werbung für David-Yurman-Uhren zu machen, sondern ganz speziell, um mich zu verhöhnen. Ich höre ihren englischen Akzent: *Du hättest es ihnen früher sagen sollen. Du hattest wochenlang Zeit, es ihnen zu erzählen, aber stattdessen wartest du, bis ihr euch an deinem letzten Abend in New York alle in einem Pub versammelt. Gut gemacht.*

«Na los, Cynthia!», ruft Andy und unterbricht meine paranoiden Gedanken. «Jetzt zeig uns das verdammte Heft!»

Cynthia lacht. «Okay, okay!» Sie dreht die Zeitschrift um, reckt die Illustrierte hoch über den Kopf, dreht sich langsam um sich selbst und zeigt uns Drake in all seiner Pracht. Das hingerissene Publikum klatscht und pfeift und jubelt, und ein paar Sekunden lang erfüllt mich Genugtuung bei dem Gedanken, dass dies tatsächlich *mein* Cover ist. Mein Foto von Drake Watters.

Aber die Angst kehrt mit voller Wucht zurück, als Cynthia das Heft an Andy weitergibt und sagt: «Seite achtundsiebzig, Herzchen.»

Ich halte den Atem an, und alle meine Muskeln spannen sich, als Andy sich neben Julian setzt und begierig nach der Drake-Story blättert. Alle drängen sich hinter ihn und betrachten mit viel Oh und Ah die Fotos, mit denen ich mir solche Mühe gegeben habe und die ich buchstäblich auswendig kenne. Ich bringe es nicht über mich, sie anzusehen. Stattdessen konzentriere ich mich auf Andys Gesicht und sehe zutiefst erleichtert, dass sein Schwips ein bisschen größer ist als meiner. Er ist nicht mehr in der Verfassung, den Artikel zu lesen, geschweige denn, sich auf den Autorennamen zu konzentrieren. Er strahlt nur, als genieße er es, dass meine Fotografenfreunde die herausragende künstlerische Qualität der Bilder loben, und die anderen aufgeregt wissen wollen, wie Drake als Mensch sei. Margot, in ihrer typischen fürsorglichen Art, ermahnt alle, die Seiten nicht zu verknicken oder mit ihren Drinks zu bekleckern. Das Geplapper geht eine ganze Weile so weiter, während das Heft um den Tisch herumwandert und schließlich mit der letzten Seite des Artikels bei Margot und mir landet.

«Das ist unglaublich», flüstert sie. «Ich bin so stolz auf dich.»

«Danke», sage ich und sehe, wie sie langsam durch den fünfseitigen Artikel zurück zum Anfang blättert.

«Ich glaube, das hier gefällt mir am besten.» Margot zeigt auf das allererste Foto. Es ist umrahmt von Leos Text, und sein Name schwebt oben in der Mitte der Seite. Er zieht meinen Blick an, aber ich stelle fest, dass die Schrift nicht so groß ist, wie ich es befürchtet habe; sie ist nicht fett und auch nicht sehr dunkel. Und während Margot weiter darüber plaudert, was für ein heißer Typ dieser Drake ist und wie perfekt ich sein Wesen eingefangen habe, denke ich, dass ich heute Abend vielleicht doch noch unversehrt davonkommen werde. Ja, vielleicht werde ich überhaupt für alle Zeit davonkommen. Ein Adrenalinstoß durchströmt mich; Erleichterung und Triumphgefühle überwiegen jede Scham, die ich selbstverständlich empfinden sollte. So, stelle ich mir vor, muss sich eine Ladendiebin fühlen, wenn sie der Security im Kaufhaus freundlich zum Abschied zunickt, während sie ihre Beute durch das Innenfutter ihrer Jackentasche spürt.

Aber ich habe wohl doch keine Glückssträhne. Margot zuckt neben mir zusammen und erstarrt. Ich sehe sie an, und sie sieht mich an, und sofort ist mir klar, dass sie Leos Namen gesehen hat. Sie hat verstanden, was er bedeutet. Sie weiß Bescheid. Natürlich kann sie nicht genau wissen, was wir getan oder nicht getan haben, aber für sie steht fest, dass ich ihr gegenüber unehrlich war und – wichtiger noch – gegenüber ihrem Bruder. Ich muss mich gar nicht auf Tiraden gefasst machen – dazu kenne ich Margot zu gut. Ich weiß, wie zurückhaltend sie ist, wie sorgfältig sie ihre Worte abwägt, dass sie Konfrontationen vermeidet, wo sie nur kann. Außerdem weiß ich, dass sie in einer Million Jahre nichts sagen würde, was diese – oder sonst eine – Party verderben könnte. Aber sie weiß, wie sie mich bestraft. Ihr Gesichtsausdruck versteinert. Sie klappt die Zeitschrift zu und wendet sich für den Rest des Abends von mir ab.

Einundzwanzig

«Glaubst du wirklich, sie ist stinkig auf dich, weil du einen Fotoauftrag angenommen hast?», fragte Suzanne am nächsten Morgen, als ich sie aus einem Souvenirladen in LaGuardia anrufe und ihr vom letzten Abend berichte, damit sie mir raten kann, wie ich Margot entgegentreten soll, wenn wir uns in fünf Minuten am Gate treffen. «Vielleicht bist du nur paranoid?»

Nervös verfolge ich, dass die Schlange bei Starbucks, in der Andy steht, immer kürzer wird. «Nein. Ich bin ziemlich sicher. Abgesehen von einem knappen Gute Nacht am Ende des Abends hat sie nicht mehr mit mir gesprochen. Kein einziges Wort.»

Suzanne räuspert sich. «Ist das denn so ungewöhnlich auf einer großen Party? Waren da nicht viele von euren Freunden? Oder seid ihr beide normalerweise den ganzen Abend an den Hüften zusammengewachsen?»

Ich zögere, denn ich weiß, dass diese Fragen durchaus spitz gemeint sind; Suzanne äußert damit auf nicht gerade sehr subtile Weise ihre Kritik an Margots und meiner angeblichen «gegenseitigen Abhängigkeit». Normalerweise würde ich jetzt sofort eine lange Rede darüber halten, wie großartig unsere Freundschaft ist, aber für solche Umschweife habe ich jetzt keine Zeit. Ich wiederhole: «Hör zu, Suzanne. Sie ist eindeutig vergrätzt wegen dieser Sache. Und um fair zu sein – ich kann es ihr eigentlich nicht verdenken. Ich bin mit ihrem Bruder verheiratet, erinnerst du dich? Hast du also irgendeine Ahnung, wie ich damit umgehen soll?»

Ich höre Wasser rauschen und das Klappern von Frühstücksgeschirr – das heißt, bei Suzanne sind es wahrscheinlich eher die Teller von gestern Abend. «Was würdest du tun – oder was würde ich tun, wenn ich an deiner Stelle wäre?», fragt Suzanne.

«Ich weiß es nicht, egal», sage ich ungeduldig. «Und mach schnell ... Andy kommt jeden Augenblick zurück.»

«Okay.» Suzanne dreht ihren Wasserhahn zu. «Ich würde in die Offensive gehen und ihr sagen, sie soll sich wieder einkriegen und von ihrem hohen Ross herunterkommen.»

Ich muss lächeln. Natürlich würdest du das sagen, denke ich, während sie weiterwettert. «Ich meine, was ist denn schon groß passiert, verdammt? Dein Ex-Boyfriend hat dir den Job deines Lebens verschafft, die Chance, einen Topstar zu fotografieren, und du hast diese Chance ganz zu Recht und vernünftigerweise ergriffen – wegen deiner Karriere, und nicht, um eine Affäre zu reanimieren.»

Als ich nicht antworte, drängt Suzanne: «Stimmt's?»

«Ja, stimmt», sage ich. «Natürlich.»

«Okay. Also fliegst du nach L. A., und ohne dass du es vorher weißt, ist Leo auch da. Das hattest du nicht geplant. Richtig?»

«Auch richtig.» Ihre gnädige und bisher trotzdem völlig zutreffende Version der Ereignisse stimmt mich ein bisschen zuversichtlicher.

«Dann lehnst du Leos Einladung zum Abendessen ab – genau gesagt, hast du ihn komplett abblitzen lassen – und verbringst den ganzen Abend mit mir.»

Ich nicke eifrig und denke, ich hätte Suzanne gestern vom Pub aus anrufen sollen. Ihre Worte hätten mir eine Menge innere Konflikte erspart.

«Und beim eigentlichen Shooting am nächsten Tag»,

fährt sie fort, «verbringst du insgesamt vielleicht zehn Minuten mit ihm, und dabei verhältst du dich die ganze Zeit absolut professionell. Stimmt's?»

Formal gesehen stimmt das alles, aber ich zögere und denke an meine lüsternen Gedanken in der Nacht vor dem Shooting; ich denke an Leos langen Blick in dem Schnellrestaurant – und natürlich an den langen Flug, Hand in Hand und mit klopfendem Herzen. Ich räuspere mich und sage etwas weniger überzeugend: «Stimmt.»

«Und seit du wieder in New York bist, hast du nicht mit ihm gesprochen?»

«Nein.» Das ist wahr – und eine lobenswerte Leistung, wenn man bedenkt, wie oft ich ihn anrufen wollte. «Habe ich nicht.»

«Also was?», sagt Suzanne. «Was war dein großes Vergehen gegen die Familie Graham?»

Ich nehme eine Schneekugel mit der Aufschrift «I love New York» von einem Regal voller Plastikknippes und schüttele sie sanft. Dann sehe ich zu, wie die Flocken auf das Empire State Building fallen, und sage: «Wahrscheinlich gibt's keins.»

«Wenn ich's mir genau überlege», sagt Suzanne, von Sekunde zu Sekunde wütender, «weiß Margot denn, ob du Leo überhaupt gesehen hast?»

«Hm … nein», sage ich. «Wahrscheinlich nimmt sie nur an, dass wir Kontakt hatten … was ja auch stimmt.»

«Professionellen Kontakt», sagt Suzanne.

«Okay, ich habe verstanden. Also … du findest, ich sollte einfach die Atmosphäre reinigen und ihr das alles erzählen?»

«Ehrlich gesagt, nein. Das finde ich nicht», sagt Suzanne. «Ihre passiv-aggressiven Spielchen kann man auch zu zweit spielen. Ich finde, du solltest einfach den Mund halten und abwarten, bis sie dich darauf anspricht.»

«Und wenn sie es nicht tut?» Ich denke an Courtney Finnamore, eine von Margots besten Freundinnen auf dem College, die sie exkommunizierte, als Courtney sich auf einem Studentenfest betrank und dann Margots nagelneuen Saab vollkotzte. Courtney gab sich zwar angemessen zerknirscht, aber sie bot nicht an, den Wagen sauberzumachen oder für irgendwelche Schäden aufzukommen. Es ging nicht um die Kosten, erklärte Margot, und das glaubte ich ihr. Es war die unglaubliche Gedankenlosigkeit und Ungezogenheit – und überdies die stillschweigende Annahme, dass Margot, weil sie Geld hatte, nichts dagegen haben würde, die Reinigungsrechnung zu übernehmen. Margot kam über diesen Zwischenfall einfach nicht hinweg, und immer öfter bemerkte sie, wie schäbig und selbstsüchtig Courtney war. Aber ihrem großen Ärger zum Trotz stellte sie Courtney niemals zur Rede. Stattdessen zog sie sich nur still und leise aus der Freundschaft zurück, so unauffällig, dass Courtney von Margots Sinneswandel anscheinend nie etwas bemerkte, bis sie sich verlobte und Margot fragte, ob sie Brautjungfer werden wolle. Nach sehr kurzem Überlegen entschied Margot, dass sie diese Heuchelei nicht über sich bringen würde, und höflich lehnte sie die «Ehre» ab, ohne eine Erklärung, eine Ausrede oder eine Entschuldigung zu liefern. Zur Hochzeit kam sie trotzdem, aber natürlich ging ihre Freundschaft danach zusehends in die Brüche, und heute reden die beiden überhaupt nicht mehr miteinander – nicht einmal, als sie sich im vergangenen Herbst bei einem Jahrgangstreffen über den Weg gelaufen sind.

Ich kann mir zwar nicht vorstellen, dass es zwischen

Margot und mir jemals zu einer solchen Entfremdung kommen könnte, aber trotzdem bekomme ich Angst und sage: «Es ist eigentlich nicht Margots Stil, Leute zur Rede zu stellen.»

«Du bist nicht ‹Leute›. Du bist ihre sogenannte ‹beste Freundin›. Du willst mir erzählen, dass sie dich auf eine solche Sache nicht ansprechen würde?» Suzanne stößt einen Pfiff aus, um die dramatische Wirkung zu erhöhen.

«Ich weiß es nicht. Vielleicht wird sie es ja tun.» Das Wort «sogenannte» bringt mich in Rage, und ich versuche, mich an einen Fall zu erinnern, bei dem Margot mich einmal unumwunden zur Rede gestellt hat. Ironie des Schicksals: Das einzige Beispiel, das mir einfällt, hat mit Leo zu tun. «Sie hat mich angesprochen, als Leo und ich uns getrennt haben und ich mich wie ein windelweicher Loser aufgeführt habe –»

Suzanne unterbricht mich unerbittlich. «Du warst kein windelweicher Loser. Du hattest ein gebrochenes Herz. Das ist ein Unterschied.»

Diese Feststellung wirkt natürlich entwaffnend, denn niemand denkt gern, dass er einmal windelweich war – oder ein Loser –, und ein windelweicher Loser will man schon gar nicht gewesen sein. Aber in diesem Augenblick ist meine Zeit wirklich um, denn Andy kommt mit zwei Caffè Latte auf uns zu. «Er kommt», sage ich. «Sag mir dein Fazit.»

«Das Fazit ist, dass es eine Sache zwischen dir und Andy ist … nicht zwischen dir und deiner Schwägerin – oder deiner ‹allerbesten Freundin›.» Es klingt sarkastisch, wie sie die beiden Worte ausspuckt. «Aber wenn du das Gefühl hast, du musst die Atmosphäre reinigen, dann mach's …»

«Okay», sage ich.

«Aber was immer du tust, sei kein Angsthäschen. Du darfst nicht winseln und dich nicht ducken... Kapiert?»

«Kapiert.» Ich nehme Andy meinen Kaffee aus der Hand und lächle ihn dankbar an. Ich weiß nicht, wann ich jemals so dringend einen Schuss Koffein gebraucht habe.

«Weil ... Ellie?», sagt Suzanne eindringlich.

«Ja?»

«Wenn du winselst und dich duckst... dann schaffst du dir da unten in Dixieland einen üblen Präzedenzfall.»

Suzannes Rat klingt mir noch in den Ohren, als Andy und ich aus einer letzten, sentimentalen Laune heraus die Schneekugel kaufen und um die Ecke zu unserem Gate gehen.

Nicht *winseln und mich nicht ducken*, denke ich und frage mich, ob ich gestern Abend in ein solches Verhalten verfallen bin. Ich weiß, ich habe nicht gewinselt, denn es gab ja gar keine verbale Kommunikation, aber habe ich mich geduckt? Bin ich Margot aus dem Weg gegangen, und nicht nur sie mir? Wenn ja, habe ich alles vielleicht nur noch schlimmer gemacht, vielleicht habe ich überreagiert. Ich bin zwar sicher, dass sie Leos Namen gelesen hat, aber vielleicht findet sie es gar nicht so schlimm, und ich habe Gespenster gesehen – wegen meines geplagten Gewissens, weil der Abend, der letzte vor dem Umzug, ohnehin sehr emotional war und weil ich immerhin ein bisschen mehr Bier als nötig getrunken habe. Vielleicht sieht heute Morgen alles ganz anders aus. Das sagte meine Mutter immer wieder, und als wir auf Margot und Webb zugehen, die sich schon am Gate niedergelassen haben, drücke ich mir die Daumen, dass dieser Tag sich nicht als Ausnahme von dieser Regel erweist.

Ich atme tief durch und trompete ein präventiv begeistertes Hallo. Hoffentlich klingt es nicht so steif, wie ich mich fühle.

Wie immer steht Webb auf und küsst mich auf die Wange. «Morgen, Darling!»

Margot, perfekt gekleidet – marineblauer Pullover, eine schneeweiße Hose und kirschrote flache Schuhe, die zu ihrem Lippenstift passen –, blickt von einem Nicholas-Sparks-Roman auf und lächelt. «Hey! Guten Morgen! Wie war der Rest der Nacht?»

Ihre blauen Augen wandern von mir zu Andy und wieder zu mir, und weder ihr Gesichtsausdruck noch ihr Tonfall, noch ihr Benehmen lässt darauf schließen, dass sie wütend oder aufgebracht ist. Im Gegenteil, sie ist ganz wie immer – warmherzig und freundlich.

Eine Idee entspannter setze ich mich neben sie und gebe eine ungefährliche Antwort. «Hat Spaß gemacht», sage ich munter.

«Ein bisschen zu viel Spaß.» Andy setzt sich an meine andere Seite und lässt unsere Bordtaschen auf den Boden fallen. «Wahrscheinlich hätte ich diesen letzten Whiskey um zwei Uhr morgens nicht mehr trinken sollen.»

Margot knickt ein winziges Eselsohr in die aufgeschlagene Seite ihres Buches und klappt es zu. «Wann wart ihr denn wieder im Hotel?», fragt sie.

Andy und ich sehen uns an und zucken die Achseln.

«Vielleicht um drei?», vermute ich, jetzt fast völlig entspannt.

«Ungefähr.» Andy massiert sich die Schläfen.

Margot verzieht mitfühlend das Gesicht. «Ich muss sagen ... das ist mit das Beste an einer Schwangerschaft. Neun Monate lang keinen Kater.»

«Baby, du hattest seit neun Jahren keinen Kater», sagt Webb.

Ich muss lachen. Wahrscheinlich hat er recht. Tatsächlich kann ich an einer Hand abzählen, wie oft Margot und ich auf dem College oder in den Zwanzigern die Kontrolle verloren haben. Und mit «Kontrolle verlieren» meine ich nicht Oben-ohne-Tanzen auf einer Party. Wir haben höchstens mal ein Paar tadellose Kontaktlinsen herausgenommen und ins Gebüsch geschnipst oder eine ganze Tüte Kartoffelchips auf einmal verputzt.

Wir plaudern ein Weilchen beiläufig und belanglos, und dann sagt Webb, er will noch eine Zeitung holen, bevor wir einsteigen. Andy geht mit, und plötzlich sind Margot und ich allein, und mir ist, als sei der Augenblick der Wahrheit gekommen.

Stimmt.

«Okay, Ellie», sagt sie hastig. «Ich kann's nicht erwarten, mit dir zu reden.»

Wer hätte das gedacht? Ich werfe ihr einen Seitenblick zu und stelle fest, dass sie eher neugierig als vorwurfsvoll aussieht.

«Ich weiß», sage ich zögernd.

«Leo?» Sie schaut mich an, mit großen Augen und ohne mit der Wimper zu zucken.

Mein Magen macht einen kleinen Satz, als ich seinen Namen höre, und plötzlich wünsche ich, er hätte einen alltäglicheren Namen, Scott oder Mark zum Beispiel. Einen Namen, der weniger intensiv klingt, weil es noch so viele andere gibt, die so heißen, Freunde oder irgendwelche flüchtigen Bekanntschaften. Aber in meinem Leben gibt es nur einen Leo.

«Ich weiß», sage ich noch einmal, und um Zeit zu schinden, trinke ich einen großen Schluck Kaffee. «Ich hätte es eher erwähnen sollen ... Ich wollte ja ... aber der Umzug ... dein Baby ... Es gab so viel Ablenkung ...»

Ich weiß, dass ich stammle, und Suzanne würde wahrscheinlich sagen, dass ich jetzt das «winselnde Angsthäschen» bin. Also nehme ich mich zusammen und versuche es anders. «Aber es ist wirklich nicht so, wie es aussieht. Ich ... ich bin ihm irgendwann auf der Straße begegnet, und wir haben uns sehr kurz unterhalten ... Und dann ruft er meine Agentin an und hat mir den Job mit Drake angeboten. Das war's eigentlich schon.»

Das ist die Wahrheit – genug davon, um kein allzu schlechtes Gefühl dabei zu haben, dass ich die Geschichte gekürzt und das Wiedersehen in L. A. und nachher im Flugzeug weggelassen habe.

Margot ist sichtlich erleichtert. «Ich *wusste*, dass es so etwas gewesen sein muss», sagt sie. «Ich habe nur ... wahrscheinlich habe ich gedacht, du hättest es mir erzählen können.» Den letzten Satz fügt sie behutsam hinzu, und er klingt eher enttäuscht als tadelnd.

«Ich hatte es wirklich vor ... und ich wollte es tun, bevor die Nummer erscheint.» Ich weiß nicht genau, ob das die Wahrheit ist, aber im Zweifel entscheide ich großzügig zu meinen Gunsten. «Es tut mir leid.»

Wieder denke ich an Suzanne, aber ich sage mir, ein schlichtes Es *tut mir leid* ist noch lange kein Winseln.

«Es braucht dir nicht leidzutun», sagt Margot sofort. «Es ist okay.»

Einen Augenblick lang herrscht gelöstes Schweigen zwischen uns, und als ich gerade denke, ich bin aus dem Schneider, dreht sie ihren diamantenen Ohrstecker einmal ganz herum und fragt mich unverblümt: «Weiß Andy es?»

Aus irgendeinem Grund habe ich diese Frage nicht erwartet, und sie macht mein schlechtes Gewissen größer – und leider auch meinen Kater. Ich schüttele den Kopf und bin ziemlich sicher, dass dies nicht die Antwort ist, die sie erhofft hat.

Und richtig – sie sieht mich mitleidig an und fragt: «Wirst du es ihm erzählen?»

«Ich ... ich sollte es wohl tun?» Ich hebe fragend die Stimme.

Margot streicht sich mit der Hand über den Bauch. «Ich weiß nicht», sagt sie versonnen. «Vielleicht nicht.»

«Wirklich nicht?»

«Vielleicht nicht», sagt sie entschiedener.

«Meinst du nicht, er sieht ... den Namen?» Mir wird bewusst, dass wir seit Jahren nicht mehr über Beziehungsstrategien und -analysen dieser Art geredet haben. Andererseits hatten wir es auch nicht nötig. Abgesehen von ein paar albernen Streitereien, die im Laufe unserer Hochzeitsplanung aufkamen (und bei denen Margot auf meiner Seite stand), haben Andy und ich eigentlich nie über Kreuz gelegen – zumindest nicht so, dass komplizenhaftes Eingreifen meiner Freundin notwendig gewesen wäre.

«Wahrscheinlich nicht», sagt Margot. «Er ist ein Mann ... Und kennt er überhaupt Leos Nachnamen?»

«Ich bin nicht sicher», sage ich. «Er kannte ihn mal, aber vielleicht hat er ihn vergessen.»

«Und eigentlich», sagt sie und legt die Fußknöchel übereinander, «was macht das schon?»

Ich sehe sie an. Ich bin froh, dass sie so denkt, frage mich aber, ob sie mir am Ende nicht vielleicht, als loyale Schwester, um ihres Bruders willen eine Falle stellt.

Blut ist dicker als Wasser, höre ich Suzanne sagen. Ich

nicke unverbindlich und warte darauf, dass Margot ihren Gedanken zu Ende bringt.

«Es ist ja nicht so, als wäre Leo die große Liebe deines Lebens gewesen oder so was», sagt sie schließlich.

Als ich nicht sofort antworte, zieht sie ihre wohlgeschwungenen Augenbrauen noch ein Stück höher. Offensichtlich wartet sie auf Bestätigung und Beruhigung.

Also sage ich so entschieden, wie ich kann: «Nein, das war er nicht.»

Diesmal weiß ich, dass ich lüge, aber was bleibt mir übrig?

«Er ist nur … irgendein Typ von früher», sagt Margot und lässt den Satz in der Schwebe.

«Genau», sage ich und winde mich innerlich, als ich an diesen gemeinsamen Flug denke.

Margot lächelt.

Ich zwinge mich, zurückzulächeln.

Und als die Stewardess am Gate zum Einsteigen aufruft und Webb und Andy mit einem Stapel Zeitungen, Illustrierten und Wasserflaschen zurückkommen, beugt sie sich zu mir herüber und flüstert verschwörerisch: «Was meinst du, wenn wir es einfach für uns behalten?»

Ich nicke und sehe uns beide vor mir, wie wir buchstäblich einen Haufen Müll unter einen teuren Orientteppich kehren und dabei die Titelmusik von *Golden Girls* summen, einer unserer Lieblingsserien nach dem Unterricht auf dem College.

«Ende gut, alles gut», sagt Margot, und diese Worte beruhigen mich und erfüllen mich seltsamerweise zugleich mit düsteren Vorahnungen. Sie hallen in meinem Kopf wider, als wir vier unsere Sachen zusammensuchen und durch die Fluggastbrücke meinem nächsten Leben entgegenschlendern, einem neuen Anfang – ja, es fühlt sich ein bisschen an wie eine Erlösung.

*Zweiundzwanzig

In den nächsten paar Wochen, während Andy und ich uns in unserem neuen Zuhause einrichten, tue ich mein Bestes, um auf der Straße zur Erlösung zu bleiben. Ich wache jeden Morgen auf und richte ein paar anfeuernde, aufrüttelnde Worte an mich selbst, und unter der Dusche wiederhole ich muntere Klischees – zum Beispiel: *Zuhause ist da, wo dein Herz ist* und *Glücklichsein ist ein Gemütszustand.* Ich sage Andy und Margot und Stella und sogar Fremden wie der Kassiererin bei Whole Foods und einer Frau, die bei der Fahrzeugzulassungsstelle in der Schlange hinter mir steht, dass ich hier glücklich bin und dass ich New York nicht vermisse. Ich sage mir selbst, wenn ich nur will, dass es wahr ist, dann wird meine Akte gelöscht, meine Weste rein und Leo für immer vergessen sein.

Aber obwohl ich mich nach besten Kräften und mit den reinsten Absichten bemühe, funktioniert es nicht ganz. Ich tue alles das, was zu einem Einzug gehört – ich stelle unsere gerahmten Fotos in die eingebauten Bücherregale rechts und links neben dem gemauerten Kamin, ich stöbere in den Gängen des Haushaltswarenmarkts nach Rubbermaid-Lagerboxen, ich brüte mit Margots Innenarchitektin über Stoffmustern für Vorhänge, oder ich pflanze weiße Kaladien in die großen Bronzekübel auf unserer Vorderveranda – aber bei all dem fühle ich mich unwohl und deplatziert.

Und schlimmer noch, ich werde das Gefühl nicht los, dass ich während dieses Nachtfluges wirklich ich selbst war – so wie ich es lange Zeit nicht gewesen bin. Ich denke immer wieder, dass es ein Fehler war, New York zu verlassen. Ein großer Fehler. Ein Fehler, der Ressentiments und gefährliche Risse hervorbringt. Ein Fehler, der dem Herzen weh tut. Ein Fehler, der dazu führt, dass man sich nach Alternativen umsieht, nach jemandem aus der Vergangenheit, nach jemand anders.

Andys Zufriedenheit grenzt an regelrechtes Wohlbehagen und geht mir desto mehr gegen den Strich. Nicht so sehr, weil geteiltes Leid halbes Leid wäre – obwohl auch das eine Rolle spielt –, sondern weil seine Fröhlichkeit bedeutet, dass unser Umzug endgültig ist und ich für immer in dieser Welt festsitze. In *seiner* Welt. Lebenslänglich verurteilt, im Stau zu stehen, weil man überallhin mit dem Auto fahren muss, selbst wenn man nur eine Tasse Kaffee trinken oder eine schnelle Maniküre haben will. Hier gibt es nur sterile Einkaufsmeilen, aber dafür keine spätabendlichen Imbiss-Lieferservices. Ich häufe wie besinnungslos irgendwelche glänzenden, unnötigen Besitztümer an, um die leeren Flächen unseres weitläufigen Hauses zu füllen. Ich schlafe in einer absoluten, verstörenden Stille ein – vorbei das beruhigende Summen der Großstadt. Die Sommer sind still und schwülheiß, und Andy wird an jedem Wochenende zum Golf oder Tennis verschwinden, und die Hoffnung auf eine weiße Weihnacht kann ich jetzt schon begraben. Meine Nachbarinnen sind sacharinsüß, blond und blauäugig, sie spielen Gesellschaftsspiele, und ich habe buchstäblich nichts mit ihnen gemeinsam.

Und dann, eines Morgens im August, als Andy zur Arbeit gegangen ist und ich unversehens mitten in der Küche stehe und seine Müslischale in der Hand halte, die er achtlos auf dem Tisch hat stehen lassen, wird mir plötzlich klar, dass meine Abwehr kein unterschwelliges Gefühl mehr ist. Es sind ausgewachsene Atembeklemmungen. Ich stürze ans Spülbecken, werfe die Schale hinein und rufe voller Panik Suzanne an.

«Ich hasse es hier!», sage ich und kämpfe mit den Tränen. Dadurch, dass ich die Worte laut ausspreche, verfestigt sich das Gefühl; jetzt ist es offiziell.

Suzanne sagt mit beruhigender Stimme: «Ein Umzug ist immer schwer. Hast du New York nicht am Anfang auch gehasst?»

«Nein.» Ich lehne an der Spüle, und fast genieße ich es, mich als unterdrückte Hausfrau zu fühlen. «An New York musste ich mich gewöhnen. Zuerst war ich überwältigt ... aber ich habe es nie gehasst. Nicht so wie das hier.»

«Wo liegt das Problem?», fragt sie, und einen Augenblick lang glaube ich, sie meint es aufrichtig, bis sie fortfährt: «Ist es der liebende Gatte? Das riesige Haus? Der Pool? Dein neuer Audi? Nein, warte – bestimmt liegt es daran, dass du morgens immer ausschlafen musst und nicht aufzustehen und zur Arbeit zu gehen brauchst. Stimmt's?»

«Hey, Moment mal», sage ich. Sie tut so, als wäre ich nur eine verwöhnte Göre, wie eine Celebrity, die über den Mangel an Privatsphäre jammert und findet, dass sie ein sooo hartes Leben führt. Trotzdem rede ich weiter, denn ich finde, dass meine Gefühle berechtigt sind. «Es macht mich wahnsinnig, dass keine Agentin mich mit irgendeinem Job anruft und ich meine Tage damit verbringe, die Magnolien in unserem Garten zu fotografieren – oder Andy, wie er mit seinem Werkzeugkasten im Haus herumpüttert und so tut, als mache er sich nützlich ... oder die Kinder, die an der Ecke Limonade verkaufen, bis das Kindermädchen mich anfunkelt, als wäre ich so was wie ein Sittenstrolch ... Ich will *arbeiten* –»

«Aber du *musst* nicht arbeiten», unterbricht Suzanne. «Das ist ein Unterschied. Glaub's mir.»

«Ich weiß. Ich weiß, dass ich in einer glücklichen Lage bin. Ich weiß, ich sollte entzückt sein – oder wenigstens Behagen empfinden in all ... dem hier.» Ich werfe einen Blick durch meine geräumige Küche mit marmornen Arbeitsplatten, einem blinkenden Viking-Herd und breiten Bodendielen aus Zedernholz. «Aber mein Gefühl ist einfach nicht richtig hier ... Es ist schwer zu erklären.»

«Versuch's trotzdem.»

Eine Litanei meiner üblichen stillen Klagen kommt mir in den Sinn, aber ich begnüge mich mit einer trivialen und doch irgendwie bezeichnenden Anekdote von gestern Abend. Ich erzähle, wie das kleine Mädchen von nebenan herüberkam, um Kekse von den Girl Scouts zu verkaufen, und wie ich gereizt zugesehen habe, als Andy über dem Bestellformular brütete, als handelte es sich um eine Lebensentscheidung. Ich mache ihn nach und übertreibe dabei seinen Akzent: «Nehmen wir jetzt drei Schachteln Tagalongs und zwei Thin Mints oder lieber zwei Tagalongs und drei Thin Mints?»

«Das ist eine ziemlich schwere Entscheidung», bemerkt Suzanne trocken.

Ich ignoriere sie. «Und dann unterhält Andy sich zwanzig Minuten lang mit der Mutter der Kleinen darüber, dass sie über zwei Personen hinweg miteinander bekannt sind – was in dieser Stadt anscheinend schon ein ziemlicher Abstand ist – und über alle ihre gemeinsamen Bekannten aus Westminster –»

«London?», fragt sie.

«Nein. Bedeutender als diese olle kleine Abtei in England. Dieses Westminster ist die elitärste Privatschule in Atlanta ... im gesamten Südosten, meine Liebe.»

Suzanne kichert, und mir kommt der Gedanke, dass sie irgendwie auch ihre Freude an all dem hat, auch wenn sie möchte, dass ich glücklich bin. Sie hat es mir schließlich von Anfang an gesagt. *Du bist eine Außenseiterin. Du bist keine von ihnen. Du wirst nie wirklich dazugehören.*

«Und dann», sage ich, «als ich denke, es ist endlich vorbei und wir können uns endlich wieder besinnungslos vor den Fernseher hocken – übrigens habe ich das Gefühl, dass wir gar nichts anderes mehr tun –, da sagt die Mutter zu ihrer Tochter, sie soll sich bei ‹Mr. und Mrs. Graham› bedanken, und eine verwirrte Sekunde lang drehe ich mich um und suche Andys Eltern. Bis mir klarwird, dass ich Missus Graham bin.»

«Möchtest du nicht Missus Graham sein?», fragt Suzanne spitz.

Ich seufze. «Ich möchte nicht, dass mein Tag sich um Thin Mints dreht.»

«Aber Thin Mints sind verdammt gut», sagt Suzanne. «Besonders wenn man sie ins Gefrierfach legt.»

«Hör auf.»

«Sorry», sagt sie. «Erzähl weiter.»

«Ich weiß nicht. Ich fühle mich so ... eingesperrt ... isoliert.»

«Und was ist mit Margot?»

Ich denke über die Frage nach, hin und her gerissen zwischen einem grundlegenden Gefühl der Loyalität gegenüber meiner Freundin und dem, was die traurige Wahrheit zu sein scheint: dass ich mich in letzter Zeit ein bisschen entfremdet fühle, obwohl ich mehrmals am Tag mit Margot rede. Angefangen hat es mit ihrem vorwurfsvollen Blick auf unserer Abschiedsparty, und trotz unseres Gesprächs auf dem Flughafen ist dieses Gefühl der Distanz nicht weggegangen.

Im ersten Augenblick war ich dankbar für ihren Freispruch und dafür, dass sie mich trotz meines Vergehens nicht verstoßen hat. Aber jetzt habe ich das beunruhigende, enervierende Gefühl, dass sie tatsächlich glaubt, ich sei Andy und der ganzen Familie eine *Menge* schuldig. Ich hätte großes Glück, hier zu sein, mitten in der Graham-Dynastie, ich könne New York unmöglich vermissen, und ich hätte nicht das Recht auf eine Ansicht über irgendetwas oder jemanden, wenn sie von den Ansichten der Familie, von ihren Anstandsvorstellungen und Werten abweicht.

Was dir am besten gefällt, ist zugleich das, was dich verrückt macht, denke ich – und das ist die Wahrheit. Mir hat die Bilderbuchwelt der Grahams in ihrer Vollkommenheit gefallen. Ich habe ihren Reichtum bewundert, ihren Erfolg, ihre Verbundenheit; sogar der rebellische Jamie (der endlich aus dem Gästehaus seiner Eltern ausgezogen ist) schafft es fast immer, sonntags morgens in der Kirche zu erscheinen, wenn auch mit roten Augen und wahrnehmbarem Zigarettendunst in seinen zerknautschten Khakihosen. Es hat mir gefallen, dass sie sich alle miteinander beraten, ehe sie etwas tun, dass sie glühenden Stolz auf den Namen und die Traditionen ihrer Familie empfinden und dass sie Stella allesamt verehren. Es hat mir gefallen, dass niemand gestorben oder geschieden oder wenigstens enttäuscht war.

Aber jetzt ... Jetzt fühle ich mich eingesperrt. Von ihnen. Von all dem.

Einen Augenblick lang denke ich daran, es Suzanne anzuvertrauen. Aber wenn ich das tue, ist das Spiel aus. Ich werde es nie zurücknehmen oder abmildern können, und eines Tages, wenn das Unwetter sich verzogen hat, wird meine Schwester es mir vielleicht sogar unter die Nase reiben. So etwas ist schon vorgekommen.

Also sage ich nur: «Mit Margot ist alles in Ordnung. Wir reden immer noch ständig miteinander ... Aber irgendwie sind wir nicht auf derselben Wellenlänge ... Sie geht so komplett in dieser Schwangerschaft auf – was ja auch verständlich ist, nehme ich an ...»

«Glaubst du denn, du kommst auch bald auf diese Wellenlänge?» Natürlich meint sie unsere Pläne zur Gründung einer Familie.

«Wahrscheinlich. Warum soll ich nicht ein paar Gören in die Welt setzen? Wir hocken ja jetzt schon hier herum, als ob wir welche hätten. Ich dachte eben noch an den Abschiedsabend ... Unsere Freunde in New York, die Kinder haben, lassen das Elterndasein so erträglich aussehen. Sie wirken dabei völlig unverändert – immer noch die gleiche Kombination aus unreif und kultiviert. Hipsters eben. Urbaner Mainstream. Gehen immer noch in gute Konzerte und brunchen in coolen Restaurants.»

Seufzend denke ich an Sabina, die mit ihren Drillingen nicht auf den Spielplatz und in alberne Musikstunden geht, sondern sie ins MoMA und zum CMJ Film Festival mitschleppt. Und statt ihnen gesmokte Puffärmel-Kleidchen anzuziehen, steckt sie sie in schwarze T-Shirts und Jeans aus Öko-Baumwolle, macht sie zu Mini-Sabinas und verwischt die Grenzen zwischen den Generationen.

«Aber hier scheint das Gegenteil der Fall zu sein.» Ich rede mich allmählich in Rage. «Alle sind komplett *erwach-*

sen, schon bevor sie Kinder haben. Es ist wie in den fünfziger Jahren, als die Leute sich mit einundzwanzig in ihre Eltern verwandelten. Ich spüre, dass wir es auch tun, Andy und ich. Es gibt kein Geheimnis mehr, keine Herausforderung, keine Passion, keine Schärfe. Das ist es einfach, verstehst du? Das ist unser Leben von jetzt an. Nur ist es Andys Leben. Nicht meins.»

«Er ist also froh, dass ihr umgezogen seid?», fragt Suzanne. «Er bereut den Kauf nicht?»

«Nein. Er ist begeistert. Er pfeift noch mehr als sonst. Er pfeift im Haus. Pfeift im Garten und in der Garage. Pfeift, wenn er zu Daddy ins Büro geht oder zum Golfspielen mit seinen Good Old Boys.»

«Good Old Boys? Ich dachte, du hättest gesagt, in Atlanta gibt es keine Rednecks?»

«Ich rede nicht von ‹Good-Old-Boy›-Rednecks. Ich rede von den Kotzkannen aus der Studentenverbindung.»

Suzanne lacht, und ich spüle ein paar übriggebliebene Müsli-Körnchen in den Tümpel aus Milch, so rosa wie ein Osterei, der im Abfluss steht. Ich habe Andys Lieblingsfrühstück einmal niedlich gefunden, aber in diesem Augenblick frage ich mich nur, welcher erwachsene, kinderlose Mann eigentlich pastellfarbene Frühstücksflocken mit einem Cartoon-Häschen auf der Schachtel isst.

«Hast du ihm gesagt, wie es dir geht?», fragt meine Schwester.

«Nein. Das hat keinen Sinn.»

«Ehrlichkeit hat keinen Sinn?», fragt sie sanft.

Es ist das, was ich ihr immer sage, wenn sie und Vince Probleme haben. Sei offen. Teile deine Gefühle mit. Sprich alles aus. Plötzlich fällt mir auf, dass nicht nur unsere Rollen umgekehrt sind, sondern dass es auch leichter gesagt als getan ist, was ich ihr da rate. Es kommt einem nur leicht vor, wenn man relativ geringfügige Probleme hat. Und im Moment sind meine Probleme alles andere als geringfügig.

«Ich will nicht, dass Andy sich schuldig fühlt», sage ich – und das ist die komplizierte Wahrheit.

«Na ja, vielleicht sollte er sich schuldig fühlen», sagt Suzanne. «Er hat dich zu dem Umzug gezwungen.»

«Er hat mich zu gar nichts gezwungen.» Es beruhigt mich, dass ich das Bedürfnis habe, Andy in Schutz zu nehmen. «Er hat mir jede Menge Türen offen gelassen. Ich habe sie einfach nicht benutzt … Ich habe einfach keinen Widerstand geleistet.»

«Tja, das war dumm», sagt sie.

Ich wende mich von der Spüle ab und fühle mich, als wäre ich zehn, als ich antworte: «Selber dumm.»

Dreiundzwanzig

Ein paar Tage später liefert Oprah Winfrey die Geräuschuntermalung, während ich meiner Zwangsstörung nachgebe und glänzende weiße Etiketten für unsere Küchenschubladen beschrifte. Als ich das Wort *Bratenwender* drucke, klopft es an der Hintertür. Ich schaue auf und sehe Margot durch die Fensterscheibe.

Bevor ich sie hereinwinken kann, öffnet sie die Tür und sagt: «Hey, Honey. Ich bin's nur.»

Ich stelle den Fernseher stumm und wende mich von meinem Etikettendrucker ab. Zu zwei Dritteln bin ich dankbar für den Besuch, aber zu einem Drittel ärgere ich mich über die Anmaßung, mit der sie einfach hereinkommt. Und vielleicht bin ich auch ein bisschen verlegen, weil sie mich dabei erwischt, dass ich tagsüber fernsehe, was ich in New York *niemals* getan habe.

«Hey», sagt sie und lächelt müde. In einem engen Tank Top, schwarzen Leggings und Flip-Flops sieht sie zum ersten Mal ungemütlich schwanger aus – beinahe klobig, zumindest für ihre Verhältnisse. Sogar ihre Füße und Knöchel sind jetzt ein bisschen geschwollen. «Bleibt's dabei, dass wir heute Abend bei mir zu Abend essen?»

«Ja, natürlich. Ich habe nur versucht, anzurufen, weil ich es bestätigen wollte … Wo warst du denn?» Es ist sehr ungewöhnlich, dass ich nicht genau weiß, wo Margot gerade ist.

«Pränatales Yoga.» Sie lässt sich ächzend auf die Couch sinken. «Und was hast du getrieben?»

Ich drucke ein Etikett für Sieblöffel und halte es hoch. «Ich schaffe Ordnung.»

Sie nickt abwesend und sagt: «Wie findest du Josephine?»

Ich sehe sie verwirrt an, und dann begreife ich, dass sie von Babynamen redet. Schon wieder. In letzter Zeit reden wir anscheinend über nichts anderes mehr. Im Allgemeinen macht mir das Namensspiel Spaß, und natürlich weiß ich, wie wichtig es ist, einem Kind einen Namen zu geben – manchmal scheint es, als ob der Name die Persönlichkeit formte –, aber allmählich habe ich das Thema satt. Wenn Margot wenigstens das Geschlecht des Kindes feststellen ließe, würde sich die Aufgabe halbieren.

«Josephine», sage ich. «Gefällt mir … Klingt charmant … ausgefallen … wirklich süß.»

«Und Hazel?»

«Hmm», sage ich. «Ein bisschen aufgesetzt. Außerdem ... heißt Julia Roberts Tochter nicht so? Es soll doch nicht aussehen, als ob du die Stars imitierst, oder?»

«Wohl nicht, nein», sagt sie. «Wie ist es mit Tiffany?»

Ich mag den Namen nicht besonders, und er ist eher ein Ausreißer auf Margots ansonsten klassischer Liste, aber ich bin trotzdem auf der Hut. Zu sagen, dass man den potenziellen Namen des Kindes einer Freundin nicht mag, ist eine riskante Sache (wie wenn man ihr sagt, man kann ihren Freund nicht leiden – damit ist garantiert, dass die beiden heiraten).

«Ich bin nicht sicher», sage ich. «Ist hübsch, klingt aber ein bisschen zu putzig ... Ich dachte, du willst einen traditionellen, familiengemäßen Namen?»

«Will ich auch. Tiffany hieß Webbs Cousine – die an Brustkrebs gestorben ist ... Aber Mom findet, dass er ein bisschen achtzigerjahremäßig klingt, altmodisch und billig, zumal jetzt, wo der Markenname so weit in den Massenmarkt vorgedrungen ist ...»

«Na ja, ich kenne ein paar Tiffanys aus Pittsburgh», sage ich pikiert. «Vielleicht hat sie recht, wenn sie von Dutzendware spricht.»

Margot bemerkt meine subtile Spitze nicht. Sie redet fröhlich weiter. «Ich muss dabei an Frühstück bei Tiffany denken, an Audrey Hepburn ... Hey? Wie wär's mit Audrey?»

«Audrey gefällt mir besser als Tiffany ... Allerdings reimt es sich auf Hallodri.»

Margot lacht; sie ist ein großer Fan meines Lackmustests, mit dem ich Namen auf ihre Tauglichkeit zu Sandkastenhänseleien überprüfe. «Welches Kind kennt denn noch das Wort Hallodri?»

«Kann man nie wissen», sage ich. «Und wenn du den zweiten Vornamen eurer Familie beibehältst, hat sie die Initialen ABS – und dann musst du aufpassen, dass sie nicht irgendwann als Mechanikerin in einer Autowerkstatt landet.»

Margot lacht wieder und schüttelt den Kopf. «Du bist verrückt.»

«Was ist denn aus Louisa geworden?», frage ich.

Wochenlang hatte Louisa – auch ein gebräuchlicher Name in der Familie – auf Platz eins gestanden. Margot hat auf einer privaten Nobelmodenschau für Kinder sogar schon einen Badeanzug gekauft und mit dem Monogramm L versehen lassen – nur für den *Fall*, dass es ein Mädchen wird. Sie wünscht sich offenbar, dass es ein Mädchen wird, sodass ich schon angefangen habe, mir Sorgen zu machen, es könnte ein Junge werden. Noch gestern Abend habe ich zu Andy gesagt, Margot würde sich dann wie eine Schauspielerin benehmen, die für den Oscar nominiert ist und darauf wartet, dass die Entscheidung verkündet wird: totale Spannung, gefolgt von Überschwang, wenn sie gewinnt – und dann muss sie so tun, als sei sie genauso entzückt, wenn es nicht klappt.

«Ich finde Louisa wundervoll», sagt Margot. «Aber ich bin noch nicht hundertprozentig überzeugt.»

«Dann solltest du dich aber bald von irgendetwas überzeugen lassen», sage ich. «Du hast nur noch vier Wochen.»

«Ich weiß. Dabei fällt mir ein – wir sollten uns mit diesem Schwangerschaftsfoto beeilen ... Ich lasse mir am Montag Strähnen ins Haar machen, und Webb sagt, er kann nächste Woche jederzeit früher nach Hause kommen. Also, wann immer du Zeit hast ...»

«Okay.» Ich erinnere mich an ein Gespräch vor ein paar Monaten: Sie hat mich gebeten (und ich war einverstanden), «ein paar von diesen kunstbeflissenen, schwarzweißen Bauchbildern» zu machen. Damals schien es eine gute Idee zu sein, aber in meiner jetzigen Gemütsverfassung bin ich nicht besonders scharf darauf, zumal ich jetzt weiß, dass Webb mit dabei sein soll. Ich stelle mir vor, wie er sie liebevoll anstarrt, ihren nackten Bauch liebkost und vielleicht sogar einen Kuss auf ihren vorquellenden Nabel drückt. Meine Güte, wie tief bin ich gesunken. Wenn ich nicht aufpasse, wird die, die einmal für Platform fotografiert hat, demnächst sabbernde Babymäulchen abwischen und wacklige Kleinkinder mit dem Räppelchen locken.

Das alles geht mir durch den Kopf, und ich frage: «Meinst du nicht, das ist irgendwie ... ich weiß nicht ... kitschig?»

Einen Moment lang sieht Margot gekränkt aus, aber sie fasst sich sofort wieder und sagt ziemlich nachdrücklich: «Nein, ich fände es schön. Ich will die Bilder ja nicht in der Diele ausstellen – aber in unserem Schlafzimmer, oder in einem Album ... Ginny und Craig haben auch welche machen lassen, und sie sind wirklich toll.»

Ginny ist Margots älteste und – bis ich sie entthront habe – beste Freundin. Die Geschichte, wie sie sich kennengelernt haben, habe ich mindestens ein Dutzend Mal gehört, hauptsächlich von Ginny. Kurz gesagt, ihre Mütter freundeten sich in einer Krabbelgruppe in ihrem Viertel an, als ihre Töchter noch sehr klein waren, und sie verließen die Gruppe zwei Wochen später, weil sie zu dem Schluss gekommen waren, dass keine der anderen Mütter ihre Empfindsamkeit teilte. (Konkret ging es darum, dass eine der anderen Mütter eines Morgens trockene Cheerios als Snack serviert hatte, worüber man hätte hinwegsehen können, wenn sie die gerösteten, süßen Müsli-Ringe nicht auch den anderen Erwachsenen angeboten hätte. Noch dazu in einer Plastikschüssel. An dieser Stelle schiebt Ginny immer den äußerst unaufrichtigen Zusatz «Gott segne sie» ein. Übersetzung: «Dieser arme Trampel.»)

Selbstverständlich trennten sich ihre Mütter daraufhin von der Gruppe und gründeten ihre eigene, und der Rest ist Geschichte. Nach den Bildern in Margots Fotoalbum zu urteilen, waren die beiden Mädchen als Teenager buchstäblich unzertrennlich, ob als Cheerleader (wo Ginny, am Rande bemerkt, bei der Pyramide immer Margots linke Ferse hielt, was ich als Symbol ihrer Freundschaft empfinde) oder im Country Club, wo sie in identischen gelben Bikinis im Liegestuhl lagen oder an Teepartys und Debütantinnenbällen teilnahmen – immer strahlend lächelnd, immer sonnengebräunt, immer umgeben von einer Truppe bewundernder minderer Schönheiten. Welten entfernt von den wenigen Fotos, die ich von mir und Kimmy habe, meiner besten Freundin zu Hause: Wir hängen mit Farrah-Fawcett-Mittelscheitel an der Ches-A-Rena-Rollschuhbahn herum und tragen schockfarbene Tank Tops und verzwirbelte, zerfranste Wollarmbänder.

Jedenfalls, als Kimmy und ich nach dem Examen getrennte Wege gingen (sie ist Friseurin geworden und schneidet jetzt Farrah-Fawcett-Frisuren in ihrem Salon in Pittsburgh), lebten auch Ginny und Margot sich auseinander. Ginny ging an die University of Georgia und trat zwar ebenfalls in eine Studentinnenverbindung ein – aber sie machten doch andere Erfahrungen mit anderen Menschen in einer sehr intensiven Phase des Lebens, und das bedeutet fast immer das Aus für die «allerbeste»

Freundin. In jener Zeit blieb Ginny in ihrer alten Clique aus Atlanta (fast die Hälfte ihres Highschool-Jahrgangs ging an die University of Georgia), während Margot ihren Horizont erweiterte und auf Wake Forest ihr eigenes Ding machte. Dazu gehörte, dass sie sich mit mir anfreundete, einer Yankee-Studentin, die in die gesellschaftliche Ordnung von Atlanta nicht passte (oder sich ihr sogar widersetzte). Rückblickend glaube ich manchmal sogar, dass die Freundschaft mit mir für Margot ein Mittel war, sich selbst neu zu definieren, wie man es tut, wenn man Fan einer neuen, ausgefallenen Band wird. Ich war nicht alternativ oder so etwas, aber ich war eine katholische, braunäugige Brünette mit Pittsburgher Dialekt, und das bedeutete auf jeden Fall einen Tempowechsel nach Margots Jugend in der Südstaaten-Society. Ehrlich gesagt, ich glaube, Margot gefiel es auch, dass ich intelligent war, wenn nicht sogar intelligenter als sie – im Gegensatz zu Ginny, die ganz belesen war, aber frei von jeder intellektuellen Neugier. Ich habe Bruchstücke ihrer Telefonate auf dem College mitgehört, und ich hatte den deutlichen Eindruck, dass Ginny sich eigentlich für nichts anderes interessierte als für Partys, Mode und Jungs, und auch wenn Margot diese Interessen teilte, hat sie doch unter der Oberfläche weit mehr Substanz.

So war es vorhersehbar, dass Ginny in eine eifersüchtige Konkurrenz mit mir eintreten würde, zumal in jenen ersten Jahren am College. Ginny verhielt sich immer korrekt mir gegenüber, aber sie behandelte mich kühl, und dazu kam ihre demonstrative Gewohnheit, in meiner Gegenwart Insider-Storys und Cliquenwitze durchzuhecheln; vielleicht war ich paranoid, aber mir schien, als gebe sie sich alle Mühe, über Dinge zu reden, zu denen ich keinen Bezug hatte – beispielsweise über ihr jeweiliges Tafelsilber (die Großmütter der beiden hatten ihnen zur Geburt ein Silberbesteck vom Beverly Bremer Silver Shop in Buckhead geschenkt), über den neuesten Klatsch aus dem Piedmont Driving Club oder über die ideale Größe von Ohrstecker-Diamanten (anscheinend ist alles unter einem Karat allzu «Sweet Sixteen», und mehr als zweieinhalb Karat sieht «sooo nach neuem Geld aus»).

Im Laufe der Zeit, während Margot und Ginny bald nur noch Freundinnen aus der Vergangenheit waren und Margot und mich die Gegenwart verband, hat Ginny es kapiert. Als es dann zwischen Andy und mir ernst wurde und sie begriff, dass ich – ganz gleich, wie lange sie und Margot sich schon kannten – zur Familie gehören würde, war es bald absolut klar, dass ich ihren Titel erben und Margots Brautjungfer werden würde, was unter Erwachsenen eindeutig das Äquivalent von Freundschaftsringen ist. Und obwohl Ginny mit Anstand den zweiten Platz auf Margots Verlobungspartys und Brautjungfern-Lunches einnahm, hatte ich das deutliche Gefühl, dass sie fand, Margot, und übrigens auch Andy, hätten etwas Besseres als mich verdient.

Aber ich habe nie viel über dieses ganze unterschwellige Mädchen-Drama nachgedacht, bis Margot nach Atlanta zurückzog. Anfangs schien selbst sie nur widerstrebend in die alte Szene zurückzukehren. Sie blieb immer loyal gegen Ginny – das ist einer von Margots besten Charakterzügen –, aber gelegentlich ließ sie beiläufige Bemerkungen über Ginnys beschränkte Weltsicht fallen: Nie komme sie auf die Idee, irgendwo anders als auf Sea Island Urlaub zu machen, sie lese keine Zeitungen, und es sei doch «komisch», dass Ginny in ihrem ganzen Leben nie einen Job gehabt habe. (Und mit «nie» meine ich nie. Sie war nie Rettungsschwimmerin auf der Highschool, sie hatte nicht mal einen kurzen Bürojob, bevor sie heiratete und sofort – was auch sonst? – einen Sohn und zwei Jahre später eine Tochter bekam. Sie hat niemals einen einzigen Gehaltsscheck kassiert. Und für mich, die ich seit meinem fünfzehnten Lebensjahr immer gearbeitet habe, war diese Tatsache weit mehr als «komisch». Es war eher wie die Bekanntschaft mit siamesischen Zwillingen oder mit einem Akrobaten im Zirkus: extrem bizarr und auch ein bisschen traurig.)

Aber seit wir in Atlanta sind, scheint mir, als nehme Margot das alles an Ginny nicht mehr wahr – als gebe es jetzt eine Neuauflage der Freundschaft. Und auch wenn ausgeglichene Erwachsene (und dafür halte ich mich gern) ihre Freunde nicht mehr auf Ranglisten aufführen, bringt mich meine ehemalige blonde Nemesis doch gegen meinen Willen in Rage, nachdem ich nun in ihre gestylte, homogenisierte Buckhead-Welt katapultiert worden bin.

Und als Margot als Nächstes sagt: «Ach, übrigens habe ich Ginny und Craig für heute Abend auch eingeladen. Das ist hoffentlich okay?», antworte ich mit einem breiten, falschen Lächeln: «Klingt schick.»

Ein passendes Adjektiv für mein neues Leben in Georgia.

An diesem Abend gelingt es mir, mich zu spät zum Essen fertig zu machen – ein seltsames Phänomen, das auftritt, wenn man den ganzen Tag über nichts Dringendes zu tun hat. Als ich mein nasses Haar auswringe und mir das Gesicht eincreme, höre ich, wie Andy die Treppe heraufstürmt und meinen Namen ruft. Seinem Tonfall ist anzuhören, dass für ihn die Welt in bester Ordnung ist. «Honey! Ich bin zu Hause!»

Ich denke daran, dass ich einmal in einem Hauswirtschaftslehrbuch aus den fünfziger Jahren gelesen habe, welche Regeln eine gute Gattin unbedingt befolgen sollte: *Der Abend gehört ihm ... Binde dir eine Schleife ins Haar und sieh frisch aus ... Biete ihm an, ihm die Schuhe auszuziehen ... Sprich mit sanfter Stimme.*

Ich küsse Andy auf den Mund und sage dann geziert und sarkastisch: «Gute Nachrichten, Schatz. Ginny und Craig werden heute Abend dabei sein.»

«Ach, komm», sagt er lächelnd. «Sei nett. Die sind doch nicht so übel.»

«Sind sie wohl», sage ich.

«Sei nett», wiederholt er, und ich versuche, mich an das Lehrbuch zu erinnern: *Sei immer nett, auch auf Kosten der Wahrheit.*

«Okay», sage ich, «ich werde nett sein, bis sie zum fünften Mal etwas ‹supersüß› nennt. Danach darf ich ich selbst sein. Abgemacht?»

Andy lacht, als ich Ginny nachäffe. «Dieses Kleid ist supersüß. Dieses Bettchen ist supersüß. Jessica Simpson und Nick Lachey waren sooo supersüß zusammen. Ich weiß, es ist furchtbar, dieser ganze Aufruhr im Nahen Osten, aber diese Trennung ist trotzdem irgendwie supertraurig.»

Andy lacht wieder, während ich mich meinem riesigen begehbaren Kleiderschrank zuwende, der nur zu einem Drittel gefüllt ist, und mir eine Jeans, ein Paar lederne Flip-Flops und ein antikes «Orange-Crush»-T-Shirt aussuche.

«Findest du das okay zum Abendessen?», frage ich. Ich streife mir das Shirt über den Kopf und hoffe halb, dass Andy meine Wahl kritisieren wird.

Aber er küsst mich auf die Nasenspitze und sagt: «Na klar. Du siehst supersüß aus.»

Wie es ihre Art ist, erscheint Ginny schick gekleidet. Sie trägt ein Hemdkleid, Riemchensandalen und eine Perlenkette, und Margot hat ein anbetungswürdiges hellblaues Umstandskleid an und trägt ebenfalls Perlen. (Zugegeben, Margots Perlen sind welche von der unernsten, übergroßen Modeschmucksorte, die hinten mit einem weißen Seidenband verknotet werden, nicht die gute Kette, die ihre Großmutter ihr vererbt hat, aber Perlen sind es trotzdem.) Ich werfe Andy einen Blick zu, der ihm aber entgeht, weil er sich hinunterbeugt und Ginnys haarlosen Hund streichelt, einen chinesischen Schopfhund-Welpen namens Delores, ohne den sie das Haus niemals verlässt (und den sie, was noch schlimmer ist, regelmäßig mit Sonnencreme einschmiert). Ich schwöre, sie liebt Delores mehr als ihre Kinder – zumindest mehr als ihren Sohn, der unter einer derart rasenden Hyperaktivitätsstörung leidet, dass Ginny überall stolz erzählt, dass sie ihm aus strategischen Erwägungen vor Restaurantbesuchen oder längeren Autofahrten immer eine Dosis Benadryl verabreicht.

«Ich fühle mich so underdressed», sage ich und überreiche Margot eine Flasche Wein, die ich beim Hinausgehen noch rasch aus unserem Weinkeller geholt habe. Ich streiche mit den Händen über meine Jeanshüften. «Ich dachte, du hättest was von ungezwungener Kleidung gesagt?»

Ginny scheint überglücklich zu sein; sie weiß eben nicht, denke ich beinahe selbstgefällig, dass ich mich in Jeans und T-Shirt insgeheim ganz passend gekleidet finde. Sie ist overdressed. Margot beugt sich vor und begrüßt mich mit einer sittsamen Umarmung, Wange an Wange, und dann bedankt sie sich für den Wein und sagt: «Ja, das habe ich. Du siehst großartig aus.» Sie gießt Margaritas in übergroße, mundgeblasene Gläser und fügt hinzu: «Gott, ich wünschte, ich wäre so groß wie du … vor allem in letzter Zeit. Ginny, würdest du für solche Beine nicht einen Mord begehen?»

Ginny, die nach ihren Entbindungen nie wieder zur alten Form zurückgefunden hat – trotz eines persönlichen Fitness-Trainers und einer Bauchstraffung, von der ich weiß, ohne dass sie es weiß –, wirft einen wehmütigen Blick auf meine Beine und brummt etwas Unverbindliches. Es ist klar, dass sie mir lieber zweifelhafte Komplimente macht – wie das neulich, als wir bei Paces Papers die Einladungen für Margots Babyparty aussuchten. Nachdem wir uns mit der Formulierung und der Papierauswahl geplagt und uns schließlich für ein blassrosa Büttenpapier, eine anthrazitfarbene Schrift und ein altmodisches Kinderwagenmotiv entschieden hatten, dachte ich, wir seien endlich fertig. Erleichtert griff ich nach meiner Handtasche und wollte gehen, als Ginny mein Handgelenk berührte, herablassend lächelte und sagte: «Die Schrift, Honey. Wir müssen noch eine Schrift aussuchen.»

«Ach, stimmt», sagte ich und dachte an meinen alten Arbeitsraum in New York, wo ich von Oscar so viel über Schrifttypen gelernt hatte. Viel mehr als alles, was Ginny bei der Planung ihrer Hochzeit, einiger Partys und Wohltätigkeitsbälle aufgeschnappt haben konnte. Trotzdem machte ich mir den Spaß, zu bemerken: «Ich nehme an, Times New Roman wird diesmal also nicht genügen?»

Ginny tat ihr Bestes, der niedlichen Rothaarigen, die uns bediente, ihr Entsetzen mitzuteilen, und erklärte: «Oh, Ellen. Ich bewundere jedes Mal, wie entspannt du in diesen

Details bist … Ich versuche immer, auch ein bisschen mehr so zu sein, aber ich *kann* es einfach nicht.»

Gott segne dich.

Jedenfalls – hier sitze ich nun in Margots Wohnzimmer in meinem «Orange-Crush»-T-Shirt, der einzige leuchtende Farbfleck in einem Meer von sommerlich schicken Pastellfarben. Und die Einzige, die die neueste Nachricht des Sommers noch nicht gehört hat: Cass Phillips hat herausgefunden, dass ihr Mann Morley eine Dreitausend-Dollar-Harfe für seine einundzwanzigjährige Geliebte gekauft hat, die zufällig auch noch das Patenkind ihrer besten Freundin ist. Man kann sich vorstellen, dass die Sache im Cherokee, dem Country Club, in dem alle Beteiligten Mitglied sind, ein ziemliches Aufsehen erregt hat.

«Eine Harfe?», frage ich. «Was ist denn aus dem traditionellen Negligé geworden?»

Ginny wirft mir einen Blick zu, der mir sagt, dass ich überhaupt nicht kapiert habe, worum es geht, und sagt: «Oh, Ellen. Sie ist Harfenistin.»

«Okay», sage ich und murmele, das hätte ich mir schon gedacht, aber wer zum Teufel denn überhaupt auf die Idee komme, Harfe zu spielen?

Andy zwinkert mir zu. «Elizabeth Smart.»

Ich erinnere mich an die Vermissten-Plakate, die Elizabeth beim Harfespielen zeigten, und lächle über den Humor meines Mannes. Ginny ignoriert unsere Bemerkungen und informiert mich, dass sie und Craig bei ihrem Probedinner vor der Hochzeit eine Harfenistin hatten – und ein Streichquartett.

«Was für eine Elizabeth?», fragt Craig und sieht Andy an, als habe er Mühe, den Namen in seinem engen kleinen Buckhead-Kontext unterzubringen.

«Du weißt schon», sage ich. «Das Mormonen-Mädchen, das entführt und ein Jahr später in Salt Lake City gefunden wurde, wo sie mit ihrem bärtigen Entführer in einem langen Gewand herumlief.»

«Ach ja. Die», sagt Craig gelangweilt. Ich sehe zu, wie er eine dicke Ecke Brie abschneidet und zwischen zwei Cracker klemmt, und denke plötzlich, er hat zwar viel Ähnlichkeit mit Webb – beide sind rotwangige, witzerzählende Sportlertypen. Aber Craig fehlt Webbs Liebenswürdigkeit und sein Talent, anderen ihre Befangenheit zu nehmen. Wenn ich es mir recht überlege, nimmt er mich eigentlich nie wirklich zur Kenntnis und schaut mich nicht mal an. Er streicht ein paar Krümel von seinen Seersucker-Shorts und sagt: «Ich habe allerdings gehört, diese Harfenistin ist eine ganz heiße Granate …»

«Craig!» Ginny winselt den Namen ihres Mannes und sieht so entsetzt aus, als habe sie ihn mit einem *Penthouse*-Heft beim Wichsen ertappt.

«Entschuldige, Babe», sagt Craig und küsst sie so, dass man vermuten könnte, sie hätten erst ein paar Dates hinter sich, während sie in Wirklichkeit buchstäblich seit dem ersten Tag am College zusammen sind.

Webb sieht amüsiert aus, als er fragt, wie Morley sich hat erwischen lassen.

Cass habe die Belastung auf Morleys Amex-Firmenkarte gesehen, erklärt Ginny. «Das hat sie misstrauisch gemacht, und sie hat den Laden angerufen …» Die skandalösen Details lassen ihre Augen funkeln.

«Ist er denn nicht auf die Idee gekommen, dass sie – in Anbetracht der Tatsache, dass er ein ziemlicher Weiberheld ist – einen Blick auf seine Kreditkartenabrechnung werfen könnte?», fragt Margot.

Craig zwinkert. «Die Firmenkarte ist normalerweise ziemlich sicher.»

Wieder winselt Ginny seinen Namen und gibt ihm dann einen scherzhaften Schubs. «Ich würde dich sofort verlassen», sagt sie.

Na klar, denke ich. In Wirklichkeit ist sie *genau* die Frau, die solche Eskapaden reihenweise hinnehmen würde. Alles – wenn nur der perfekte Schein gewahrt blieb.

Während die anderen die öde Harfen-Geschichte weiter analysieren, denke ich mal wieder an Leo, und ich frage mich mindestens zum einhundertsten Mal, ob ich – formal gesehen, und wenn man hundert Leute auf dem Times Square befragen würde – Andy in jener Nacht im Flugzeug betrogen habe. Immer habe ich bisher gehofft, die Antwort möge «nein» lauten – sowohl um Andys als auch um meinetwillen. Aber heute Abend wird mir klar, dass ein kleiner Teil meiner selbst sich fast *wünscht,* ich gehörte zu dieser finsteren Kategorie. Ich will ein Geheimnis haben, das mich von Ginny und dieser ganzen Welt von *Desperate Housewives* unterscheidet, in die ich hier geraten bin. Ich höre sie geradezu, wie sie mit ihren Freundinnen aus Buckhead tratscht: «Ich weiß nicht, *was* Margot an diesem geschmacklose Schrifttypen aussuchenden, T-Shirt-tragenden, strähnchenlosen Yankee-Trampel findet.»

Der Rest des Abends verläuft ereignislos – die Männer reden endlos über Golf und Geschäfte, die Frauen über Babys –, bis Ginny an ihrem Weinglas nippt, das Gesicht verzieht und fragt: «Margot, Liebling, was trinken wir hier?»

«Das ist ein Merlot», antwortet Margot sofort, und etwas in ihrem Tonfall sagt mir, dass es Ärger gibt. Ich werfe einen Blick auf die Flasche und sehe, dass ich diese

Flasche mitgebracht habe – und dann fällt mir auch wieder ein, dass wir sie von meinem Vater und Sharon zum Einzug in unser New Yorker Apartment geschenkt bekommen haben.

«Tja, aber er schmeckt *miseraaabel*», sagt Ginny, als wäre sie eine Engländerin – eine Gewohnheit, die mir ganz speziell auf den Zwickel geht. (Vorhin hat sie erwähnt, dass sie und Craig eine Reise nach «Me-chi-ko» planen – einen Plan, den sie höchstwahrscheinlich ohnehin nicht in die Tat umsetzen.)

Margot wirft Ginny einen warnenden Blick zu – und man sollte meinen, dass sie diesen Blick schon auf der Highschool perfektioniert hätte, aber entweder sieht Ginny ihn nicht, oder sie ignoriert ihn absichtlich. Jedenfalls setzt sie ihr Geflachse fort. «Wo hast du den her? Aus dem Wal-Mart?»

Bevor Margot etwas sagen kann, schnappt Craig die Flasche, überfliegt das Etikett und höhnt: «Pennsylvania. Er ist aus Pennsylvania. Genau. Jeder weiß doch, wie weltberühmt die Weinberge in Pennsylvania sind.» Er lacht über seinen eigenen Witz und freut sich, seine Kultiviertheit zur Schau zu stellen, sein Wissen über die feineren Dinge des Lebens. «Das wäre wirklich nicht nötig gewesen», fügt er noch hinzu und erwartet, dass wir uns jetzt alle ausschütten vor Lachen.

Andy wirft mir einen Blick zu, der sagt: *Lass es gut sein.* Wie seine Schwester und seine Mutter geht er jedem Konflikt aus dem Weg, und tief im Innern weiß ich, dass ich genau das jetzt auch tun sollte. Ich bin auch ziemlich sicher, dass niemand mich beleidigen wollte – Craig und Ginny haben wahrscheinlich gar nicht mitbekommen, dass ich den Wein mitgebracht habe. Es handelt sich nur um eine gutmütige Stichelei unter Freunden. Ein Tritt ins Fettnäpfchen, der jedem mal passieren kann.

Aber weil ich Ginny und Craig nicht leiden kann und sie mich auch nicht, und weil ich in diesem Augenblick überall auf der Welt sitzen möchte, nur nicht an einem Tisch in meiner neuen Heimatstadt Atlanta bei einem Essen mit Ginny und Craig, sage ich: «Aus Pittsburgh, genau genommen.»

Craig sieht mich verwirrt an. «Pittsburgh?»

«Ja. Pittsburgh ... nicht Philadelphia.» Mein Gesicht glüht vor Entrüstung. «Es ist Pittsburghs bester Merlot.»

Craig, der offensichtlich keine Ahnung hat, woher ich stamme und sich noch nie die Mühe gemacht hat, mich zu fragen, ist immer noch verwirrt, und ich sehe, dass Margot und Webb einen unbehaglichen Blick wechseln.

«Ich bin aus Pittsburgh», sage ich gespielt kleinlaut. «Ich habe die Flasche mitgebracht.» Ich schaue Ginny an und lasse den Wein in meinem Glas kreisen. «Tut mir leid, dass er den Ansprüchen nicht genügt.»

Craig macht ein betretenes Gesicht, Ginny stammelt verlegen irgendetwas, Margot lacht nervös, Webb wechselt das Thema, und Andy tut absolut nichts. Und ich hebe stumm mein Glas und trinke einen großen Schluck von dem billigen Rotwein.

*Vierundzwanzig

Auf dem kurzen Heimweg durch die schwüle Luft warte ich darauf, dass Andy mir eilig beispringt – oder die Merlot-Episode wenigstens beiläufig erwähnt. Ich habe vor, dann lachend darüber hinwegzugehen oder vielleicht auch ein paar erlesene Kommentare über Ginny und Craig zu machen – über ihr dämliches Geschwätz, diese Hochnäsigkeit und den unerbittlichen und beinahe komischen Snobismus der beiden.

Aber ich bin überrascht und noch mehr enttäuscht, als Andy mit keinem Wort auf die Sache zu sprechen kommt. Überhaupt hat er so wenig zu sagen, dass er mir ganz ungewohnt distanziert, ja, reserviert erscheint, und allmählich habe ich das Gefühl, er ist tatsächlich wütend auf mich, weil ich bei Margots Barbecue ein solches Aufsehen gemacht habe. Als wir vor unserem Haus sind, bin ich versucht, ihn geradewegs darauf anzusprechen, aber dann tue ich es doch nicht, weil ich befürchte, ich könnte schuldbewusst wirken, und ich habe nicht das Gefühl, dass ich etwas falsch gemacht habe.

Also bleibe ich stur und plaudere munter. «Die Filets waren wirklich erstklassig, nicht?», sage ich.

«Ja. Haben ziemlich gut geschmeckt.» Andy nickt einem nächtlichen Jogger zu, der in einem verrückten, von Kopf bis Fuß reflektierenden Anzug an uns vorübertrabt.

«Den kann wirklich niemand überfahren», sage ich kichernd.

Andy ignoriert meinen halbherzigen Witz und redet in ernsthaftem Ton weiter. «Margots Maissalat war auch sehr gut.»

«M-hm. Ja. Ich werde sie nach dem Rezept fragen», brumme ich, und es klingt ein bisschen ätzender als beabsichtigt.

Andy wirft mir einen Blick zu, den ich nicht deuten kann – irgendeine Mischung aus betrübt und abwehrend –, und dann lässt er meine Hand los und zieht seinen

Schlüssel aus der Tasche. Er wird schneller, als er durch die Einfahrt auf die Vorderveranda zugeht; er schließt die Tür auf und tritt zur Seite, um mich vorbeizulassen. Das tut er immer, aber heute Abend wirkt die Geste förmlich, beinahe angespannt.

«Oh, danke», sage ich. Irgendwie fühle ich mich gestrandet in einem Niemandsland: Ich möchte Streit, und ich möchte Nähe.

Andy gibt mir beides nicht. Stattdessen geht er um mich herum, als wäre ich ein Paar Tennisschuhe auf der Treppe, und steigt geradewegs hinauf in unser Zimmer.

Widerstrebend folge ich ihm und sehe zu, wie er sich auszieht. Ich habe den verzweifelten Drang, zu klären, was da zwischen uns in der Luft liegt, aber ich will nicht den ersten Schritt tun.

«Gehst du ins Bett?» Ich werfe einen Blick auf die Uhr auf dem Kaminsims.

«Ja. Ich bin erledigt», sagt Andy.

«Es ist erst zehn.» Ich bin wütend und traurig zugleich. «Willst du nicht mehr fernsehen?»

Er schüttelt den Kopf. «Es war eine lange Woche.» Dann zögert er, als habe er vergessen, was er gerade tun wollte, ehe er seine oberste Kommodenschublade öffnet und seinen besten Pyjama – aus feiner ägyptischer Baumwolle – herausnimmt. Er macht ein überraschtes Gesicht. «Hast du den gebügelt?»

Ich nicke, als wäre weiter nichts dabei, aber in Wahrheit habe ich mich wie eine Märtyrerin gefühlt, als ich ihn gestern Morgen gebügelt habe, mit Stärke und allem Drum und Dran. Sprühen, seufzen, bügeln. Sprühen, seufzen, bügeln.

«Das wäre doch nicht nötig gewesen.» Langsam und bedächtig knöpft er die Jacke zu und sieht mich nicht an.

«Ich wollte aber», lüge ich und konzentriere mich auf seinen schlanken Nacken, als er auf den obersten Knopf hinunterschaut. Ich habe ja nichts Besseres zu tun in Atlanta, denke ich.

«Das war nicht nötig ... Ich habe nichts gegen ein paar Falten.»

«Bei Kleidern oder in meinem Gesicht?», frage ich trocken; vielleicht kann ich das Eis brechen – und dann mit ihm streiten.

«Sowohl als auch», sagt Andy mit versteinerter Miene.

«Gut», sage ich schnippisch. «Denn, weißt du, der Botox-Typ bin ich eher nicht.»

Andy nickt. «Ja. Ich weiß.»

«Ginny kriegt Botox.» Ich komme mir ein bisschen albern vor bei diesem offenkundigen und ungeschickten Versuch, das Gespräch auf das Thema zu lenken, das mich in Wirklichkeit beschäftigt – und noch alberner, als Andy nicht anbeißt.

«Ach, wirklich?», sagt er desinteressiert.

«Ja. Alle zwei Monate.» Jetzt klammere ich mich an Strohhalme. Als könnte die Frequenz ihrer Besuche beim Schönheitschirurgen ihn endlich dazu bringen, sich an meine Seite zu stellen.

«Tja.» Er zuckt die Achseln. «Jedem Tierchen sein Pläsierchen.»

Ich atme tief ein und setze dazu an, ernsthaft mit ihm zu diskutieren.

Aber bevor ich etwas sagen kann, wendet er sich ab und verschwindet im Badezimmer, und mich lässt er auf dem Fußende unseres Bettes sitzen, als wäre ich die Schurkin in diesem Stück.

Zu allem Überfluss schläft Andy auch noch sofort ein. Aufreizender kann man sich nach einem Streit – oder einem Unentschieden, wie in unserem Fall – kaum benehmen. Kein Drehen und Wälzen und Brüten neben mir im Dunkeln. Nichts als ein gleichgültiger Gutenachtkuss. Natürlich macht seine Entspanntheit mich rasend; ich liege nämlich hellwach da und lasse mir den Abend noch einmal durch den Kopf gehen, dann die letzten paar Wochen, dann die letzten Monate. Es gibt nichts Besseres als eine zeitweilige Schlaflosigkeit nach einem Streit, um sich in einen Zustand der Raserei zu versetzen.

Als die Großvateruhr in unserer Diele (übrigens ein Einzugsgeschenk von Stella, das ich nicht besonders gernhabe, weil Aussehen und Klang ziemlich düster sind) drei schlägt, bin ich in einem so miesen Gemütszustand, dass ich mich nach unten auf die Couch verziehe, wo ich anfange, an unsere Verlobung zu denken. Soweit ich mich erinnern kann, habe ich mich damals das letzte Mal für meine Herkunft gerechtfertigt.

Um fair zu sein (und dazu habe ich im Augenblick keine Lust), muss ich sagen, dass die Planung unserer Hochzeit die meiste Zeit glatt verlief. Zum Teil halte ich mir zugute, dass ich eine relativ entspannte Braut war, denn eigentlich interessierte ich mich nur für das Hochzeitsfoto, für das Ehegelübde und aus irgendwelchen seltsamen Gründen für die Torte (Suzanne meint, die Hochzeit war lediglich ein Vorwand für mich, jede Menge Backwaren zu kosten). Zum Teil, glaube ich, ging es auch deshalb so gut, weil Margot das alles gerade hinter sich hatte und Andy und ich nicht davor zurückschreckten, ihr schamlos alles nachzumachen; wir benutzten dieselbe Kirche, denselben Country Club, denselben Floristen und dieselbe Band.

Aber vor allem, glaube ich, ging es deshalb so gut, weil nur *eine* Mutter im Spiel war und weil ich ihr die ganze Show mit Vergnügen überlassen habe.

Suzanne kapierte das nicht, sie konnte nicht begreifen, dass ich mich Stellas entschiedenen Ansichten und ihrem traditionellen Geschmack so einfach unterwarf.

«Pinkfarbene Rosen passen nicht zu dir», sagte sie eines Nachmittags und fing an, über die Grahams herzuziehen, während wir meine CDs durchsahen und nach einem guten Stück für den ersten Tanz suchten.

«Ich finde pinkfarbene Rosen okay», sagte ich achselzuckend.

«Ich bitte dich. Und wenn schon ... was ist mit allem anderen?» Suzanne sah mich aufgebracht an.

«Womit zum Beispiel?»

«Mit allem! Es ist, als ob sie erwarteten, dass du eine von ihnen wirst!» Sie wurde lauter.

«Darum geht es doch bei einer Hochzeit», sagte ich gelassen. «Ich werde eine Graham, kann man sagen.»

«Aber es soll eine Verbindung zwischen zwei Familien sein ... und bei dieser Hochzeit kommt's mir so vor, als wäre es eher ihre als deine. Fast, als ob sie ... versuchte, dich zu übernehmen und deine Familie ganz auszublenden.»

«Wie kommst du darauf?»

«Also, mal sehen ... Zum Ersten bist du auf ihrem Gelände. Warum zum Teufel heiratest du überhaupt in Atlanta? Soll eine Hochzeit nicht in der Heimatstadt der Braut stattfinden?»

«Ich nehme es an. Es ist üblich. Aber es ist einfach vernünftig, in Atlanta zu heiraten, denn Stella macht die meiste Arbeit.»

«Und schreibt die Schecks», stellte Suzanne fest. Ich geriet sofort in die Defensive und sagte, sie sei unfair.

Aber jetzt frage ich mich, ob das Finanzielle nicht doch eine Rolle gespielt hat. Mit unerschütterlicher Gewissheit kann ich sagen, dass ich Andy nicht wegen seines Geldes geheiratet habe und dass ich mich nicht, wie Suzanne andeuten wollte, habe kaufen lassen. Aber irgendwie hatte ich vermutlich doch das Gefühl, in der Schuld der Grahams zu stehen, und habe mich deshalb gefügt, als es um die Einzelheiten ging.

Aber es war auch noch etwas anderes im Spiel, irgendeine dunkle Macht. Ich wollte mich damit nie genau befassen – bis jetzt, mitten in der Nacht, allein auf der Couch. Es war das Gefühl der Unzulänglichkeit, die Sorge, dass ich in einer bestimmten Hinsicht nicht gut genug sein könnte. Vielleicht reichte ich nicht ganz an Andy und seine Familie heran. Ich habe mich meiner Heimatstadt, meiner Wurzeln und meiner Familie niemals geschämt, aber je mehr mich in die Familie Graham einfügte, in ihre Lebensweise, Traditionen und Gebräuche, desto öfter sah ich meinen eigenen Hintergrund unwillkürlich in einem neuen Licht. Und aus dieser Sorge heraus – die ich damals vielleicht nur unbewusst empfand – war ich ungeheuer erleichtert, als Stella vorschlug, wir sollten in Atlanta heiraten.

Damals bemühte ich mich, dieses Gefühl zu rechtfertigen. Ich sagte mir, ich hätte Pittsburgh nicht ohne Grund verlassen. Ich wollte ein anderes Leben haben – kein besseres, aber ein anderes. Und dazu gehörte auch eine andere Art von Hochzeit. Ich wollte nicht in meiner zugigen katholischen Pfarrkirche heiraten, ich wollte keine Kohlrouladen von folienbespannten Warmhalteplatten essen, und ich wollte nicht in der Veteranenhalle zum Ententanz abhotten. Ich wollte nicht, dass mir die Hochzeitstorte ins Gesicht geworfen wird, ich wollte nicht, dass mein Bräutigam mir ein Strumpfband aus blauer Spitze mit den Zähnen abnimmt, und ich wollte nicht, dass ein neunjähriges Mädchen meinen Brautstrauß auffängt, weil buchstäblich jeder andere weibliche Gast längst verheiratet ist und Kinder hat. Ich wollte am Ende nicht von den Freunden meines Mannes – soweit sie noch stehen konnten – mit Reis beworfen werden und dann in einer schwarzen Stretch-Limo mit leeren Konservendosen an der hinteren Stoßstange zum Days Inn gefahren werden, wo wir übernachten würden, um dann am nächsten Tag nach Cancun zu fliegen und unsere Flitterwochen mit einem Pauschalurlaub zu verbringen. Nicht, dass ich irgendetwas davon mit Naserümpfen betrachtet hätte – ich hatte nur eine andere Vorstellung von einer «Traumhochzeit».

Jetzt wird mir klar, dass es nicht nur darum ging, was ich für mich selbst wollte. Ich war auch unsicher, was die Grahams und ihre Freunde über mich denken könnten. Ich habe nie versucht zu verbergen, wie ich aufgewachsen bin, aber ich wollte nicht, dass sie genau hinschauten, weil ich befürchtete, jemand könnte zu dem entsetzlichen Schluss kommen, ich sei nicht gut genug für Andy. Und diese Empfindung, diese Angst, wurde offensichtlich, als es darum ging, ein Hochzeitskleid auszusuchen.

Das alles fing an, als Andy bei meinem Vater um meine Hand anhielt. Er war tatsächlich nach Pittsburgh geflogen, um meinen Dad ins Bravo Franco, sein Lieblingsrestaurant in der Stadt, einzuladen und ihn dort von Mann zu Mann um Erlaubnis zu bitten. Diese Geste brachte ihm bei meinem Dad eine Menge Punkte ein; Dad klingt immer so stolz und glücklich, wenn er davon erzählt, dass ich lange

Zeit scherzhaft sagte, er habe wohl Angst gehabt, er werde mich niemals unter die Haube bringen (ein Witz, den ich mir verkneife, seit zu befürchten ist, dass dies womöglich Suzannes Schicksal ist). Bei diesem Essen, nachdem mein Dad freudestrahlend seinen Segen gegeben hatte, wurde er sehr ernst und erzählte Andy von dem Hochzeitsfonds, den er und meine Mutter vor langer Zeit für ihre Töchter eingerichtet hatten: ein Sparbuch mit siebentausend Dollar zu unserer freien Verwendung. Außerdem, sagte er zu Andy, wolle er mein Hochzeitskleid bezahlen, denn das habe meine Mutter immer tun wollen, und sie habe in den Tagen vor ihrem Tod noch davon gesprochen, wie sehr sie es bedaure, dies nicht mehr tun zu können.

Nach unserer Verlobung erzählte Andy mir das alles; er war dankbar für die Großzügigkeit meines Dads und sagte, er habe meinen alten Herrn wirklich gern und er wünschte, er hätte auch meine Mutter noch zu diesem Essen einladen können. Ohne dass wir es erwähnten, wussten wir natürlich beide, dass siebentausend Dollar bei den Kosten unserer luxuriösen Hochzeit ein Tropfen auf den heißen Stein sein würden – und dass die Grahams für die ziemlich beträchtliche Differenz aufkommen würde. Und mir war es recht. Mir war es recht, die Rolle der würdigen Schwiegertochter zu übernehmen, und niemals hätte ich die Gefühle meines Vaters verletzt, indem ich ihm sagte, sein Beitrag werde kaum die Kosten für all die pinkfarbenen Rosen decken.

Das Problem war das Kleid. Irgendwann bestand mein Dad darauf, dass ich ihm die Rechnung direkt zuschickte. Damit stand ich vor zwei unerquicklichen Möglichkeiten: Ich konnte mir ein billiges Kleid aussuchen, oder ich konnte eins nehmen, das mein Vater sich nicht leisten konnte.

Dieses Dilemma im Hinterkopf zog ich mit Stella, Margot und Suzanne los, um ein Brautkleid zu kaufen, und dauernd linste ich auf die Preisschilder und versuchte, etwas zu finden, das weniger als fünfhundert Dollar kostete – was in Manhattan aber einfach nicht möglich ist, zumindest nicht in den Couture-Geschäften in der Madison und der Fifth Avenue, in denen Margot uns angemeldet hatte. Rückblickend weiß ich, dass ich Margot das alles hätte anvertrauen können: Sie hätte unsere Suche entsprechend modifiziert und eine Boutique in Brooklyn gefunden, die dem Etat meines Vaters entsprochen hätte.

Stattdessen musste ich mich Hals über Kopf in ein lachhaft teures Badgley-Mischka-Kleid bei Bergdorf Goodman verlieben. Es war ein Traumkleid, und ich hatte nicht gewusst, dass ich es haben musste, bis ich es sah: ein schlichtes und doch luxuriöses Etuikleid aus cremefarbener Crêpe-Seide mit einem perlenbestickten Überwurf aus Tüll. Stella und Margot falteten die Hände und bestanden darauf, ich müsse es nehmen, und sogar Suzanne traten fast die Tränen in die Augen, als ich mich vor dem Dreifachspiegel auf Zehenspitzen um mich selbst drehte.

Als es ans Bezahlen ging, zückte Stella ihre schwarze Amex-Karte und erklärte, sie wolle das wirklich, *wirklich*, übernehmen. Ich zögerte, und dann nahm ich das großzügige Angebot an. Schamlos schob ich den Gedanken an meinen Dad – und, schlimmer noch, an meine Mutter – beiseite und legte mir alle möglichen vernünftigen Begründungen zurecht. *Was er nicht weiß, macht ihn nicht heiß. Meine Mutter werde ich bei meiner Hochzeit nicht dabei haben – und so kann ich zumindest mein Traumkleid haben. Sie würde es so wollen.*

Am nächsten Tag hatte ich nach langem beklommenem Nachdenken die perfekte Strategie gefunden, um meine Spuren zu verwischen und den Stolz meines Vaters zu bewahren. Ich ging noch einmal zu Bergdorf, suchte mir einen Fünfhundert-Dollar-Schleier aus und sagte der Verkäuferin, mein Vater wolle ihn bezahlen und er werde anrufen und ihr seine Kreditkartendaten mitteilen. Außerdem gab ich ihr ziemlich direkt zu verstehen, er solle glauben, dass der Preis auch mein Kleid enthalte. Die Verkäuferin, eine schmallippige, feingliedrige Frau namens Bonnie, deren affektierten Upper-East-Side-Akzent ich nie vergessen werden, zwinkerte, als habe sie mich verstanden; sie nannte mich «Liebes» und erklärte im Verschwörerton, das werde sie schon hinbekommen, das sei überhaupt kein Problem.

Aber natürlich vermasselte die alte Bonnie alles: Sie schickte meinem Vater die Quittung und den Schleier. Er hat nie ein Wort darüber verloren, aber sein Gesicht sagte alles, als er mir den Schleier in Atlanta überreichte. Ich wusste, dass ich ihn gekränkt hatte, und wir beide wussten, warum ich es getan hatte. In meinem ganzen Leben habe ich mich nie so geschämt wie in diesem Augenblick.

Andy habe ich die Geschichte nie erzählt, und auch sonst niemandem – ich wollte sie vergessen. Aber diese Gefühle sind heute Abend an Margots Tisch wieder hochgekommen, und jetzt, hier allein auf der Couch, sind sie immer noch da. Ich bin tief beschämt. Ich wünschte, ich könnte die Zeit zurückdrehen und an meinem Hochzeitstag ein anderes Kleid tragen. Ich wünschte, ich hätte das meinem Vater nie angetan. Und natürlich ist es dafür zu spät.

Aber ich kann den Ginnys dieser Welt die Stirn bieten. Und ich kann sie – und alle anderen – wissen lassen, dass ich stolz auf meine Herkunft bin, stolz auf die, die ich bin.

Und, bei Gott, ich kann auch auf der Couch übernachten, wenn mein eigener Mann das nicht kapiert.

*Fünfundzwanzig

Als ich am nächsten Morgen aufwache, steht Andy vor mir. Er ist geduscht und trägt ein hellgrünes Polohemd, Madras-Shorts und einen geflochtenen Ledergürtel.

«Hi …» Ich räuspere mich und denke, dass Madras-Shorts bei jedem über fünf einfach lächerlich aussehen.

«Hey», sagt er so knapp, dass ich gleich weiß, sein Problem ist nicht über Nacht verschwunden. *Unser Problem.*

«Wo willst du hin?» Ich sehe den Autoschlüssel in seiner Hand und die Börse in seiner Gesäßtasche.

«Hab ein paar Erledigungen zu machen», sagt Andy.

«Okay.» Ich merke, dass ich wieder wütend werde, weil er sich standhaft weigert, über gestern Abend zu reden, mich zu fragen, was los ist und warum ich auf der Couch schlafe, und sich überhaupt dafür zu interessieren, ob ich hier in Atlanta glücklich bin.

Er lässt den Schlüssel um seinen Zeigefinger kreisen – eine Gewohnheit, die mir allmählich auf die Nerven geht – und sagt: «Dann sehen wir uns später?»

«Ja. Von mir aus», knurre ich.

Ich sehe ihm nach, als er ein paar lässige Schritte zur Tür macht, und mir platzt der Kragen. «Hey!», rufe ich ihm hinterher, und ich klinge ziemlich entschlossen.

Andy dreht sich um und schaut mich kühl an.

«Was zum Teufel ist dein Problem?», frage ich und sehe ihn herausfordernd an.

«Mein Problem?» Er lächelt ironisch.

«Ja. Was ist dein Problem?» Mir ist klar, dass unsere Streitkultur ziemlich unterentwickelt ist – vermutlich, weil wir uns nicht oft genug streiten. Genau gesagt, streiten wir uns nie. Seit unserer Hochzeit hat es keinen einzigen nennenswerten Streit gegeben. Bisher habe ich das immer als Ehrenzeichen betrachtet.

«Du bist diejenige, die auf der Couch schläft.» Andy geht vor dem Kamin auf und ab und spielt weiter mit seinem Schlüssel. «Was soll denn das? Wir haben immer gesagt, dass wir so etwas niemals tun werden …»

Ich schleudere die Decke von meinen Beinen herunter, setze mich auf und rücke endlich mit der Sprache heraus. «Warum zum Teufel hast du mich gestern Abend nicht verteidigt?»

Andy sieht mich an, als müsse er sorgfältig über diese Frage nachdenken, und dann sagt er: «Du brauchst jemanden, der dich rettet? Es scheint mir, als kämst du in letzter Zeit sehr gut allein zurecht.»

«Was soll denn das heißen?», fauche ich ihn an.

«Du weißt, was es heißen soll», sagt er und macht mich damit noch wütender.

Redet er davon, dass ich hier ganz allein bin, während er arbeitet und Golf spielt? Oder davon, dass ich mit den Frauen aus der Nachbarschaft nichts gemeinsam habe? Oder davon, dass wir kaum noch miteinander schlafen – und wenn wir es tun, nicht mehr miteinander sprechen?

«Tatsächlich weiß ich nicht, was es heißen soll», zische ich. «Aber ich weiß, dass es sehr nett gewesen wäre, wenn mein Mann ein Wort zu diesem Biest und ihrem bescheuerten, rotgesichtigen Mann zu sagen gehabt hätte, als sie –»

«Ich bitte dich. Als sie *was?*», sagt Andy. «Als sie einen Witz über Wein gemacht hat?»

«Einen wirklich komischen Witz», sage ich.

«Ach, komm», sagt Andy. «Sie dachte, er wäre von Margot … Ist sie deshalb wirklich ein Biest?»

«Sie ist ein Biest. Und außerdem ist sie ein Snob. Sie ist ein aufgeblasener Snob.» Das ist das Schlimmste an Ginny und Craig. Snobs sind immer ärgerlich, aber einige haben wenigstens etwas vorzuweisen. Ginny und Craig haben *nichts* vorzuweisen. Sie sind einfach nur unerträgliche Langweiler, die vollkommen auf irgendwelche Dinge fixiert sind. Schicke Autos und teuren Wein, teure Perlen und Seersucker-Shorts.

«Dann ist sie eben ein Snob.» Andy zuckt die Achseln. «Sonst hättest du über solche Leute gelacht. Aber jetzt … jetzt, seit du in Atlanta bist, nimmst du ja alles persönlich.»

«Das gestern Abend *war* persönlich!»

«Ich würde nicht sagen, dass es persönlich gemeint war.» Jetzt redet er in seinem ruhigen Anwaltston. «Aber nehmen wir an, es war doch so.»

«Ja. Nehmen wir es mal an.» Ich lächle gekünstelt.

Er ignoriert meinen Sarkasmus. «War es das wirklich wert, dafür meine Schwester und Webb in Verlegenheit zu bringen?»

Meine Schwester. Andy nennt Margot nie «meine Schwester», wenn er mit mir spricht, und unwillkürlich denke ich, dass diese Wendung sehr viel darüber aussagt, wie er empfindet: dass sich Fronten bilden. *Du bist nicht eine von ihnen,* höre ich Suzanne sagen. *Du gehörst nicht zu ihnen.*

«Nun, ja, das war es mir wert.» Das, denke ich, ist der Preis dafür, dass man so dämliche Freunde hat.

«Das sehe ich eben anders», sagt Andy.

Ich starre ihn an und fühle mich abgewiesen. Es ist ziemlich unmöglich, mit einem beherrschten, selbstgerechten Ehemann zu streiten, der dir soeben praktisch gesagt hat, dass er die Gefühle anderer Leute als vorrangig empfindet. Also sage ich: «Na, dann bist du ein viel besserer Mensch als ich. Ganz offensichtlich.»

«Ach, komm, Ellen. Dir ist eine Laus über die Leber gelaufen. Kannst du es nicht gut sein lassen?»

Er hat absolut recht, denke ich plötzlich – mir ist eine Laus über die Leber gelaufen. Eine riesengroße. Aber diese Erkenntnis ist leider nicht besonders erleichternd. Im Gegenteil, sie macht mich nur noch wütender – und entschlossen, nicht nachzugeben.

«Geh nur und mach deine Besorgungen.» Ich winke ihn zur Tür. «Ich bin den ganzen Tag hier und bügele.»

Er verdreht die Augen und seufzt. «Okay, Ellen. Sei eine Märtyrerin. Wie du willst. Wir sehen uns später.» Er dreht sich um und geht zur Tür.

Ich verziehe das Gesicht und strecke hinter seinem Rücken beide Mittelfinger in die Luft, und dann höre ich, wie die Garagentür aufgeht und wie Andys BMW anspringt und wegfährt. Ich bleibe in der ohrenbetäubenden Stille sitzen. Ein paar Minuten lang habe ich Mitleid mit mir selbst und frage mich, wie Andy und ich hierhergeraten sind – nach Georgia und in den angespannten emotionalen Zustand unserer Ehe. Einer Ehe, die nicht mal ein Jahr alt ist. Ich muss daran denken, dass alle sagen, das erste Jahr sei das schwerste, und ich frage mich, wann – und ob – es leichter wird. Und in diesem stillen Augenblick erliege ich der Versuchung, die mich lockt, seit wir nach Atlanta gekommen sind.

Ich gehe die Treppe hinauf ins Arbeitszimmer, wühle mich bis auf den Grund meiner Schreibtischschublade und grabe das verbotene Platform-Heft aus, das ich seit unserer Abschiedsparty in New York nicht mehr aufgeschlagen habe. Nicht einmal, als ich es an der Kasse im Supermarkt gesehen habe, und auch nicht, als Andy das Exemplar, das er gekauft hatte, stolz seinen Eltern präsentierte.

Eine Zeitlang starre ich das Coverfoto von Drake an. Dann klickt irgendetwas in mir, und ich atme tief durch, setze mich hin und schlage den Artikel auf. Ich bekomme Herzklopfen, als ich die Autorenzeile sehe, Leos Text und meine Fotos – Fotos, die die Emotionen jenes Tages wieder hochkommen lassen: die freudige Erwartung, die Sehnsucht. Fremdartige Emotionen waren das damals.

Ich schließe die Augen, und dann öffne ich sie wieder und fange an zu lesen, und gierig verschlinge ich die Story. Als ich fertig bin, lese ich sie noch zweimal, langsam und methodisch, als suchte ich nach einem geheimen Doppelsinn in Absätzen, Sätzen und Wörtern. Und schließlich geht mir dieser Doppelsinn tatsächlich auf, bis mir schwindlig ist und ich nur noch eins will: mit Leo sprechen.

Also weiter.

Ich schalte den Computer ein, tippe seine E-Mail-Adresse und schreibe ihm eine Nachricht.

Lieber Leo,

ich habe eben deinen Artikel gelesen. Er ist perfekt.
So eindringlich. Nochmals danke für alles. Ich hoffe,
es geht dir gut.

Ellen.

Und bevor ich es mir anders überlegen kann, klicke ich auf «Senden». Dieser eine Klick macht alles gut, meine ganze Frustration ist weg, mein Groll, meine Angst. Ich weiß, dass ich das nicht darf. Ich weiß, dass ich mir etwas zurechtrede, um mein Verhalten zu rechtfertigen, und ich befürchte, dass ich sogar Streit mit Andy suche, nur um mich so verhalten zu können. Ich weiß auch, dass ich damit Tür und Tor für weitere Schwierigkeiten öffne. Aber in diesem Augenblick geht es mir gut. Richtig gut. Besser als seit langer, langer Zeit.

Sechsundzwanzig

Genau vier Minuten später erscheint Leos Name in meinem Posteingang. Staunend starre ich auf den Monitor, als wäre ich meine Großmutter, die diese neue Technologie bewundert – *woher um alles in der Welt kommt denn das?* Eine Sekunde lang bereue ich, was ich da angefangen habe. Ich überlege sogar, ob ich seine Mail löschen oder ob ich zumindest für ein paar Stunden vom Computer weggehen soll, bis der Knoten in meiner Brust sich gelöst hat.

Aber die Versuchung ist zu groß. Ich suche fieberhaft nach irgendwelchen Ausreden, warum ich diese Mail jetzt sofort lesen muss. Schließlich, sage ich mir, bin ich ja nicht leichtfertig an diesen Punkt gekommen. Ich habe *nicht* aus einer Laune heraus Kontakt mit Leo aufgenommen. Ich habe ihm nicht nach einem *bedeutungslosen* Ehezank geschrieben. Erst nach Wochen der Einsamkeit und Depressionen und Frustration – an der Grenze der Verzweiflung – bin ich so weit gewesen. Mein Mann hat mir gestern

Abend den Rücken zugewandt, und heute Morgen noch einmal. Außerdem – es ist ja nur eine E-Mail. Was kann das schaden?

Also hole ich tief Luft und öffne Leos Antwort, und mein Herz klopft lauter denn je, als ich seine Nachricht lese, die ganz aus intimen Kleinbuchstaben besteht.

danke. freut mich, dass es dir gefallen hat.
es war ein schöner tag. leo
ps: warum hast du so lange gebraucht?

Das Blut steigt mir in den Kopf, und hastig tippe ich:

Um deine Story zu lesen oder um mich zu melden?

Er antwortet sofort.

beides

Ich spüre, wie meine Anspannung sich löst, und lächelnd bemühe ich mich um eine geistreiche, aber wahrheitsgemäße Antwort. Eine vorsichtige Reaktion, die diese Korrespondenz in Gang hält, ohne dass das Ganze eindeutig ein Flirt wird. Schließlich schreibe ich:

Besser spät als nie.

Ich klicke auf «Senden». Kerzengerade und konzentriert, wie eine Sekretärin, die an der Schreibmaschine auf ein Diktat wartet, sitze ich da. Mein ganzer Körper ist hellwach, als ich auf seine Antwort warte. Einen Augenblick später ist sie da:

sag ich doch die ganze zeit.

Ich lege den Kopf schräg und überlege mit offenem Mund, was er damit genau sagen will. Ich denke an all die Jahre, in denen wir keinen Kontakt hatten, und dann an die Tage seit unserem Flug. Ich denke daran, wie sehr ich mich bemüht habe und immer noch bemühe, ihm zu widerstehen, ihm und der gefährlichen Chemie zwischen uns. Ich frage mich, was das alles bedeutet, denn *etwas* muss es ja bedeuten. Und dieses *Etwas* macht mir Angst und weckt in mir die tiefen Schuldgefühle eines katholischen Schulmädchens.

Aber dann sehe ich Andy vor mir, schmallippig am Tisch gestern Abend. Ich sehe ihn, wie er seinen gestärkten Pyjama zuknöpft, bevor er ins Bett geht, und wie er heute Morgen vor der Couch stand, die personifizierte Anklage. Und wie er jetzt durch die Stadt flaniert, Bekannten und Fremden gleichermaßen zuwinkt und mit dem einen oder anderen ein bisschen Small Talk macht. Small Talk auf dem Golfplatz, Small Talk in der Kirche, Small Talk an der Tankstelle. Unbekümmerten, munteren, *belanglosen* Small Talk.

Ich atme schneller und schreibe:

Es hat mir gefehlt, mit dir zu reden.

Ich starre auf diesen kühnen Satz, und dann drücke ich auf die Löschtaste und sehe zu, wie die Buchstaben rückwärts verschwinden. Aber als sie weg sind, sehe ich sie immer noch auf dem Bildschirm. Ich fühle sie, sie sind eingeprägt in mein Herz. Es ist die Wahrheit. Es ist genau das, was ich fühle, genau das, was ich sagen will. Das Reden mit Leo hat mir gefehlt, schon seit Jahren und besonders seit unserem Flug. Also tippe ich die Worte noch einmal, und dann schließe ich die Augen und schicke die Nachricht ab, und sofort ist mir mulmig zumute, aber ich bin auch erleichtert. Als ich die Augen wieder öffne, hat Leo schon geantwortet.

du hast mir auch gefehlt, ellen.

Ich schnappe nach Luft. Da schwingt etwas mit, wenn er meinen Namen benutzt, und in dem Wörtchen «auch» – als wisse er, dass mir nicht nur das Reden mit ihm fehlt, sondern er. Und wie die Worte auf dem Bildschirm aussehen – schlicht und sachlich und offen, als wäre nichts weiter dabei, die Sehnsucht auszusprechen, weil es so offensichtlich ist wie sonst nichts auf der Welt. Ich überlege, wie es weitergehen soll, und schon wieder kommt eine Mail von ihm.

Ich klicke sie an und lese:

bist du noch da?

Ich nicke, sehe sein Gesicht, wie er auf meine Antwort wartet, und denke, dass Andy jetzt nach Hause kommen, meinetwegen die Küche in Brand setzen und mir dann über die Schulter schauen könnte – wahrscheinlich würde ich immer noch wie erstarrt auf meinem Stuhl sitzen.

Ja.

Ich klicke auf «Senden» und warte. Er antwortet:

gut.

Und Sekunden später kommt noch eine Mail:

vielleicht wäre das hier am telefon einfacher ...
kann ich dich anrufen?

Das hier, denke ich. Was ist *das hier*? Diese Unterhaltung? Dieses Geständnis? Dieser Tanz in die Untreue? Ich zögere. Ich weiß, wie viel sicherer die E-Mail ist und dass ich eine weitere Grenze überschreite, wenn ich einem Telefongespräch zustimme. Aber ein Teil meiner selbst will mit ihm sprechen, will verstehen, was wir da miteinander hatten und warum es zu Ende ging, und diesen Teil kann ich nicht daran hindern, zu schreiben:

Ja.

Und er ruft an. Ich höre das fröhliche Zwitschern meines Handys in meiner Handtasche, die ich gestern Abend in den Schrank geworfen habe, und ich stürze hinüber, um den Anruf anzunehmen, bevor er auf die Mailbox weitergeleitet wird.

«Hi», sage ich und versuche, dabei ruhig zu atmen und entspannt zu klingen, als wäre ich nicht regelrecht verzückt, seine Stimme zu hören.

Ich weiß, dass er lächelt, als er sagt: «Hi, Ellie.»

Mein Herz schmilzt, und ich grinse.

«Und?», sagt er. «Hast du meinen Artikel wirklich gerade erst gelesen?»

«Ja», sage ich und starre durch das Fenster in unsere Einfahrt hinunter.

«Hat deine Agentin dir das Vorabexemplar nicht gegeben, das ich ihr geschickt habe?»

«Doch.» Ich bin seltsam zerknirscht, weil es aussieht, als wäre mir seine Story so gleichgültig. Aber er muss es besser wissen. Er muss wissen, wie viel mir dieser Tag bedeutet hat – und dass dies der eigentliche Grund dafür ist, dass ich den Artikel so lange nicht gelesen habe. Trotzdem suche ich nach einer Entschuldigung. «Doch, hat sie. Ich hatte nur ... viel zu tun in letzter Zeit.»

«Ach ja? Hast du viel gearbeitet?»

«Das nicht gerade.» Im Hintergrund höre ich Bob Dylan mit «Tangled Up in Blue».

«Was war es dann?», fragt er.

Ich musste Etiketten drucken und Oprah Winfrey sehen und bügeln, denke ich, aber ich sage: «Na ja, zum einen bin ich nach Atlanta gezogen.» Ich stocke, und wieder bekomme ich ein schlechtes Gewissen, weil ich «ich» gesagt habe. Aber ich korrigiere mich nicht. Schließlich fühlt es sich in letzter Zeit wirklich an wie «ich».

«Nach Atlanta, hm?», sagt Leo.

«Ja.»

«Gefällt's dir da?»

«Kein bisschen!», sage ich, und es klingt vergnügt und munter.

Leo lacht. «Wirklich nicht? Ein Freund von mir wohnt in Atlanta – in Decatur, glaube ich. Er sagt, es ist ziemlich cool da unten. Man kann viel unternehmen ... gute Musik, Kultur ...»

«Tatsächlich kann man nicht besonders viel unternehmen.» Wahrscheinlich tue ich Atlanta unrecht. Wahrscheinlich habe ich nur ein Problem mit der Graham'schen Version von Atlanta. Aber das ist natürlich ein ziemlich großes Problem.

«Was gefällt dir denn nicht?», fragt Leo.

Ich zögere. Vermutlich sollte ich jetzt unbestimmt, allgemein und kurz antworten, aber stattdessen schildere ich detailliert alle meine Einwände gegen das sogenannte gute Leben und benutze Wörter wie «isoliert» und «verhätschelt», «gesellschaftlicher Aufstieg» und «erstickend».

Leo stößt einen Pfiff aus. «Mann», sagt er. «Du lässt aber nichts aus.»

Ich lächle und merke, dass es mir nach meiner Tirade plötzlich viel bessergeht – und noch besser geht es mir, als Leo mit einem hoffnungsvollen Unterton fragt: «Kannst du nicht nach New York zurückziehen?»

Ich lache nervös und zwinge mich, den Namen meines Mannes auszusprechen. «Ich glaube, das würde Andy nicht besonders gefallen.»

Leo räuspert sich. «Ja. Wahrscheinlich nicht ... Er ist ... von da, nicht wahr?»

«Ja», sage ich und denke: *Ein echter Sohn seiner Vaterstadt.*

«Hast du ihm denn gesagt, dass dir seine Stadt auf den Geist geht?», fragt Leo. «Dass das Leben außerhalb von New York ungefähr so ist, als müsste man ein warmes Soda trinken, das nicht mehr sprudelt?»

«Das eher nicht», sage ich leichthin, aber ich balanciere auf dem Hochseil der Loyalität: Über seinen Partner zu meckern, ist schlimmer, als ihn körperlich zu betrügen, finde ich. Mir wäre es fast lieber, Andy würde mit einer anderen Frau schlafen, statt ihr beispielsweise zu sagen, ich sei miserabel im Bett. Also wechsele ich trotz unseres gestrigen Streits den Tonfall und bemühe mich, so fair wie möglich zu sein. «Er ist wirklich glücklich hier ... Er arbeitet bei seinem Dad ... Du weißt schon, so was wie ein

Familienunternehmen ... Und wir haben auch schon ein Haus gekauft.»

«Lass mich raten», sagt Leo. «Ein dickes fettes Haus mit allem Drum und Dran?»

«Ungefähr.» Ich bin plötzlich verlegen wegen meines Reichtums, aber ein bisschen muss ich ihn auch verteidigen. Ich war schließlich damit einverstanden. Ich habe mich für Andy entschieden. Für seine Familie. Für dieses Leben.

«Hm», sagt Leo, als müsse er darüber nachdenken.

«Seine Familie würde es nicht überleben, wenn wir zurückgingen», sage ich.

«Dann ist Margot auch da?», fragt Leo mit einem Hauch von Verachtung in der Stimme.

«Ja», sage ich gedehnt. «Sie ist vor ungefähr einem Jahr hierhergezogen ... und sie kriegt ein Kind. Also ist es ... eigentlich ... zu spät, um wieder wegzugehen.»

Leo macht ein Geräusch – entweder ein Lachen oder ein heftiges Ausatmen.

«Was ist?», frage ich.

«Nichts», sagt er.

«Sag schon», bitte ich ihn leise.

«Na ja», sagt er. «Haben wir nicht eben noch gesagt, es ist nie zu spät?»

Mein Magen sackt ein Stück tiefer, und ich schüttele den Kopf und forme mit den Lippen das Wort *Verdammt*. Ich bin im Eimer. Und das Gefühl wird nur noch stärker, als Leo sagt: «Vielleicht ginge es dir besser, wenn du nochmal zu einem Shooting herkommen könntest?»

«Nach New York?»

«Ja.»

«Mit dir?», frage ich zögernd, hoffnungsvoll.

«Ja», sagt Leo. «Mit mir.»

Ich atme ein, beiße mir auf die Unterlippe und sage: «Ich weiß nicht, ob das eine so gute Idee ist ...» Ich lasse den Satz in der Schwebe. Das Schweigen ist aufgeladen, und ich habe Herzklopfen.

Er fragt: «Warum?» – aber er muss wissen, warum.

«Tja, mal sehen.» Ich verschanze mich hinter scherzhaftem Sarkasmus. «Mal sehen ... Vielleicht, weil ich verheiratet bin? Und weil du mein Ex-Freund bist?» Und wider besseres Wissen füge ich hinzu: «Mein Ex-Freund, der sich vor Jahren in Luft aufgelöst hat und von dem ich nie wieder gehört und gesehen habe, bis er mir zufällig eines Tages über den Weg gelaufen ist?»

Ich warte nervös auf seine Antwort. Vielleicht habe ich jetzt zu viel gesagt. Lange Zeit scheint zu vergehen, und dann sagt er meinen Namen – Ellie –, und es klingt genauso wie früher, am Anfang.

«Ja?» Ich flüstere.

«Ich muss dich etwas fragen ...»

Ich erstarre und warte auf seine Frage. «Ja?»

Er räuspert sich. «Hat Margot dir je erzählt ... dass ich zurückgekommen bin?»

Ich frage mich, wovon er redet, und befürchte das Schlimmste – was gleichzeitig das Beste wäre.

«Du bist zurückgekommen?» Mir ist schwindlig, eine solche Wucht haben diese Worte für mich. Ich wende mich vom Fenster ab. «Wann bist du zurückgekommen?»

«Ungefähr zwei Jahre danach.»

«Wonach?», frage ich, aber ich kenne die Antwort.

Und richtig: «Zwei Jahre nach unserer Trennung –»

«Wann genau?» Panisch versuche ich, den Zeitrahmen zusammenzustückeln: Ungefähr einen Monat nach meinem ersten Date mit Andy, vielleicht sogar an dem Tag, als wir das erste Mal miteinander geschlafen haben, am neunundzwanzigsten Dezember.

«Ach, ich weiß es nicht mehr. Irgendwann kurz nach Weihnachten ...»

Das ist eine verrückte und unglaubliche Chronologie. Dann frage ich: «Du warst in unserer Wohnung?»

«Ja. Ich war in der Nähe ... und bin einfach ... vorbeigekommen, um dich zu sehen. Sie hat es dir nicht erzählt, oder?»

«Nein», sage ich atemlos. «Das hat sie nicht ... Sie hat es mir nie erzählt.»

«Ja», sagt er. «Das habe ich mir gedacht.»

Ich bin wie benommen und fühle mich plötzlich ganz matt. «Was hast du ihr gesagt? Was wolltest du?»

«Ich weiß es nicht mehr ... genau», sagt Leo.

«Du weißt nicht mehr, was du wolltest? Oder was du gesagt hast?»

«Oh, ich weiß noch, was ich wollte», sagt Leo.

«Nämlich?»

«Ich wollte dir sagen, dass es ... mir leidtut ... dass du mir fehlst.»

Mir ist übel und schwindlig, und ich schließe die Augen. «Das hast du Margot gesagt?»

«Ich hatte keine Gelegenheit.»

«Warum nicht? Was ist passiert? Erzähl mir alles!»

«Na ja, sie wollte die Tür nicht aufdrücken. Stattdessen kam sie herunter, und wir haben im Hausflur miteinander gesprochen. Sie ließ keinen Zweifel daran, was sie von mir hielt.»

«Nämlich?»

«Sie hasste mich», sagt er. «Und dann sagte sie, du wärest in einer Beziehung ... und sehr glücklich. Ich sollte dich in Ruhe lassen, sagte sie; du wolltest nichts mit mir zu tun haben. So ähnlich jedenfalls ...»

Ich versuche, seine Worte zu verarbeiten, und er fragt: «Und hattest du ... eine Beziehung?»

«Wir waren seit kurzem zusammen.»

«Andy und du?»

«Ja.» Ich schüttle den Kopf, und Wut steigt in mir auf. Ein Rest Wut von gestern Abend. Wut über dieses Timing. Wut auf mich selbst, weil ich mich so zerbrechlich und verwundbar fühle. Und vor allem Wut auf Margot, weil sie mir etwas so Wichtiges verschwiegen hat. Noch nach all den Jahren.

«Ich kann nicht fassen, dass sie nie ein Wort gesagt hat.» Tränen brennen in meinen Augen, und ich frage mich, warum er nicht angerufen oder gemailt hat. Wie konnte er sich auf Margot verlassen?

«Ja», sagt er. «Obwohl ... ich weiß, es hätte nichts geändert.»

In der Leitung ist es still, und ich überlege, was ich antworten soll. Was ich sagen sollte, weiß ich. Er hat recht, sollte ich sagen – es hätte nichts geändert. Es war zu spät, sollte ich sagen, und ich hätte die gleiche Entscheidung getroffen, die Margot mir abgenommen hat. Ich sollte sagen, sie habe zu meinem Besten gehandelt. Und Andy sei immer noch zu meinem Besten.

Aber ich bringe die Worte nicht über die Lippen. Stattdessen denke ich, dass ich betrogen worden bin. Im schlimmsten Fall betrogen um die Möglichkeit, mich für ein anderes Leben zu entscheiden, eine Entscheidung, auf die ich ein Recht hatte und die niemand anderes für mich treffen durfte. Und zumindest betrogen um den entscheidenden Schlussstrich, der mir geholfen hätte, das Schlimmste, was mir nach dem Tod meiner Mutter passiert ist, zu verarbeiten und mich mit Leo nach der Trennung zu versöhnen. Ja, wir haben uns getrennt. Ja, es war Leo, von dem die Trennung ausging. Aber er hat es bereut. Er hat mich genug geliebt, um zurückzukommen. Ich war es ihm wert, zurückzukommen. Vielleicht hätte es in meinem Leben nichts mehr geändert, aber in meinem Herzen schon. Ich schließe die Augen und bin wütend und traurig und fassungslos.

«Wie auch immer.» Mit leisem Unbehagen bemüht Leo sich, das Thema zu wechseln und in die Gegenwart zurückzukehren.

«Wie auch immer», sage ich.

Und gerade als ich höre, wie die Garagentür sich öffnet und Andy – wo immer er gewesen ist – nach Hause kommt, knicke ich ein und sage, was ich die ganze Zeit sagen wollte. «Tja, also. Erzähl mir mal mehr über diesen Auftrag.»

«Du willst kommen?» Seine Stimme klingt erfreut.

«Ja», sage ich, «ich will kommen.»

* Siebenundzwanzig

In den nächsten Minuten gibt Leo mir eine kurze Beschreibung des Jobs – ein Feature über Coney Island –, und ich bete zum Himmel, dass Andy nicht hereinplatzt und mich ertappt, atemlos und mit glühenden Wangen. Irgendwann werde ich ihm sagen müssen, dass ich nach New York fliege, aber ich kann diesen Auftrag nicht mit unserem Streit in Verbindung bringen. Es geht dabei nicht um unseren Streit.

«Ich brauche nur ein paar allgemeine Aufnahmen vom Strand ... den Boardwalk ... die Karussells», sagt Leo.

«Ja, klar», sage ich abgelenkt. Ich will noch nicht auflegen – noch lange nicht –, aber ich will mein Glück auch nicht strapazieren.

«Nicht ganz so schick wie das letzte Shooting, was?», sagt Leo, als ob ich mich wegen des Glamour-Faktors für den Job interessierte.

«Das ist schon okay», sage ich. «Wo soll die Sache erscheinen?»

«In *Time Out*.»

Ich nicke. «Und wann brauchst du die Bilder?»

«In den nächsten zwei Wochen. Ist das machbar?»

«Müsste eigentlich.» Ich gebe mich cool und lasse mir nicht anmerken, dass sich in meinem Kopf immer noch alles dreht, seit ich weiß, dass er zurückgekommen ist. «Ich möchte gern mehr darüber hören, aber –»

«Musst du Schluss machen?» Leo klingt zufriedenstellend enttäuscht.

«Ja», sage ich – und dann spreche ich es einfach aus. «Andy ist nach Hause gekommen ...»

«Kapiere.» Wie Leo das sagt, macht er uns zu Verschwörern. Anders als bei dem Shooting mit Drake haben wir diesmal tatsächlich etwas ausgeheckt.

«Ich melde mich dann wieder ...», sage ich unbestimmt.

«Wann?» Sein Ton ist zwar nicht begierig, aber die Frage ist es.

Ich muss wider Willen lächeln, als ich daran denke, dass ich ihn auf ebendiese Art immer festnageln wollte: Immer wollte ich wissen, wann wir das nächste Mal miteinander reden, wann wir uns wiedersehen würden. Also zahle ich es ihm mit einer seiner eigenen scherzhaften Antworten nach alter Schule heim: «Sobald es menschenmöglich ist.» Ob er sich an diesen Satz erinnert – und ob er ihn auch bei Wie-heißt-sie-gleich benutzt?

Leo lacht, und das klingt so gut. Ja, er erinnert sich. Er erinnert sich an alles, genau wie ich.

«Super», sagt er. «Ich warte.»

«Okay», sage ich, und mir läuft ein Schauer über den Rücken, als ich daran denke, wie lange ich auf ihn gewartet habe und wie lange ich gebraucht habe, um endlich aufzugeben.

«Also ... bis dann, Ellen.» Wieder höre ich das Lächeln in seiner Stimme. «Bis bald.»

«Ja, bis dann, Leo.» Ich klappe das Telefon zu und atme ein paarmal tief durch, um mich zu fassen. Dann lösche ich die Anruferliste und gehe ins Badezimmer. Es geht um Arbeit, denke ich und schaue in den Spiegel. Es geht darum, mein Glück zu finden.

Ich putze mir die Zähne, wasche mir das Gesicht mit kaltem Wasser und ziehe ein frisches T-Shirt und weiße Shorts an. Dann gehe ich die Treppe hinunter und bereite mich darauf vor, Andy zu sehen. Ein bisschen wütend bin ich noch, aber das Gespräch mit Leo hat mich milde gestimmt, und so bin ich etwas aufgekratzt und nachsichtig mit Andy. Andy könnte jetzt im Garten mit Ginny Krocket spielen, und ich glaube ehrlich, es würde mich nicht aus der Fassung bringen. Vielleicht würde ich ihnen sogar Mint Juleps servieren.

Aber nicht Ginny, sondern Stella ist bei Andy, und statt der Krocket-Schläger sehe ich eine Reihe glänzender Einkaufstüten von Neiman Marcus auf der Küchentheke. Andy wickelt einen großen, silbernen Bilderrahmen aus weißem Seidenpapier, und der Blick, den er mir zuwirft, ist entweder eine Bitte um Verzeihung oder das dringende Ersuchen, unsere ehelichen Spannungen für mich zu behalten. Vielleicht beides. Ich lächle ihn beschwichtigend, beinahe gönnerhaft an, und dann schalte ich auf Autopilot und bin die gute Schwiegertochter.

«Hi, Stella», sage ich fröhlich und drücke die Schultern nach hinten, um ihre perfekte Haltung nachzuahmen – so, wie ich mich oft dabei ertappe, dass ich in ihrer Gegenwart deutlicher und langsamer spreche.

«Hallo, meine Liebe!» Sie umarmt mich.

Ich atme ihren Sommerduft ein – eine Mischung aus Orangenblüten und Sandelholz –, und sie sagt: «Du hast hoffentlich nichts dagegen ... ich habe ein paar Rahmen für euch gekauft.»

Ich werfe einen Blick auf die Theke und sehe noch mindestens ein Dutzend Sterlingsilber-Rahmen in verschiedenen Größen, allesamt verschnörkelt, alle sehr steif und zweifellos alle sehr teuer.

«Sie sind schön. Aber das hättest du nicht tun sollen.» Ich wünschte wirklich, sie hätte es nicht getan. Die Dinger sind schön, aber sie sind kein bisschen mein Stil. Mein Stil sind unsere schlichten, schwarzen Holzrahmen.

«Ach, nicht der Rede wert.» Stella öffnet einen Rahmen mit schwerem Perlschnurmuster und legt ein Familienfoto aus ihrer Kindheit hinein: Alle tragen feines weißes Leinen und sitzen grinsend in einem Segelboot in Charleston. Das ultimative, lässig-elegante Sommerfoto einer Familie von weißen, angelsächsischen Protestanten. Sie bläst ein Stäubchen von der Glasscheibe und wischt mit dem Daumen einen Flecken von der Ecke des Rahmens. «Nur ein kleines Geschenk zum Einzug.»

«Du hast uns schon so viel geschenkt.» Ich denke an die Großvateruhr, an die leinenen Handtücher für unser Bad, die gebrauchten, aber immer noch makellosen italienischen Terrassenmöbel, das Ölgemälde von Andy als Kind – lauter Einzugsgeschenke, lauter Sachen, die ich nicht zurückweisen konnte. Das hat schon fast etwas Passiv-Aggressives: Sie ist so freundlich, so aufmerksam, so großzügig, dass man immer das Gefühl hat, man muss tun, was sie will. Also tut man, was sie will.

Sie winkt ab. «Es ist wirklich nichts.»

«Na, dann vielen Dank», sage ich knapp. Margot, denke ich jetzt, hat mir beigebracht, dass man immer ein- oder zweimal protestieren müsse, wenn man ein Geschenk oder ein Kompliment bekommt, aber es am Ende niemals zurückweisen dürfe.

«Das ist doch gern geschehen», sagt Stella und tätschelt, ohne sich etwas zu denken, meine Hand. Ihre Fingernägel sind perfekt und rotlackiert, sie passen zu ihrem Faltenrock und ihrer Ferragamo-Handtasche und dem klobigen Saphir-Klunker an ihrem rechten Ringfinger.

«So. Ell», sagt Andy und sieht beflissen aus, «wollen wir diese Rahmen für unsere Hochzeits- und Flitterwochenfotos nehmen? Die in der Diele stehen?»

Stella strahlt mich an und wartet darauf, dass die Hausherrin ihre Erlaubnis gibt.

«Gern.» Lächelnd denke ich, dass es eine sehr angemessene Entscheidung ist, denn auch die Hochzeit war so, wie Stella sie haben wollte.

Andy nimmt ein paar der Rahmen von der Theke und deutet zur Tür. «Dann komm ... Probieren wir's aus.»

Zwinker zwinker.

Stella summt vor sich hin und fängt an, die Einkaufstüten säuberlich zusammenzufalten, und ich verdrehe die Augen und folge Andy in die Diele.

«Es tut mir so leid», fängt er flüsternd an und lehnt sich an den hochglänzenden Mahagonitisch (noch ein «Geschenk» von seinen Eltern), auf dem unsere Hochzeitsfotos aufgestellt sind. Sein Gesichtsausdruck und seine Körpersprache sind aufrichtig, ja, ernst – aber ich frage mich trotzdem unwillkürlich, wie viel von dieser Reuebereitschaft mit der Tatsache zu erklären ist, dass seine Mutter in unserem Haus anwesend ist. Die Grahams haben einander immer im Hinterkopf, bei allem, was sie tun. «Es tut mir wirklich leid», sagt er.

«Mir auch.» Ich weiche seinem Blick aus und ringe mit mir selbst. Zum Teil möchte ich mich unbedingt mit Andy vertragen und ihm wieder nah sein, aber zum anderen will ich, dass ein Bruch zwischen uns bleibt, damit ich rechtfertigen kann, was ich tue. Was immer ich gerade tue.

Ich verschränke die Arme fest vor der Brust, als er weiterredet. «Ich hätte etwas sagen sollen gestern Abend … wegen der Bemerkung über den Wein …»

Ich sehe ihm endlich in die Augen und bin ein bisschen resigniert, weil er anscheinend tatsächlich glaubt, bei unserem Streit sei es um einen glanzlosen Weinberg bei Pittsburgh gegangen. Er muss doch merken, dass hier mehr im Gange ist – dass die Fragen, um die es geht, bedeutsamer sind als das, was gestern Abend vorgefallen ist. Zum Beispiel die Frage, ob ich in Atlanta glücklich bin. Ob wir wirklich so gut zueinander passen, wie wir einmal dachten, und warum in unserer jungen Ehe solche Spannungen herrschen.

«Ist schon gut», sage ich und frage mich, ob ich auch so konziliant wäre, wenn ich nicht eben mit Leo gesprochen hätte. «Wahrscheinlich habe ich überreagiert.»

Andy nickt, als gebe er mir recht, und darüber bin ich schon wieder so empört, dass ich kleinlich hinzufüge: «Aber ich kann Ginny und Craig wirklich nicht ausstehen.»

Andy seufzt. «Ich weiß. Aber es wird ziemlich schwer sein, ihnen aus dem Weg zu gehen.»

«Können wir es wenigstens versuchen?» Jetzt ist mein Lächeln beinahe aufrichtig, und ich lasse die Arme herunterhängen.

Andy lacht leise. «Na klar», sagt er. «Wir versuchen es. Und wenn wir uns das nächste Mal streiten, sollten wir uns vertragen, bevor wir einschlafen. Meine Eltern sind nie im Streit ins Bett gegangen. Wahrscheinlich sind sie deshalb schon so lange zusammen ...»

Die perfekten Grahams, denke ich. «Na ja, genau besehen bin ich im Streit auf die Couch gegangen.»

Er lächelt. «Stimmt. Lass uns das auch nicht tun.»

Ich zucke die Achseln. «Okay.»

«Dann ist alles wieder gut?», fragt Andy, und die Sorgenfalten auf seiner Stirn sind verschwunden. Es ärgert mich, dass er glaubt, wir können so leicht darüber hinweggehen und unsere Probleme und meine Gefühle unter den Teppich kehren. «Ja», sage ich widerstrebend. «Alles okay.»

«Nur okay?», drängt Andy.

Ich schaue ihm in die Augen und bin einen Moment lang kurz davor, Klartext mit ihm zu reden. Ihm zu sagen, dass wir uns mitten in einer kleinen Krise befinden. Ihm alles zu sagen. Im Grunde meines Herzens weiß ich, dass es die einzige Möglichkeit ist, alles in Ordnung zu bringen und wieder eins mit ihm zu werden. Aber ich bin noch nicht ganz so weit, dass ich wieder eins mit ihm sein möchte, und deshalb lächle ich halbherzig und sage: «Irgendwo zwischen okay und gut.»

«Na ja, das ist ein Anfang.» Andy beugt sich vor und nimmt mich in die Arme. «Ich liebe dich so sehr», haucht er an meinem Hals.

Ich schließe die Augen, entspanne mich und erwidere die Umarmung. Ich versuche, unseren Streit zu vergessen, meine Klagen über unser Leben und vor allem, dass Margot an meiner Vergangenheit herumgepfuscht hat, ob mit guter Absicht oder nicht.

«Ich liebe dich auch», sage ich zu meinem Mann, und ich empfinde tiefe Zuneigung und sogar Verlangen – und bin erleichtert, dass ich so für ihn fühle.

Aber in dem Augenblick, bevor wir uns voneinander lösen, neben unseren Hochzeitsfotos und mit geschlossenen Augen, sehe ich nur Leo, wie er vor all den Jahren in meinem Hausflur stand. Und wie er jetzt in seiner Wohnung in Queens sitzt, Bob Dylan hört und auf meinen Anruf wartet.

* Achtundzwanzig

Ich schaffe es, Leo an dem Wochenende nicht noch einmal anzurufen oder ihm eine E-Mail oder SMS zu schicken. Stattdessen tue ich, was sich gehört – alles das, was ich tun soll. Ich rahme unsere Hochzeitsfotos neu. Ich schreibe Stella eine fröhliche, beinahe völlig aufrichtige Dankeskarte. Ich gehe mit dem gesamten Graham-Clan in die Kirche und zum Brunch. Ich mache fast einhundert erstklassige Schwarzweißfotos von Webb und Margot und ihrem Babybauch. Und die ganze Zeit unterdrücke ich meinen Ärger und versuche, mir einzureden, dass ich den Auftrag nicht aus Bosheit oder Rachsucht annehme, oder um eine Reise in die Vergangenheit zu unternehmen. Ich gehe nach New York, um zu arbeiten – und um ein bisschen Zeit mit Leo zu verbringen. Es ist mein gutes Recht, zu arbeiten und mit Leo befreundet zu sein, und weder das eine noch das andere kann in irgendeiner Weise meine Ehe, meine Freundschaft mit Margot oder mein Leben in Atlanta beeinträchtigen.

Als ich mich am Sonntagabend vor den Computer hocke, um mir ein nicht umtauschbares Flugticket nach New York zu kaufen, bin ich fest davon überzeugt, dass meine Absichten vielleicht nicht völlig rein, aber doch rein genug sind. Aber dann gehe ich zu Andy ins Wohnzimmer, wo er sich ein Golfturnier im Fernsehen anschaut, und erwähne beiläufig, dass ich für Time Out ein paar Fotos auf Coney Island machen soll, und jetzt verspüre ich doch wieder die vertrauten Gewissensbisse.

«Super», sagt Andy, ohne den Blick von Tiger Woods zu wenden.

«Ja ... Ich denke, ich fliege übernächste Woche hin, fotografiere, bleibe noch eine Nacht ... Vielleicht treffe ich mich mit ein paar Freunden», sage ich, und es soll sich anhören, als dächte ich laut. Mein Herz klopft in banger Erwartung, und ich drücke die Daumen und hoffe, dass Andy nicht allzu viele Fragen stellen wird, damit ich nicht lügen muss, wenn er wissen will, woher ich den Auftrag habe.

Aber er sagt nur: «Cool», statt sich nach Einzelheiten zu erkundigen, und jetzt fühle ich mich unwillkürlich ein wenig vernachlässigt, wenn nicht gar missachtet. Schließlich reden wir auch immer über seine Fälle und über die zwischenmenschliche Dynamik im Büro – über alles, was zwischen ihm und seinem Vater und den anderen Anwälten vorgeht. Er probt seine Eröffnungs- und Schlussplädoyers routinemäßig vor mir. Und letzte Woche bin ich zum Höhepunkt der Beweisaufnahme in einem Versicherungsfall mitgekommen; ich habe aufgedonnert ganz vorn im Gerichtssaal gesessen und ihn lautlos angefeuert, als er den angeblich schwerverletzten Kläger, der in einem Ganzkörper-Gipsverband erschienen war, durch das Labyrinth seiner Lügen führte, bevor er schließlich ein Video vorführte, auf dem der Kerl beim Frisbee-Spielen im Piedmont Park zu sehen war. Nachher im Wagen haben wir uns kaputtgelacht.

Und jetzt – etwas Besseres kriege ich nicht zu hören, wenn es um *meine* Arbeit geht? Nur ein *cool*?

«Ja», sage ich und stelle mir vor, wie ich Seite an Seite mit Leo arbeite. «Dürfte ganz gut werden.»

«Hört sich gut an», sagt Andy, als Tiger einen langen Putt versucht. Der Ball rollt geradewegs zum Loch, fällt hinein und hopst wieder heraus. Andy schlägt mit der Faust auf den Couchtisch und schreit: «Verdammt! Wieso geht der nicht rein?»

«Wie jetzt – ist er nun einen Schlag im Rückstand?», frage ich.

«Ja. Und den hätte er wirklich gebraucht.» Andy schüttelt den Kopf und biegt den Schirm an seiner grünen «Masters»-Kappe zusammen, die er abergläubischerweise immer trägt, um seinem Idol Glück zu bringen.

«Tiger gewinnt immer», sage ich, während die Kamera auf seine verliebte, hinreißende Frau zoomt.

Unversehens frage ich mich, wie solide die Ehe dieser beiden wohl sein mag. Andy sagt: «Nicht immer.»

«Sieht aber so aus. Du musst auch mal einem anderen eine Chance geben.» Ich ärgere mich ein bisschen über Andy, aber ich bin auch entsetzt über mich selbst, weil ich hier versuche, eine Debatte über etwas so Unstrittiges wie den allgemein verehrten Tiger Woods anzuzetteln.

«Ja», sagt Andy, als hätte er mich kaum gehört. «Wahrscheinlich.»

Ich drehe mich zu ihm um und sehe ihn an; ich betrachte den sexy Bartwuchs, wie ein Schatten auf seinem Kiefer, seine Ohren, die ein bisschen abstehen, wenn er eine Kappe trägt, und das beruhigende Blau seiner Augen, die genau zu den azurfarbenen Streifen in seinem Polohemd passen. Ich rutsche auf der Couch an ihn heran, schließe die Lücke zwischen uns, und unsere Schenkel berühren sich. Ich hake mich bei ihm unter und lege den Kopf an seine Brust. Dann schließe ich die Augen und befehle mir, nicht so gereizt zu sein. Es ist nicht fair, Andy den Prozess zu machen, zumal dann nicht, wenn er nicht ahnt, dass über ihn geurteilt wird. Ein paar Minuten lang bleiben wir in dieser behaglichen Position; ich lausche der einlullenden Stimme des Kommentators und dem gelegentlichen Beifall des ansonsten respektvoll schweigenden Publikums, und ich sage mir immer wieder, dass ich glücklich bin.

Aber dann geht für Tiger etwas daneben, und Andy springt kerzengerade hoch, fuchtelt mit den Armen und redet mit dem Fernsehapparat. So viel Unterstützung habe ich seit Wochen nicht von ihm bekommen. «Jetzt komm schon, Junge! Wenn's drauf ankam, hast du den noch nie vermasselt!» Ich kann es nicht ändern – wieder rege ich mich auf.

Kein Wunder, dass wir Probleme haben, denke ich. Mein Mann bringt mehr Leidenschaft für Golf – sogar für Golf im Fernsehen – als für unsere Beziehung auf.

Ich beobachte ihn noch ein Weilchen, und mit einem Mal habe ich überhaupt kein schlechtes Gewissen mehr, dass ich nach New York fahre. Schließlich stehe ich auf, gehe die Treppe hinauf, suche mein Handy hervor und rufe Leo an.

Er meldet sich beim vierten Klingeln und ist ein bisschen außer Atem, als sei er zum Telefon gerannt.

«Sag nicht, du hast es dir anders überlegt», höre ich, bevor ich hallo sagen kann.

Ich lächle. «Auf keinen Fall.»

«Das heißt, du kommst?»

«Ich komme.»

«Sicher?»

«Ja», sage ich. «Sicher.»

«Wann?»

«Nächsten Montag.»

«Cool», sagt Leo – genauso, wie Andy unser Gespräch vorhin beendet hat.

Ich starre an die Decke und wundere mich, dass dasselbe Wort so anders klingt, wenn es von Leo kommt. Dass sich überhaupt alles so anders anfühlt bei Leo.

Am nächsten Morgen erwische ich Suzanne auf der Fahrt zum Flughafen und erzähle ihr das letzte Kapitel in der scheinbar endlosen Leo-Saga. Als die Stelle mit Margot kommt, ist sie erwartungsgemäß empört.

«Was glaubt sie eigentlich, wer sie ist?», fragt sie.

Ich habe gewusst, dass meine Schwester sich hauptsächlich auf Margot konzentrieren würde. Das ärgert mich, und ich habe das Gefühl, ich muss Margot in Schutz nehmen. «Ich weiß», sage ich. «Sie hätte es mir sagen müssen. Aber ich glaube, sie wollte wirklich nur mein Bestes.»

«Sie wollte das Beste für ihren Bruder.» Suzanne klingt angewidert. «Nicht für dich.»

«Das ist doch dasselbe.» In den besten Beziehungen, denke ich, sind die Interessen beider Partner vollständig und untrennbar miteinander verflochten. Und trotz unserer Probleme möchte ich gern glauben, dass Andy und ich noch immer auf diese Weise verbunden sind.

«Das ist nie dasselbe», sagt Suzanne unerbittlich.

Ich wärme meinen Kaffee zum zweiten Mal auf und denke über ihre Behauptung nach. Wer hat recht? Bin ich zu idealistisch, oder ist Suzanne nur verbittert?

«Außerdem», sagt sie jetzt, «wer ist sie denn, dass sie den lieben Gott spielt?»

«So würde ich es kaum nennen», sage ich. «Es handelt sich ja nicht um Euthanasie. Sie hat mich einfach beschützt –»

Suzanne fällt mir ins Wort. «Dich beschützt? Wovor?»

«Vor Leo», sage ich. «Und vor mir selbst.»

«Dann hättest du dich für Leo entschieden?», fragt sie beinahe frohlockend.

Ich bin frustriert und wünsche mir, Suzanne könnte in solchen Situationen weniger voreingenommen sein. Mehr wie unsere Mutter, die immer zuerst das Gute in den Menschen sah und die Dinge von ihrer positiven Seite betrachtete. Aber vielleicht hat gerade der Tod unserer Mutter Suzanne so werden lassen, wie sie ist; vielleicht erwartet sie deshalb immer das Schlimmste und glaubt eigentlich nie, dass etwas gut ausgehen kann. Ich schiebe diese Gedanken beiseite, als mir klarwird, wie oft der Tod meiner Mutter

Dinge kompliziert, die eigentlich sehr wenig mit ihr zu tun haben. Wie sehr sie alles beeinflusst, obwohl sie nicht mehr da ist. Gerade *weil* sie nicht mehr da ist.

«Ich würde gern glauben, dass ich nicht zu ihm zurückgegangen wäre.» Ich will ehrlich zu meiner Schwester sein – und zu mir selbst. «Aber ich weiß es nicht. Vielleicht wären meine Gefühle für Leo zurückgekommen, sodass ich die Beziehung zu Andy vermasselt hätte. Ich hätte vielleicht einen schrecklichen Fehler begangen.»

«Bist du sicher, dass es ein Fehler gewesen wäre?»

«Ja.» Ich denke an einen uralten Tagebucheintrag, den ich kürzlich gelesen habe – etwa aus der Zeit, als Andy und ich unsere ersten Dates hatten und als Leo zurückkam. Ich zögere kurz, aber dann erzähle ich Suzanne davon. «Ich war so glücklich, dass ich eine gesunde, stabile, *ausgeglichene* Beziehung hatte.»

«Das hast du geschrieben?», fragt sie. «Diese Worte hast du benutzt?»

«Mehr oder weniger.»

«Gesund und stabil, hm? Das klingt … nett.» Suzanne will offenbar andeuten, dass «nett» bei einer Beziehung nicht besonders erstrebenswert ist. Dass «leidenschaftlich» unter allen Umständen besser ist als «nett».

««Nett› wird oft unterschätzt», sage ich und denke, dass vermutlich die meisten Menschen heilfroh über eine nette Beziehung wären. Und in letzter Zeit würde ich mich auch damit zufriedengeben.

«Wenn du meinst», sagt Suzanne.

Ich seufze. «Es ist besser als das, was ich mit Leo hatte.»

«Und was hattest du mit ihm?»

«Aufruhr», sage ich. «Sorge … Unsicherheit … Alles fühlte sich bei Leo so anders an.»

«Inwiefern anders?», bohrt sie nach.

Ich öffne die Hintertür und setze mich mit meinem Kaffee auf die oberste Verandastufe. Ich suche nach einer Antwort auf ihre Frage. Aber immer wenn ich versuche, sie in Worte zu fassen, habe ich das Gefühl, ich verkaufe Andy unter Wert, weil ich so etwas sagen will wie: Es gibt einen Unterschied zwischen Leidenschaft und platonischer Liebe. Aber das wäre falsch. Tatsächlich haben Andy und ich noch letzte Nacht miteinander geschlafen – es war fabelhafter Sex, und ich habe die Initiative ergriffen, nicht aus Schuld- oder Pflichtgefühl, sondern weil er so unwiderstehlich aussah in seinen Boxershorts neben mir im Bett. Ich habe seinen vom Golf sonnengebräunten Hals geküsst und seine straffen Bauchmuskeln bewundert, die aussehen, als wäre Andy noch ein Teenager. Andy hat mich auch geküsst, und ich dachte daran, wie viele Frauen sich darüber beklagen, dass ihr Mann sich das Vorspiel spart. Andy vergisst nie, mich zu küssen.

«Ellen?», fragt Suzanne durch das Telefon.

«Ich bin noch da», sage ich und starre in unseren dunstigen Garten. Es ist noch nicht mal neun Uhr, und wir haben jetzt schon fast fünfunddreißig Grad. Zu heiß für Kaffee. Ich nehme noch einen Schluck und kippe den Rest neben mir ins Beet.

«Inwiefern anders?», wiederholt Suzanne, aber ich habe das Gefühl, sie weiß genau, inwiefern. Alle Frauen kennen den Unterschied zwischen dem, den sie heiraten, und dem, den sie haben gehen lassen.

«Es ist wie … der Unterschied zwischen Gebirge und Strand.» Ich klammere mich an Strohhalme, um irgendein passendes Bild zu finden.

«Und wer ist der Strand?» Im Hintergrund höre ich das Piepen eines Elektrowagens, der durch das Flughafenterminal rollt, und dann gibt eine quäkende Lautsprecherstimme eine Gate-Änderung bekannt.

Es versetzt mir einen sehnsüchtigen Stich, und ich wünschte, ich wäre am Flughafen und würde gleich irgendwo hinfliegen. Egal, wohin. Zum ersten Mal beneide ich Suzanne um ihren Job – um ihre physische Freiheit, um die dauernde Bewegung. Vielleicht liegt darin ja auch für sie der Reiz; vielleicht behält sie deshalb einen Job, den sie oft als «Kellnern ohne Trinkgeld» bezeichnet.

«Andy», sage ich und schaue in den weißglühenden Himmel. Er sieht aus, als habe die gnadenlose Hitzewelle ihn ausgebleicht, das Blau weggebrannt und ein farbloses Nichts hinterlassen. «Andy ist ein Sonnentag mit ruhigem, türkisblauem Wasser und einem Glas Wein.» Ich muss lächeln, und die Vorstellung, wie wir beide irgendwo an einem Strand faulenzen, macht mich froh. Vielleicht brauchen wir einfach einen guten Urlaub. Vielleicht muss ich mit Andy in ein Flugzeug steigen, statt von ihm wegzufliegen. Aber im Grunde meines Herzens weiß ich, dass ein romantisches Trallala an unserem Problem nichts ändern würde.

«Und Leo?», will Suzanne wissen.

«Leo.» Sein Name rollt über meine Zunge, und mein Herz schlägt schneller. «Leo ist eine Bergwanderung bei kaltem Nieselregen. Man weiß nicht genau, wo man ist, man hat Hunger, und es wird bald dunkel.»

Suzanne und ich lachen beide.

«Keine Frage», sagt sie, «der Strand hat gewonnen.»

«Schon, aber ...» Ich seufze.

«Und wo liegt das Problem?»

«Das Problem ist ... Es gefällt mir da draußen im Wald. Ich mag die Dunkelheit und die Stille. Es ist geheimnisvoll ... und aufregend. Und der Blick vom Gipfel, über die Bäume hinweg und hinunter ins Tal ...»

«Ist der Hammer.» Suzanne vollendet meinen Satz.

«Ja.» Ich sehe Leos kräftige Unterarme und seine breiten Schultern. Ich sehe, wie er vor mir geht, in einer verschlissenen Jeans, wie er immer alles im Griff hat. «Das ist der Hammer.»

«Tja, dann», sagt meine Schwester, «dann zieh los und genieß die Aussicht da oben.»

«Meinst du?» Ich warte darauf, dass sie die konkreten Bedingungen aufführt – dass sie mir sagt, was ich darf und was ich nicht darf.

Aber sie sagt nur: «Geh bloß nicht zu nah an den Rand.»

Ich lache nervös, eher bang als belustigt.

«Sonst könnte es sein, dass du springst», sagt sie.

Trotzdem merke ich in den Tagen vor dem Trip immer wieder, dass ich gegen Suzannes Rat *viel* zu nah am Rand stehe. Wir schreiben uns jetzt oft E-Mails, deren Ton vertraut ist, und wir schicken uns SMS und telefonieren sogar. Und irgendwann bin ich wieder komplett besessen, ganz wie in alten Zeiten, auch wenn ich mir dauernd einzureden versuche, dass ich *nicht* besessen bin. Dass es *nicht* ist wie in alten Zeiten.

Plötzlich ist der Tag vor dem Flug da – und zufällig ist es auch der Tag, an dem Margot ihre Babyparty gibt, ein Ereignis, vor dem mir ein bisschen graut, zumindest insofern, als Ginny die ganze Planung an sich gerissen und eine förmliche, protzige Veranstaltung daraus gemacht hat, keine lockere Party, bei der ein paar gute Freundinnen mit Geschenken die bevorstehende Ankunft eines geliebten Babys feiern. Ich werde dieses Fest über mich ergehen lassen, ich muss es noch hinter mich bringen, bevor ich nach New York entfliehen und da weitermachen kann, wo Leo und ich nach unserer Rückkehr aus L. A. aufhören mussten. Bevor ich der Sache mit Leo und mir auf den Grund gehen kann – was immer das sein mag.

Ich strecke mich unter der Bettdecke aus; eben habe ich Andy einen Abschiedskuss gegeben und ihm viel Spaß beim Golf gewünscht, als mein Handy klingelt. Der Vibrationsalarm lässt das Telefon an den Rand des Nachttischs wandern. Ich fange es auf und hoffe, dass es Leo ist; ich muss seine Stimme hören, noch bevor der Tag beginnt. Und tatsächlich, sein Name leuchtet auf dem Display.

«Hallo», sage ich schlaftrunken, und ich bekomme Herzklopfen, als ich auf seine ersten Worte warte.

«Hi.» Auch Leos Stimme klingt verschlafen. «Bist du allein?»

«Ja.» Zum hundertsten Mal frage ich mich, ob er immer noch mit seiner Freundin zusammen ist. Gelegentlich verabschiedet er sich sehr eilig von mir, wenn wir telefonieren, und deshalb habe ich den Eindruck, sie ist noch da. Auch wenn ein eifersüchtiger, besitzergreifender Teil meiner selbst sich wünscht, dass er solo ist, bin ich in gewisser Hinsicht froh, dass er ebenfalls in einer Beziehung lebt. So ist die Situation ausgeglichen, und auch er hat etwas zu verlieren.

«Was machst du gerade?», fragt er.

«Ich bin noch im Bett», sage ich. «Denke nach.»

«Worüber?»

Ich zögere. Es kommt mir vor wie ein Geständnis.

«Über den morgigen Tag», sage ich, und ich bin aufgeregt und ängstlich zugleich. «Und über dich.»

«Was für ein Zufall.» Kokette Worte, aber sein Ton ist schlicht und direkt. «Ich kann's nicht erwarten, dich zu sehen.»

«Mir geht's genauso», sage ich, und es kribbelt überall, als ich uns beide vor mir auf Coney Island sehe: Wir laufen am Wasser entlang, machen Fotos in der romantischen goldenen Stunde vor Sonnenuntergang, lachen und plaudern und sind einfach zusammen.

«Und was möchtest du tun?» Leo klingt genauso nervös, wie ich mich fühle.

«Jetzt?», frage ich.

Er lacht sein dunkles Lachen. «Nein. Nicht jetzt. Morgen. Nach dem Shooting.»

«Ach, ich weiß nicht. Woran hast du gedacht?» Sofort bereue ich meine Antwort – ich befürchte, sie klingt wieder so wischiwaschi, wie ich früher war, als ich ihn immer alles entscheiden ließ.

«Kann ich dich zum Essen einladen?», fragt er.

«Gern.» Ich wünschte, es wäre schon morgen. «Das klingt wirklich gut.»

«Du klingst gut», sagt Leo. «Ich hör's gern, wenn deine Stimme so rau ist. Das weckt Erinnerungen …»

Lächelnd rolle ich mich auf die andere Seite; Andys Duft hängt noch im Laken. Ich schließe die Augen und lausche dem aufregend intimen Schweigen. Mindestens eine Minute vergeht so, vielleicht mehr, und ich erinnere mich so intensiv wie noch nie an unsere gemeinsame Vergangenheit. An die Zeit vor Andy. An die Zeit, in der ich mich fühlen konnte wie jetzt, aber ohne Reue und Gewissensbisse. Nichts als reines Wohlbehagen im Hier und Jetzt. Und schließlich gebe ich der Begierde nach, die in mir aufsteigt, der körperlichen Sehnsucht, die schon so lange immer größer wird.

Danach sage ich mir, dass er nicht weiß, was ich gerade getan habe – und dass er ganz sicher nicht das Gleiche getan hat. Ich sage mir, es musste einfach heraus, und morgen werden wir ganz geschäftsmäßig miteinander umgehen – oder im besten Fall als gute Freunde, die zufällig einmal eine Liebesbeziehung hatten. Und ich sage mir: Was auch passieren mag, ich liebe Andy. Ich werde Andy immer lieben.

*Neunundzwanzig

Ein paar Stunden später ist Margots Babyparty zu Ende, ihre zahllosen Gäste sind gegangen. Ich gehe durch Ginnys fürstliches Wohnzimmer (mit Ölgemälden von ihren Hunden, einem Wandbehang mit Craigs Familienwappen und einem Stutzflügel, auf dem niemand im ganzen Haus spielen kann – und den auch niemand berühren darf) und stopfe Reste von Schleifen und Geschenkpapier in einen weißen Müllsack und habe mal wieder Gewissensbisse. Das ist in den letzten Tagen mein Normalzustand, heute fühle ich mich aber besonders mies, so kurz vor meinem Abflug nach New York.

Einerseits bin ich berauscht vom Gedanken an Leo. Im Geiste packe ich dauernd meinen Koffer um, und ich stelle mir den Moment des ersten Wiedersehens und den Moment des Abschieds vor. Andererseits, und ganz wider Willen, fand ich die Party ganz nett – ja, man könnte fast sagen, ich habe mich amüsiert, was zum Teil den Champagner-Cocktails zu verdanken ist. Ich behaupte immer noch, dass die Leute in Buckhead oberflächlich, seicht und unsäglich langweilig sind, aber einzeln betrachtet sind die meisten Frauen auf der Party ziemlich nett gewesen und interessanter, als man glauben möchte, wenn man sie mit ihren Designer-Kids auf dem Rücksitz in ihren Range Rovers sitzen und in ihre Handys schnattern sieht.

Außerdem – als ich in der ehrenhaften Rolle der Geschenk-Stenographin neben Margot auf dem Sofa saß, hatte ich ein Gefühl der Zugehörigkeit, und ich war stolz darauf, eine Graham zu sein. Andys Frau. Margots Schwägerin. Stellas Schwiegertochter.

Eine von Stellas Nachbarinnen fragte mich, wo meine Eltern lebten, und ich musste in einem Sekundenbruchteil entscheiden, ob ich erklären sollte, dass mein Dad noch in meiner Heimatstadt Pittsburgh wohnt und meine Mutter vor Jahren verstorben ist. Stella, die Königin der Geistesgegenwart und des Takts, drückte mir sanft die Hand, und sie antwortete mit völliger Selbstverständlichkeit:

«Ellens Vater wohnt in Pittsburgh – immer noch in dem Haus, in dem sie aufgewachsen ist! Das haben sie und Margot gemeinsam.» Das Licht aus Ginnys Kristallkronleuchtern funkelte auf ihrem Diamantring. Ich warf ihr einen dankbaren Blick zu und war erleichtert, weil ich die Erinnerung an meine Mutter nicht unter Wert verkaufen musste. Denn mein Publikum hätte mich mit tränenfeuchten Augen angesehen, und ich hätte ihnen dann ihre Bestürzung nehmen müssen: «Oh, das ist okay. Ist schon lange her.»

Denn obwohl es schon lange her ist, wird es niemals wirklich okay sein.

Als ich jetzt darauf warte, dass Andy mich nach seinen sechsunddreißig Löchern auf dem Golfplatz abholt, überkommt mich ganz unerwartet eine große Traurigkeit, weil ich mit Margot, Ginny und ihren beiden Müttern dasitze. Wir trinken noch mehr Champagner und betreiben die nach jeder Party übliche Obduktion: Wir hecheln alles durch – das beste Geschenk (einen leuchtend grünen Bugaboo-Kinderwagen von Margots Tennisfreundinnen), das schändlichste Geschenk (eine Steppdecke, deren Überbringerin nicht gemerkt hat, dass der Name ihrer Tochter, Ruby, eingestickt war), den bestgekleideten Gast (in einem klassischen Chanel-Kostüm), den am schlechtesten gekleideten Gast (ein gehäkeltes, magentarotes Träger-Top mit einem schwarzen BH), und es gibt entsetzte Spekulationen darüber, wer um alles in der Welt wohl Ginnys Esszimmerstuhl mit Merlot bekleckert hat.

«Wenn ich doch bloß die Nanny Cam eingeschaltet hätte», sagt Ginny. Sie kichert und stolpert auf ihren hohen Absätzen, bevor sie auf einen Stuhl mit Leopardenmuster plumpst.

Ich muss lächeln. Ginny ist viel erträglicher – beinahe liebenswert –, wenn sie betrunken ist und nicht dauernd posiert und zu beweisen versucht, dass sie Margot so viel näher steht als ich. Sie ist immer noch ein Miststück mit einem erstaunlichen Anspruchsdenken, aber jetzt ist sie immerhin ein *unbefangenes* Miststück mit einem erstaunlichen Anspruchsdenken.

«Hast du *wirklich* so ein Ding?» Stella späht zur Decke.

«Man nennt es aus gutem Grund *versteckte* Kamera», witzele ich. «Der Babysitter soll ja nicht merken, dass jemand zuschaut.» Ich spiele mit einem gelben Geschenkband. Ich könnte die Mülltüte mit dem Geschenkpapier eigentlich mit nach Hause nehmen, denn Margot hat ihre Geschenke sehr behutsam ausgepackt. Aber angesichts meiner inneren Zerrüttung hat es wohl wenig Sinn, wenn ich mich auch noch mit der Rettung von Geschenkpapier beschäftige.

«Natürlich hat sie eine Nanny Cam, Stell», sagt Ginnys Mutter Pam und zeigt auf ein künstliches Blumenarrangement auf dem obersten Bord eines eingebauten Bücherregals. Subtil lässt sie damit erkennen, dass sie allen eine Nasenlänge voraus ist, was weltliche Güter angeht. «Und Margot sollte sich auch eine installieren lassen ... bei einem Neugeborenen, und bei all den Babyschwestern und dem übrigen Personal, das dann ein- und ausgeht.»

Innerlich winde ich mich immer bei dem Ausdruck «Personal». Damit sind alle Hausangestellten vom Gärtner zum Kindermädchen bis zu den Haushälterinnen, Poolreinigern und, in Pams Fall, Fahrern gemeint (sie ist seit zweiundzwanzig Jahren nicht mehr selbst auf einem Highway gefahren, und das erfüllt sie mit einem bizarren Stolz). Ob sie über ihr Personal meckern oder damit angeben – es ist für mich ganz sicher das schlimmste Gesprächsthema in Margots Welt, neben den Themen «die Privatschulen unserer Kinder» und «Spenden-Galas» (die häufig Spenden-Galas für die Privatschulen ihrer Kinder sind).

«Hast du denn jemals eine dabei erwischt, dass sie ... etwas getan hat?», fragt Stella mit großen Augen. Ich stelle fest, dass meine Schwiegermutter, die sonst so dynamisch ist und alles unter Kontrolle hat, in Gegenwart ihrer aufdringlichen, herrischen besten Freundinnen immer in eine gewisse Passivität zu verfallen scheint. Ich beobachte die beiden und frage mich einen Moment lang, ob ich in Margots Anwesenheit auch anders bin als sonst.

Ginny schüttelt den Kopf und pflückt ein originelles, lavendelfarbenes Petit Four von einem Silbertablett, einem Erbstück, das ihr Personal todsicher heute Morgen poliert hat. «Bis jetzt noch nicht ... Aber man kann gar nicht vorsichtig genug sein, wenn es um die Kinder geht.»

Wir alle nicken stumm, als müssten wir über die tiefe Bedeutung dieser Perle der Weisheit nachdenken. Ginny verkündet ihre Betrachtungen zum Weltganzen immer in einem Offenbarungston, ganz so, als sei sie die Erste, die diesen Gedanken gedacht hat. Mein Lieblingsaphorismus ist der, den sie heute ein paar Frauen mitteilte, die wahrsagten, dass Margot einen Jungen bekommen würde, weil sie den Bauch so tief trägt: «Ich bin so froh, dass sie und Webb abwarten und es nicht schon vorher feststellen lassen! Es ist die *einzige* Überraschung, die es im Leben noch gibt.» Ach, du bist ja so originell, Ginny! Das habe ich ja *noch nie* gehört. Und nebenbei bemerkt – ich habe zwar eigentlich keine Meinung dazu, ob man sich jetzt das Geschlecht seines ungeborenen Kindes sagen lässt oder nicht, aber ist es nicht so, dass viele Paare sich dagegen entscheiden, das Geschlecht vorher zu wissen? Und überhaupt – welche anderen Überraschungen sind im Laufe der letzten Jahrzehnte eigentlich über Bord gegangen? Gibt es denn keine Überraschungspartys mehr? Bekommt niemand mehr unerwartet Blumen oder Geschenke? Ich kapier's nicht.

Ich trinke meinen Champagner aus, sehe Ginny an und verkünde: «Übrigens, ich glaube, ich weiß, wer den Wein verschüttet hat.»

«Wer denn?», fragen alle wie aus einem Munde, sogar Margot, die es meistens schnell kapiert, wenn ich einen Witz machen werde.

«Dieser hässliche Trampel», sage ich und unterdrücke ein Grinsen.

«Wer?», fragen wieder alle, und Ginny fängt tatsächlich an, die Namen der weniger attraktiven Besucherinnen aufzuzählen.

Ich schüttele den Kopf und gebe dann stolz bekannt: «Lucy.» Ich rede von Andys Lucy. Seinem Schätzchen nach der Highschool und vor dem College. Margot hat sie auf die Einladungsliste gesetzt, nachdem sie mich um Erlaubnis gefragt hat.

«Wenn es dir irgendwie unangenehm ist, lasse ich sie weg», hat sie mehr als einmal gesagt und dann immer erläutert, dass sie über diverse Wohltätigkeitsveranstaltungen und durch den Country Club miteinander Kontakt haben; außerdem gebe es eine unglückselige, wenn auch kaum nennenswerte verwandtschaftliche Verbindung (Lucy ist durch die Ehe mit einem Cousin zweiten Grades mit Webb verschwägert).

Ich habe Margot wiederholt versichert, dass es überhaupt kein Problem sei; ich sei sogar neugierig darauf, Andys erste Liebe kennenzulernen, und es sei mir lieber, wenn ich sie unter kontrollierten Bedingungen zu sehen bekäme – das heißt, mit Make-up im Gesicht. Aber insgeheim glaube ich, meine wahren Beweggründe hatten mehr mit Leo zu tun. Wenn Lucy zu der Babyparty käme, wäre das eine weitere unbezahlbare Ausrede im Sortiment meiner rationalen Rechtfertigungen: Margots Ex macht ihren Garten, Andys Ex kommt zur Babyparty seiner Schwester. Wieso kann ich also nicht gelegentlich mit meinem Ex zusammenarbeiten?

Wie auch immer – dass ich jetzt einen Witz mache, ist völlig klar, denn Lucy ist alles andere als hässlich. Mit ihrem

Puppengesicht, dem cremefarbenen Teint und den roten Ringellocken fällt sie eindeutig in die Kategorie «hübsch», und wahrscheinlich hat sie die beste Figur, die ich jemals leibhaftig gesehen habe: eine fast cartoonhafte Sanduhr-Silhouette, die vollends unerhört ausgesehen hätte, wenn Lucy sich weniger konservativ kleiden würde. Margot und Stella haben verstanden und lachen, während ihre kleinkarierten Freundinnen mit hochgezogenen Brauen zickig dreinschauen.

Ich verdrehe die Augen. «Hey! Das war ein *Scherz*! Das Mädchen sieht hinreißend aus.»

Ginny macht ein enttäuschtes Gesicht, weil es nun doch keinen Stutenbiss gibt, und Pam wirft den Kopf in den Nacken und stößt ein nerviges Kichern aus, das klingt, als käme es vom Tonband. Viel zu begeistert sagt sie: «Ist sie nicht *wundervoll*?»

«Das ist sie wirklich», sage ich großmütig. Lucy sah sehr süß und fast nervös aus, als sie mir sagte, wie schön es sei, mich kennenzulernen. Das fände ich auch, sagte ich, und ich meinte es wirklich ernst. Obwohl mir eine Sekunde lang das verstörende Bild vor Augen trat, wie sie als Neunzehnjährige rittlings auf meinem Mann sitzt, fügte ich noch hinzu: «Ich habe so nette Dinge über Sie gehört.»

Es ist leicht möglich, dass Lucy in diesem Augenblick vor ihrem geistigen Auge das Gleiche sah wie ich, jedenfalls errötete sie ein bisschen und lachte. Dann aber sprach sie genau im richtigen Ton über Andy und ihre Zeit zusammen: Sie tat nicht so, als wäre sie nie mit Andy zusammen gewesen, aber sie sprach nicht zu zärtlich von ihm. Es war klar, dass es eine typische Jugendliebe zwischen den beiden gewesen war.

«Ich hoffe nur, er hat die Fotos vom Abschlussball weggeworfen. Entsetzlich. Dieser Riesenwuschelkopf. Was habe ich mir bloß gedacht ... Hatten Sie in den achtziger Jahren auch diese Moppfrisur, Ellen?»

«Ob ich eine Moppfrisur hatte? Ich bin aus Pittsburgh. Da wurde *Flashdance* gedreht. Ich hatte eine Moppfrisur und Legwarmers.»

Sie lachte, und behutsam kamen wir auf die Gegenwart zu sprechen und redeten über ihren fünfjährigen Sohn Liam, der unter einer leichten Form von Autismus leidet: Ausgerechnet das Reiten habe ihm sehr geholfen, erzählte sie. Dann sprachen wir über unseren Umzug nach Atlanta und über meine Arbeit (zu meiner Überraschung erfuhr ich, dass Margot ihr – und übrigens auch vielen anderen Gästen – von meinem Shooting mit Drake erzählt hatte). Und das war's auch schon; kurz darauf waren wir beide in andere Unterhaltungen verwickelt. Aber während der ganzen Party habe ich mindestens ein Dutzend Mal bemerkt, dass sie mir Seitenblicke zuwarf – Blicke, die mir anzudeuten schienen, dass sie immer noch etwas für Andy empfand. Was mir natürlich gemischte Gefühle bereitete – unter anderem Schuldbewusstsein und Dankbarkeit.

Auch jetzt fühle ich die Mischung aus schlechtem Gewissen und Geborgenheit, als Stella mich ansieht und ganz aufrichtig sagt: «Lucy ist hübsch, aber du bist *viel* hübscher, Ellen.»

«Und sehr viel gescheiter», fügt Margot hinzu und zieht den Knoten an ihrem hellgelben Wickelkleid zurecht.

«Es ist ein Segen für Andy, dass er dich hat», sagt Stella.

Ich will mich bedanken, aber Ginny, die spüren muss, dass dies ein wohliger Familienaugenblick ist, quatscht dazwischen. «Wo stecken die Jungs eigentlich? Es ist gleich drei ... Craig hat mir versprochen, dass er heute Nachmittag den Babysitter macht, während ich meinen Champagnerrausch ausschlafe.»

Ich greife nach meiner Handtasche und denke, einen Vater, der Zeit mit seinen Kindern verbringt, sollte man nicht als Babysitter bezeichnen.

«Vielleicht hat Andy angerufen.» Ich ziehe mein Handy aus der Tasche, und im selben Moment leuchtet Leos Name auf dem Display auf. Mein Magen tut einen aufgeregten Satz. Ich weiß, ich sollte das Telefon sofort wieder in die Tasche stecken, aber ich stehe auf und höre mich sagen: «Entschuldigt mich kurz. Es geht um das Shooting morgen.»

Alle nicken verständnisvoll, und ich husche in die Küche – die dank Ginnys gewissenhafter Catering-Firma und ihrer unsichtbaren Haushälterin bereits makellos glänzt. Leise melde ich mich: «Hallo?»

«Kommst du morgen auch wirklich?», fragt Leo.

«Hör auf!», flüstere ich, und ich spüre das Adrenalin in meinen Adern.

«Ich frag ja nur», sagt er.

Ein schrilles Lachen kommt aus dem Wohnzimmer, und Leo fragt: «Wo bist du?»

«Auf einer Babyparty», sage ich leise.

«Bist du schwanger?», fragt er trocken.

«Na klar.» Ich bin erleichtert, weil das nicht sein kann – und sofort habe ich Gewissensbisse, weil ich so erleichtert bin.

«Okay. Wegen morgen. Möchtest du einfach direkt zu mir kommen? Und wir fahren dann zusammen raus?»

«Ja», wispere ich. «Das geht.»

«Okay ... dann lasse ich dich jetzt wohl wieder lieber»,

sagt Leo, aber ich höre ihm an, dass er gern noch weiterreden möchte.

«Okay», sage ich genauso widerstrebend.

«Bis morgen, Ellen.»

«Bis morgen, Leo», sage ich in einem flattrig-flirtigen
Tonfall und klappe das Telefon zu. Als ich mich umdrehe,
steht Margot hinter mir und starrt mich an. Mein albernes
Grinsen vergeht mir sofort.

«Mit wem sprichst du?», fragt sie, und ihre Augen bli-
cken irritiert und zugleich vorwurfsvoll.

«Es ging um den Fototermin morgen», stammele ich,
während ich mich frage, was sie wohl gehört hat.

Offensichtlich hat sie Leos Namen gehört – und meinen Tonfall –, denn sie fragt: «Wie kannst du das tun?»

«Was tun?» Mein Gesicht glüht.

Margot zieht die Stirn kraus, und ihr Mund wird zu
einem schmalen Strich. «Du fliegst nach New York und
triffst dich mit ihm, ja?»

«Ich … ich fliege nach New York, um zu arbeiten», sage
ich, und das ist eindeutig kein Dementi.

«Um zu arbeiten? Wirklich, Ellen?» Ich weiß nicht, ob
sie eher gekränkt oder wütend ist.

«Ja. Ich *arbeite* da.» Ich nicke entschieden. Das entspricht immerhin der Wahrheit, aber mir ist klar, dass ich
mich an einen Strohhalm klammere. «Ich mache ganz und
gar seriöse Fotos auf Coney Island.»

«Ja. Ich weiß, ich weiß. Auf Coney Island. Genau.» Sie
schüttelt den Kopf, und ich denke daran, dass sie mir ein
paar wenige Fragen über das Shooting gestellt hat und ich
immer ausweichend geantwortet habe. «Aber du arbeitest
mit ihm, ja? Du wirst ihn sehen.»

Ich nicke langsam und hoffe auf ihre Gnade, auf Verständnis – wie ich es für sie aufgebracht habe, nachdem ich erfahren habe, was sie mir all die Jahre verschwiegen hat.

«Weiß Andy davon?» Die gleiche Frage hat sie mir auf dem Flughafen gestellt, aber diesmal, das weiß ich, ist für sie eine Grenze erreicht.

Ich sehe sie an und sage nichts – und das ist natürlich das Gleiche wie ein dröhnendes «Nein».

«Warum, Ellen? Warum tust du das?», fragt sie.

«Ich … ich muss», sage ich zerknirscht, aber entschlossen.

«Du musst?» Sie legt eine Hand oben auf ihren Bauch und schiebt die flachen Lanvin-Ballerinas zusammen. Selbst in einer Krise bleibt sie anmutig und gefasst.

«Margot», sage ich. «Bitte versuch doch zu verstehen –»

«Nein. Nein, Ellen. Ich verstehe nicht. Ich verstehe nicht, warum du dich so unreif benehmen musst … so verletzend und destruktiv. Der Auftrag mit Drake war eine Sache, aber das hier … das ist einfach zu viel.»

«Aber so ist es nicht», sage ich hilflos.

«Ich habe deine Stimme gehört, Ellen. Ich habe gehört, wie du mit ihm gesprochen hast … Ich kann es nicht fassen. Du ruinierst alles.»

Und als sie auch die andere Hand auf ihren Bauch legt, weiß ich, sie meint wirklich alles. Ihre Party. Unsere Freundschaft. Meine Ehe. Unsere Familie. Alles.

«Es tut mir leid», sage ich.

Und obwohl es mir wirklich leidtut, spüre ich, wie meine Beschämung sich in Selbstgerechtigkeit verwandelt, denn plötzlich denke ich, wir würden dieses Gespräch nicht führen, wenn sie damals ehrlich zu mir gewesen wäre. Wenn sie daran gedacht hätte, dass wir zuerst Freundinnen waren – lange, bevor ich mit Andy zusammen war. Meine Gedanken überschlagen sich, und ich überlege, ob ich ihr sagen soll, dass ich weiß, was sie getan hat. Ob irgendetwas dagegen spricht. Ich spiele wenigstens darauf an und sage: «Ich muss einfach ... ein paar Dinge klären, die schon vor langer Zeit hätten geklärt werden müssen ...»

Sie versteht diesen Wink nicht. Sie schüttelt den Kopf und sagt: «Nein. Es gibt absolut keine Entschuldigung für dieses –»

«Wirklich nicht?» Ich falle ihr ins Wort. «Na, und was hast du für eine Entschuldigung, Margot?»

«Wofür soll ich mich entschuldigen?» Sie starrt mich verwirrt an, und ich frage mich, ob sie seinen Besuch vergessen hat, aus dem Gedächtnis gestrichen.

«Dafür, dass du mir nie gesagt hast, dass er noch einmal zurückgekommen ist.» Meine Stimme klingt ruhig, aber ich habe Herzklopfen.

Margot klappert mit den Lidern. Einen Moment lang ist sie verblüfft, aber sie hat sich sofort wieder gefasst. «Du warst mit Andy zusammen», sagt sie. «Du hattest eine Beziehung mit Andy.»

«Na und?»

«Na und?», wiederholt sie entsetzt. «Na und?»

«Mit ‹na und› meine ich nicht meine Beziehung zu Andy, sondern ... wie kamst du auf die Idee, dass es diese Beziehung irgendwie in Gefahr gebracht hätte, wenn du mir von Leo erzählt hättest?»

Sie verschränkt die Arme und lacht. «Tja. Ich glaube, deine Frage ist in diesem Augenblick beantwortet.»

Ich starre ihr ins Gesicht. Ich weigere mich, diese beiden Dinge zu vermischen. «Du hättest es mir sagen müssen», zische ich. «Ich hatte ein Recht darauf, es zu wissen.

Ich hatte das Recht, diese Entscheidung selbst zu treffen. Und wenn du es auch nur für *möglich* gehalten hast, ich könnte Andy verlassen, dann hättest du es mir erst recht sagen müssen.»

Margot schüttelt den Kopf; sie will tatsächlich nichts davon wahrhaben, und mir wird plötzlich klar, dass ich noch nie gehört habe, wie sie sich entschuldigt oder zugegeben hat, dass sie im Unrecht war. Noch nie und bei niemandem.

«Jedenfalls hat Andy ein Recht darauf, es zu wissen.» Sie ignoriert komplett, was ich ihr vorhalte. «Er hat ein Recht darauf, zu wissen, was seine Frau tut.»

Sie richtet sich auf, hebt das Kinn und sagt mit stahlharter, eiskalter Stimme: «Und wenn du es ihm nicht sagst, Ellen ... dann sage ich es ihm.»

*Dreißig

Einen Augenblick später kommen Craig, Webb, Andy und James durch die Hintertür hereingestürmt. Sie sehen verschwitzt und zufrieden aus. Ich atme durch die Zähne ein und versuche, mich zu fassen, und Margot tut es auch. Einen Herzschlag lang befürchte ich, sie könnte eine nie dagewesene Szene machen und gleich an Ort und Stelle mit allem herausplatzen. Aber eins ist immerhin sicher: Sie würde ihren Bruder niemals derart in Verlegenheit bringen. Stattdessen stürzt sie auf Webb zu und legt den Kopf an seine Brust, als suche sie Zuflucht in ihrer eigenen makellosen Beziehung.

Ich sehen den beiden zu und stelle erstaunt fest, dass

ich für Andy noch vor wenigen Monaten genauso empfunden habe. Er war mein Fels in der Brandung – und jetzt
stehe ich ein paar Schritte weit von ihm entfernt und fühle
mich ganz allein und isoliert.

«Wer hat gewonnen?», fragt Margot und wirft Andy einen verstohlenen Blick zu; anscheinend hofft sie, dass er
der Beste war. Wenn seine Frau schon vorhat, ihn zu betrügen, dann soll er wenigstens einen guten Tag auf dem
Golfplatz gehabt haben.

Und richtig, Andy grinst kess und fragt augenzwinkernd: «Was glaubst du, Mags?»

«Der Kerl hat ein solches Glück», sagt James, und jetzt
kommen Ginny, Stella und Pam zu uns in die Küche.

«Andy hat gewonnen!», verkündet Margot mit gespielter Fröhlichkeit, und die Männer unterhalten uns
mit Golfgeschichten von der Art, die man wohl selbst mit-
erlebt haben muss – unter anderem hat Craig in einem
Wutanfall seinen nagelneuen Driver gegen eine Magnolie
geschmettert. Gleich ein paarmal. Alle lachen, nur Margot
und ich nicht, und Craig vergisst nicht, voller Stolz zu erwähnen, wie teuer dieser Schläger war. Dabei holt er vier
Heinekens aus dem Kühlschrank und macht sie so schnell
hintereinander auf, dass ich an einen Barkeeper während
der Happy Hour denken muss – ein Job, den er ganz sicher
nie hatte. Er verteilt sie an Andy, Webb und James, nimmt
selbst einen großen Schluck aus seiner Flasche und legt sie
sich dann gegen die heiße Wange.

«Und wie war die Party?» Andy ist anscheinend der einzige Mann in diesem Raum – den werdenden Vater mit-
gezählt –, der sich daran erinnert, dass es heute eigentlich
nicht in erster Linie um Golf gegangen ist. Ich gebe ihm
ein paar Pluspunkte auf der Skala des guten Ehemanns,

obwohl mir klar ist, dass im Moment nicht er unter verschärfter Beobachtung stehen sollte.

Margot legt den Kopf zur Seite, lächelt zurückhaltend und sagt: «Es war wunderbar.»

«Es war so reizend», flöten Stella und Pam – beide mit exakt der gleichen Betonung. Dann wechseln sie einen liebevollen Freundinnenblick, und ich sehne mich nach der gleichen Dynamik zwischen mir und Margot – und befürchte, dass wir sie vielleicht nie wiederfinden werden.

«Hast du gut abgeräumt?», fragt James mit nachgemachtem New Yorker Akzent und dreht seinen Mützenschirm zum Gangsta-Look halb zur Seite.

Wieder lächelt Margot gezwungen und sagt, ja, sie habe ein paar hinreißende Geschenke bekommen, und dann plärrt Ginny, die ihre Schadenfreude nicht mehr im Zaum halten kann: «Und Ellen hat Lucy kennengelernt!»

Mir dreht sich der Magen um, als ich mir vorstelle, wie beglückt Ginny erst sein wird, wenn Margot ihr die ganze Ironie der Situation anvertraut.

«Tatsächlich?» Andy zieht die Brauen hoch, und sein interessierter Blick würde mich unter anderen Umständen wahrscheinlich eifersüchtig machen oder sonst wie verunsichern.

«Und wie fandest du sie?», fragt James mich mit seinem typischen augenzwinkernden Grinsen. Wahrscheinlich wird er jetzt die Chance nutzen, das sittsame Protokoll seiner Mutter zu durchbrechen.

«Sie war sehr nett», sage ich leise, und James brummt erwartungsgemäß etwas über ihre «netten Tüten».

«James!» Stella schnappt nach Luft.

«Weißt du überhaupt, was Tüten sind, Mom?», fragt James grinsend.

«Ich kann es mir denken.» Stella schüttelt den Kopf.

Andy tut freundlicherweise sein Bestes, um den Anschein zu erwecken, das Thema Lucy langweile ihn – aber genau diese Liebenswürdigkeit erinnert Margot offenbar wieder daran, wie wenig liebenswürdig ich im Gegensatz zu meinem Mann bin.

«So», sagt sie. Anscheinend ist sie außerstande, noch eine Sekunde länger neben mir zu stehen. «Ich bin müde.» Sie schaut zu Webb auf und fügt hinzu: «Wir sollten lieber nach Hause gehen ...»

Webb massiert ihr den Nacken und sagt: «Natürlich. Bringen wir dich nach Hause, Sweetie.»

«Ja.» Andy gähnt und trinkt einen großen Schluck Bier. «Wir sollten uns auch auf den Weg machen. Ellen hat morgen einen großen Tag. Sie fliegt nach New York zu einem Fototermin.»

«Davon habe ich gehört», sagt Margot. Sie verzieht keine Miene, und ihre Stimme ist tonlos – aber mir ist völlig klar, warum sie so plötzlich nach Hause will. Ich sehe sie an und versuche verzweifelt, ihr noch einmal in die Augen zu sehen, obwohl ich nicht weiß, was ich ihr mitteilen will. Um Gnade bitten? Eine letzte Erklärung abgeben? Mich entschuldigen? Als sie mich schließlich ansieht, schüttelt sie fast unmerklich den Kopf, schaut hinunter auf Ginnys Steinfliesen und bewegt lautlos die Lippen, als formuliere sie schon, was sie ihrem Bruder in der Stunde seiner Not sagen wird.

Zu Hause sehen Andy und ich an diesem Abend aus wie der Inbegriff des normalen Ehepaars, wenigstens von außen: Wir machen einen gemischten Salat zu unserer Salami-Pizza von «Mellow Mushroom». Wir sehen fern und reichen die Fernbedienung hin und her. Ich helfe ihm, den Müll hinauszutragen. Er sitzt bei mir am Tisch, während ich Rechnungen bezahle. Wir machen uns gemeinsam bettfertig. Aber innerlich bin ich ein Wrack; unablässig geht mir mein Gespräch mit Margot durch den Kopf, ich zucke jedes Mal zusammen, wenn das Telefon klingelt, und ich versuche verzweifelt, die Worte – und die Kraft – für mein Geständnis zusammenzubringen.

Dann liegen wir schließlich im Bett, das Licht ist aus, und ich weiß, dies ist meine absolut letzte Chance, etwas zu sagen. Irgendetwas. Bevor Margot es ihm sagt.

Einhundert verschiedene Formulierungsmöglichkeiten kommen mir in den Sinn, als Andy sich herüberbeugt und mir einen Gutenachtkuss gibt. Ich erwidere den Kuss ein paar Sekunden länger als sonst und bin nervös und zutiefst traurig.

«Es war wirklich schön, Lucy heute mal kennenzulernen», sage ich, als wir uns voneinander lösen, und innerlich winde ich mich vor Scham über diesen lahmen Versuch, das Gespräch auf das Thema «Verflossene» zu bringen.

«Ja. Sie ist ein nettes Mädchen.» Andy seufzt und fügt hinzu: «Nur schade, dass sie einen Idioten geheiratet hat.»

«Ihr Mann ist ein Idiot?»

«Ja … Anscheinend hat er die Geburt seines eigenen Sohnes verpasst.»

«Na ja. Das kann doch passieren, denke ich mir. Hatte er einen guten Grund?» Ich hoffe, dass meine nachsichtige Stimmung ansteckend wirkt.

«Es *kann* passieren, ja», sagt Andy. «Wenn das Kind zu früh kommt oder so was … Aber er ist auf eine Geschäftsreise gegangen, als der Entbindungstermin bevorstand. Und was für eine Überraschung – er hat es nicht rechtzeitig zurückgeschafft.»

«Wer hat dir das erzählt?»

«Luce.»

Trotz allem zucke ich zusammen, als er ihren Kosenamen benutzt. Andy hat es offenbar auch bemerkt, denn er räuspert sich und korrigiert sich hastig: «Lucy hat es mir erzählt.»

«Wann?» Schamlos lege ich es darauf an, ein gemeinsames schuldhaftes Versagen festzustellen. «Ich dachte, ihr beide habt nichts mehr miteinander zu tun?»

«Haben wir auch nicht», antwortet er sofort. «Sie hat es mir vor einer Weile erzählt.»

«Ihr Sohn ist fünf. Wir sind mehr als fünf Jahre zusammen.»

«Er ist fast sechs.» Andy zieht die Bettdecke um sich herum zurecht.

«Du weißt, wann er Geburtstag hat?»

«Immer mit der Ruhe, Sherlock.» Andy lacht. «Du weißt, dass Lucy und ich seit Jahren nichts mehr miteinander zu tun haben. Das war eins von diesen abschließenden Gesprächen nach einer Beziehung, bei denen man sich gegenseitig erkundigt, wie es geht, und –»

«Und sich anvertraut, wie mies die neue Beziehung ist? Dass der Ehemann der ersten Liebe nicht das Wasser reichen kann?»

Andy lacht wieder. «Nein. Tatsächlich fand sie es offenbar gar nicht so schlimm, dass ihr Mann die Geburt verpasst hat. Das war ihr gar nicht so wichtig. Sie ist eine von den Frauen, denen ihre Kinder mehr am Herzen liegen als ihre Männer.»

«Hat sie dich angerufen? Oder du sie?» Mir ist zunehmend mulmig zumute.

«Meine Güte, Ell. Das weiß ich wirklich nicht mehr. Wir haben nicht lange miteinander gesprochen. Ich glaube, wir wollten beide nur wissen, ob es dem andern gutging. Und sicher sein, dass keiner dem anderen etwas übelnahm.»

«Und? Hast du ihr etwas übelgenommen, oder sie dir?» Leo und ich haben ein solches Gespräch niemals geführt. Wir haben nie einen richtigen Schlussstrich ziehen können, wenn man diesen Nachtflug nicht mitrechnet – und der war's natürlich auch nicht.

«Nein.» Andy setzt sich auf und fragt sanft: «Worauf willst du hinaus?»

«Auf nichts», sage ich. «Ich bin nur ... Ich will nur, dass du weißt, es ist okay, wenn du noch etwas mit ihr zu tun hast ... wenn du mit ihr befreundet sein willst.»

«Komm schon, Ell. Du weißt, dass ich kein Bedürfnis habe, mit Lucy befreundet zu sein.»

«Warum nicht?»

«Ich hab's einfach nicht. Zum einen habe ich überhaupt keine Freundinnen. Und außerdem ... ich *kenne* sie gar nicht mehr.»

Über diese Worte muss ich nachdenken, und mir wird klar, dass ich dieses Gefühl bei Leo nie hatte, trotz des üblen Endes und obwohl wir jahrelang nichts miteinander zu tun hatten. Vielleicht wusste ich nichts über die alltäglichen Details seines Lebens, aber ich hatte nie das Gefühl, ihn nicht mehr zu kennen.

«Das ist traurig», sage ich nachdenklich, obwohl meine Situation ja eigentlich viel trauriger ist. Und zum allerersten Mal frage ich mich unversehens, wie es wäre, wenn Andy und ich jemals unserer eigenen Wege gehen sollten.

Wie wir nach der Trennung miteinander umgehen würden. Ich schiebe den Gedanken beiseite und sage mir, das kann niemals passieren. Oder doch?

«Was ist daran so traurig?», fragt Andy beiläufig.

«Ach, ich weiß nicht ...» Ich spreche nicht weiter.

Andy dreht sich zu mir um. Meine Augen gewöhnen sich langsam an die Dunkelheit.

«Was beschäftigt dich, Ell?», fragt er zärtlich. «Zerbrichst du dir den Kopf wegen Lucy?»

«Nein», sage ich hastig. «Überhaupt nicht. Es war wirklich nett, sie kennenzulernen.»

«Okay», sagt er. «Gut.»

Ich schließe die Augen und weiß, der Augenblick der Wahrheit ist gekommen. Ich räuspere mich, fahre mir mit der Zunge über die Lippen und schinde noch ein paar Sekunden Zeit.

«Andy», sage ich schließlich, und meine Stimme fängt an zu zittern. «Ich muss dir etwas sagen.»

«Was denn?», fragt er leise.

Ich hole tief Luft und atme wieder aus. «Wegen des Shootings morgen.»

«Was ist damit?» Er legt eine Hand auf meinen Arm.

«Das Shooting ist ... mit Leo.» Ich bin erleichtert, und zugleich ist mir übel.

«Mit Leo? Deinem Ex-Freund?»

Ich zwinge mich zu einem Ja.

«Was heißt das, mit Leo?», fragt Andy.

«Er schreibt den Artikel.» Ich wähle meine Worte sorgfältig. «Und ich mache die Fotos.»

«Okay.» Er knipst seine Nachttischlampe an und schaut mir in die Augen. Dabei sieht er so ruhig und vertrauensvoll aus, dass ich zum ersten Mal wirklich daran denke, die

Sache abzusagen. «Aber wieso? Wie ist das zustande gekommen?»

«Ich habe ihn in New York getroffen.» Ich weiß, dass ich viel zu wenig gestehe. Und viel zu spät. «Er hat mir einen Job angeboten ...»

«Wann war das?» Andy bemüht sich ganz offensichtlich sehr, im Zweifel zu meinen Gunsten zu urteilen, aber ich sehe doch, dass der Anwalt in ihm erwacht. «Wann hast du ihn getroffen?»

«Vor ein paar Monaten. Es war weiter keine große Sache ...»

«Und warum hast du es mir dann nicht erzählt?» Das ist eine naheliegende Frage und natürlich die Crux der ganzen Angelegenheit. Schließlich war es eindeutig doch eine große Sache – und das alles hat an jenem Wintertag auf der Kreuzung angefangen, als ich nach Hause ging und zum ersten Mal beschloss, meinem Mann etwas zu verheimlichen. Eine Sekunde lang frage ich mich, ob ich anders handeln würde, wenn ich noch einmal zurückkönnte.

Ich zögere und sage dann: «Ich wollte dich nicht beunruhigen.»

Das ist die Wahrheit. Die Wahrheit eines Feiglings, aber trotzdem die Wahrheit.

«Dadurch, dass du es mir nicht erzählt hast, ist es doch eine große Sache geworden.» Seine Augen sind groß.

«Ich weiß», sage ich. «Es tut mir leid. Aber ich ... ich will den Job wirklich haben ... diese Art Arbeit.» Ich bemühe mich, das Ganze harmlos aussehen zu lassen. Im Grunde meines Herzens glaube ich wirklich, dass die Arbeit einer der Gründe ist, weshalb ich nach New York will. Ich brauche in meinem Leben mehr als ein schönes großes Haus, in dem ich sitze und darauf warte, dass mein Mann nach Hause kommt. Ich will wieder selbst etwas tun. Dieser Gedanke hilft mir irgendwie, und ich hoffe, dass Andy mich verstehen wird. Ich sage: «Ich vermisse das wirklich. Ich vermisse New York.»

Andy zupft an seinem Ohrläppchen, und sein Gesicht hellt sich für einen Moment auf, als er sagt: «Aber wir können doch hinfliegen ... Essen gehen, eine Show ansehen ...»

«Das ist nicht das, was ich vermisse. Ich vermisse die Arbeit in der Stadt. Ein Teil davon zu sein, ein Teil der Energie ...»

«Dann arbeite da.»

«Das habe ich ja vor.»

«Aber warum muss es mit Leo sein? Kannst du plötzlich nicht mehr ohne Leo arbeiten? Du fotografierst Drake Watters für das Cover von Platform, und jetzt brauchst du deinen Ex-Freund, damit er dir Arbeit besorgt?» Andy klingt so gefasst, als er mir diese Falle stellt, dass ich eine Sekunde lang glaube, er muss doch gesehen haben, dass Leo den Drake-Watters-Artikel geschrieben hat. Vielleicht hat Margot ihm auch davon erzählt. Nicht mal Andy hat bei einem Kreuzverhör so viel Glück.

«Na ja. Genau genommen», sage ich und betrachte meine gestern manikürten Fingernägel, bevor ich seinen forschenden Blick erwidere, «genau genommen hat er mir diesen Auftrag auch besorgt.»

«Moment mal. Wie bitte?» Zum ersten Mal sieht er ärgerlich aus. «Was soll das heißen? Wie hat er dir diesen Auftrag verschafft?»

Ich mache mich auf das Schlimmste gefasst. «Er hat den Artikel geschrieben ... und meine Agentin wegen der Fotos angerufen.»

«War er auch in L. A.?» Andys Stimme wird lauter. «Hast du ihn getroffen?»

Ich nicke und versuche, das Geständnis herunterzuspielen. «Aber ich schwöre, ich wusste nicht, dass er da sein würde. Wir haben auch weiter keine Zeit miteinander verbracht, wir sind nicht essen gegangen oder so etwas … Ich war die ganze Zeit mit Suzanne zusammen. Es war alles … rein beruflich.»

«Und jetzt?»

Bei dieser allumfassenden Frage seufze ich. «Und jetzt … haben wir wieder einen Fototermin», sage ich.

«Und? Seid ihr jetzt so was wie ein Team?» Er springt aus dem Bett, verschränkt die Arme und funkelt mich an.

«Nein», sage ich kopfschüttelnd. «So ist es nicht.»

«Dann erklär's mir. Wie ist es.» Er drückt die Schultern durch.

«Wir sind Freunde», sage ich. «Die zusammen arbeiten … gelegentlich. Zweimal. Nicht mal gelegentlich.»

«Ich weiß nicht, ob mir das gefällt.»

«Warum nicht?» Dumme Frage.

«Weil … weil ich noch nie ein gutes Wort über diesen Kerl gehört habe. Und jetzt willst du mit ihm befreundet sein?»

«Margot hatte schon immer was gegen ihn», sage ich.

«Du hast mir auch scheußliche Sachen über ihn erzählt.»

«Weil ich verletzt war.»

«Ja.» Andy verdreht die Augen. «Seinetwegen.»

«Er ist ein guter Mensch.»

«Er ist ein Wichser.»

«Das ist er nicht. Und ich mag ihn. Er ist …»

«Was?»

«Er ist … mir wichtig.»

«Na, das ist fabelhaft, Ellen. Einfach fabelhaft.» Sein Ton ist sarkastisch. «Dein Ex-Freund ist dir wichtig. Genau das, was jeder Ehemann gern hört.»

«Lucy war bei der Babyparty deiner Schwester.» Ich bin wieder da, wo ich angefangen habe. «Und Ty macht Margots Garten.»

«Ja.» Andy geht vor dem Bett hin und her. «Aber sie ist eingeladen worden, und er macht den Garten, gerade weil sie nicht wichtig sind. Sie sind Leute von früher, mit denen wir mal zusammen waren. Und das ist alles. Ich habe nicht das Gefühl, dass du das Gleiche über Leo sagen kannst.»

Ich spüre, dass er eine Frage stellt. Dass er sich verzweifelt wünscht, ich würde erklären, ich habe keinerlei Gefühle für Leo.

Aber das kann ich nicht. Ich kann Andy nicht zu allem Überfluss auch noch belügen.

Also sage ich: «Vertraust du mir nicht?» Bei dieser Frage ist mir augenblicklich wohler. Irgendwie bringt sie mich dazu, mir selbst zu vertrauen.

«Das habe ich immer getan», sagt Andy, und es soll unmissverständlich bedeuten, dass er es nicht mehr tut.

«Ich würde dich niemals betrügen», sage ich, und sofort bereue ich dieses ausdrückliche Versprechen, denn ich weiß, es sollte eine unausgesprochene Selbstverständlichkeit sein. Etwas, das man nicht erst sagen muss.

Und richtig, Andy antwortet: «Na, bravo, Ellen. Das ist wirklich erstklassig. Vielen Dank. Das müssen wir bei der Wahl zur Ehefrau des Jahres wirklich berücksichtigen.»

«Andy», sage ich flehentlich.

«Nein, im Ernst. Herzlichen Dank. Danke, dass du mir versprichst, mich mit deinem wichtigen Ex-Freund, den du so sehr magst, nicht zu betrügen.» Ich habe Andy noch nie so wütend gesehen.

Ich hole tief Luft, und verzweifelt greife ich zu meinem letzten Mittel und gehe in die Offensive. «Okay, ich fliege nicht. Ich sage den Job ab und bleibe hier und mache noch ein paar Fotos von Margots Bauch und ... und von Limonadenständen, während du ... den ganzen Tag Golf spielst.»

«Was soll das heißen?» Andy blinzelt mich verwirrt an.

«Es soll heißen, dass du ein herrliches Leben hast. Und meins ist beschissen.» Der verbitterte Klang meiner Stimme ist mir zuwider, aber er gibt genau das wieder, was ich fühle. Ich bin verbittert.

«Okay – damit ich das richtig verstehe», schreit Andy. «Du fliegst nach New York, um dich mit deinem Ex-Freund zu treffen, weil ich gern Golf spiele? Willst du mir heimzahlen, dass ich Golf spiele?»

«So simpel ist das nicht», sage ich, und ich denke: So simpel bist höchstens du.

«Aber plötzlich willst du mir anscheinend sagen, es ist nur meine Schuld.»

«Es ist nicht deine Schuld, Andy. Niemand ist schuld.»

«Jemand muss doch schuld sein», beharrt er.

«Ich ... ich bin hier nicht glücklich.» Jetzt kommen mir die Tränen. Ich reiße die Augen weit auf. Weinen will ich nicht.

«Hier? Wo, hier?», will Andy wissen. «Hier in dieser Ehe? In Atlanta?»

«In Atlanta. In *deiner* Heimatstadt. Ich hab's satt, so zu tun ...»

«Wie zu tun?», fragt Andy. «So zu tun, als wolltest du mit mir zusammen sein?»

«So zu tun, als wäre ich jemand, der ich nicht bin.»

«Wer verlangt das von dir?» Meine Gefühle scheinen ihn gar nicht zu interessieren, und seltsamerweise führt das dazu, dass mir die Tränen die Wangen herabfließen. «Wann habe ich dich je gebeten, eine andere zu sein als die, die du bist?»

«Ich passe nicht hierher», sage ich und wische mir mit der Ecke der Bettdecke über das Gesicht. «Siehst du das nicht?»

«Du tust, als hätte ich dich gezwungen, hierherzuziehen.» Andy verzieht verärgert das Gesicht. «Aber du hast gesagt, du willst hier wohnen.»

«Ich wollte dich glücklich machen.»

Andy lacht traurig und resigniert und schüttelt den Kopf. «Na klar. Das ist deine Mission im Leben. Mich glücklich zu machen.»

«Es tut mir leid», sage ich. «Aber ich muss es tun.»

Er beobachtet mein Gesicht, als warte er auf mehr – auf eine bessere Erklärung, eine ausführlichere Entschuldigung, auf die Versicherung, dass er der Einzige für mich ist. Aber ich finde nicht die richtigen Worte. Ich finde überhaupt keine Worte, und er schaut auf den Teppich und zuckt die Achseln. «Warum musst du es tun?»

Als er mich schließlich wieder ansieht, sage ich: «Ich weiß es nicht.»

«Du weißt es nicht?»

«Ich habe das Gefühl, ich weiß überhaupt nichts mehr.»

«Mir geht's genauso, Ellen ...» Hastig zieht er Jeans und Schuhe an und rafft Schlüssel und Brieftasche vom Nachttisch. «Wo willst du hin?», frage ich, und die Tränen laufen mir aus den Augen.

«Raus.» Er streicht sich mit den Fingern durch das Haar. «Ich werde jedenfalls nicht hier schlafen und dir morgen früh einen Abschiedskuss geben wie ein Trottel.»

Ich starre ihn an, verzweifelt und voller Reue. «Andy …», sage ich stammelnd. «Bitte versuch mich zu verstehen. Es liegt nicht an dir … es liegt an mir … Ich … ich muss es einfach tun. Bitte.»

Ohne eine Antwort geht er zur Tür.

Ich stehe auf und laufe ihm nach, und es schnürt mir die Kehle zusammen. «Können wir nicht darüber reden? Ich dachte, wir hätten gesagt, dass wir niemals wütend schlafen gehen wollen?»

Andy dreht sich um und sieht mich an, und dann schaut er glatt durch mich hindurch. «Ja», sagt er. «Wir haben vieles gesagt, Ellen.»

* Einunddreißig

Der Augenblick ist eher surreal als traurig, als ich an unserem Schlafzimmerfenster stehe und zusehe, wie Andy langsam und bedächtig durch die Einfahrt zurücksetzt. Er schaltet den Blinker ein und fährt auf die Straße hinaus. Fast kann ich im leisen, nach neuem Auto riechenden Innenraum seines Wagens das Geräusch hören – *blinka blinka blinka* –, und ich rede mir ein, dass ein Mann, der sich die Mühe macht, den Blinker einzuschalten, so wütend nicht sein kann. Ich weiß nicht, ob das ein Trost ist oder eher ein Beweis dafür, dass wir nicht zusammengehören. Dass Suzanne mit ihren Andeutungen recht hat: Uns fehlt die Leidenschaft, und was wir haben, ist lediglich eine nette Beziehung, die nicht mal mehr besonders nett ist.

Ich wende mich vom Fenster ab und sage mir, ich suche nicht nach einem Beweis, weder für dieses noch für jenes. Vielleicht verschließe ich einfach die Augen vor der Wirklichkeit, aber ich will morgen früh ins Flugzeug steigen und nach New York fliegen und meine Fotos machen und Leo sehen, damit mir wieder wohler ist – mit der Vergangenheit, mit meiner Ehe, mit meiner Freundschaft zu Margot, mit meiner Arbeit und mit mir selbst. Ich weiß nicht genau, wie das gehen soll, aber ich weiß, es wird nicht gehen, wenn ich hier in diesem Haus bleibe.

Ich knipse Andys Lampe aus und gehe wieder ins Bett. Ich habe das Gefühl, ich sollte weinen, aber halb erschrocken, halb erleichtert erkenne ich, dass die überwältigenden Gefühle, die ich eben noch empfand, als Andy im Raum war, abgestumpft sind. Tatsächlich bin ich so gefasst und ungerührt, als beobachtete ich die Nachwehen eines großen Streits bei einem anderen Ehepaar und wartete nur darauf, was wohl als Nächstes passieren wird: Bleibt sie, oder geht sie?

Ich schließe die Augen, erschöpft und ziemlich sicher, dass ich gleich einschlafen könne, wenn ich mich ein bisschen bemühe. Aber das gestatte ich mir nicht. Denn zumindest ein bisschen bin ich im Recht, und wenn ich jetzt einschlafe, dann wäre ich die gefühllose Ehefrau, die sich nicht um die Nachtruhe bringen lässt, wenn ihr verzweifelter Ehemann durch die leeren Straßen im Kreis herum fährt.

Statt zu schlafen, versuche ich also, Andy auf dem Handy anzurufen. Ich rechne fest damit, seine fröhliche Ansage zu hören, mit der vertrauten Hupe des vorbeifahrenden

Taxis im Hintergrund. Komm ja nicht auf die Idee, diese Ansage zu ändern, habe ich kürzlich noch zu ihm gesagt; ich weiß nicht, ob ich seine muntere Stimme oder den New Yorker Hintergrundlärm behalten wollte. Aber er meldet sich nicht – und auch nicht, als ich noch dreimal auf die Wahlwiederholung drücke. Offensichtlich will Andy nicht mit mir sprechen, und weil ich keine Ahnung habe, was ich ihm sagen will, hinterlasse ich keine Nachricht. Bei Margot will ich nicht anrufen, obwohl ich sicher bin, dass er irgendwann dort landen wird. Sollen sie sich nur gegen mich zusammenrotten. Sollen sie Stella dazurufen, eine gute Flasche Wein aufmachen und sich gegenseitig ihre Überlegenheit versichern. Sollen sie ihren Kram machen, während ich meinen mache. Ich starre in die Dunkelheit und fühle mich einsam und bin zugleich froh, allein zu sein.

Einige Zeit später gehe ich ruhelos nach unten. Hier ist alles dunkel und aufgeräumt, wie Andy und ich es hinterlassen haben, als wir ins Bett gegangen sind. Ich gehe geradewegs zum Barschrank und gieße mir einen Wodka in ein kleines Saftglas. Allein zu trinken, wirkt immer wie ein deprimierendes Klischee, und ich will jedes Klischee vermeiden, unbedingt. Andererseits ist Wodka genau das, was ich in diesem Augenblick will, und «was Ellen will» ist ja anscheinend überhaupt das Wichtigste. Das würde mein Mann jedenfalls ganz sicher behaupten.

Ich stehe mitten in der Küche und habe plötzlich das dringende Verlangen nach frischer Luft. Ich gehe zur Hintertür und sehe, dass Andy die Alarmanlage wieder eingeschaltet hat, als er draußen war. Vielleicht hasst er mich, aber er will immer noch, dass mir nichts passiert. Wenigstens etwas, denke ich, als ich auf der Verandatreppe sitze, die inzwischen mein Lieblingsplatz in Atlanta ist. Ich trinke meinen Wodka und lausche den Zikaden und der schweren, schwülen Stille.

Ich habe meinen Drink längst ausgetrunken, ein letztes Mal auf Andys Handy angerufen, bin ins Haus gegangen, habe die Hintertür verschlossen und das Glas in die Spüle gestellt, als ich seinen Zettel finde. Ich weiß nicht, wie ich ihn habe übersehen können; er liegt mitten auf der Theke, ein gelber Post-it-Block, den wir normalerweise für ganz andere Mitteilungen verwenden – «Ich liebe dich» oder «Einen schönen Tag!» oder «Brauche neue Rasierklingen». Mein Magen krampft sich zusammen, als ich den viereckigen Block aufhebe, unter die Herdbeleuchtung halte und Andys Blockbuchstaben lese:

WENN DU GEHST, KOMM NICHT WIEDER.

Ich schäle das Blatt vom Block herunter und frage mich nicht, was ich morgen früh tun soll, sondern nur, was ich mit diesem Zettel anfangen soll. Soll ich eine Antwort unter seine Mitteilung schreiben? Soll ich den Zettel zusammenknüllen und auf der Theke liegen lassen? Oder ihn in den Mülleimer werfen? Ihn in mein Tagebuch kleben, als traurige Erinnerung an eine traurige Zeit? Nichts davon scheint mir richtig zu sein; also klebe ich den Zettel einfach wieder auf den Block und richte die Ränder sorgfältig aus, damit es aussieht, als hätte ich ihn nie angerührt, nie gelesen. Ich werfe noch einen Blick darauf, und mir ist ganz elend zumute, als ich denke, dass wir jetzt ein Paar sind, das nicht nur mitten in der Nacht streitet, sondern sich auch Post-it-Zettel mit ultimativen Forderungen in der Küche hinterlässt.

Vielleicht sind wir sogar ein Paar, über das die Leute von Buckhead beim Cocktail im Club tratschen. *Habt ihr das von Ellen und Andy gehört? Habt ihr gehört, was sie getan hat? Und wie er ein Machtwort gesprochen hat?*

Ich kann sie hören, die Ginnys dieser Welt: *Und dann? Was ist dann passiert?*

Sie ist gegangen.

Und dann hat er sie verlassen.

Ich stehe lange an der Theke und sehe Bilder aus der fernen Vergangenheit und dann aus der jüngsten Vergangenheit und ein paar Schnappschüsse dazwischen, und ich frage mich, ob ich Andys Worte ernst nehme. Jawohl, erkenne ich. Vielleicht wird er es sich anders überlegen, aber in diesem Augenblick meint er, was er sagt.

Und trotzdem – es macht mir keine Angst, es gibt mir nicht zu denken, sondern macht mich noch ruhiger, entschlossener, empörter. Ich gehe wieder nach oben und schlüpfe unter die Bettdecke. Wie kann er es wagen, mir ein Ultimatum zu stellen? Er versucht nicht einmal zu verstehen, wie es mir geht. Er treibt mich mit seinen Forderungen in die Enge. Ich versuche, den Spieß umzudrehen und mir Andy vorzustellen – heimwehkrank und voller Sehnsucht, die Verbindung zu jemandem wiederherzustellen. Und plötzlich begreife ich, dass ich deshalb nach Atlanta gezogen bin. Mit ihm. Für ihn. Darum bin ich jetzt hier.

Ich schlafe ein und träume – wahllose, banale Vignetten: Ich lasse den Sessel in unserem Schlafzimmer mit einer Husse überziehen, ich verschütte süßen Tee über meiner Tastatur, ich schneidere in letzter Minute ein behelfsmäßiges Zigeunerinnenkostüm für eine Halloween-Party in der Nachbarschaft. Lauter Träume, die selbst bei genauer

Betrachtung erschreckend belanglos sind, vor allem wenn man bedenkt, dass ich an einem Kreuzweg bin, in einer Krise.

Als ich endgültig aufwache, ist es vier Uhr neunundfünfzig – eine Minute vor der eingestellten Weckzeit. Ich stehe auf, dusche, ziehe mich an und erledige all die Dinge, die an einem Reisetag nötig sind. Ich trage mein Kamera-Equipment zusammen, ordne die Sachen in meinem Koffer neu, drucke meine Bordkarte aus, sehe sogar nach, wie das Wetter in New York ist. Achtzehn Grad, vereinzelte Schauer. Seltsamerweise kann ich mir nicht vorstellen, wie achtzehn Grad sich anfühlen, vielleicht weil mir so lange so heiß war; also packe ich einfach Regensachen ein, meinen Schirm und einen schwarzen Trenchcoat.

Die ganze Zeit denke ich an Andys Zettel und sage mir, ich kann immer noch in letzter Minute aussteigen. Wenn die Sonne aufgeht, kann ich beschließen, zu bleiben. Ich kann mit der Schnellbahn zum Flughafen fahren, durch die Sicherheitskontrolle gehen und mich bis zum Gate schlängeln, und dann kann ich immer noch nach Hause zurückfahren.

Aber im Grunde meines Herzens weiß ich, dass es nicht passieren wird. Ich weiß, ich werde längst weg sein, wenn Andy nach Hause kommt und seine unberührte Nachricht auf unserer Marmortheke findet.

Fünf Stunden vergehen wie im Nebel, und dann stehe ich in der Schlange am Taxistand in LaGuardia. Geräusche, Gerüche und Bilder sind schmerzhaft vertraut. *Zu Hause*, denke ich. *Ich bin wieder zu Hause.* Mehr als Pittsburgh, mehr als Atlanta, mehr als alles andere ist hier mein Zuhause. Hier in dieser Stadt – ja, hier an diesem Taxistand.

«Wo wollen Sie hin?», fragt ein junges Mädchen hinter mir und reißt mich aus meinen wehmütigen Gedanken. Mit ihren zerrissenen Jeans, dem Pferdeschwanz und einem übergroßen Rucksack sieht sie aus wie eine Studentin. Vermutlich ist sie fast pleite und hofft, sich das Taxi in die Stadt mit jemandem teilen zu können.

Ich räuspere mich und merke, dass ich den ganzen Tag noch nicht gesprochen habe. «Nach Queens», sage ich und hoffe, sie will nach Manhattan. Ich habe keine Lust auf eine Unterhaltung, aber ich bringe es auch nicht übers Herz, sie abzuweisen.

«Oh, Mist», sagt sie. «Ich hatte gehofft, wir könnten uns ein Taxi teilen. Ich wollte ja den Bus nehmen, aber ich hab's ein bisschen eilig.»

«Wo wollen Sie denn hin?», frage ich – nicht weil ich es wirklich wissen will, sondern weil ich ihr ansehe, dass sie unbedingt gefragt werden möchte. Ich wette, da ist ein Junge im Spiel. Es ist immer ein Junge im Spiel.

Und richtig, sie sagt: «Ich will zu meinem Freund. Er wohnt in Tribeca.»

Es klingt stolz, wie sie «Tribeca» sagt – als hätte sie das Wort erst ein paarmal ausgesprochen. Vielleicht hat sie gerade erst erfahren, dass es «Triangle Below Canal Street» bedeutet. Ich weiß noch, wie ich das gelernt habe – so wie ich früher die Houston Street falsch ausgesprochen habe – nämlich wie die Stadt in Texas –, bis Margot mich korrigierte und zugab, dass sie den gleichen Fehler noch einen Tag zuvor selbst gemacht habe.

«Hm», brumme ich. «Tolle Gegend.»

«Ja», sagt sie gedehnt, und es klingt, als komme sie aus Minnesota oder aus Kanada. «Er hat kürzlich ein irres Loft gefunden.» Sie inszeniert das Wort «Loft», wie er es sicher auch getan hat, um sie zu beeindrucken. Ich frage mich, ob sie die «irre» Behausung schon gesehen hat. Ich stelle mir vor, dass sie eng und grau ist – und trotzdem irgendwie wundervoll.

Ich lächle und nicke. «Und wo wohnen Sie?»

Sie zieht eine verknautschte Jeansjacke aus ihrem Trolley, und ich denke: Jeans zu Jeans – nicht gut. Sie knöpft sie fast bis obenhin zu, was den Look noch schlimmer macht, und sagt: «In Toronto. Mein Freund ist Maler.»

Das ist eine Feststellung von herrlicher Zusammenhanglosigkeit, die noch einmal beweist, dass sie ihn liebt und dass alles sich um ihn dreht.

Gefährlich, denke ich, aber ich lächle wieder und sage: «Das ist schön.» Wie mögen sie sich kennengelernt haben? Wie lange sind sie schon zusammen, und wird sie zu ihm nach New York ziehen? Wie wird ihre Geschichte enden? Falls sie endet …

Die Schlange schiebt sich voran und bringt mich Zoll für Zoll näher zu Leo.

«Und Sie … kommen Sie nach Hause?», fragt sie.

Ich sehe sie verständnislos an, und sie erklärt: «Ich meine, wohnen Sie in Queens?»

«Oh … Nein», sage ich. «Ich treffe mich dort mit jemandem. Zum Arbeiten.»

«Sie sind Fotografin?»

Einen Moment lang bin ich erstaunt über ihre Intuition, aber dann fällt mir ein, dass ich meine Kameratasche mit meinem Equipment dabeihabe.

«Ja», sage ich und fühle mich von Minute zu Minute mehr wie ich selbst.

Ich bin Fotografin. Ich bin in New York. Ich werde Leo sehen.

Sie lächelt. «Cool.»

Plötzlich haben wir den Anfang der Warteschlange erreicht, und ich verabschiede mich von meiner neuen, namenlosen Freundin.

«Wiedersehen», sagt sie, und sie sieht so glücklich aus. Sie winkt – eine seltsame Geste, wenn man so dicht hinter jemandem steht.

«Viel Glück», sage ich.

Sie bedankt sich, aber ihr Blick ist fragend, als wisse sie nicht, was Glück mit all dem zu tun habe. Eine Menge, möchte ich ihr gern sagen. Glück hat mit allem eine Menge zu tun. Aber ich lächle nur und wende mich ab, um dem Taxifahrer mein Gepäck zu übergeben.

«Wohin?», fragt er, als wir beide einsteigen.

Ich nenne ihm die Adresse, die ich schon so lange auswendig kenne, und überprüfe in meinem Taschenspiegel nervös mein Make-up. Ich trage nur Lidschatten und Lipgloss und widerstehe der Versuchung, mehr aufzutragen. Ich habe mich auch mit einem Pferdeschwanz und einem schlichten Outfit begnügt: Jeans, ein weißes Buttondown-Hemd mit aufgekrempelten Ärmeln und flache schwarze Schuhe. Vielleicht geht es bei diesem Trip nicht nur um Arbeit, aber zumindest bin ich angezogen, als wäre da nichts weiter.

Nervös ziehe ich mein Telefon aus der Tasche, und im selben Moment kommt eine SMS von Leo: Bist du schon da?

Mit klopfendem Herzen sehe ich ihn vor mir: Frisch geduscht schaut er auf die Uhr und wartet auf mich.

Ich antworte: Bin im Taxi. Bald da.

Einen Augenblick später schickt er ein Smiley, und das entspannt und überrascht mich gleichzeitig. Leo war nie der Emoticon-Typ, abgesehen von dem gelegentlichen

Doppelpunkt-Strich-Slash-Gesicht :-/, das er manchmal ans Ende seiner E-Mails gehängt hat, um sich über meine leicht asymmetrischen Lippen lustig zu machen – was Andy übrigens nie aufgefallen ist. Zumindest hat er nie etwas dazu gesagt.

Ich schaue lächelnd auf mein Handy – trotz meiner Stimmung, die zwar nicht schlecht, aber keineswegs smiley-mäßig ist. Dann stecke ich mir die Ohrstöpsel in die Ohren, schalte meinen iPod ein und höre «La Cienega Just Smiled» von Ryan Adams, einen meiner Lieblingssongs, der mich entweder richtig glücklich oder richtig traurig macht, je nachdem. Im Moment bin ich beides, und während ich das Lied höre, stelle ich erstaunt fest, wie viel die beiden Gefühle miteinander zu tun haben.

Ich halte dich fest im Hinterkopf.
Es fühlt sich gut an, aber verdammt, es tut auch weh ...

Ich drehe die Lautstärke auf und höre meine Mutter: «Du wirst noch taub werden, Ellie.» Ich schließe die Augen und denke an Leo, dann an Andy, dann wieder an Leo.

Letzten Endes, denke ich, geht's doch immer um Männer, oder?

*Zweiunddreißig

Als wir in die Newton Avenue einbiegen, weiß ich nicht, war es erst gestern oder vor einem ganzen Menschenleben, dass ich zuletzt hier war und Leo nach unserer Rückkehr aus Kalifornien abgesetzt habe und sicher war, dass dies das Ende sei. Meine erstickende Traurigkeit spüre ich plötzlich wieder, und ich frage mich, ob ich wirklich dachte, ich würde ihn nie wiedersehen. Ich frage mich auch, warum genau ich jetzt wieder hierher zurückgekehrt bin, in diesem Augenblick. War es der Umzug nach Atlanta und alles, was damit zusammenhängt? Oder weil ich herausgefunden habe, dass er noch einmal zurückgekommen ist, nach der Trennung? Oder zieht mein Herz Leo auf unerklärliche und unwiderstehliche Weise an sich? Wir halten vor seinem Haus am Randstein, ich bezahle und hoffe, dass ich heute ein paar Antworten bekommen werde. Ich brauche Antworten.

«Quittung?», fragt der Taxifahrer. Er lässt den Kofferraumdeckel aufspringen und steigt aus.

«Nein, danke», sage ich, obwohl ich weiß, dass ich Spesenbelege sammeln sollte – schon weil dieser Trip ja in Wirklichkeit eine Geschäftsreise sein sollte.

Als ich aus dem Taxi steige, sehe ich Leo. Er lehnt am Geländer vor der Tür. Er ist barfuß und trägt Jeans und ein anthrazitgraues Fleece-Shirt, und er blinzelt zum Himmel hinauf, als wolle er sehen, ob Regen aufzieht. Mein Herz setzt einmal aus, aber ich beruhige mich wieder, indem ich mich auf mein Gepäck konzentriere, das der Taxifahrer auf den Gehweg stellt. Ich kann nicht fassen, dass ich tatsächlich hier bin – nicht einmal, als ich den Mut aufbringe, Leo wieder anzuschauen. Er hebt den Arm und lächelt, und er sieht völlig entspannt aus.

«Hi», sage ich, aber meine Stimme wird von einer plötzlichen Windbö davongetragen. Ich halte den Atem an, und das Taxi fährt los. Jetzt sind wir allein.

Sekunden später ist Leo bei mir.

«Du hast es geschafft», sagt er, und anscheinend ist ihm

klar, dass dazu sehr viel mehr nötig war, als einfach in ein Flugzeug zu steigen. *Und da hat er recht*, denke ich und sehe den Zettel auf der Theke vor mir – und Andy, der ihn heute Morgen dort vorfindet und seine Frau nicht mehr.

«Ja», sage ich, und ich bekomme wieder ein schlechtes Gewissen. «Ich hab's geschafft.»

Leo schaut auf mein Gepäck. «Komm, das nehme ich.»

«Danke», sage ich und breche das verlegene Schweigen, indem ich hinzufüge: «Keine Sorge, ich bleibe nicht hier. Ich gehe in ein Hotel.» Und natürlich mache ich die Verlegenheit damit noch größer.

«Deshalb habe ich mir keine Sorgen gemacht», sagt Leo.

Ich sehe zu, wie er mit der rechten Hand meinen Koffer hochhebt, obwohl man ihn rollen kann. Meine Kameratasche schwingt er sich über die linke Schulter. Ich bekomme fast eine Gänsehaut, als ich ihm die Treppe hinauf in sein Apartment folge. Ich atme den Duft von Kaffee und den vertrauten Geruch des alten Hauses ein. Ich sehe mich in seinem Wohnzimmer um, und dann sind wieder die Erinnerungen da – hauptsächlich gute. Ein sensorischer Overkill, denke ich und fühle mich plötzlich matt, nostalgisch und als wäre ich wieder dreiundzwanzig.

«Und?», sagt Leo. «Was meinst du?»

Ich weiß nicht genau, worauf er hinauswill; also gehe ich auf Nummer sicher und konzentriere mich auf die konkreten Dinge. «Du hast neue Möbel», sage ich.

«Ja.» Er zeigt auf ein abstraktes Gemälde in Schwarz und Blau und ein zimtfarbenes Wischledersofa, das daruntersteht. «Ich habe hier und da ein bisschen was verändert ... Gefällt es dir?» Er sieht mich gutgelaunt an.

«Natürlich.» Ich versuche, mich zu entspannen und nicht in die Richtung seines Schlafzimmers zu schauen und nicht so viele Erinnerungen hochkommen zu lassen. Zumindest nicht so viele auf einmal.

«Gut.» Er tut erleichtert. «Du heiratest und ziehst nach Georgia ... Da darf ich wenigstens eine neue Couch anschaffen.»

Ich lächle. «Na, ich glaube, du hast noch ein bisschen mehr getan.» Ich beziehe mich hauptsächlich auf seine Arbeit, aber auch auf Carol, und wieder sehe ich mich um und suche nach Anzeichen dafür, dass er mit einer Frau zusammenlebt. Aber da sind keine. Kein weiblicher Touch, kein Foto von Carol. Genau gesagt, überhaupt kein Foto.

«Suchst du was?», fragt er spöttisch, als wüsste er genau, was ich denke.

«Ja», gebe ich sofort zurück. «Was hast du mit meinem Foto gemacht?»

Er hebt den Zeigefinger, und dann geht er zwei Schritte zu einem alten, verschrammten Schrank, zieht eine Schublade auf und wühlt darin herum. «Du meinst ... das hier?» Er hält das Foto hoch, auf dem mir die Vorderzähne fehlen.

«Hör auf!», sage ich und werde rot.

Er zuckt die Achseln und schafft es, gleichzeitig selbstgefällig und betreten auszusehen.

«Ich kann nicht glauben, dass du das noch hast», sage ich und bin sehr viel entzückter, als ich es sein sollte.

«Ist ein gutes Bild», sagt er und stellt das Foto auf ein Regal, das eigentlich für Porzellan gedacht ist, aber mit Zeitungen vollgestopft ist. Wie früher ist alles an Leos Wohnung minimalistisch reduziert – bis auf das viele Papier. Bücher, Zeitungen, Zeitschriften und Notizhefte sind buchstäblich überall verstreut und gestapelt, auf dem Boden, auf dem Couchtisch, auf Stühlen und in Regalen.

«So.» Er dreht sich um und geht zur Küche; sie ist völlig unverändert, sogar der grüne Linoleumboden aus den siebziger Jahren ist noch da. «Hast du Hunger? Kann ich dir was machen?»

«Nein, danke.» Selbst wenn ich hungrig wäre, ich könnte im Moment nichts essen.

«Kaffee?», fragt er und gießt welchen in seinen eigenen Becher. Einen pfirsichfarbenen Becher. Aha!, denke ich. Carol.

«Ja», sage ich. «Aber nur … eine halbe Tasse.»

«Eine halbe Tasse?» Er schiebt sich die Ärmel hoch. «Wer bist du? Meine Großmutter?»

«Aah», sage ich zärtlich, und ich erinnere mich an seine streitbare Großmutter. Ich habe sie nur einmal gesehen – auf einer Geburtstagsparty für seinen Neffen –, aber sie war eine von diesen lebhaften, exzentrischen alten Frauen, die immer sagen, was sie denken, und wegen ihres Alters damit auch noch durchkommen.

«Wie geht es deiner Großmutter», frage ich, und mir fällt auf, dass wir auf dem Nachtflug von L. A. hierher nicht viel über unsere Familien gesprochen haben.

«Oh, sie ist munter … putzmunter sogar.» Er nimmt einen weiteren Kaffeebecher für mich aus dem Schrank, einen weißen, auf dem auf der einen Seite etwas geschrieben steht, was ich aber von hier aus nicht lesen kann.

«Das ist unglaublich», sage ich, und meine Mutter kommt mir in den Sinn, wie immer, wenn ich Geschichten von älteren Menschen höre. Aber ich verdränge den Gedanken schnell, das ist jetzt wirklich zu viel.

«Also, im Ernst?», fragt Leo. «Nur ein halbes Tässchen, Grandma?»

Ich lache. «Okay. Eine ganze Tasse. Ich dachte nur …»

«Was dachtest du?»

«Das wir gleich lossollten.»

«Haben wir es eilig?»

«Es regnet vielleicht.»

«Und?»

«Ich muss Fotos machen», sage ich entschlossen.

«Das weiß ich», sagt er ebenso entschlossen.

«Eben», sage ich. Ich habe mich doch bereits klar ausgedrückt – wieso kapiert er das nicht?

«Kannst du bei Regen nicht fotografieren?»

«Natürlich kann ich das.»

«Eben», macht er mich nach.

Das hier ist kokettes Geflachse – riskant, wenn man entschlossen ist, nicht etwas zu tun, was man nachher bereuen könnte.

«Ich meine ja nur …» Das sage ich schon seit der Junior High in unbehaglichen Situationen.

«Na, und *meine* sage nur, dass Bilder von Coney Island im Regen gar nicht so schlecht wären … oder?»

«Wahrscheinlich.» Das wäre vielleicht tatsächlich ganz schön, denke ich. Und Zeit mit Leo im Regen zu verbringen, wäre vielleicht auch wirklich schön.

«Dann setz dich.» Leo unterbricht meine Gedanken. Er deutet auf seine Couch, schaut mir in die Augen und sagt: «Bleib noch ein Weilchen.»

Ich halte seinem Blick stand und denke ängstlich und zugleich hoffnungsvoll an das, was ein «Weilchen» mit sich bringen könnte. Dann wende ich mich ab, setze mich ans hintere Ende der Couch, stütze den Ellenbogen auf die Armlehne und warte auf meinen Kaffee und auf ihn. Ich sehe zu, wie er ihn in den Becher gießt und gerade noch genug Platz für einen Spritzer Milch und zwei Löffel Zucker lässt. «Hell und süß, richtig?», fragt er.

«Wie kommst du auf die Idee, dass ich meinen Kaffee immer noch gern so trinke?», frage ich mit kokettem Lächeln.

«Oh, ich *weiß* es», sagt Leo. Er verzieht keine Miene, und trotzdem habe ich immer noch das Gefühl, dass er flirtet.

Ich flirte zurück. «Und woher weißt du das?»

«Du hast ihn im Restaurant so getrunken.» Er reicht mir den Becher und setzt sich genau an der richtigen Stelle auf die Couch – dicht neben mir, aber nicht zu dicht. «Damals im Januar.»

«Du hast bemerkt, wie ich meinen Kaffee trinke?»

«Ich habe *alles* bemerkt.»

«Zum Beispiel?», dränge ich, und mich überkommt das vertraute, Leo-bedingte Schwindelgefühl.

«Zum Beispiel ... den blauen Sweater, den du anhattest ... und wie du den Kopf zur Seite gelegt hast, als ich hereinkam ... und deinen Gesichtsausdruck, als du mir sagtest, dass du verheiratet bist –»

«Und was war das für ein Gesichtsausdruck?», unterbreche ich, und ich wünschte, er würde das Wort «verheiratet» nicht benutzen.

«Du weißt, was für ein Gesichtsausdruck.»

«Sag's mir.»

«Einer, der sagt: Ich hasse dich.»

«Ich habe dich nie gehasst.»

«Lügnerin.»

«Okay», sage ich, «ich habe dich irgendwie gehasst.»

«Das weiß ich.»

«Und jetzt?» Ich brauche Mut, um in seine braunen Augen zu schauen. «Habe ich diesen Gesichtsausdruck jetzt auch?»

Leo sieht mir mit blinzelnden Augen forschend ins Gesicht. «Nein», sagt er dann. «Ist weg. Dieser Ausdruck ist weg seit … seit dem Flug von L. A., als ich dich vor dem schmutzigen alten Mann gerettet habe.»

Ich lache und tue, als laufe mir ein Schauer über den Rücken. «Der war fies.»

«Ja, das stimmt. Gott sei Dank. Sonst hättest du dich vielleicht nicht so gefreut, mich zu sehen.»

Ich schüttele den Kopf, aber nicht so, als wollte ich widersprechen. *Kein Kommentar*, sage ich damit – *zumindest keiner, den ich aussprechen kann.*

«Was?», fragt er.

«Nichts», sage ich. Mein «beruflicher» Aufenthalt hier dauert gerade zehn Minuten, und schon bewege ich mich auf sehr dünnem Eis.

«Sag's mir.»

«Sag du es mir.» Ich nehme den ersten Schluck Kaffee. Er ist ein bisschen zu heiß, aber ansonsten perfekt.

«Tja … mal sehen … Was kann ich dir sagen?» Leo schaut zur Decke, und ich betrachte seine glattrasierte Wange, die sauber getrimmten Koteletten, die olivfarbene Haut. «Ich kann dir sagen, ich freue mich, dass du gekommen bist. Ich freue mich, dich zu sehen. Ich freue mich sehr …»

«Ich freue mich auch sehr, dich zu sehen.» Plötzlich bin ich schüchtern.

«Gut.» Leo nickt, trinkt seinen Kaffee und legt dann die Beine auf den Couchtisch. «Immerhin, hm?»

«Ja», sage ich, und wir beide schauen zu Boden.

Ein paar Sekunden später schauen wir uns wieder in

die Augen, unser Lächeln verblasst, und ich weiß nicht, warum, aber ich bin sicher, er hat ebensolches Herzklopfen wie ich. Ich denke an Andy und merke, dass mein schlechtes Gewissen fast weg ist, aber gerade das macht mir wieder ein schlechtes Gewissen, zumal als Leo sich räuspert und den Namen meines Mannes laut ausspricht.

«Weiß Andy, dass du hier bist?»

Es ist eine einfache Frage, aber ihr zugrunde liegt seine kühne Annahme, dass ich vielleicht nicht nur hier bin, um ein paar Fotos zu machen.

«Ja», sage ich, und ich weiß, dass meine Antwort keinerlei Klarheit bringt. «Ja» könnte bedeuten, dass die Reise rein beruflich ist und dass ich meinem Mann deshalb natürlich davon erzählt habe. Es könnte auch bedeuten, dass ich ihm *alles* gebeichtet habe. Oder es könnte bedeuten, dass ich ihm genug gesagt habe, um einen großen Streit und ein Ultimatum auf einem Post-It herbeizuführen.

«Und ...? War es ihm recht?» Leo macht ein besorgtes Gesicht.

Ich schaue in meinen Kaffeebecher und schüttele den Kopf. Ich hoffe, das sagt genug.

Anscheinend ja, denn Leo sagt nur: «Das tut mir leid.»

Ich nicke dankbar. So war es schon immer mit Leo: Zwischen ihm und mir hat es stets einen Subtext gegeben, etwas, das zwischen den Zeilen stand, das sich unter der Oberfläche des Gesagten abspielte.

Ich drehe den Spieß um. «Und wie ist es mit deiner Freundin?»

Er schüttelt den Kopf, macht eine schneidende Bewegung mit der Hand und klickt mit der Zunge. «Das ist erledigt.»

«Ihr habt euch getrennt?»

«Yep.» Er nickt.

«Wann?», frage ich, aber eigentlich will ich wissen: Warum? Wer von euch hat es getan?

«Vor ein paar Wochen», sagt er unbestimmt.

«Möchtest du ... darüber reden?»

«Möchtest du darüber reden?», fragt er.

«Wenn du es möchtest», sage ich vorsichtig.

Leo zuckt die Achseln und spricht dann in knappen, sachlichen Sätzen. «Ich habe ihr gesagt, dass ich dich wiedergesehen habe. Sie hat überreagiert. Ich habe ihr gesagt, es sei nicht so. Du seist verheiratet. Was denn dann zwischen dir und mir sei, wollte sie wissen. Ich habe gesagt, gar nichts, aber sie hat mir vorgeworfen, ich hätte immer noch Gefühle für dich.» Er schaut zu mir herüber, und ich blicke hinunter zu seinem Kinn und dann wieder hinauf zu seinen Lippen.

«Und?», sage ich.

«Und.» Leo zuckt wieder die Achseln. «Ich konnte ihr nicht das sagen, was sie hören wollte. Da ist sie gegangen.»

Ich stelle mir dieses harte, knappe Gespräch vor, und ich habe Mitleid mit einer Frau, der ich nie begegnet bin. «Du hast sie einfach ... gehen lassen?» Ich bewundere seine Ehrlichkeit – die auch ziemlich grausam ist. Sie ist eine seiner besten – und schlechtesten – Eigenschaften.

Leo nickt langsam. Dann stellt er seine Kaffeetasse auf den Tisch, dreht sich zu mir herum und sagt: «Ja. Schön. Das Problem ist ... sie hatte recht. Ich habe Gefühle für dich, Ellie.»

Ich schlucke angestrengt, und mein Herz schlägt mir bis zum Hals, bis in die Ohren, ja, es liegt auf dem Tisch.

Seine Worte hallen in meinem Kopf wider, und obwohl ich die Antwort kenne, frage ich: «Was für Gefühle?»

«Gefühle, die ich schon vor langer Zeit hätte sortieren sollen.» Er schaut mir kurz in die Augen und starrt dann ins Zimmer. «Gefühle, die wieder hochgekommen sind, als ich dich wiedergesehen habe ... Gefühle, die ich für eine ... eine verheiratete Frau nicht haben sollte.»

Da ist es schon wieder. *Verheiratet.*

Ich öffne den Mund, aber ich finde keine Worte. Zumindest keine, die ich laut aussprechen kann.

«So», sagt Leo und lässt mich vom Haken. Er reibt sich die Hände und atmet tief durch, bevor er einen dieser tiefgründigen und doch nichtssagenden Sätze ablässt, die er so gern hat. «Es ist, wie es ist.»

Ich nicke unverbindlich.

«Was will man da machen, hm?», fragt Leo.

Eine rhetorische Frage, aber vorsichtig beantworte ich sie trotzdem. «Ich weiß es nicht», sage ich kopfschüttelnd.

Leo sieht mich mit hochgezogenen Brauen an, als verstehe er genau, wie es mir geht, als wisse er *genau*, was ich sagen will – und dass wir, wenn auch sonst nichts ist, zumindest zusammen in dieser Sache stecken.

* Dreiunddreißig

Eine Stunde später – nach einer ungefährlichen Unterhaltung und zwei Tassen Kaffee – sitzen Leo und ich in einem buchstäblich leeren Zug der U-Bahnlinie N und sind unterwegs zur Südspitze von Brooklyn. Wir tun so, als gehe es jetzt nur um die Arbeit, aber die Stimmung zwischen uns wird immer aufgeladener, je länger wir nicht darüber reden.

Ich zähle auf dem U-Bahnplan die Stationen bis Still-well Avenue und schätze, dass wir noch mindestens eine halbe Stunde Fahrt vor uns haben. Leo bückt sich und knotet die Schnürsenkel seiner schwarzen Tennisschuhe zu. Als er sich wieder aufrichtet, sieht er mich ungläubig an. «Wirklich? Du warst noch nie im Leben auf Coney Island?»

Ich schüttele den Kopf. «Nein … Aber ich habe das Gefühl, ich war schon da. Vermutlich, weil ich es aus Filmen und von Fotos kenne.»

Leo nickt. «So geht es mir mit vielen Orten.»

«Zum Beispiel?» Ich will immer wissen, was Leo denkt und fühlt – ganz gleich, wie trivial es ist und wie wenig es mit uns zu tun hat.

«Zum Beispiel … Stonehenge», sagt er. «Wer muss da noch hin, wenn er ein paar Fotos gesehen hat? Dicke Steine auf einem freien Feld. Ich weiß doch genau, wie's da aussieht.»

Ich lache über dieses Zufallsbeispiel. «Erzähl mir von deinem Artikel. Hast du ihn schon geschrieben?»

«Ja, größtenteils. Muss noch ein bisschen poliert werden.»

«Worum geht es genau?»

«Na ja … man könnte wohl sagen, um den Konflikt zwischen dem alten und dem neuen Coney Island. Um die unausweichlichen Veränderungen am Horizont.»

Ich sehe ihn fragend an, und mir wird klar, dass ich für eine, die versucht hat, der ganzen Welt und sich selbst einzureden, dass es bei diesem Trip um Arbeit geht, herzlich wenig über das Stück weiß, für das ich die Fotos liefern soll. Oder übrigens über Coney Island.

«Was für Veränderungen?», frage ich.

Leo zieht den Reißverschluss an seiner Kuriertasche auf, holt einen Flyer von Coney Island heraus und zeigt mir eine Luftaufnahme des Strandes. «Kurz gesagt, eine große Immobilienfirma hat einen vier Hektar großen Teil des Vergnügungsparks gekauft und plant dort ein Zwei-Milliarden-Dollar-Projekt. Sie wollen auf dem Gelände Hotelhochhäuser und Eigentumswohnungen bauen, das volle Programm ... Manche sagen, es ist genau das, was Coney Island braucht. Du weißt schon: die Revitalisierung einer heruntergekommenen Gegend, die Wiederherstellung des alten Glanzes.»

«Und was sagen andere?»

«Andere vertreten einen eher nostalgischen Standpunkt. Sie befürchten, die Neubauten könnten die alteingesessenen Bewohner vertreiben, klassische Panoramen zerstören, die kleinen Läden und Fahrgeschäfte ruinieren und den kitschigen, ältlichen Charakter des sogenannten Nickel Empires zerstören.»

«Nickel Empire?» Unser Zug hält in der Station Queensboro Plaza. Die Türen öffnen sich, und eine Handvoll Fahrgäste steigt ein. Sie schauen alle zu uns herüber und setzen sich dann woanders hin.

«Früher kostete die U-Bahnfahrt nach Coney Island einen Nickel. Die Karussells kosteten einen Nickel. Nathan's Hot Dogs kosteten einen Nickel ... Tatsächlich war Coney Island zu Anfang ein Badeort für die Reichen, aber es entwickelte sich bald zu einem Spielplatz für die Arbeiterklasse, wo man nur einen Nickel brauchte, um allem zu entkommen, loszulassen, seine Sorgen zu vergessen», erklärt Leo, als wir weiterrasen, unter dem East River hindurch und zur 59th Street. «Und ich glaube, in vielerlei Hinsicht vermittelt Coney Island dieses Gefühl immer noch.»

«Hast du viele Interviews gemacht?»

Er nickt. «Ja. Ich habe ein paar Tage da verbracht, am Strand, in Astroland und auf der ganzen Mermaid Avenue, und mit den Einheimischen gesprochen – mit den ‹Old Salts›, wie sie sich selbst nennen. Habe viele großartige Jugenderinnerungen über den Boardwalk gehört, über die alten Spiele und Karussells.» Er lächelt. «Jeder da hat eine Geschichte über den Cyclone.»

«Das ist die große Achterbahn?»

«Ja.»

«Bist du damit gefahren?»

«Ja … als Kind. Und ich sage dir, das Ding ist ein Hammer. Mehr als siebzig Jahre alt, aus Holz – und es ist kein Spaziergang. Ich habe mich fabelhaft mit dem Manager des Cyclone unterhalten. Ein tätowierter alter Knabe, der das Geschäft seit dreißig Jahren führt und noch nie damit gefahren ist.»

«Hör auf», sage ich. «Wirklich?»

Leo nickt.

«Hat er Höhenangst?»

«Nein. Er sagt, er ist schon tausendmal raufgeklettert. Er hat nur keine Lust auf den freien Fall.»

Ich muss lächeln, als ich daran denke, wie oft ich dieses Gefühl mit Leo hatte.

«Jedenfalls … Coney Island steht am Scheideweg», sagt Leo mit ernstem Gesicht. «Das Alte gegen das Neue.»

«Und zu welchem Lager gehörst du?», frage ich. «Zum alten oder zum neuen?»

Leo überlegt kurz und wirft mir dann einen wissenden Blick zu. «Ich weiß es nicht. Veränderungen können gut sein ... manchmal», sagt er kryptisch. «Aber es ist immer schwer, die Vergangenheit loszulassen.»

Ich weiß nicht *genau*, was er meint, aber ich brumme doch zustimmend, während unser U-Bahnwagen schwankend über die Gleise donnert, und wir verfallen wieder in ein längeres, lautes Schweigen.

Es ist ein trüber, irgendwie jahreszeitloser Nachmittag, als wir aus der U-Bahn auf die Stillwell Avenue hinauskommen. Stahlgraue Wolken hängen tief am Himmel und künden einen Wolkenbruch an. Kalt ist es eigentlich nicht, aber trotzdem ziehe ich den Gürtel meines Trenchcoats straff und verschränke die Arme fest vor der Brust. Ich sehe mich um und präge mir den ersten Anblick dieses berühmten Stückchens New York ein, dieses amerikanischen Wahrzeichens. Es sieht außerhalb der Saison genauso aus, wie ich es mir vorgestellt habe – trist, verblichen, trostlos –, und trotzdem hat es etwas Magisches, etwas Besonderes an sich. Eine Kulisse für großartige Fotos. Ein Hintergrund unvergesslicher Erinnerungen.

«Da sind wir», sagt Leo mit verschlossenem Blick.

«Ja.»

«Erst zum Strand?», fragt er.

Ich nicke, und wir marschieren Seite an Seite auf den Boardwalk zu. Als wir dort sind, setzen wir uns auf eine Bank und schauen über den breiten, stumpfgrauen Strand und die dunkle, farblose Brandung hinaus. Mir läuft ein Schauer über den Rücken; das kommt von der kühlen Luft, dem kargen Anblick und vor allem davon, dass Leo neben mir sitzt.

«Schön», sage ich schließlich, als ich einmal durchgeatmet habe.

Leos Gesicht leuchtet, als wäre er selbst ein «Old Salt», der Geschichten zu erzählen hat. Ich sehe ihn plötzlich vor mir, als Kind an diesem Strand im Hochsommer, mit Eimer und Schäufelchen. Und dann als Teenager, wie er sich mit einem bezopften Mädchen blaue Zuckerwatte teilt und sorgfältig mit dem Luftgewehr zielt, um ein ausgestopftes Einhorn für sie zu gewinnen.

Er legt den Kopf schräg. «Wirklich?»

Ich nicke. «Ja. Es hat so viel … Charakter.»

«Freut mich, dass du das findest.» Er fährt sich mit der Hand durchs Haar. «Es freut mich wirklich.»

Wir bleiben eine ganze Weile so sitzen, leicht zurückgelehnt auf unserer Bank; wir betrachten die Kulisse und beobachten die paar Leute, die an einem so düsteren Tag draußen unterwegs sind. Irgendwann nehme ich wortlos die Kamera aus der Tasche, klettere durch das Geländer zwischen Boardwalk und Strand und gehe hinunter zum Wasser. Ich mache ziellos ein paar Stimmungsbilder und spüre, dass ich mich entspanne wie immer, wenn ich anfange zu arbeiten. Ich fotografiere Himmel, Sand und Meer. Ich fotografiere eine langhaarige Frau mittleren Alters in einem braunen Tweedmantel; für eine Stadtstreicherin sieht sie nicht schäbig genug aus, aber auf alle Fälle hat sie kein Glück gehabt, und sie scheint aus irgendeinem Grund traurig zu sein. Ich drehe mich um und fotografiere die Ladenfassaden entlang des Boardwalks; die meisten sind geschlossen, ein paar sogar mit Brettern vernagelt, und ein Schwarm Möwen kreist über einer rot-weiß gestreiften Popcorn-Tüte und sucht nach übriggebliebenen Körnchen. Ich mache noch einen Schnappschuss von Leo, der immer noch auf unserer Bank sitzt, die Hände hinter dem Kopf verschränkt, die Ellenbogen abgespreizt. Er sieht mir zu und wartet.

Er winkt kurz und lächelt selbstironisch, als ich auf ihn zugehe. «Das Letzte ist gut geworden», sagt er, und ich denke daran, wie ich ihn im Central Park auf der Bank fotografiert habe und wie verächtlich Margot das Bild kommentiert hat. Selbstgefällig und affektiert fand sie ihn. Jetzt wird mir klar, dass sie sich geirrt hat. Sie hat sich in vielem geirrt.

Ich hänge mir die Kamera über die Schulter und setze mich mit einem Seufzer, der tiefer ist als beabsichtigt.

Leo sieht mich mit gespielter Besorgnis an und gibt mir einen Rippenstoß. «Erinnerst du dich, was ich dir gesagt habe, Dempsey? Die Leute kommen hierher, um ihre Sorgen zu *vergessen*.»

Dempsey, denke ich, und mein linker Daumen streicht über meinen Ehering. Ich zwinge mich zu einem Lächeln. «Richtig», sage ich, und wir sehen zu, wie die Wellen sich brechen, eine nach der anderen. Nach ein paar Minuten frage ich, ob wir Flut oder Ebbe haben.

«Flut», antwortet er so schnell, dass ich beeindruckt bin, genauso beeindruckt, wie ich es bin, wenn Leute – meistens sind es Männer – instinktiv wissen, dass sie in Richtung Nordwesten fahren.

Jedenfalls sitzen wir noch nicht lange genug hier, als dass es eindeutig zu erkennen gewesen wäre. «Woher weißt du das?», frage ich.

«Der Sand ist nicht nass», sagt Leo. «Wenn wir Ebbe hätten, gäbe es einen Streifen nassen Sand.»

«Oh. Ja.» Ich nicke. «Weißt du was?», sage ich dann.

«Was?» Leo sieht mich erwartungsvoll an, als mache

er sich auf ein großes Geständnis oder auf eine profunde Feststellung gefasst.

Ich lächle. «Ich habe einen Mordshunger.»

«Ich auch.» Er grinst. «Möchtest du einen Hot Dog?»

«Das hier ist doch der Geburtsort des Hot Dog, oder?» Ich erinnere mich, mal irgendwo so etwas aufgeschnappt zu haben. Vielleicht hat sogar Leo es mir erzählt.

«Das stimmt», sagt er lächelnd.

Wir stehen auf und gehen gemächlich zurück zur Ecke Stillwell und Surf Avenue, wo das ursprüngliche Nathan's gewesen ist – erbaut 1916, sagt Leo. Wir gehen hinein, und die Schlange ist länger, als man es um kurz vor zwei in der Nachsaison erwarten würde – selbst im berühmtesten Hot-Dog-Laden der Welt. Ich mache ein paar Fotos von dem Restaurant und den verschwitzten Männern am Grill. Leo fragt, was ich möchte.

«Einen Hot Dog», sage ich und verdrehe die Augen.

«Könntest du etwas konkreter werden?» Leos Lächeln wird breiter. «Einen Chili-Dog? Einen einfachen? Mit Relish? Fritten?»

Ich winke ab. Zu viele Details. «Ich nehme, was du nimmst.»

«Cheddar-Dogs, Fritten, Root Beer», sagt Leo entschieden.

«Perfekt.» Ich erinnere mich, wie gern er Root Beer trinkt.

Kurz darauf hat Leo bezahlt, ich habe Servietten, Strohhalme und Päckchen mit Senf und Ketchup eingesammelt, und wir gehen zu einem Tisch am vorderen Fenster, als es draußen anfängt zu regnen.

«Ein perfektes Timing», sagt Leo.

Ich schaue ihn über den Tisch hinweg an und sehe

plötzlich Andy in Anzug und Schlips an seinem Schreibtisch vor mir. Der Kontrast zwischen diesen beiden Welten ist ungeheuer – ein Hot-Dog-Lokal in Brooklyn und eine funkelnde Anwaltskanzlei in Buckhead. Und noch größer ist der Kontrast zwischen den beiden Männern und den Gefühlen, die ich für sie habe.

«Eher nicht», sage ich und schaue ihm in die Augen. «Ein ziemlich beschissenes Timing, würde ich sogar sagen.»

Leo blickt von seinen Fritten auf. Dann nimmt er eine in die Hand, zeigt damit auf mich und sagt: «Du.»

«Nein. Du», sage ich.

«Du», antwortet er.

So haben wir immer miteinander gesprochen – zwischen den Zeilen, scheinbar unsinnig, aber mit Bedeutung aufgeladen. Mit Andy habe ich nie so geredet; er ist immer offen und freimütig. Mindestens zum hundertsten Mal heute sage ich mir, das eine ist nicht besser als das andere – es ist nur *anders*.

Leo und ich essen schweigend. Dann gehen wir wieder hinaus in den gleichmäßigen, leichten Regen und wandern auf der Surf, Neptune und Mermaid Avenue auf und ab. Leo hält den Schirm über mich, und ich mache unzählige Fotos. Fotos von geschlossenen Spielbuden und Fahrgeschäften. Von dem berühmten Cyclone und dem unglaublich großen weltberühmten Wonder Wheel. Von einem Basketballspiel, drei gegen drei. Von müllübersäten Brachgrundstücken. Von den Leuten – einem Bäcker, einem Metzger, einem Schneider.

«Klingt wie ein Kindervers», sage ich.

«Ja. Jetzt brauchen wir nur noch einen Hungerleider», sagt er.

Ich lache, und dann sehe ich zwei Teenager, die sich die Preise im Schaufenster eines Tattoo-Ladens ansehen.

«Oooh. Die Orchidee da gefällt mir», sagt die eine. «Die sieht so cool aus.»

«Ja ... Aber ich finde den Schmetterling besser», sagt die andere. «Auf meiner Schulter? Aber in Lila?»

Ich fotografiere die beiden und denke: Tu's nicht. Eines Tages wird es dir leidtun.

Es wird Abend auf Coney Island, und ich habe endlich genug, zumindest was die Fotos angeht. Der Regen hat aufgehört, die Wolken haben sich verzogen, und es verspricht, eine frische, windige Herbstnacht zu werden. Leo und ich kehren zu unserer Bank zurück, durchfeuchtet, müde, frierend. Wir sitzen dichter nebeneinander als vorher, und er legt beiläufig den Arm um meine Schultern – eine Geste, die sich behaglich anfühlt und dennoch sehr romantisch ist. Ich widerstehe dem Drang, meinen Kopf auf seine Schulter zu legen, und schließe die Augen. Das alles wäre so viel einfacher, wenn ich meine Gefühle besser einordnen könnte. Wenn Leo ganz das eine und Andy etwas völlig anderes sein könnte. Aber so einfach und klar umrissen ist es nicht – und ich frage mich, ob es das in Herzensdingen jemals ist.

«Woran denkst du?», fragt Leo. Sein Atem streicht warm über mein Haar.

Ich knicke ein und sage die Wahrheit. «An den Tag im Dezember damals ... als du zu mir zurückgekommen bist.»

Jetzt streift Leos Atem meinen Hals, und ich bekomme eine Gänsehaut.

«Ich wünschte, ich hätte davon gewusst», sage ich.

«Das wünschte ich auch», sagt er. «Und ich wünschte, ich hätte gewusst, dass es etwas geändert hätte.»

«Es hätte etwas geändert», bestätige ich schließlich, und ich empfinde Wehmut und Bitterkeit, Schuld und Sehnsucht auf einmal.

«Es könnte immer noch anders sein.» Leo legt eine Hand unter mein Kinn und hebt sanft meinen Kopf, sodass er mir in die Augen sehen kann.

«Leo ... ich bin verheiratet ...» Ich weiche zurück und denke an Andy und unser Eheversprechen. Wie sehr ich ihn liebe, auch wenn ich nicht alles an unserem Leben liebe. Auch wenn ich jetzt hier bin.

Leo lässt die Hand sinken. «Das weiß ich, aber ...»

«Aber?» Ich bin plötzlich erschöpft von so vielen Nuancen, vom endlosen Spekulieren, Interpretieren, Rätseln.

«Aber ich kann nichts daran ändern, dass ich ... wieder mit dir zusammen sein möchte», sagt er.

«Jetzt? Heute Abend?», frage ich verwirrt.

«Ja. Heute Abend. Und morgen ... und übermorgen ...»

Ich rieche seine Haut und sage seinen Namen, und ich weiß nicht, ob ich protestiere oder nachgebe.

Er schüttelt den Kopf, legt mir einen Finger an die Lippen und flüstert: «Ich liebe dich, Ellie.»

Es ist eine Feststellung, aber es klingt eher wie ein Versprechen. Mein Herz explodiert, und ich kann nicht anders – ich schließe die Augen und sage die Worte auch.

*Vierunddreißig

Die Welt um uns ist nicht mehr da, als Leo und ich flüsternd in einer Ecke eines vollen U-Bahnwagens sitzen und im Zickzack unter der Erde von Brooklyn durch Manhattan zurück nach Queens fahren. Die Zeit verfliegt, wie eine Rückfahrt fast immer schneller vergeht als die Hinfahrt.

Ich weiß, was ich hier tue, ist falsch, schwach und unentschuldbar, aber ich habe Gründe, rede ich mir zumindest ein, indem ich meine Klagen aufzähle: Andy versteht meine Gefühle nicht. Schlimmer noch – er *versucht* nicht mal, meine Gefühle zu verstehen. Er hat mich gestern Abend verlassen. Er hat heute nicht angerufen oder seine harte Haltung aufgegeben. Er ist es, der ein Ultimatum gestellt hat. Offenbar liegt ihm mehr an seiner Familie, seiner Heimatstadt, seinem Job und allem, was *er* will, als an mir. Aber all dem zugrunde liegt vielleicht ganz einfach dies: Er ist nicht Leo. Er ist nicht der Mann, der vom ersten Tag an mein Innerstes nach außen und mein Oberstes nach unten wenden konnte – zum Guten und zum Schlechten.

Da sind wir also. Machen da weiter, wo wir nach dem Rückflug von L. A. aufgehört haben, und legen die Finger erwartungsvoll ineinander. Ich weiß nicht genau, was passieren wird, aber ich weiß, ich werde ehrlich sein – zu mir selbst, zu Andy und zu Leo. Und ich werde meinem Herzen folgen, ganz gleich, wohin es mich führt. Das schulde ich mir selbst. Das schulde ich allen.

Schließlich stehen wir gleichzeitig auf und treten hinaus auf den Bahnsteig, an den ich mich so gut erinnere.

Mein Puls rast, und trotzdem bin ich friedlich. Es ist eine schöne, klare Nacht; man könnte eine Million Sterne sehen, wenn man nicht in der Stadt wäre, und als wir die Treppe zur Straße hinaufsteigen, erinnere ich mich an Nächte wie diese. Ich weiß, dass auch Leo an die Vergangenheit denkt, denn er nimmt meine Hand, und seine Entschlossenheit ist sehr sexy. Keiner von uns sagt etwas, bis wir in seine Straße einbiegen und er mich fragt, ob mir kalt ist.

«Nein», sage ich, und mir wird klar, dass ich zittere – aber nicht vor Kälte.

Leo sieht mich an, und in diesem Augenblick klingelt mein Handy gedämpft in der Tasche meines Trenchcoats – zum ersten Mal an diesem Tag. Wir tun beide so, als hörten wir es nicht, und wir gehen schneller, als könnten wir das Klingeln abschütteln. Irgendwann hört es auf, aber nach wenigen Schritten klingelt es wieder, irgendwie lauter jetzt, dringlicher. Ich lasse Leos Hand los und ziehe das Telefon aus der Tasche, und ich hoffe und fürchte, dass es Andy ist.

Wenn du gehst, komm nicht wieder, höre ich ihn sagen. Ich halte den Atem an und sehe Suzannes Namen auf dem leuchtenden Display. Ich atme auf, erleichtert und enttäuscht zugleich. Leo schaut weg und sagt nichts, und ich stelle das Handy auf lautlos und stecke es wieder in die Tasche und lasse die Hand dort.

Inzwischen sind wir nur noch wenige Schritte von seiner Haustür entfernt. Das Adrenalin schießt durch meine Adern, und einen Augenblick bin ich überwältigt von meinen Schuldgefühlen, sodass ich wie angewurzelt stehen bleibe. Leo sieht mich an und fragt: «Was ist?»

Ich zucke die Achseln und lächle zaghaft, als wüsste ich keine Antwort. Aber ich denke: Ich wünschte, ich könnte diesen Augenblick einfrieren, meine endgültige Entscheidung irgendwie aufschieben und einfach in der Schwebe bleiben – zwischen zwei Orten, zwei Welten, zwei Lieben.

Wir gehen die Treppe hinauf, und ich bleibe neben Leo stehen, während er die Tür aufschließt. Wir treten ein, und ich erkenne den vertrauten Geruch der Vergangenheit. Ich habe einen Knoten im Magen. Es ist wie in der Nacht vor der Geschworenenentscheidung, wie in der ersten Nacht, die wir zusammen verbracht haben – das erwartungsvolle Schwindelgefühl ist das gleiche, auch ohne die Drinks. Alles, wirklich alles, kann geschehen. Und etwas *wird* geschehen. Ich stelle meine Kameratasche in der Diele ab. Wortlos gehen wir zu seiner Couch, aber wir setzen uns nicht. Leo wirft seine Schlüssel auf den Couchtisch und knipst die kleine Lampe mit dem roten Schirm an, die auf dem Beistelltisch steht. Dann sieht er blinzelnd auf seine Uhr und sagt: «Unser Tisch ist in fünfundzwanzig Minuten reserviert.»

«Wo?», frage ich, aber eigentlich ist es nicht wichtig.

«Ein kleiner italienischer Laden. Nicht weit von hier», sagt er vorsichtig, beinahe nervös. «Aber wir müssten uns beeilen ... Oder ich könnte anrufen und sagen, dass wir ein bisschen später kommen ...?»

Aus irgendeinem Grund wirkt seine Nervosität beruhigend auf mich. Ich ziehe den Mantel aus, lege ihn über die Armlehne der Couch und sage mutig, was er hören will: «Ich will nirgendwo hingehen.»

«Ich auch nicht», sagt er, und dann streckt er die Hand aus, die Handfläche nach oben gedreht, um meine bittend. Ich reiche sie ihm, und dann falle ich ihm entgegen, und meine Arme umschlingen seine Taille. Seine Schultern, seine Brust, seine Arme – alles fühlt sich so warm an, so fest und stark, und noch besser als in meiner Erinnerung. Ich schließe die Augen, unsere Umarmung wird enger, und wir fangen an, uns langsam im Takt einer imaginären Musik zu wiegen – einer klagenden Blues-Ballade, bei der man manchmal unerwartet anfängt zu weinen, obwohl einem gar nicht traurig zumute ist.

Er flüstert meinen Namen, ich flüstere seinen, und mir kommen die Tränen.

Dann sagt er: «Ich habe dich sehr lange in meinen Träumen gesucht, Ellie.» Einfach so. Bei jedem anderen würden diese Worte aufgesetzt klingen. Aber bei Leo ist es eine ehrliche Zeile aus unserer eigenen Ballade, und er sagt, wie es ist.

Passiert das wirklich?, denke ich, und dann stelle ich die Frage laut.

Leo nickt und flüstert: «Ja.»

Ich denke an Andy – natürlich denke ich an Andy –, aber trotzdem hebe ich langsam den Kopf. Unsere Gesichter berühren sich sanft, Wange an Wange, Nase an Wange, Nase an Nase. Ich halte ganz still und lausche seinem Atem, unserem gemeinsamen Atem. Eine Ewigkeit scheint zu vergehen, bevor seine Unterlippe meine Oberlippe streift. Ich drücke mich an ihn, unsere Münder berühren sich ganz, unsere Lippen öffnen sich. Wir tun das Undenkbare, das Unausweichliche, mein Kopf ist leer, und alles und jeder außerhalb dieses kleinen Apartments in Queens löst sich auf und verschwindet. Nur wir beide halten etwas fest, für das ich keinen Namen habe.

Bis mein Telefon wieder klingelt.

Das Geräusch erschreckt mich, als hätte ich tatsächlich eine Stimme gehört. Andys Stimme. Aber als ich das Telefon hervorhole, sehe ich wieder Suzannes Namen. Es ist eine SMS, und sie ist als «dringend» markiert. Aus irgendeinem Grund gerate ich in Panik; ich stelle mir vor, dass mit unserem Vater etwas passiert ist, und ich sehe schon die Worte vor mir: *Dad ist tot.* Aber stattdessen lese ich den Befehl meiner großen Schwester: *Ruf mich sofort an.* Mehr nicht.

«Alles in Ordnung?» Leo wirft einen Blick auf mein Telefon und schaut sofort weg. Er weiß, was immer da auf meinem Telefon zu sehen ist, geht ihn nichts an. Noch nicht, jedenfalls.

Ich klappe es zu. «Ich ... ich weiß nicht», stottere ich.

«Andy?»

Ich zucke schuldbewusst zusammen. «Nein. Meine Schwester. Ich glaube ... ich glaube, ich sollte sie vielleicht anrufen ... Es tut mir leid ...»

«Kein Problem.» Leo reibt sich das Kinn und tritt zwei Schritte zurück. «Ich ... ich bin da.» Er deutet auf sein Schlafzimmer, und dann wendet er sich ab und geht durch die Diele davon. Ich widerstehe dem Drang, ihm nachzulaufen; ich möchte so gern auf seinem Bett sitzen, ihn sehen, wie er mir zusieht.

Ich atme ein paarmal tief durch, lasse mich auf die Couch fallen und drücke die Kurzwahltaste mit Suzannes Nummer. Der Augenblick ist unterbrochen, denke ich, aber die Stimmung ist nicht zerstört.

Meine Schwester meldet sich beim ersten Klingeln und sagt genau das, was ich erwartet habe. «Wo bist du?»

«Ich bin in New York.» Ich habe das Gefühl, ich weiche ihr aus. Bevor ich Leo geküsst habe, hätte ich dieses Gefühl nicht gehabt.

«Wo da?»

«In Queens», sage ich schuldbewusst.

«Ellen. Wo bist du?», fragt sie unerbittlich.

«Ich bin bei Leo ... Wir kommen gerade vom Shooting zurück ... Du erinnerst dich? Coney Island?» Ich weiß nicht, warum ich nicht offener zu meiner Schwester bin. Sie war immer auf meiner Seite. Schon bevor es eine Seite gab.

«Was geht da vor?» Jetzt ist sie hörbar aufgebracht.

«Nichts», sage ich, aber mein Ton lässt ahnen, dass mehr dahintersteckt, und sie hört es natürlich.

«Hast du ihn geküsst?» Das ist unverblümt, sogar für Suzannes Verhältnisse.

Ich zögere und lasse sie mein Schweigen deuten. Sie fragt: «Hast du ... mit ihm geschlafen?»

«Nein», sage ich, und wahrscheinlich klingt es nicht besonders empört – vielleicht, weil mir dieser Gedanke in den letzten paar Stunden, Minuten, Sekunden mehr als einmal in den Sinn gekommen ist.

«Aber du hast ihn geküsst?»

«Ja», sage ich, und irgendwie lässt dieses laut ausgesprochene Eingeständnis alles real werden. Meine Gefühle für Leo. Meine Untreue gegen Andy. Meine Ehe, die jetzt auf dem Spiel steht.

«Du musst da weg», sagt sie besorgt und drängend. «Du musst sofort gehen.»

«Suzanne ... nein», sage ich.

«Du wirst es bereuen.»

«Vielleicht nicht.»

«Doch, Ellen ... Mein Gott, ich will nicht, dass es dir leidtut. Ich will nicht, dass du etwas bereuen musst.»

Das Einzige, was ich in diesem Moment bereue, ist, dass ich meine Schwester zurückgerufen habe – oder dass mein Telefon überhaupt eingeschaltet war, aber das sage ich nicht. «Andy und ich hatten gestern Abend einen Riesenkrach. Es ist eine Katastrophe.»

«Okay. Ich weiß, wie so was läuft», sagt sie, und zumindest tut sie so, als hätte sie Geduld mit mir. «Aber du ... du machst es jetzt noch viel schlimmer.»

Das kann ich nicht bestreiten. Also rechtfertige ich mich wie ein Schulmädchen. «Er hat *mich* verlassen», sage ich. «Gestern Abend. Wahrscheinlich ist er bei seiner Schwester –»

«Nein», unterbricht Suzanne. «Er ist nicht bei seiner Schwester. Er ist in ein Hotel gegangen ... und hat *deine* Schwester angerufen.»

Ich blinzele, und dann starre ich den roten Lampenschirm an, bis ich Flecken an der weißen Wand darüber sehe. «Er hat dich angerufen?», bringe ich schließlich hervor.

«Ja», sagt sie, «heute Morgen aus dem Ritz und dann noch einmal vor ungefähr einer halben Stunde ...» Sie spricht nicht weiter, aber ich weiß, wie der Satz weitergeht: *Während du Leo geküsst hast.*

«Was hat er gesagt?» Ich bin wie betäubt.

«Er ist außer sich, Ellen. Er hat Angst, und er will mit dir sprechen.» In ihrer Stimme schwingt ein Hauch von Vorwurf, aber hauptsächlich klingt sie besorgt und ein bisschen traurig.

«Nein, das will er nicht. Er hat mich nicht angerufen. Nicht ein einziges Mal.»

«Weil er verletzt ist, Ell. Er ist wirklich verletzt ... und er macht sich Sorgen.»

«Das hat er dir gesagt?»

«Ja. Mehr oder weniger.»

«Was hast du ihm gesagt?» Ich weiß nicht genau, welche Antwort ich hören will.

«Ich habe ihm gesagt, er braucht sich keine Sorgen zu machen. Du seist zum Fotografieren in New York, nicht wegen Leo, und er müsse Vertrauen zu dir haben.»

Ich schaue auf meine Schuhe hinunter, die noch feucht sind vom Regen, und ich frage mich, ob das Gleiche passiert wäre, wenn Andy nicht gegangen wäre, wenn er den Zettel nicht geschrieben hätte. Hatte es von vornherein festgestanden? Oder doch nicht?

«Okay», sagt Suzanne. «Ich behaupte nicht, dass Andy perfekt ist. Bei weitem nicht. Und du weißt, was ich von diesem egozentrischen Kontrollfreak Margot halte, von ihrem ganzen Quatsch. Herrgott, ich kann immer noch nicht fassen, dass sie dir nichts von Leos Besuch erzählt hat. Aber ...»

«Aber?»

«Aber sie sind deine Familie. Und du hast großes Glück, eine Familie zu haben.»

Ich denke an unseren Vater und daran, wie viel ihm das Leben mit Sharon und ihren Kindern bedeutet. Dann denke ich an Vince, der sich weigert, sich an meine Schwester zu binden, und ich stelle mir vor, wie frustriert sie sein muss. Und natürlich denke ich an unsere Mutter. Ich denke *immer* an unsere Mutter.

«Du bist auch meine Familie», sage ich, und meine Schuldgefühle sind größer, als ich dachte.

«Ich weiß», sagt sie. «Und du bist meine. Aber komm schon, Ell – du weißt, was ich sagen will ... Sie sind eine richtige Familie. Und sie haben dich aufgenommen. Sie betrachten dich als eine der Ihren. Und das bist du.»

Ich schließe die Augen und denke an Mr. Grahams

Trinkspruch an unserem Hochzeitstag: Genau das hat er da zu mir gesagt. Stella behandelt mich wie eine Tochter, und für Margot bin ich eine Schwester – und das war ich schon vor meiner Hochzeit mit Andy.

«Willst du das wirklich alles aufgeben?», fragt Suzanne mütterlich, sanft, fürsorglich. «Willst du Andy aufgeben?»

«Ich weiß es nicht.» Allmählich dämmert mir die Realität dieser Situation, hart und furchterregend. Aber ich will nicht aus Angst heraus eine Entscheidung treffen.

Wir schweigen beide, und schließlich fragt Suzanne: «Darf ich dich etwas fragen?»

«Natürlich.»

Suzanne zögert. Dann sagt sie: «Liebst du ihn?»

Ich weiß nicht genau, wen sie meint – Andy oder Leo –, aber so oder so sage ich ja.

«Dann tu das nicht.» Offensichtlich meint sie Andy.

«Suzanne», sage ich und werfe einen Blick durch die Diele zu Leo. «Es ist nicht so einfach.»

Sie schneidet mir das Wort ab. «Doch, das ist es. Siehst du, das ist der springende Punkt, Ell. Es ist wirklich so einfach.»

✳ Fünfunddreißig

Ich klappe das Telefon zu und lege die Hände aufs Gesicht, überwältigt von der Ungeheuerlichkeit dieser Situation. Ich schaffe es nicht, mir selbst klarzumachen, was ich empfinde. Wie soll ich da Leo erklären, was in mir vorgeht, der jetzt ins Wohnzimmer zurückkommt und vor mir stehen bleibt. Aber eins steht fest – ganz gleich, welche rationalen Begründungen ich mir in den kommenden Augenblicken ausdenken werde, von Suzannes eindringlichen Ermahnungen werde ich mich nicht erholen. Niemals können Leo und ich da weitermachen, wo wir unterbrochen worden sind. Die Stimmung ist unrettbar dahin. Leo spürt es offensichtlich, als er sich neben mich setzt. Auf seiner eigenen Couch ist ihm unbehaglich zumute.

«Alles okay?», fragt er besorgt, und sanft berührt seine Hand mein Knie, bleibt eine Sekunde dort, dann nimmt er sie weg.

«Ich weiß es nicht», sage ich. Noch immer denke ich darüber nach, was Suzanne gesagt hat. «Ich weiß nicht, was ich *tue*.»

Leo fasst sich an die Stirn und atmet aus. «Es ist kompliziert ... Es tut mir leid.»

Ich sehe ihn an und versuche, seine Worte zu deuten, und ich erkenne, dass er sich nicht entschuldigen will, sondern sein Mitgefühl zum Ausdruck bringen will, wie bei einer Beerdigung. Mit anderen Worten, er weiß, dass unsere Lage finster ist – aber er bereut weder unseren Kuss noch seine eigenen Gefühle. Ich weiß nicht, ob ich genauso empfinde. Dafür ist es noch viel zu früh.

Ich nicke, und mir fällt ein, dass Suzanne eigentlich kein Wort über Leo oder meine Gefühle für ihn gesagt hat. Ich frage mich, warum, und platze unversehens mit einer Frage heraus. «Glaubst du, es hätte gehalten mit uns?»

Leo sieht verblüfft und ein bisschen betrübt aus. Vielleicht weil er bemerkt hat, dass ich *hätte gehalten* statt *wird halten* gesagt habe. «Wie meinst du das?», fragt er.

«Du weißt schon ... Wenn wir wieder zusammengekommen wären ... wären wir zusammengeblieben?»

«Für immer?» Sein Ton beantwortet meine Frage. Leo glaubt nicht an «für immer». Das hat er nie getan.

Aber ich glaube daran – zumindest theoretisch. «Ja. Für immer», sage ich, und ich denke an Ehe und Kinder, an all das, was ich immer noch will.

«Wer weiß?», sagt Leo und blickt nachdenklich ins Leere.

Ich denke an unsere Trennung und dann an die Trennung von Carol. Ob die Szenarien ähnlich waren? Ich stelle die Frage so beiläufig, wie ich es unter diesen Umständen kann. «Warum habt du und Carol Schluss gemacht?»

«Das habe ich dir doch heute Morgen erzählt», sagt er.

«Eigentlich nicht.» Mir ist flau.

Er zuckt mit den Achseln, als sei er absolut ratlos, und ich erinnere mich, wie er genauso ratlos war, als wir in dem Restaurant in L. A. auf unsere Trennung zu sprechen kamen.

«Es gab viele Gründe», sagt er, und ich sehe, wie er dichtmacht. Seine Lider senken sich, sein Gesichtsausdruck wird leer.

«Zum Beispiel?»

«Zum Beispiel … ich weiß nicht … sie war eine wunderbare Frau. Aber sie war einfach … einfach nicht die Richtige.»

«Woher weißt du das?», setze ich nach, und ich frage mich, was ich selbst darauf antworten würde. Ob es einen geheimen, geheimnisvollen Lackmustest für die wahre Liebe gibt. Um herauszufinden, wer wirklich ein «Seelengefährte» ist.

«Ich weiß es einfach.» Er hebt eine Hand an die Schläfe. «Man weiß es immer.»

«Haben wir beide uns auch deshalb getrennt?» Meine Stimme zittert ein bisschen.

Leo seufzt. «Ach, komm, Ellen.» Er klingt müde und ein bisschen gereizt, und dieser Ton weckt lebhafte – schlechte – Erinnerungen an die Vergangenheit.

Aber ich lasse nicht locker. «Sag's mir», dränge ich. «Ich muss es verstehen.»

«Okay. Sieh mal, wir haben das alles besprochen … Ich glaube, bei unserer Trennung ging es mehr um Timing als um irgendetwas anderes. Wir waren zu jung.»

«So jung waren wir nicht.»

«Aber jung genug. Ich war nicht bereit für … das.» Er schwenkt die Hand in der Lücke zwischen uns hin und her und gibt endlich zu, was offenkundig ist. Er war nicht bereit für unsere Beziehung. Ich schon. Er hat sich von mir getrennt.

Ich nicke, als teilte ich seine Einschätzung, obwohl ich es nicht tue. Ja, wir waren jung, aber in mancher Hinsicht ist eine junge Liebe robuster, idealistischer, ungetrübt von den Strapazen des Alltags. Leo hat das Handtuch geworfen, bevor wir je auf die Probe gestellt wurden. Vielleicht weil er nicht auf die Probe gestellt werden wollte. Vielleicht weil er davon ausging, dass wir sie nicht bestehen würden. Vielleicht weil er mich damals einfach nicht genug liebte.

«Wenn du mit mir zusammengeblieben wärest, hätte das für dich bedeutet, dass du dich begnügst? Dich mit mir zufriedengibst, obwohl es nicht das Richtige ist?»

Das Wort «begnügen» hallt in meinem Kopf wider, und mich überkommt eine unbestimmte Angst. Ich habe dieses Wort monatelang gemieden, sogar in meinen eigenen Gedanken, aber plötzlich kann ich ihm nicht mehr aus dem Weg gehen. Ich glaube, in mancher Hinsicht ist das der beängstigende Kern des Problems – meine Angst, ich könnte mich mit Andy begnügt haben, als ich ihm mein Jawort gab. Ich hätte auf eine Liebe wie die mit Leo warten sollen. Ich hätte daran glauben sollen, dass Leo eines Tages zu mir zurückkommen würde.

«Verdammt, nein.» Leo schüttelt genervt den Kopf. «Das war es nicht, und das weißt du auch.»

Ich will ihn festnageln, aber er gibt unaufgefordert eine weitere Erklärung. «Hör zu, Ellen. Du *warst* die Richtige. Du *bist* die Richtige ... Wenn es so etwas gibt ...»

Ich schaue ihm in die Augen. Seine Pupillen verschwinden in der dunkelbraunen Iris. In meinem Kopf dreht sich alles, und ich schaue weg. Ich will mich von seinem Blick nicht ablenken lassen, nicht jetzt, da so viel auf dem Spiel steht.

«Okay», sage ich.

Es ist eine absolut unangemessene Antwort – aber die einzige, die mir sicher erscheint.

«Und ... was denkst *du*?», fragt er. «Was willst *du*?»

Ich schließe die Augen. Mir ist, als wäre die Zeit stehengeblieben, und ich bin orientierungslos, wie es manchmal passiert, wenn man an einem fremden Ort aufwacht und nicht gleich weiß, wo man ist. Ich sehe ihn wieder an, und plötzlich wird mir mit Schrecken klar, dass die Entscheidung, die mir vor Jahren – erst von Leo, dann von Margot – abgenommen wurde, jetzt bei mir liegt. Endgültig. Unwillkürlich sehe ich mich an einer Weggabelung, wie in einem gespenstischen alten Märchenfilm: zwei gewundene Waldwege. Zwei Wegweiser, an knorrige Bäume genagelt, die in entgegengesetzte Richtungen zeigen. Hier der Weg zu Andy. Da der Weg zu Leo.

Ich löse die verschränkten Arme und lasse sie sinken.

Meine Fingerspitzen streichen über das butterweiche Leder der Couch. Im Stillen lasse ich mir Suzannes letzte Worte durch den Kopf gehen und frage mich, ob meine desillusionierte, in der Liebe so glücklose Schwester womöglich recht hat. Es geht nicht um das, was hätte sein können. Und es geht nicht darum, ob sich unter all den Schichten von Nostalgie, Begierde und verletzter Eitelkeit ein echtes Gefühl für Leo verbirgt. Eigentlich geht es überhaupt nicht um Leo.

Es geht um Andy, schlicht und einfach.

Es geht darum, ob ich meinen Mann wirklich liebe.

«Ich denke, ich sollte jetzt gehen.» Endlich spreche ich den Gedanken aus, der die ganze Zeit in meinem Herzen war.

Leo legt die Hand wieder auf mein Bein, jetzt etwas entschlossener. «Ellen ... nicht ...»

Meine Gedanken überschlagen sich, und ich höre nur mit halbem Ohr, was er sagt. Irgendetwas darüber, dass er mich nicht noch einmal verlieren wolle. Er wisse, dass ich verheiratet bin, aber wir passen zu gut zusammen. Am Ende sagt er: «Ich vermisse uns», und seine Worte klingen bezwingend – zumal ich genauso empfinde. Ich vermisse uns auch. Das war immer so, und so wird es wahrscheinlich auch immer bleiben. Überwältigt von Trauer und dem Gefühl eines bevorstehenden, endgültigen Verlustes berühre ich seine Hand. Manchmal gibt es kein Happy End. Was auch passiert, ich werde etwas verlieren. Ich werde jemanden verlieren.

Aber vielleicht geht es am Ende wirklich darum – um die Liebe, nicht als Leidenschaft, sondern als verbindliche Entscheidung für jemanden, ganz gleich, welche Hindernisse und Versuchungen dabei im Wege stehen. Diese Entscheidung immer wieder zu treffen, jeden Tag, Jahr um Jahr, sagt vielleicht mehr über die Liebe, als wenn man sich niemals entscheiden muss.

Ich schaue Leo in die Augen – tieftraurig, aber entschlossen und irgendwie auch befreit.

«Ich muss gehen», sage ich. Langsam stehe ich auf und sammele methodisch und wie in Zeitlupe meine Sachen ein.

Leo steht mit mir auf; widerstrebend hilft er mir in den Mantel und folgt mir in den Flur und zur Haustür. Als wir die Treppe hinuntergehen, erscheint ein Taxi in der Ferne und kommt durch die leere Straße auf uns zu. Als wäre das ein Zeichen des Schicksals, eine Ermahnung, auf Kurs zu bleiben. Ich überquere den Gehweg, trete vom Randstein, schiebe mich zwischen zwei geparkte Autos hindurch und winke dem Fahrer zu. Leo bleibt in einigem Abstand stehen und sieht zu.

«Wo fährst du hin?», fragt er. Seine Stimme klingt ruhig, aber in seinem Blick liegt Panik. So habe ich ihn noch nie gesehen. Noch vor kurzer Zeit hätte ich darüber Genugtuung empfunden, hätte mich siegreich gefühlt. Jetzt macht sein Blick mich nur noch trauriger.

«In mein Hotel», sage ich und nicke dem Fahrer zu, als er mein Gepäck in den Kofferraum legt.

«Rufst du mich an, wenn du da bist?»

«Ja», sage ich, aber ich weiß nicht, ob ich dieses Versprechen halten werde.

Leo kommt zu mir, legt mir die Hand auf den Arm und sagt noch einmal meinen Namen. Ein letzter Protest.

«Es tut mir leid», sage ich, und ich wende mich ab und rutsche auf den Rücksitz. Ich zwinge mich zu einem tapferen Lächeln. Alles verschwimmt vor meinen Augen, denn

mir kommen die Tränen. Panisch versuche ich sie weg-
zublinzeln. Ich schließe die Wagentür und halte zum Abschied die flache Hand ans Fenster. Genau wie am Morgen
nach unserem Nachtflug.

Aber diesmal weine ich nicht, und ich schaue nicht
zurück.

* Sechsunddreißig

In Rekordzeit, so kommt es mir vor, überqueren wir die
Queensboro Bridge gegen den dichten Strom der Berufs-
pendler und fahren auf die Lichter von Manhattan zu. Wir
fahren schnell, und der Fahrer legt ein paar riskante Spur-
wechsel hin, sodass ich das Gefühl habe, ich sei mit knap-
per Not aus Leos Apartment und somit einer Katastrophe
entkommen.

Ich sitze auf dem Rücksitz und schaue durch die
Trennscheibe nach vorn auf die Straße, und ich bemühe
mich, die letzten vierundzwanzig Stunden und vor allem
die letzten Minuten zu verdauen, und ich verspüre schon
Reue darüber, dass ich diese Grenze übertreten und Leo
berührt habe.

Ich kann nicht glauben, dass ich meinen Mann, dass
ich Andy betrogen habe.

Eigennützig wie ich in letzter Zeit bin, sage ich mir,
dass ich Leo vielleicht küssen musste, um ihn loszulassen –
und um mich von der Vorstellung zu lösen, ich hätte mich
mit Andy nur begnügt. Wenn man sich mit etwas begnügt,
bedeutet das doch schließlich, dass einem gar nichts anderes übrigbleibt. Dass man etwas nimmt, weil es besser ist

als gar nichts. Aber ich hatte die Wahl. Und ich habe mich entschieden.

Nach dieser Erleuchtung geht mir sofort noch ein weiteres Licht auf: Ich begreife, dass ich Andy lange Zeit als perfekt empfunden habe, ebenso perfekt wie unser gemeinsames Leben. Und erst als Leo wieder in mein Leben kam, bekam ich das Gefühl, ich hätte mich mit etwas begnügt. Mich begnügt mit einem perfekten Leben, mit all dem, was man sich selbstverständlich wünscht. Mit einer guten Familie. Mit einem schönen Haus. Mit Reichtum. Es war fast, als hätte ich meine Gefühle bei all dem als unwesentlich betrachtet, denn es konnte ja nicht auch noch sein, dass ich Andy wirklich liebte – zusätzlich zu all den Häkchen auf dieser Liste. Ich glaube, unbewusst habe ich einfach angenommen, meine Gefühle für den dunklen, komplizierten, distanzierten Leo *müssten* einfach echter sein. Ein Stoff für traurige Liebeslieder.

Wir schlängeln uns durch den Verkehr in der Upper East Side, und ich erinnere mich, wie meine Mutter mir einmal erzählt hat, einen armen Mann zu lieben sei genauso leicht, wie einen reichen Mann zu lieben. Es war eine ihrer vielen Weisheiten, die mir altmodisch und unzutreffend erschienen – und zwar nicht nur, weil ich noch ein halbes Kind war. Wir standen auf dem Parkplatz vor der Bank, und wir hatten eben ihren Freund von der Highschool getroffen, einen Mann namens Mike Callas, von dem meine Mutter sich wegen meines Vaters getrennt hatte, nachdem Mike aufs College gegangen war. Suzanne und ich hatten sein Foto im Jahrbuch hundertmal angeschaut und fanden, dass er trotz seiner etwas bescheuert aussehenden Ohren ziemlich hübsch sei, und besonders gefiel uns sein dichtes, lockiges Haar. Aber als wir ihn jetzt trafen, war das

Haar nicht mehr da, und seine Ohren sahen noch größer aus. Er war zu einem durchschnittlich teigigen Mann mittleren Alters mit einem nichtssagenden Gesicht verblasst. Sein Lächeln, das zu breit war, um Vertrauen zu erwecken, machte die Sache noch schlimmer – aber das war vielleicht nur eine Vermutung meinerseits, denn er fuhr in einem blitzenden Cadillac davon, nachdem er meiner Mutter die Hand geküsst und sie zum Kichern gebracht hatte. Trotzdem spürte ich bei meiner Mutter keine echte Nostalgie und keine nachträglichen Zweifel – obwohl sie mir diesen ziemlich unromantischen Hinweis gegeben hatte –, aber vielleicht war ich auch nur noch nicht alt genug, um einen Blick dafür zu haben.

Aber jetzt frage ich mich, was sie in dem Augenblick wirklich dachte und wie es ihr in Wahrheit ging – mit meinem Vater und mit Mike. Hat sie ihre Entscheidungen jemals bereut? Waren sie eindeutiger als meine, oder gibt es in Herzensfragen immer auch Schattierungen? Ich wünschte, ich könnte sie fragen, aber plötzlich kann ich ihre Antwort fühlen, als ich Andy in unserer Küche vor mir sehe, mit loser Krawatte und zerknautschtem Anzug. Ich sehe ihn, wie er aufmerksam die Anweisungen auf einer Schachtel mit Tiefkühlpizza liest und sich überlegt, ob er sie in die Mikrowelle schieben oder sich die Extramühe machen und den Backofen vorheizen soll, während er die ganze Zeit nach besten Kräften versucht, mich und seinen Zettel auf der Theke zu vergessen.

Wenn du gehst, komm nicht wieder.

Ich bekomme Angst, als ich begreife, dass Andy, nur weil ich *meine* Entscheidung getroffen habe, nicht unbedingt die gleiche treffen wird. Besonders, wenn ich ihm erzähle, was ich soeben mit Leo getan habe – und davon werde ich ihm erzählen müssen. Panik steigt in mir auf, als ich spüre, wie Andy mir entgleitet. Plötzlich will ich mehr als alles andere auf der Welt sein Gesicht sehen. Ein drohender Verlust kann diese Wirkung haben.

«Planänderung», sage ich und beuge mich nach vorn.

«Wohin jetzt?», fragt der Fahrer.

Mit klopfendem Herzen nenne ich ihm die Adresse meiner alten Wohnung hervor. Unserer alten Wohnung. Ich muss dorthin. Ich muss mich erinnern, wie es war. Wie es wieder werden kann – mit viel Arbeit und etwas Glück.

Mein Fahrer nickt gelassen und biegt in die Second Avenue ein. Schilder, Lichter, Taxis, Menschen huschen verschwommen an meinem Fenster vorbei. Ich schließe die Augen. Als ich sie wieder öffne, sind wir in der 37th Street. Ich atme tief ein und langsam wieder aus. Ich bin bedrückt und zugleich erleichtert, als ich das Taxi bezahle. Ich steige aus und nehme mein Gepäck in Empfang.

Als ich allein auf dem Gehweg stehe, schaue ich an unserem Haus hinauf in die schwarze Nacht, die das Gebäude umgibt. Dann setze ich mich auf die abgenutzten Steinstufen und wühle das Telefon aus der Tasche. Bevor ich es mir anders überlegen kann, wähle ich Andys Handynummer und erschrecke, als ich sein «Hallo» höre.

«Hi», sage ich, und es kommt mir vor, als sei es Tage – nein, Jahre her, dass wir zuletzt miteinander gesprochen haben.

Ich warte darauf, dass er etwas sagt, aber er tut es nicht, und ich sage: «Rate mal, wo ich bin.»

«Wo?» Er klingt fern, müde und sehr wachsam, und offensichtlich ist er nicht in der Stimmung für Ratespielchen. Ich kann es ihm nicht verdenken.

«Vor unserer alten Wohnung», sage ich fröstelnd.

Er fragt nicht, warum. Vielleicht weiß er, warum.

«In unserer Wohnung brennt Licht.» Ich schaue zu unseren Wohnzimmerfenstern hinauf und stelle mir die warme, behagliche Szene dahinter vor. Es könnte sein, denke ich plötzlich, dass den neuen Bewohnern elend zumute ist, aber irgendwie bezweifle ich es.

«Ach ja?», sagt Andy abwesend.

«Ja.» Ich höre im Hintergrund jemanden reden. Vielleicht ist es der Fernseher. Vielleicht ist er aber auch gar nicht zu Hause, sondern in einer Bar oder einem Restaurant, wo er bereits die Singles-Szene in Augenschein nimmt. Meine Gedanken überschlagen sich, als ich überlege, was ich als Nächstes sagen soll, aber alles erscheint mir falsch und lügenhaft.

«Hasst du mich?», frage ich schließlich, und ich weiß, dass ganz ähnliche Worte zwischen mir und Leo gewechselt wurden, als er mich fragte, ob ich ihn nach unserer Trennung gehasst hätte. Warum erscheint einem der Hass so oft wie eine Komponente der Liebe – oder zumindest wie ein Maßstab für die Liebe? Ich halte den Atem an und warte auf seine Antwort.

Schließlich seufzt er. «Ellen. Du weißt, dass ich dich nicht hasse.»

Noch nicht, denke ich, und ich fürchte, ich werde nie den Mut aufbringen, ihm zu sagen, was ich getan habe. Aber ich bete zum Himmel, dass ich eines Tages Gelegenheit haben werde, diese Brücke zu überschreiten.

«Es tut mir so leid, Andy.» Ich entschuldige mich für Vergehen, von denen er noch gar nichts weiß.

Er zögert, und ich frage mich, ob er vielleicht instinktiv weiß, was ich getan habe – und vielleicht sogar, *warum* ich es getan habe. Stockend sagt er: «Es tut mir auch leid.»

Statt Erleichterung oder Dankbarkeit zu empfinden, bekomme ich wieder ein schlechtes Gewissen. Andy ist sicher nicht fehlerlos – das ist niemand in einer Ehe –, aber im Vergleich zu dem, was ich eben getan habe, hat ihm nichts leidzutun. Nicht der Umzug nach Atlanta. Nicht die Sache mit Ginny. Nicht sein dauerndes Golfspielen. Nicht die Missachtung, mit der er meinen Beruf behandelt. Nicht einmal seine Drohung von gestern Abend – die ich plötzlich hundertprozentig fair finde.

Ein paar gedehnte Sekunden vergehen, ehe er sagt: «Ich habe eben mit Webb telefoniert.»

Etwas sagt mir, dass dies kein Small Talk ist. «Geht es Margot gut?», frage ich.

«Ja», sagt Andy. «Aber den Geräuschen nach zu urteilen, die sie macht, ist da ein Baby unterwegs.»

Mein Herz setzt einmal aus, und meine Kehle ist zugeschnürt. «Die Wehen haben eingesetzt?»

«Ich glaube, ja», sagt Andy. «Heute Nachmittag war es falscher Alarm. Sie war im Krankenhaus, und sie haben sie wieder nach Hause geschickt. Aber jetzt sind sie wieder auf dem Weg dahin. Die Wehen liegen ungefähr acht Minuten auseinander.»

Ich schaue auf die Uhr und drücke die Daumen, dass das Baby morgen kommt. Nicht an dem Tag, an dem ich Leo geküsst habe. Das ist reine Formsache, aber im Moment nehme ich, was ich kriegen kann.

«Das ist aufregend», sage ich. Und ich bin wirklich aufgeregt – aber auch wehmütig und traurig, als ich daran denke, wie ich mir diesen Augenblick ausgemalt habe.

Plötzlich wird mir klar, dass ich Margot irgendwann in den letzten paar Stunden verziehen habe, was sie getan hat – und ich hoffe, sie wird mir eines Tages auch vergeben können. Das Leben nimmt manchmal unerwartete Wendungen, und oft durch reinen Zufall – wie in dem Moment, in dem ich Leo auf der Straße getroffen habe. Manchmal aber auch durch kalkulierte Entscheidungen, wie Margot sie getroffen hat. Oder wie ich heute Abend, als ich Leo verlassen habe. Am Ende kann man das alles Schicksal nennen, aber für mich ist es eher eine Sache des Glaubens und Vertrauens.

«Fährst du auch ins Krankenhaus?», frage ich.

«Noch nicht ...» Andy spricht nicht zu Ende.

«Ich wünschte, ich wäre bei dir», sage ich und erkenne erleichtert, dankbar und überglücklich, dass es die Wahrheit ist. Ich wünschte, ich wäre bei meiner *ganzen* Familie.

«In Atlanta oder in New York?», fragt er trocken – und ich weiß, wenn er nicht lächelt, dann tut er es gleich.

«Egal.» Ein Taxi biegt in die Straße ein und wird langsamer, als es auf mich zukommt. Ich schaue zum Himmel hinauf und wünschte, ich könnte Sterne sehen – oder wenigstens den Mond –, und dann sehe ich, dass das Taxi angehalten hat. Die Tür geht auf, und Andy steigt aus. Er trägt genau den Anzug und die rote Krawatte, die ich vorhin vor mir gesehen habe, und dazu seinen blauen Mantel. Ein paar Sekunden lang bin ich verwirrt – auf die prickelnde Weise, die ich zuletzt als Kind erlebt habe, damals, als ich noch an Zauberei und andere Dinge glaubte, die zu schön waren, um wahr zu sein. Dann sehe ich Andys zögerndes, hoffnungsvolles Lächeln – ein Lächeln, das ich nie vergessen werde –, und ich weiß, es passiert wirklich. Es ist schön *und* wahr.

«Hey», sagt er und kommt auf mich zu.

«Hey.» Ich stehe auf und lächle. «Was machst du ... hier?»

«Ich habe dich gesucht.» Er schaut zu mir auf und legt die Hand auf das Treppengeländer, dicht neben meine.

«Wie ...?» Ich suche nach der richtigen Frage.

«Ich bin heute Abend heraufgeflogen. Ich saß schon im Taxi, als du angerufen hast ...»

Die Logistik dieses Unternehmens wird mir langsam klar, und ich begreife, dass Andy ins Flugzeug gestiegen ist, um mich zu sehen, obwohl er weiß, dass er die Geburt des Kindes seiner Schwester versäumen könnte. Wieder kommen mir die Tränen, aber diesmal aus ganz anderen Gründen.

«Ich kann nicht glauben, dass du hier bist», sage ich.

«Ich kann nicht glauben, dass ich dich hier gefunden habe.»

«Es tut mir leid.» Jetzt weine ich wirklich.

«Oh, meine Kleine. Nicht», sagt er zärtlich. «Ich hätte nicht unser ganzes Leben verändern und erwarten dürfen, dass du einfach mitmachst ... Es war nicht fair.»

Er kommt einen Schritt näher. Wir schauen einander in die Augen, aber wir berühren uns noch nicht. «Ich möchte, dass du glücklich bist», flüstert er.

«Ich weiß.» Ich denke an meine Arbeit, an New York, an all das, was ich an unserem alten Leben vermisse. «Aber ich hätte nicht weggehen dürfen. Nicht so.»

«Vielleicht musstest du.»

«Vielleicht.» Ich denke an meine letzte Umarmung mit Leo, an diesen letzten Kuss. Wie anders dieser Augenblick sich anfühlt, aus so vielen Gründen. Ich sage mir, keine Liebe ist wie die andere – aber ich brauche jetzt nicht mehr zu vergleichen. «Es tut mir trotzdem leid.»

«Jetzt ist es nicht mehr wichtig», sagt Andy, und obwohl ich nicht weiß, was er meint, weiß ich es eigentlich doch.

«Sag mir, dass alles okay sein wird mit uns.» Ich wische mir die Tränen ab, die mir über die Wangen laufen.

«Es wird besser als okay», sagt er, und auch er hat Tränen in den Augen.

Ich falle ihm um den Hals und denke an den Abend, als wir in der Küche seiner Eltern das Geschirr spülten und ich mich zum ersten Mal fragte, ob ich mich in Margots Bruder verlieben könnte. Ich weiß, dass ich zu dem Schluss kam, es sei möglich – denn alles ist möglich –, und dann ist es ja auch passiert. Und jetzt, hier unter dem dunklen Herbsthimmel, erinnere ich mich genau, *warum* es passiert ist – falls es jemals ein «Warum» gibt, wenn es um die Liebe geht.

«Lass uns nach Hause fahren», flüstere ich Andy ins Ohr, und ich hoffe, wir können noch heute Abend einen Flug nach Atlanta bekommen.

«Bist du sicher?» Seine Stimme ist leise, vertraut. Sexy.

«Ja. Ich bin sicher.» Zum ersten Mal, seit ich Leo auf der Kreuzung gesehen habe, und vielleicht überhaupt zum ersten Mal folge ich meinem Kopf *und* meinem Herzen. Beide haben mich hergeführt, zu dieser Entscheidung, diesem Augenblick. Zu Andy. Genau dahin gehöre ich, und da will ich bleiben. Für immer.

*Ein Jahr und einen Tag später ...

Heute ist Louisas erster Geburtstag. Ich steige in La-Guardia ins Flugzeug, um zu der aufwendigen Party zu fliegen, die Margot für ihre Tochter veranstaltet. Ich mache diese Reise oft, manchmal allein, manchmal mit Andy; wir pendeln hin und her zwischen unserem Haus in Buckhead und dem Zwei-Zimmer-Apartment im Village. Viele finden es verwirrend, wie wir unser Leben eingerichtet haben, besonders Stella, die noch kürzlich gefragt hat, wie ich entscheide, welche Schuhe ich in welchem Schrank aufbewahre – oder ob ich einfach immer zwei Paar kaufe? Ich habe gelächelt. Ich glaube, ihren Schuhtick werde ich nie verstehen, aber sie versteht auch nicht, wie Andy und ich mit unserem unordentlichen Kompromiss so glücklich sein können. Die Organisation ist nicht perfekt, aber es funktioniert vorläufig für uns.

Mir ist New York immer noch lieber, und ich kann hier mehr ich selbst sein als anderswo. Ich liebe meine Arbeit mit Sabina, Julian und Oscar in dem alten, zugigen Loft, und ich freue mich, wenn Andy oder Suzanne am Wochenende kommen. Aber auch Atlanta gefällt mir inzwischen; ich ertrage die Gesellschaft, die ich früher verachtet habe, und habe eigene Freunde gefunden, unabhängig von den Grahams. Und ich habe eine professionelle Nische in der neuen Stadt entdeckt: Ich mache Kinderporträts. Ich habe mit Louisa angefangen, aber bald ist mehr daraus geworden. Glamourös ist dieser Job nicht, aber ich bin konzentriert, und ich glaube, eines Tages wird mich diese Arbeit ausfüllen.

Andererseits, vielleicht wird das auch nicht passieren. Vielleicht werden Andy und ich immer daran arbeiten müssen, das richtige Gleichgewicht zu finden – innerhalb unserer Familie, unserer Ehe, unseres Lebens. Ja, ich bin Andys Frau. Und ich bin eine Graham. Aber ich bin auch Suzannes Schwester, die Tochter meiner Mutter und eine eigenständige Person.

Was Margot angeht – die Atmosphäre zwischen uns ist lange Zeit frostig geblieben. Wir beide haben stur so getan, als gäbe es keine Kluft zwischen uns, und das hat die Kluft nur immer noch größer werden lassen. Bis sie schließlich eines Tages zu mir kam und fragte, ob wir miteinander reden könnten.

Ich nickte und sah zu, wie sie nach den richtigen Worten suchte, während sie die krähende Louisa wickelte.

«Vielleicht hätte ich mich nicht einmischen sollen, wie ich es getan habe», fing sie nervös an. «Ich hatte nur solche Angst, Ellen, und ich war überrascht über so viel … Illoyalität.»

Ich bekam ein schlechtes Gewissen. Ich erinnerte mich an alles, und ich wusste, sie hatte recht – ich war illoyal. Aber ich schaute ihr trotzdem in die Augen und blieb standhaft.

«Ich weiß, wie du es empfunden haben musst», sagte ich und erinnerte mich daran, wie ich jedes Mal empfinde, wenn Suzanne von Vince verletzt wird – oder von sonst jemandem. «Andy ist dein Bruder. Aber was ist mit der Loyalität zwischen uns? Mit *unserer* Freundschaft?»

Sie senkte den Blick und strich mit dem Finger über Louisas glatte runde Wange, und ich fand den Mut, ihr die schlichte Wahrheit zu sagen.

«Ich musste gehen», sagte ich. «Es musste sein.»

Ich wartete darauf, dass sie mich anschaute, und dann sah ich in ihren Augen, dass etwas klick gemacht hatte. Sie hatte endlich verstanden, dass meine Gefühle für Leo nichts mit ihrem Bruder zu tun hatten, nichts mit unserer Freundschaft.

Sie wiegte das Baby sanft in den Armen und sagte: «Es tut mir leid, Ellen.»

Ich nickte, und sie fuhr fort. «Es tut mir leid, dass ich dir nichts von seinem Besuch gesagt habe. Und es tut mir leid, dass ich nicht für dich da war …»

«Es tut mir auch leid», sagte ich. «Wirklich.»

Dann weinten wir beide, zusammen mit Louisa, bis uns schließlich nichts anderes übrigblieb als zu lachen. Es war ein Augenblick, wie man ihn nur mit der besten Freundin oder mit seiner Schwester erleben kann.

Jetzt schließe ich die Augen, während das Flugzeug über die Startbahn rast und wir in den Himmel hinaufsteigen. Ich habe keine Flugangst mehr – zumindest nicht so wie früher –, aber ich bekomme immer noch Herzrasen und empfinde eine alte Beklommenheit. Eigentlich denke ich nur noch bei dieser Gelegenheit an Leo. Vielleicht wegen unseres gemeinsamen Fluges von L. A. nach New York. Vielleicht, weil ich durch das Fenster hinunterschauen und sein Haus erkennen kann, die Stelle, wo ich ihn vor einem Jahr und einem Tag zuletzt gesehen habe.

So lange habe ich nicht mehr mit ihm gesprochen. Nicht, um seine beiden Anrufe zu erwidern, und nicht einmal, als ich ihm die Fotos von Coney Island geschickt habe, darunter das von ihm auf der Bank am Strand. Ich habe daran gedacht, auf einem beigefügten Blatt ein paar Worte dazuzuschreiben. *Danke ... Es tut mir leid ... Ich werde dich immer lieben.*

Das alles wäre wahr gewesen – und ist es immer noch –, aber ich habe es unausgesprochen gelassen. Ganz so, wie ich auch entschieden habe, Andy niemals zu gestehen, wie nah ich daran war, alles zu verlieren. Stattdessen bewahre ich diesen Tag tief in meinem Innern als Erinnerung daran, dass Liebe die Summe unserer Entscheidungen ist, die Kraft unserer Hingabe, das Band, das uns zusammenhält.

Emily Giffin
Und trotzdem ist es Liebe

Claudia ist glücklich mit Ben. Endlich jemand, der auch keine Kinder will! Ihre Ehe ist ein Traum ... bis Ben seine Meinung über Babys ändert. Die Scheidung folgt. Doch dann erfährt Claudia von Bens neuer Freundin: jung, schön, klug und offenbar nur allzu bereit, ihm ein Kind zu schenken! rororo 24433

Familienstress, Familienglück

Josie Lloyd & Emlyn Rees
Das verflixte siebte Jahr

Amy und Jack sind seit sieben Jahren verheiratet. Jack arbeitet als Landschaftsgärtner, während Amy ein unerfülltes Dasein als Hausfrau und Mutter fristet. Als Jacks Schwester in die Wohnung der beiden einzieht, ist an ein friedliches Privat- und Liebesleben nicht mehr zu denken ... rororo 24664

Tess Stimson
Ich, er und sie

«Mein Mann ist Scheidungsanwalt und kennt sich aus mit Ehebruch. Rein beruflich, natürlich. Wir sind nämlich glücklich verheiratet, haben Kinder und Sex. Doch seine neue Kollegin ist heiß, und Nicolas macht plötzlich Überstunden ... Und ich begegne meiner großen Liebe. Etwas Schuld an dem Chaos bin ich vielleicht auch ...» rororo 24361

Weitere Informationen in der Rowohlt Revue *oder unter* www.rororo.de

Allison Pearson
Working Mum

Sie ist Mitte dreißig und Führungskraft einer Londoner Investmentfirma. Außerdem ist Kate Mutter von Emily (6) und Ben (1) und schrammt chronisch am Rand der Katastrophe entlang. «Man muss nicht unbedingt Mutter sein, um dieses Buch zu lieben.» *(Gala)*
rororo 23828

Herzerfrischend direkt, umwerfend komisch: Romane über Frauen

Emily Giffin
Fremd fischen

Rachels Leben als Rechtsanwältin in New York könnte so schön sein. Warum nur muss sie ausgerechnet mit dem zukünftigen Ehemann ihrer besten Freundin Darcy im Bett landen und sich auch noch in ihn verlieben?
rororo 23635

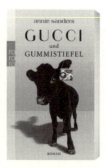

Annie Sanders
Gucci und Gummistiefel

Im Alltag Londons wären sich die unkonventionelle Izzie und die Gucci-verwöhnte Maddy wohl nie begegnet. Doch das Schicksal hat die beiden aufs Land verschlagen. Zwischen Kuhstall und Kinderhort entdecken sie ihre Gemeinsamkeiten. In ihrer Küche eröffnen sie eine kleine Kosmetikfirma ...
rororo 23942

Weitere Informationen in der Rowohlt Revue *oder unter* www.rororo.de